EL CASTILLO DE LOS ENGAÑOS

ANA DRAGHIA

ANA DRAGHIA

EL CASTILLO DE LOS ENGAÑOS

MUNYX FANTASÍA

Primera edición.
El castillo de los engaños.

www.munyxeditorial.com

Impreso en España.
ISBN: 978-84-123594-7-3
Depósito Legal: DL T 670-2021

A Javi,
por todos estos años compartiendo
confidencias y risas.

Son los cobardes los únicos que en la refriega retroceden. El valiente, por el contrario, lucha a pie firme, ya hiera o ya sea herido.

La Ilíada, Homero.

PRÓLOGO

LA GALLINA CACAREÓ FUERTE cuando Cassandra la tomó por las patas y la metió dentro del saco. No había amanecido aún, era la hora perfecta para encubrir el hurto. No se lo podía permitir, pero, pese a ello, esperaba que algún marinero le diese algo a cambio, aunque eso supusiera que no comieran más que avena durante toda aquella semana. Quizá uno de esos librillos viejos que cabían en el bolsillo de un pantalón acabara siendo suyo. Encontraría entre sus páginas cientos de pequeñas historias. Pequeñas y prohibidas historias. Justo sus favoritas.

A veces temía que alguien descubriera qué tesoros guardaba bajo la madera suelta de debajo de su cama. Se preguntó cuánto tardarían en enviar a alguien de Ciudad Caléndula a detenerla si eso ocurría. El Código de Leyes era lo único que podían y debían leer y en él se dejaba bien claro qué sucedería con aquellos que pasaran por alto esa prohibición. La reacción de Cassandra, la mayor parte del tiempo, era tragar en seco y cruzar los dedos para que la suerte la acompañara. En otras ocasiones, se levantaba a medianoche, escuchaba los ronquidos de su padre en la habitación contigua y se repetía que debía deshacerse de su colección de libros al día siguiente. Sin embargo, ese día nunca llegaba.

El puerto estaba atestado de gente desde primera hora de la mañana. La mayoría eran borrachos que habían pasado la noche en vela. Un brindis y una canción eterna eran la banda sonora de sus vidas. De vez en cuando, los miraba desde lo alto de su montura y se apiadaba de ellos. Perdidos, destinados a vagar en barcos y buques que se sumergían en el Mar de Plata a la misma velocidad que cae un rayo. Ser tripulante de un barco era un castigo; darse cuenta de que solo podrías salir del mar con las piernas por delante, una condena.

Localizó pronto al hombre barbudo y delgado. Fumaba, apoyado en la esquina de siempre. Una cicatriz le atravesaba la frente por la mitad, la nariz y la boca. Por mucho que se esforzara en mantenerla cerrada, los dientes quedaban a la vista, igual que si le hubiesen arrancado un trozo de carne. La primera vez que lo vio pensó que parecía haberse fugado de una prisión. No tenía pruebas, pero tampoco dudas de que pudiera ser cierto. A esas alturas, ya se conocían lo suficiente como para tener la seguridad de que no la estrangularía. Eso sí, que a ella le cayera en gracia no significaba que a su caballo también. Relinchó en cuanto se detuvieron a su lado y ella descendió de un salto.

—¿Qué traes esta vez, Susurradora?

No le gustaba que la llamara así. Siempre que iba al puerto de Isla Brava se cubría con una capa larga con capucha, hiciese frío o calor. Aunque era extraño que en el Archipiélago de Lunas hiciera frío. Tenían temperaturas muy cálidas la mayor parte del año y las pieles morenas, tan propias de los isleños.

—Una gallina.

—Siempre es una gallina —se quejó él.

Dio una última calada a su cigarrillo y lo tiró al suelo. Lo apagó con un pisotón frustrado.

—No te escuché rechazarla la última vez. Ni la anterior, ni la ante…

—Sí, sí, niña, comprendido. Pero ya podrías traerme algo de alcohol de vez en cuando.

Cassandra no quería hablar más de la cuenta. Tenía muchos recados que hacer antes de regresar a casa, y no le gustaba dejarse ver. Se movía sigilosa entre la gente. No llamaba tanto la atención porque había más jinetes en los alrededores. Ella misma les había enseñado a montar a sus caballos.

—¿Tienes algo para mí o no?

—La paciencia no es tu fuerte.

¿La verdad? No lo era en absoluto.

El hombre echó mano a su petate y dejó escapar un suspiro. Extrajo algo pequeño, rectangular, envuelto en papel marrón.

—Un día me vas a buscar un lío —comentó entre dientes y le tendió el paquete.

Ella lo tomó, lo desenvolvió con cuidado bajo el cobijo de la capa y lo guardó enseguida. Le pasó el saco con la gallina, que se movía intentando escapar.

—Hasta la próxima —se despidió mientras, de un salto, volvía a estar sujeta a las bridas del corcel.

—Quizá no haya próxima, niña. El mundo está cambiando y el mar ya no es lo que era para la gente como yo. —Sacó otro cigarro y una cerilla y lo prendió—. Tal vez esto sea una despedida, Susurradora. —Torció una sonrisa y agachó la cabeza.

Ella frunció el ceño, casi de manera imperceptible. A punto de espolear a *Diente de Guerra*, la refrenó el impulso de volverse hacia él.

—Una lástima. ¿Quién sabe si la próxima vez te hubiese traído algo de alcohol?

Mientras desaparecía entre el gentío, lo escuchó reír. Un tipo extraño, sin duda.

Su sitio predilecto se encontraba unos kilómetros más allá, en la espesura. Los recados podían esperar. El corazón le latía desbocado al apearse del caballo. Se sentó a los pies del roble y desenvolvió de nuevo el libro. Sus páginas olían a polvo y a naranja. Pasó las primeras. Le temblaban los dedos, una sensación deliciosa. Palabras, las veía en cada esquina, pero estaba tan nerviosa que no podía centrarse.

—Venga, Cassandra. —Se dio dos bofetadas en la cara—. «Muriel de los Engaños» —leyó un segundo después—. «La reina que traicionó a los dioses» —rezaba el subtítulo—. «Su sagacidad e inteligencia la ayudaron a ganar la competición para conseguir el trono de Áurea. Por primera vez en la historia, una mujer, además de familia humilde, daba comienzo a una nueva saga de reyes».

De nuevo, el cosquilleo en la boca del estómago. Habían oído hablar de Muriel en la escuela. Era la primera reina de su nación, y como todos los monarcas, debía estudiarse: conocer de dónde surgía la historia.

Pasó otra página.

—«El Mar de Plata. En él descansan los muertos de la Gran Guerra. Los buques sumergidos en sus profundidades guardan aún las armas de aquellos que lucharon con valor, así como sus huesos, a los que nunca se les dio sepultura».

Respiró hondo. Le dolieron los pulmones al hacerlo. Era peligroso estar leyendo al aire libre, al alcance de la vista de cualquiera. Tenía que parar. Pero un poco más. Unas palabras más.

—«Ciudad Caléndula y Ciudad Centaurea son las capitales de Áurea. Con la unión de sus monarcas se firmó la paz y comenzó una era de prosperidad».

Cassandra retuvo el aire en los pulmones. Aquel libro debía de tener varias décadas. En esos días, más que nunca, las dos Ciudades estaban enfrentadas y corrían rumores de que la princesa se había atrincherado en la ciudad natal de su padre, Caléndula, y le había declarado la guerra a su hermano, el príncipe Alair, protegido por sus seguidores al otro lado del mar, en Centaurea. Pero, como siempre, solo eran voces que susurraban, porque la información llegaba al Archipiélago a cuentagotas.

¿Estaban realmente en guerra? El nerviosismo de la gente les hacía pensar que sí. Se estaban alistando jóvenes en el ejército centáureo y los caléndulos habían cortado el paso del comercio hacia el norte. Si se avecinaba otra guerra como la ya vivida años atrás, Cassandra dudaba de que en el mar hubiera cabida para otros cientos de miles de cadáveres. ¿Dónde estaba la reina Eliana en aquellos momentos? ¿Era cierto que había muerto? ¿O, a lo mejor, había huido como decían las malas lenguas?

Cassandra cerró el libro y suspiró hasta agotar el aire que había retenido.

Debía marcharse, no fuese que alguien la encontrara allí. Tenía que fingir durante unas horas que era una persona normal y volver al este de la isla sin buscarse ningún problema.

Aunque por muchos es sabido que la mayor parte de las veces los problemas te buscan a ti, y si lo hacen con esmero y algo de paciencia, acaban encontrándote.

El arpón afilado de la ballesta no la alcanzó de milagro. Casandra llevaba varios kilómetros intentando sortear, sin éxito, a sus perseguidores. Los muslos se le habían tensado y las manos le temblaban, frías y húmedas, bien aferradas a las riendas. La tormenta arreciaba, pero no dejó de apremiar a su caballo, que más que galopar se deslizaba entre la espesura de la oscura selva. Ella se inclinó hacia delante y pegó el pecho al lomo del animal. Ese gesto le permitió esquivar las ramas de los frondosos árboles y aumentar la velocidad.

Había abandonado la Taberna del Viajero antes de la puesta de sol. No le llevó mucho tiempo darse cuenta de que la seguían. Siempre se anticipaba al peligro, tal vez porque a sus diecinueve años había tenido que enfrentarlo en demasiadas ocasiones. Había deambulado por las calles del norte de la isla intentando desembarazarse de los extraños, dos sombras agigantadas que la observaban entre la multitud.

Viendo que tardaría poco en caer la noche, abandonó el puerto de Isla Brava y se dirigió a las cuadras donde había dejado a *Diente de Guerra*. Lo ensilló, ya que le había quitado la montura para que el jamelgo descansara, colocó el pie en el estribo y se impulsó hacia arriba sin mucho esfuerzo, gracias a la ventaja que le daba su altura y la musculatura de su cuerpo. Después palmeó al rocín con ternura y el relincho fue tan vehemente que las cinchas se ajustaron perfectamente al bocado con el movimiento de su mandíbula.

En cuanto salió de las cuadras, unos metros por delante de ella, vio a los dos hombres, tal vez mercenarios, que enfilaban la calle de enfrente en busca de sus propios medios de transporte, que en esas tierras no podían ser otros que caballos. Aprovechó esa pequeña ventaja para que *Diente de Guerra* entrase en calor. Salió pronto del puerto y tomó el camino de tierra que conducía a la laberíntica selva de Isla Brava. Ese era su camino a casa. Ese era su hogar. No importaba quiénes fuesen aquellos individuos, nadie era capaz de cabalgar como ella, nadie conocía aquellas tierras mejor que Cassandra, la Susurradora del Archipiélago de Lunas.

Entonces, al internarse en la frondosidad, había empezado la lluvia.

Si su caballo hubiese sido uno de los salvajes de las profundidades de la isla, hubiera sido sencillo moverse entre la espesura de árboles, lianas, matojos y barrizales, sin embargo, aunque *Diente de Guerra* era la envidia de los norteños, no dejaba de ser un animal que se cansaba y protestaba con insistencia. Cuando atravesó la primera cascada de árboles, la rozó un arpón, que acabó clavado en el tronco de un haya.

Hacía tiempo que no mostraban interés en darle caza. Para alguien que no supiera quién era en realidad, daba la impresión de ser solo una chica cualquiera que había ido a hacer unos recados durante la tercera semana del mes, cuando llegaban los comerciantes. Una joven sin riquezas que vivía con su padre en una pequeña casa de ladrillo y madera. Una muchacha magullada y llena de cicatrices.

Para otros era conocida en todo el Archipiélago de Lunas por montar y domar a los caballos más resistentes, fuertes e impetuosos. La amazona de Isla Brava. Algunos mesnaderos venidos a menos habían intentado capturarla para venderla como esclava en la Ciudad Nueva de Bashne. Ninguno lo había conseguido hasta ese momento, aunque su carne estaba repleta de cortes y heridas profundas que demostraban que se habían esforzado bastante en apresarla.

Cassandra empezó a ver su destino negro en el instante en que la ballesta del coloso que la perseguía apuntó con más acierto que las veces anteriores. Sintió el dolor en la parte superior del hombro y emitió un grito que no hizo más que avivar su rabia y la de su caballo. Este intensificó la carrera y ambos continuaron evitando las zancadillas que los senderos les ponían.

«Solo un poco más», se dijo. «Llegar al cruce, bajar al valle, ponernos a salvo».

Nunca se atreverían a pisar suelo del este. Todo el mundo sabía, incluso fuera de la isla, cuáles eran las consecuencias para los bárbaros, para los extranjeros que ofendían esas tierras y a su gente.

—¡Vamos, *Diente de Guerra*, vamos, pequeño!

El caballo recibió dos palmadas de ánimo en el cuello e hizo uso de todas las fuerzas que le quedaban para recorrer los últimos dos kilómetros hacia el valle. El silbido de dos arpones la estremeció. Aquello solo podía significar que el segundo de los hombres había alcanzado a su compañero en la carrera. Dos contra una, bajo una de las tormentas más inclementes en meses. Los truenos y los rayos traían a la memoria de la Susurradora imágenes de la Ciudad Nueva de Bashne, de la que los marineros que llegaban a Isla Brava contaban horrores. Al otro lado del Mar de Plata, nadie quería un cuerpo, la carne joven o vieja de una mujer u hombre, en ese nuevo mundo se buscaban los dones.

Una flecha se le clavó en el muslo izquierdo al llegar al cruce. No se detuvieron. *Diente de Guerra*, como si presintiese que ya estaban cerca, siguió, enloquecido, desgastando sus cascos a gran velocidad. Cassandra, sujeta a las riendas, echó la vista atrás. En lo alto de la colina, los dos corpulentos hombres la observaban encaramados a sus corceles, detenidos. Y pensar que ella había sido la que había adiestrado a esos caballos que montaban… La furia le escoció en los ojos y la obligó a apretar la mandíbula.

La joven soltó una de las riendas para aferrarse a la crin del caballo y respirar, así, aliviada, mientras notaba cómo todo su cuerpo se rendía a la pérdida de sangre. En cuanto atravesó el camino principal del este, se tranquilizó y dejó que fuese el animal quien la llevara hasta casa, donde podría curarse las heridas y descansar.

No sospechó que aquello era solo el comienzo de la cacería.

1

SUSURROS, DONES Y PRINCESAS DE FUEGO

1

ARAÑÓ LAS LÍNEAS DEL TATUAJE que tenía en su antebrazo. La tinta del hechizo que la mantenía a salvo de las pesadillas estaba adornada con rojizas hojas de otoño. El Árbol de Trueno le cubría toda la piel, junto al híbrido que se enroscaba a su alrededor, un monstruo con cola de sirena, tronco de león, alas de paloma y cabeza de lagarto. Rara era la ocasión en la que la princesa destapara el dibujo, solo en la intimidad se permitía recordar quién era bajo las sombras.

El brillo escarlata de la piel le recordó momentos que tenían regusto de lágrimas y decepción, lo cual le hizo fruncir de nuevo el ceño. Últimamente, no recordaba cómo sonreír, solo Adria lograba alejarla de sus miedos, pero ni siquiera ella era capaz de exterminar aquella quemazón que le molestaba desde niña. Su sangre hervía, eso decían los médicos, sanadores y sacerdotes, sin embargo, ningún mortal habría sabido explicar cómo era posible que siguiera viva. Era su don, o su maldición, el que la mantenía a salvo y, al mismo tiempo, la condenaba a un tenebroso abismo de dudas del que era prisionera.

Eliadora se apoyó en el baluarte de la más alta torre del castillo, la primera de las cuatro que lo erigían. Se dejó mecer por la brisa fría del mar y observó, a la derecha y un poco difuminada, la ciudad de adoquines bermejos que contrastaban con los colores terracota de las casas y monumentos. No había crecido en esa parte del Mar de Hierro, sino al otro lado del Archipiélago de Lunas, en una ciudad llena de luz artificial, edificios altísimos, que parecían acariciar las nubes con sus afiladas cúspides, y vestidos de sedas transparentes y cálidas, porque estaban rodeados por el árido desierto y en esa parte del mapa siempre era verano.

Llevaba un par de años viviendo en el que un día fuera el reino de su padre, antes de que este lo anexionara al de la reina Eliana, su madre. Le había resultado difícil permanecer en esa tierra fría, con las montañas nevadas a lo lejos, la arquitectura tan diferente al reino de su infancia, la luz de velas, de antorchas, de hogueras; sin embargo, la había cautivado tantísimo que, pese a que eran muchos los que apoyaban al príncipe en vez de a ella en la ascensión al trono, Eliadora sentía que formaba parte de sus calles y sus ritos, como el de la Ascensión de la Savia, que se celebraba todos los años para venerar al Árbol de Trueno, símbolo emblemático del reino, de las ciudades colindantes y de su piel.

Escuchó en silencio, durante unos pocos segundos, el bramido de las olas, que rompían en la costa. Eran una explosión de aire y agua contra las rocas volcánicas y la elevadísima columna erosionada que sobresalía cerca del mar. Como si su voluntad se doblegara, miró hacia el espigón y después sus ojos visitaron el embarcadero, donde tanto tiempo había estado atracado el barco de su difunto padre. El Puerto de Marras mostraba una diminuta colección de embarcaciones dispares: galeones, bergantines e incluso una goleta. Eliadora los reconocía todos porque el rey había sido un gran amante de la navegación y ella había heredado esa afición para nada secreta.

Le pesó el corazón más de lo que podían abrumarla los remordimientos.

Agachó la mirada. Ya no sabía si obraba con prudencia o si,

por el contrario, se estaba dejando llevar por el rencor. Cerró un instante sus ojos azules y se apartó el flequillo de la cara. Llevaba el pelo tan corto que, de no ser por sus rasgos finos, cualquiera la habría confundido con un muchacho. Nunca le había importado lo más mínimo, de hecho, aquello le había permitido, años atrás, poder fugarse alguna vez del castillo. Ahora eran tiempos diferentes en los que no podía huir de las responsabilidades ni de su destino. Se debía a su pueblo, por no hablar de que los Principados los apremiaban a ella y al príncipe Alair, su hermano, a tomar una decisión inmediata.

Se ajustó la chaqueta cuando se dio cuenta de que comenzaba a tener frío, quizá se debía a que el sol se había ocultado tras las oscuras nubes y el mar rugía más fuerte. Echó mano al bolsillo trasero de sus pantalones y extrajo aquella moneda de cobre cuyo alfabeto no lograba descifrar. Pertenecía a los dioses, y ningún humano había podido adivinar su mensaje secreto. En una de las caras había grabados en relieve un águila y un pez; en la otra, una estrella de nueve puntas rodeada por un código numérico.

El Principado, al entregársela, solo le había explicado que cada punta de la estrella representaba a principados, arcángeles y ángeles, que estaban más cerca de los humanos; dominaciones, virtudes y potestades, que se encargaban del orden cósmico, y serafines; querubines y tronos, la tríada más próxima a los Creadores, dioses que velaban por la humanidad. Eliadora siempre había pensado, quizá erróneamente, que aquella jerarquía mostraba a los hijos preferidos. Se preguntó quién estaría en el escalón más alto, Alair o ella, en el caso de que su madre estuviera libre y su padre, vivo.

Le dio vueltas a la moneda entre los dedos, distrayéndose con ese movimiento hasta que se le resbaló y giró en el aire al tiempo que dibujaba un destello cristalino sobre el cielo ceniciento. La princesa estiró la mano para alcanzarla, pero unos dedos más ágiles la cogieron al vuelo.

—Esta no es forma de tratar el préstamo que te hice —dijo el hombre de ojos oscuros y resplandor de plata—. Juraste por tu vida custodiarla hasta que me fuera.

Eliadora tembló ante su expresión, que mostraba una sonrisa fría y la palidez estelar de todas las constelaciones que la joven conocía. Ojalá hubiera podido adivinar cuáles eran sus verdaderas intenciones, porque rara vez acertaba a intuirlas. Pese a que se sentía abrumada en su presencia, también advertía que, bajo los inconfesables propósitos del Principado, había honestidad. Era el único que jamás le decía lo que quería escuchar, aunque en más de una ocasión ella hubiera deseado que se guardara sus consejos.

—Creía que había apostado bien. Tal vez debí apoyar a tu hermano Alair. Ha cometido errores, desde luego, aunque ha mostrado mayor entereza y ha conseguido el reconocimiento de sus súbditos —reflexionó en voz alta, algo que solía hacer muchas veces, quizá porque no temía a la verdad—. No debiste alejarte de Ciudad Centaurea. Estás lejos de la Corte, de los consejeros y de tus partidarios.

—Te recuerdo que Alair tenía otros planes para mí. Quería encerrarme —murmuró Eliadora con aquella voz cantarina, de pájaro silvestre y músico novato.

El Principado cruzó los brazos sobre el pecho y adoptó una postura solemne.

—Eso es casi tan injustificable como que tú enviaras a alguien para envenenarlo —le recordó el Principado.

La princesa se revolvió. Sintió que la estaban amarrando por todas las extremidades y que no podía soltarse de la presión que ejercían las cuerdas invisibles.

—Jamás hice eso, Harael —dijo entre dientes—. Solo envié un espía.

—Un espía que te había jurado lealtad, que estaba enamorado de ti desde la primera vez que pisó el castillo y que hubiera hecho cualquier cosa para contentarte.

—La muerte de mi hermano nunca me haría feliz.

Haraell la miró, serio, y asintió. La creía, y Eliadora se alegró de que así fuera, porque había estado a punto de enloquecer al descubrir que su espía había atentado contra la vida de Alair. No importaban las diferencias que hubiera entre los dos, ni que algunas fueran irreconciliables, daba igual el trono de Áurea, nada valía más que la vida de su hermano.

—Quizá Mishka no sabía que no debía cruzar esa línea —razonó él—. Y tampoco alcanzó a comprender que tu corazón ya tenía una centinela muy feroz —añadió haciendo alusión a Adria, a quien Eliadora sabía que el Principado no tenía en muy buena estima. Su compañera tampoco fraternizaba con él.

—Me equivoqué enviando a Mishka. De haberle pasado algo a Alair...

Eliadora negó con la cabeza para liberarse de aquel lastre con aroma a culpa.

—Para importarte tanto tu hermano, no te muestras nada partidaria del diálogo.

—¿Y cómo se muestra él? —No le permitió contestar—. Combativo.

—Princesa —Harael sonrió con ironía y encogió los hombros—, tienes al ejército en pie de guerra desde hace meses. Él quiere que regreses y tú te niegas entre amenazas. Más que combativo, me da la impresión de que intenta defender el reino y la ciudad donde ambos crecisteis.

—¿Por qué te pones de su parte? —gruñó Eliadora.

—Porque la inquina te ciega y estás cometiendo un terrible error.

—Si así lo crees, ¿por qué no me abandonas?

—Mi deber me lo impide.

La joven dio un paso atrás, la gruesa plataforma de las botas no le permitía notar el suelo bajo sus pies. El miedo a ser menos válida que su gemelo le hacía pasar las noches en vela, preguntándose si no era mejor dejar aquella guerra a un lado.

—A lo mejor la gente no se equivoca y él sería mucho mejor rey que tú. Mírate, una muchacha asustadiza que tiembla ante un aliado y que urde traiciones para conseguir el trono. Ambos podríais sentaros a hablar, y sé que él te lo ha ofrecido, pese a que tu orgullo es más fuerte que el lazo de sangre que os une.

Avanzó en su dirección y la acorraló contra el muro. Era bastante más alto que ella, unos veinte centímetros que la intimidaban. Quizá, si hubiese sido humano, la princesa no habría mostrado debilidad, sin embargo, no lo era, y en esos días de tanto trajín y visitas de cortesía para ganar aliados se sentía pequeña y débil.

—No sabes lo que es reinar, no entiendes lo que significa en realidad. Es una obligación, una responsabilidad. Hay que ser valiente, hay que tomar decisiones y, ante todo, no puedes tener miedo —añadió. Le devolvió la moneda a continuación—. Toma. Guárdala, no es un juguete, es una muestra de confianza y la promesa de que me quedaré hasta que esto se arregle, aunque ignores mis recomendaciones.

La cogió con cuidado para guardarla en el bolsillo del que no debió salir. Después elevó la mirada y examinó a Harael con un interés que él no pareció pasar por alto.

—Te has cortado el pelo —manifestó la princesa. La que hacía un tiempo había sido una melena de ébano que caía en cascada hasta su cintura, ahora le llegaba hasta las clavículas—. Y vistes otras ropas. ¿Por qué?

—Por seguir la moda humana —contestó—. Me gusta esta mezcla entre colores oscuros y estampados floreados —añadió, burlón.

—O para camuflarte entre ellos —concluyó la muchacha—. Es curioso porque, a pesar de que todos sabemos que hay otros seres perversos entre nosotros, muy pocos los han visto. Quizá también se esfuerzan en pasar inadvertidos —insinuó Eliadora.

La comisura derecha de los labios del Principado se torció apenas medio centímetro. Ignoró los comentarios, casi siempre lo hacía, y cuando ella intentaba averiguar por qué la desoía, él lograba escabullirse con excusas ridículas sobre sus obligaciones políticas y su intento de reunir un Consejo tan efectivo como el del príncipe.

—¿Cuándo llegará la amazona de Isla Brava?

—Estoy en ello.

—No me vale. Necesito que llegue pronto.

—¿Por qué es tan importante? —inquirió Eliadora.

Como el resto del mundo, la princesa había escuchado hablar del don de la chica y sabía que era valioso, aunque no alcanzaba a comprender a qué se debía el interés de Harael. Él parecía aburrido de recordarle que, pese a que tenían un ejército naval fuerte, no podían decir lo mismo del terrestre. La incorporación de los caballos a las huestes daría cierta ventaja a los soldados. Y a eso añadía su fascinación por La Espesura, el lóbrego bosque del que nadie regresaba y en el que, decían las leyendas, se escondían las mayores riquezas y tesoros. Eso ayudaría al reino y a ganar partidarios. El dinero siempre movía el poder, y Harael estaba decidido a explorarlo y a que Cassandra, la Susurradora, fuera su acompañante.

—Nos dará ventaja —se limitó a decir él—. Se quedará en el castillo, con nosotros, el tiempo que estime oportuno.

—¿Que estimes? —interrogó Eliadora, que tenía un carácter arrebatador, por mucho que ante Harael se mostrara menos poderosa—. Esa muchacha estará aquí bajo mi protección y —puso un dedo sobre su pecho, advirtiéndolo— ni tú ni nadie tendrá poder de decisión sobre ella.

Harael cogió la mano de la princesa, la misma que tenía el tatuaje, y la apretó fuerte hasta que a Eliadora comenzó a hervirle la sangre en las venas, literalmente. El ser le habló entre dientes. Procuró no abusar de la fuerza descomunal que poseía.

—¿De quién estamos hablando, princesa? —Enarcó una ceja—. ¿De la amazona o, tal vez, de ti? ¿Te sientes atrapada en tu propio reino? ¿Me consideras una amenaza?

—Estás muy equivocado si piensas que te temo.

—No lo pienso, lo veo en tus ojos, Eliadora. Aunque no te culpo, haces bien en no subestimar mi poder, ni lo enorme que puede llegar a ser mi ira, si me provocas.

A la princesa de fuego le costaba respirar. Comenzaba a ahogarse con su propio jadeo, aquel que salía de la rabia cuando no era capaz de controlarse. Le pasaba desde que era pequeña, por eso se había refugiado entre los muros del castillo, donde no podía herir a nadie con su don, donde su secreto y su poder podían esconderse en la más oscura torre.

—No me subestimes tú a mí. Te he concedido lo que me has pedido. Mis hombres han ido en busca de la chica, pero eso no significa que puedas tomarte la libertad de obrar como te venga en gana.

Lo fulminó con la mirada, portadora de dagas.

—¿Por qué me miras como si fuera un monstruo, princesa? —preguntó el Principado con malicia, había diversión en sus ojos. En ellos parecía convivir el bien más puro y la maldad más vengativa.

Harael dejó de apretar la muñeca de Eliadora, apartó la manga de la chaqueta y expuso el curioso tatuaje de la heredera.

—¿Y tú qué eres sino otro monstruo como yo?

Eliadora cogió aire y él tuvo que apartar la mano cuando sintió el fuego sobre la piel. No pareció molesto, solo miró complacido la rojez de su palma y se le escapó un gruñido, que más que mostrar queja o dolor parecía exhibir orgullo.

—¿Quién lo dibujó? —Señaló el tatuaje que la princesa se cubría.

—Mi tía, la hermana de mi madre. Lo diseñó para mí.

—¿Y por qué te lo tatuaste?

Eliadora se apartó de él y fue hacia las escaleras. Harael la persiguió con calma, sin inmutarse ni sentirse ofendido por el abandono de la princesa, que rara vez mostraba su enfado, solo cuando alguien hacía referencia a su auténtica naturaleza.

—¿No vas a contestar? Es de mala educación no hacerlo —siguió murmurando él a sus espaldas, mientras bajaba los escalones de uno en uno, imitando las pisadas firmes de Eliadora.

Ella paró en seco y miró hacia arriba. Tuvo que pestañear un par de veces porque le pareció ver una sombra tras el ser, una extensión de su cuerpo que habitaba en el aire y se camuflaba en las tinieblas y en la luz a partes iguales.

—¿Quieres decir como contestas tú?

—Todo lo que tienes que saber de mí ya lo sabes.

Eliadora apretó tanto la mandíbula que sintió un dolor punzante en las mejillas. Subió los dos escalones que los separaban y, aunque no estaban a la misma altura, logró sentirse más imponente de lo que en realidad era.

—Que sea la última vez que me desafías como has hecho hace un instante.

—Y tú la última vez que me amenazas y te crees con derecho a prohibirme algo —dijo, implacable—. Yo no habito tu mundo, no formo parte de él ni de sus leyes, no te obedezco, rindo cuentas a otros, pero nunca a ti, así que si te digo la verdad, si te ayudo, si intento serte útil, es porque así lo he decidido, no porque tú me lo impongas, excelencia. Y deja de esconderte en la torre y sal ahí fuera, la gente te necesita. Los impuestos están acabando con los más pobres —explicó como si fuera la primera vez, pese a que ya lo había dicho en infinidad de ocasiones—. Ahora hazte a un lado y asegúrate de que la joven esté aquí pronto.

Eliadora tragó saliva y se echó a un lado para permitirle descender.

En el momento en que el Principado se perdió en la tenebrosidad del pasadizo, la princesa de fuego no pudo llegar a presentir lo decisiva que sería en el futuro del reino la presencia de la amazona del Archipiélago de Lunas.

Al atardecer, dio órdenes más vehementes para que sus hombres hicieran lo que fuera necesario y trajeran a la Susurradora cuanto antes.

2

LA TIRANTEZ DE LAS ÚLTIMAS CICATRICES aún le impedía montar como siempre, por eso no se había vuelto a adentrar en la selva. Aunque Cassandra intentaba aplazarlo, sabía que tarde o temprano tendría que vencer el miedo que la retenía en el este de Isla Brava. No podía permitir que unos extraños la hicieran esclava en su propia casa. Además, su padre la conocía muy bien y comenzaba a sospechar. Por no hablar de *Diente de Guerra*, que estaba inquieto ahora que no salía de las caballerizas salvo para trotar por los alrededores.

Kalai, la sanadora, era la única que intuía los motivos reales de la chica. La había visto crecer y eso la hacía experta en miradas y fruncimientos de ceño que desvelaban algunos de sus secretos y desvestían los silencios en los que solía esconderse. Quizá era eso o, a lo mejor, la sensación de que había sido la única figura materna que Cassandra había conocido.

Su padre, Tobías, era un hombre bueno por naturaleza, pero también severo, sobre todo cuando se trataba de su protección. Nadie podía culparlo después de lo difícil que había sido su vida.

Era normal que quisiera, a toda costa, salvaguardar el don de su hija. Cassandra no se lo había puesto nada fácil: desde que había aparecido el don, se escapaba a la selva sin ser vista y desaparecía durante días, haciendo que Tobías perdiera la cordura.

Sin embargo, la preocupación se asentó en su padre mucho antes de que ella naciera. Llegó con su madre. Cassandra sabía pocas cosas sobre ella, casi todas se las había contado Tobías. Un invierno tras otro, desde su más tierna infancia, ella se tumbaba sobre la alfombra que había frente a la chimenea y decía:

—Papá, la historia.

Y era suficiente para que él supiera a qué se refería. Hacía ya cuatro años que no le pedía que se la relatara, porque, a medida que crecía, se había dado cuenta de lo mucho que a Tobías le dolía recordar. La familia Katsaros llevaba la sombra de la muerte tras de sí como si esta proyectase la silueta de su historia a todo aquel que los conocía. El gran amor que había habido entre Tobías y Maya quedaba eclipsado por el dolor imperecedero.

El joven Tobías había encontrado a la mujer a orillas de la Playa del Cuerno, llamada así porque la arena era tan blanca como el marfil del cuerno de un elefante. Por un instante, al verla ahí tendida, había creído que se trataba de una mujer pez, sin embargo, Maya solo era una joven de cabellos negros, tez blanca y valor incomparable.

Él la rescató, a pesar de que nunca pensó que pudiera amarla o que ella sintiera lo mismo por él, sin embargo, a veces el amor florece del pasado más oscuro y se reencarna en otra tierra, en otras esperanzas. En algunas ocasiones, refulge como un rayo en el cielo y alumbra cualquier noche eterna. Eso era Maya para Tobías, y por cómo lo miraba sospechaba que el sentimiento era idéntico y compartido.

Pasó poco tiempo antes de que se casaran, sumergidos en el agua del Mar de Plata, como dictaba la tradición, y rodeados de floreces blancas, cenizas de cedro y una mezcla de laurel y hoja de olivo seco que la sacerdotisa espolvoreó en la orilla para atraer la buena suerte que nunca llegó.

Muy pronto, Maya quedó encinta de su primer hijo, un niño que nació sin vida. Fue el primero de muchos embarazos que no tuvieron un final feliz y que los sumió a ambos en una pena terrible. Cuando después de varios intentos Maya supo que su cuerpo contenía otra vida diminuta, la invadió el pánico. Habían desistido en su empeño de ser padres y habían tenido precaución para que no ocurriera, pero había sido en vano.

—Saldrá bien, esta vez sí —susurró Tobías cuando ella se lo contó.

Lo que Tobías no podía haberse imaginado era lo mucho que se equivocaba en su pronóstico.

Llegó el día en el que Maya se puso de parto. Sufrió dolores muy fuertes, nada comparables a los alumbramientos anteriores. Kalai la asistió esa vez. Tenía diecisiete años y era la hija del antiguo sanador de la comarca, quien había caído gravemente enfermo con las fiebres del sueño. Una locura transitoria que inhabilitaba las facultades mentales de quienes la padecían. Era el primer parto de Kalai, sin embargo, supo casi desde el primer segundo que algo no iba bien, que aquella manera de sangrar no era normal.

La cabeza del bebé no tardó mucho en asomar. La muchacha, fuerte y decidida, sacó a la criatura con sumo cuidado y la sostuvo mientras cortaba el cordón umbilical. Le acercó la oreja a la boca y colocó una mano sobre el pequeño pecho. De repente, sus pulmones se llenaron de aire, hubo una mueca en su rostro y emitió unos lloros tan frenéticos que ambas mujeres se asustaron, al igual que Tobías, que no soltaba la mano de Maya.

—Viene enérgica —declaró Kalai, quien la limpió para arrimarla a su madre—. Es una niña.

Maya había envejecido diez años al colocarla sobre su pecho, estaba pálida y le costaba respirar. La sanadora, que había estado demasiado pendiente de la niña, la tomó de nuevo y se la tendió a su padre.

Se acercó a la mujer para darle un suero que frenaba las hemorragias.

—¿Qué le sucede? —preguntó Tobías, asustado.

Sostenía a la pequeña entre sus grandes brazos de leñador. Ni siquiera se había dado cuenta de que esta había abierto los ojos y ya no lloraba. Nadie, en aquel momento, se percató de que los de Maya ya no eran los ojos más negros que había habido en Isla Brava.

—Ha perdido mucha sangre. Tengo que hacerle una transfusión.

Quiso apartarse de su lado para coger los maletines con los que había llegado a la casa de los Katsaros, pero Maya, con las pocas fuerzas que le quedaban, el rostro descompuesto y aún cubierta de sangre, la tomó de la muñeca y tiró de ella.

Abrió la boca un instante. A Tobías le temblaba el cuerpo. La niña no apartaba los ojos de él, los más grandes y vívidos que nadie hubiera visto en un recién nacido.

—Llá…

—¿Qué? —preguntó inclinándose sobre ella.

—Llámala… —logró decir con mucho esfuerzo—, llámala Cassandra. —Fueron sus últimas palabras.

Después de velarla durante tres días y tres noches, quemaron su cuerpo y sus cenizas se perdieron en las aguas de la Playa del Cuerno, justo donde todo había empezado años atrás.

—¡Cassandra! ¡Cassandra!

Sus amigos se dirigían hacia ella. La alcanzaron a lomos de los caballos, justo a la altura de la casa de comidas de Constantine y Cedric. La joven los esperó, tirando de las riendas de *Diente de Guerra*, que se detuvo y se dio la vuelta.

—¿Esas son formas de montar un caballo, Eugene? —preguntó con una sonrisa torcida que cabrearía al muchacho.

—¡Lo hago tan bien como tú!

—¿Seguro? Mira que te estás resbalando hacia la derecha —se burló.

Eugene le hizo un gesto obsceno y, con disimulo, intentó corregir su postura. Cassandra escondió la barbilla en el cuello de su túnica y se rio del chico, al que solo le sacaba dos años biológicos y varios mentales.

—Si las chicas del valle —comenzó a protestar el joven, que había colocado la mano a modo de visera para eclipsar el sol— no me entretuvieran tanto por las noches, estaría más descansado y…

Calíope, que estaba a su lado, le propinó una sonora colleja que hizo reír al resto.

—A ti qué te van a entretener las chicas, zopenco.

—¿Qué sabrás tú, Calíope de la Hondonada?

Eugene le mostró los dientes, que contrastaban con su tez oscura.

—A ver si te enteras de una vez, Eugene, que lo que sueñas entre ronquidos no son más que imaginaciones tuyas. —Le llovió otra colleja—. Además, hasta los extranjeros conocen la fama de las mujeres de Isla Brava. De haber estado por la noche no ya con varias, como insinúas, sino con una sola, hoy no podrías ni haberte levantado de la cama.

—Que hay niños delante —los interrumpió Cassandra, que miraba por encima del hombro a Hatria, quien no contaba con más de diez años, y a Maximus, algo mayor, pero igual de sonrojado que la pequeña.

—¿Es que no sabéis cómo os hicieron vuestros padres? —les gritó Eugene, impertinente, lo que le supuso una tercera colleja, la más fuerte de todas—. ¡Ay! Calíope, mala fiebre del sueño te dé.

—¡Eugene! —vociferó Cass.

—Pues mira, por lo menos no tendría que escuchar tus groserías —dijo la muchacha. Encogiéndose de hombros, le sacó la lengua.

—Haya paz —sentenció Cassandra y los dos obedecieron.

Se apearon de sus monturas. Ataron a los caballos junto a los bebederos y se dirigieron a la puerta de la casa de comidas.

—¿Tenéis hambre? —indagó mirándolos de hito en hito.

Los más entusiastas y atrevidos movieron la cabeza en señal de asentimiento. El resto permaneció en la retaguardia. Cassandra reparó en la extraña actitud de Calíope, quien se había quedado en último lugar y miraba de un lado a otro, con el ceño tan fruncido que parecía una sábana de infinitos pliegues.

—Os invito a comer, pasad. —Sujetó la puerta. De uno en uno, entraron en el restaurante.

Esperó a la chica y le dio un ligero codazo. Ella también había crecido. Ya tenía quince y casi había alcanzado el metro setenta y cinco de Cassandra. Era inteligente, de una belleza extraña, nada rústica. Hubiera encajado mucho mejor en cualquiera de las cortes que en Isla Brava.

—¿Estás bien? —indagó.

Calíope no dijo nada. Algo no iba bien.

—¿Y tú? —le devolvió la pregunta.

—¿Qué quieres decir?

Tardó varios segundos en contestar. La chica no le quitaba los ojos de encima. Esperaba una confesión, pero ¿cuál?

—Nada —acabó declarando.

—¿Venís o nos lo comemos todo nosotros? —gritó Maximus desde una de las mesas que les había cedido el dueño, Constantine.

Calíope se adelantó y fue hacia donde se encontraba el resto de sus amigos. Cass la siguió, se sentó entre Keelan y Hatria y esperó a que Constantine, con su gran sonrisa bonachona, se acercara a ellos.

—¡Mi pequeña Cassandra!

La cogió por los hombros y la levantó de la silla en la que acababa de tomar asiento. La estrechó con vehemencia entre sus rudos brazos, elevándola un poco del suelo. El hombro de la amazona se resintió ante la presión ejercida por el amigo de su padre.

—¡La amazona del Archipiélago! —vociferó Cedric desde el otro lado de la barra, llamando la atención de todos los comensales, que se rieron al ver cómo enrojecían las mejillas de la chica.

Alzaron sus copas en el aire, corearon todos a una y brindaron.

Ella hizo una ligera reverencia y el resto se rio. Después volvió a refugiarse entre el chico de ojos verdes y la muchacha de piel morena.

—Ahora os traigo un buen caldo. También tenemos col rizada con especias del Fenha, ¿queréis?

Eugene, que siempre tenía hambre porque era un pozo sin fondo de casi un metro noventa, dijo a todo que sí. Sugirió, además, que quería una copa de aquel líquido rojizo que todos bebían.

—Eso es vino, jovencito, tú no tienes edad para beber.

El chico enarcó sus pobladas cejas negras y se apartó un mechón de pelo, del mismo color, de la frente. Después cruzó los brazos sobre la mesa y miró a Constantine con serenidad, aparentando una madurez que no lo caracterizaba en absoluto.

—Pronto me alistaré en el ejército del príncipe Alair, creo que puede decirse que ya soy un hombre, ¿no crees? Merezco una de esas copas de vino.

Se hizo un silencio tan devastador que cualquier extraño hubiese pensando que acababa de morir alguien. Cassandra apretó la mandíbula, echó atrás su silla y se incorporó a la misma velocidad a la que lo habría hecho el viento de haber tenido cuerpo.

—¿Qué acabas de decir?

—Que me uno a las tropas del príncipe —contestó, sin darse cuenta de la rabia que había en la voz y en el rostro de Cassandra. Por suerte, el resto de los presentes sí que lo hicieron y no se atrevieron a hablar.

La Susurradora, desobedeciendo su propósito habitual de pasar inadvertida, dio un golpe en la mesa de madera con ambas manos, se inclinó hacia Eugene y, entre dientes, le dijo:

—No te he enseñado a montar para que vayas a la guerra.

—No hay ninguna guerra, Cass.

Era el único que la llamaba «Cass». Todos sabían que era por su hermano Casimiro, a quien llamaba del mismo modo y que había muerto años atrás en una tormenta marítima.

—Siempre hay una guerra —le recordó la joven con los ojos brillantes. El alma le echaba chispas por la boca.

Constantine tragó saliva. El mayor de sus hijos se había alistado hacía unos años. No había vuelto a pisar la isla. Ni ninguna, porque lo informaron de su defunción unos meses después de que se fuera. El mundo, por el momento, no estaba en guerra, pero en el mundo siempre hay guerras silenciosas.

—Me pagarán bien. Con ese dinero puedo ayudar a mi madre. ¿Quién lo hará si no soy yo? Nos quitarán la granja en caso de que no paguemos las cosechas de los últimos tres años.

Quizá, después de todo, Eugene sí que había crecido.

—¿Durante cuánto tiempo crees que podrás ayudar a tu madre si le devuelven tu cuerpo en un ataúd?

Fue Eugene quien dio un puñetazo en la mesa esa vez.

—¡No te he pedido tu opinión! Es mi decisión y me da igual que no la compartas. No me importa lo que penséis. —Miró a sus amigos—. Tengo mis motivos.

—¿Aunque esos motivos pongan en peligro tu vida?

—¿Y qué podemos hacer en la isla, Cass? A duras penas nos llega para vivir y los impuestos nos ahogan. Saben que tenemos poco producto bruto para el comercio fuera del Archipiélago de Lunas y, aun así, no cesan de pedirnos más.

—Ese príncipe al que vas a servir y su hermana, la princesa, no lo olvides. Ellos son los que nos están haciendo esto.

—Y tú no olvides que, de estar en mi lugar y ver cómo tu madre se va a quedar en la calle, harías lo mismo que yo —dijo, ceñudo—. Los dos hijos de Gemina también se han alistado y la hija mayor de Justina y Venancio. Lo que ganan en sus casas no les llega ni para poner pan y sopa sobre la mesa, y tienen cuatro niños pequeños.

—Ya lo sé… —susurró Cassandra.

—Si lo sabes, entonces no discutamos durante el que podría ser mi último día en Isla Brava, vamos a tener la comida en paz.

Cassandra tomó asiento, abatida.

¿Qué estaba pasando? ¿Por qué todo parecía ir al revés? ¿Cómo dejaría que su amigo, al que conocía desde que eran niños, se marchase a luchar por una causa como esa? No podía.

No tenía el valor de renunciar a las personas que le importaban. Sabía que tarde o temprano se marcharían, pero el mundo actual no era un lugar para viajar, sino para sobrevivir.

—Cassandra —habló Hatria—, cuéntanosla, por favor —dijo arrastrando las vocales.

La amazona había apoyado los codos sobre la mesa, así había algo que la sostenía. En ese momento, se sentía más indefensa, cansada y vacía que nunca. Eugene solo tenía diecisiete años, no podía ir a combatir por algo desconocido. «Esto que me oprime el pecho ¿qué es?».

Entonces se dio cuenta de que sus amigos la observaban.

—¿Qué?

—La leyenda del príncipe maldito. —Hatria dio una palmada para acompañar su petición—. Por favor, cuéntala.

—¿Otra vez? —se quejó Maximus—. Te la ha contado mil veces. Que nos cuente la Persecución, es historia de verdad, la Gran Guerra en la que lucharon nuestros tatarabuelos.

Calíope le dio una patada en la espinilla para que se callara. Nadie en aquella mesa quería hablar de guerras, y menos en ese instante. Una leyenda que llevaba varios siglos circulando de boca en boca era una opción más sensata.

Maximus no entendió, pese a todos los esfuerzos de la chica, que era preferible omitir la palabra «guerra» en lo que restaba de día. O para siempre.

—A mí también me apetece escucharla —apuntó Keelan.

Hatria estaba emocionada.

Cassandra todavía estaba aturdida, pero dirigió una mirada dulce a la pequeña, a la que quería tanto como los demás, aunque algunos lo disimulaban mejor que otros. Le acarició el pelo rizado con mesura y después adoptó la postura que empleaba siempre que contaba historias: se apoyó en el respaldo de la silla y bajó un poco la voz.

3

—EN UN TIEMPO EN EL QUE LA GENTE pensaba que la Noche Eterna caería sobre Áurea, unos años después del Descenso de la Creadora, hubo un príncipe valeroso, bondadoso y apuesto. Dicen que estaba emparentado con Muriel de los Engaños, la primera reina. El joven era el mejor jinete de cuantos vivieron en Isla Lucero. Él y su caballo, *Neokodell*, habían sido esculpidos en mármol en la entrada del templo para atraer la prosperidad al reino.

Miró a Hatria, quien sonrió encantada porque Cassandra siempre lograba empezar la misma historia de una manera distinta.

—Isla Lucero era Isla Brava, ¿a que sí? —Hatria movía las piernas como loca.

—Puede —dijo la Susurradora con un secretismo que hizo sonreír a la niña—.

Aunque, por aquel entonces, a cualquier tierra que tuviera costa la llamaban isla. Algunos incluso dicen —contó Cassandra, quien se lo había oído a su vez a mercaderes del norte— que el castillo de la reina Muriel fue en realidad el de Ciudad Caléndula, donde se encuentra la princesa Eliadora.

A esas alturas, y aunque llevaba poco contado, muchos extraños la escuchaban embelesados.

—Me da igual. Yo quiero creer que Isla Lucero es Isla Brava.

Cassandra asintió ante los ojos en blanco de Maximus.

—Además de valiente, era leal y se dedicaba por entero a la familia, pero también a los súbditos. A él y a sus dos hermanos los llamaban El Tridente, siendo el príncipe el Justo y los otros dos, el Sabio y la Guerrera. Esta última se había marchado con el ejército hacía unos años y el Sabio permanecía recluido, estudiando Matemáticas, Filosofía y Literatura en la gran Biblioteca de Briseida la Magna, hermana de Muriel de los Engaños.

—¡Nuestra Biblioteca!

—Nuestra no es, Hatria, si lo fuera nos dejarían entrar —le soltó Maximus.

—Aun así —dijo ella con cara de pocos amigos.

—Perdona —susurró una muchacha desde una de las mesas—, ¿por qué la llaman Muriel de los Engaños?

Cassandra había pagado dos gallinas de más en el puerto a un comerciante para que le contara en profundidad la historia de los reyes de Áurea. El hombre las aceptó de buen grado y satisfizo la curiosidad de la chica, no pareció importarle que fuesen a mandarlo a las pirañas si alguien se enteraba de que iba contando fragmentos de libros prohibidos.

—Cuando se produjo el Descenso de la Creadora y esta llegó a tierras mortales, reunió a los mejores candidatos para reinar y los sometió a pruebas de habilidad, inteligencia y valor. Muriel era una de ellas, apenas tenía dieciséis años, pero había conmovido a la diosa con su empeño y audacia, así que les dio la bienvenida al castillo a ella y a los otros diez candidatos. Muriel descubrió que estos querían tenderle una trampa porque era la favorita de la Creadora y pensaban deshacerse de ella, por eso tramó toda una serie de engaños para dejarlos atrás en las pruebas.

—¿Y la Creadora la premió con la corona de Áurea incluso cuando sabía de sus embustes?

—Los engaños de Muriel demostraron su inteligencia y la

estupidez del resto.

—Muriel de los Engaños —susurró Eugene.

Quedaron un momento en silencio, casi como si hubieran conocido a la primera reina y no fuera solo un espectro de los siglos y del pasado de todos.

—Bien, sigamos… —Cassandra carraspeó. Siempre que la interrumpían se perdía—. El Justo permaneció gobernando. Velaba por su pueblo. Estaban viviendo una era de paz, sin embargo, los años de bonanza se acabaron cuando el príncipe cayó enfermo. Sus consejeros temieron por su vida, por ello mandaron dos comunicados a los otros dos príncipes, para que estos volvieran al reino lo antes posible. Mientras tanto, en ese estado febril en el que se hallaba, al joven monarca se le apareció un ángel. Este traía consigo tres mensajes que auguraban grandes males.

En ese punto, Hatria siempre tenía los ojos empañados y Eugene tragaba saliva. Calíope seguía escuchando, incrédula, Maximus ponía cara de aburrimiento y Keelan miraba al suelo.

—El ángel anunció que durante esa noche y las dos siguientes le comunicaría tres cosas que perdería. Entonces le dijo: «Vendrán los días en los que perderás la espada». La segunda noche, el ángel regresó y le habló así: «Vendrán los días en los que tu pueblo no tendrá qué comer». Si se había quedado intranquilo tras el primer anuncio de sus desdichas, conocer el segundo mal lo hizo sentir indefenso. En la tercera visita, el ángel confesó el tercer mal: «Vendrán los días en los que dejarás escapar lo que más quieres».

»Pasó un año y nada de lo que había anunciado el ángel sucedió. Entonces, el príncipe pensó que, tal vez, los dioses ya no querían castigarlo o ponerlo a prueba. Sin embargo, mientras abría las puertas de palacio para que la gente se acercase a pedir aquellas cosas que les hacía falta, un emisario trajo un mensaje de la Guerrera. Sus filas habían sido vencidas y la joven permanecía cautiva del ejército enemigo. El príncipe no lo pensó ni un solo momento, ensilló a *Neokodell* y, junto a otros hombres, partió a tierras del norte para socorrer a la Guerrera.

»El jefe raptor retó al príncipe en un duelo. Si este lograba matarlo, le devolvería a su hermana con vida. Aceptó y combatió con valentía y honor. Fue un combate cruel, sanguinario, en el que el príncipe se vio desprotegido en más de una ocasión. Entonces el filo de la espada del contrincante dio un par de golpes en el aire y uno de ellos lo alcanzó, llevándose con ese corte la mitad de su brazo derecho. El luchador avanzaba hacia él, empuñando el arma por encima de la cabeza. El Justo se agachó rápido y agarró la empuñadura de su espada con la mano izquierda. Se levantó y, mientras escuchaba los gritos de la Guerrera, le clavó la espada en el corazón.

El público de Cassandra había aumentado por momentos. Ya no eran solo sus amigos los que la escuchaban, sino también los dueños de la casa de comidas y los clientes que ahí se habían reunido a la hora de comer. No le importó. Le gustaba contar historias. Algunas las inventaba, otras las había aprendido de tanto leerlas en los libros que almacenaba en secreto.

—Pobre —murmuró Hatria.

—Pero si ya sabes cómo acaba, ¡por el mar y la luna! —exclamó Maximus.

—¡Insensible! —espetó la niña.

Maximus se cruzó de brazos y le hizo una mueca de asco.

Cassandra no reprendió a ninguno de los dos. Siguió narrando la vida del príncipe maldito. Y, como siempre que lo hacía, se le puso el estómago del revés.

—De vuelta en el reino, el príncipe mantuvo la calma. Había obrado bien. Más importante era la vida de su hermana que un brazo. ¿Para qué necesitaba dos? Con uno se valía. Podría aprender a luchar con la izquierda.

»Cuando se curó la herida de su muñón, el príncipe abrió las puertas del castillo. Sus súbditos, uno por uno, fueron entrando, expresando el dolor que les causaban las circunstancias por las que había tenido que pasar el príncipe. Pero también compartieron con él un malestar común: llevaba mucho tiempo sin llover y estaban perdiendo las cosechas. El príncipe recordó la advertencia del ángel y tuvo miedo.

»Aunque quería guardar la esperanza de que ocurriría algo bueno, pronto la cosa empeoró, la gente comenzó a enfermar, también los animales. El invierno había llegado gélido y destructor. El joven príncipe se sentía responsable, vulnerable. Después de cambiar los mayores tesoros del reino por trigo y alimentos, llegó a él un comunicado de los gobernantes del sur. En este le decían que le cederían todo el alimento y los recursos necesarios para que tanto las personas como los animales pudieran sobrevivir, pero a cambio el príncipe debía concederles el trono.

»Renunciar, perder, ser desterrado del lugar que lo había visto nacer. Aquellas tierras le pertenecían por sangre, las había heredado de su madre y de su padre. Pero su sangre también era del pueblo, y si este moría, él también. Así que hizo lo que consideró justo, asegurando primero el bienestar de los otros príncipes. No les comunicó la decisión y abdicó.

»Se fue del reino sin despedirse de nadie. Solo *Neokodell* iba con él. Empezaría en cualquier otro lugar, como un hombre libre. Emprendió el viaje hacia una aldea donde nadie lo conociera. El bravo *Neokodell* era su sombra, el que hacía las guardias en la noche, cuando encendían una hoguera en un bosque, y un buen compañero en los caminos por los que nunca habían ido ninguno de los dos.

»Entonces, después de muchas semanas viajando, encontraron el sitio que llevaban tiempo buscando. Un poblado en el norte, donde un herrero anciano le dio la bienvenida, lo acogió y le enseñó un oficio. El príncipe aceptó la hospitalidad de aquel hombre y le devolvió el favor con ahínco en el trabajo, aprendió la profesión y lo cuidó en la enfermedad en sus últimos años de vida. Durante ese tiempo, el príncipe olvidó el tercer mal del ángel.

»Unos meses después de la llegada a la aldea, conoció a Issbella, una joven costurera que solía pasar por delante de la forja y se detenía a mirarlo desde el otro lado de la plazoleta. La siguió de cerca, cautivado por su belleza, para asegurarse de que llegaba sana y salva a casa. Ella se percató del descaro del hombre, unos años mayor, pero no dijo nada, porque también Issbella lo observaba en la distancia.

»Entre visitas secretas y paseos lejanos, la chica y el príncipe se enamoraron. Se tomaron por esposos y todos en la aldea se alegraron mucho, quizá porque estaban hechos el uno para el otro. Fueron a vivir a una pequeña casa cerca del bosque y comenzaron una vida en la que eran felices. Issbella estaba muy agradecida por la suerte que había tenido, pero quería devolverle algo al príncipe, algo que sabía que lo haría más feliz. Así que tomó la decisión de escribir dos cartas destinadas a cada uno de sus hermanos. Mientras esperaba la respuesta, el príncipe sufrió un gran mal.

—No me gusta nada esta parte —se quejó Hatria.

—La está contando por ti, cállate. Cuanto antes acabe, mejor —objetó Maximus.

—No le hables así —intervino Keelan.

—¿Cuál es ese mal? ¿Es el tercero? —preguntó un muchacho, también joven, que se había acercado a la mesa de la amazona para escuchar mejor la historia.

Calíope les echó una mirada hastiada a todos los presentes y callaron para que Cassandra, después de beber un poco de agua, pudiese concluir la historia.

—El príncipe creyó que enloquecería la mañana que despertó y no encontró a *Neokodell* en las cuadras. ¿Dónde podía estar? ¿Qué podría haberlo asustado y obligado a huir de aquella manera? Jamás se separaban el uno del otro.

»Issbella lo ayudó a buscarlo. Empezaron preguntando en la aldea, pero el príncipe sabía que su caballo era un salvaje que había llegado de las profundidades de los bosques y que, si algo lo había atemorizado, volvería a ellas. Así que, sin pensárselo dos veces, preparó una pequeña partida con algunos hombres que lo apreciaban y marcharon durante cinco días en busca de un rastro. Lo llamó a gritos y lo grabó en todas las cortezas de los árboles en las que rebotaba su voz. Entonces lo supo, el tercer mal había caído sobre él y se había llevado lo único que quedaba de su anterior vida. El príncipe lloró desolado, sintiéndose maldito porque los dioses le hubiesen arrebatado a *Neokodell*.

»Después de muchos días, cuando se dio cuenta de que ya no había forma de encontrarlo, regresó a la aldea. Le habían quitado todo, pero comprendió que podía sobrevivir, podía olvidar los males y recordar la esencia de quien había sido. Tenía la vida entera por delante, a su esposa, un trabajo, personas en las que confiaba y a las que había aprendido a querer. Podía, se dijo. Podía ser feliz con lo que le habían dado a cambio de lo tomado.

»Al regresar, entró en la casa con ese coraje recién adquirido y con una sonrisa tenue que demostraba que, sin saber por qué, podía seguir albergando esperanza. Sin embargo, se le truncó el destino y, cuando se adentró en la estancia en la que a su mujer le gustaba tejer y vio el reguero de sangre que iba del cuerpo de esta a la puerta, no encontró el aliento necesario para pronunciar su nombre.

»Se quedó ahí un segundo, petrificado. Estaba tendida sobre el telar, con el pecho rasgado y los ojos aún abiertos, contemplando el techo desnudo. Se acercó a ella, paso a paso, pisando la sangre, ensuciándose las botas. Se arrodilló, le apartó el pelo de la cara, la besó en los labios. Le pasó la mano por debajo de las costillas, la alzó a peso y la llevó hasta el dormitorio, donde la acostó en la cama. Le cerró al fin los ojos, se tumbó a su lado y esperó durante tres días y tres noches. La veló.

»Al cuarto día se levantó y encendió la chimenea de la cocina pese a que no hacía frío. Tomó una antorcha y, tras recorrer el que había sido su verdadero hogar, prendió fuego a la casa dejando el cuerpo de la mujer dentro. Salió, empuñó la espada con la mano izquierda, técnica que había perfeccionado con los años, y emprendió el camino que llevaba a la aldea. Fue dándole vueltas a la empuñadura, apretó fuerte la mandíbula, invocó a los dioses en los que había creído, pero que lo habían privado de lo único que quería y necesitaba, y fue hacia donde había gente.

»Se colocó en medio de la plaza, blandiendo la espada y gritando: "¡Maldito! Estoy maldito por culpa de quien nos creó. Desposeído, exiliado, manco y con el corazón latiendo a contratiempo. ¡Maldito y solo! Deshonrado y aniquilado, viendo el cuerpo inerte de mi esposa, asesinada, ¿a manos de quién? ¡¿Quién de vosotros entró en mi casa hace tres días?! ¿Sabéis quién soy, acaso? ¿Qué ser ruin me traicionó? Fui vuestro príncipe durante años, velé por vosotros, renuncié a todo, acepté la soledad y la pobreza, el vacío hermético que deja perder a tus hermanos. ¡Todo por vosotros! Y aquí estoy —rio, enloquecido—, de nuevo solo. ¡Maldito!".

»Entonces, lleno de furia, arremetió contra todo aquel que se puso en su camino, pero la gente huyó antes de que pudiera vengarse. Dice la leyenda que sus dos hermanos llegaron a la aldea días después, una vez que recibieron la invitación de Issbella. El Sabio y la Guerrera lo encontraron sentado en medio de una casa de cenizas. Un príncipe maldito. Eso se repetía. Sus hermanos quisieron llevárselo, pero él ya no tenía fuerzas para vivir. "Matadme, os lo ruego. Uno de los dos, matadme". Lo suplicó con el rostro bañado en lágrimas, con la mano temblando, con la seguridad de saber que ya no tenía alma, pese a que el dolor seguía siendo intenso. Mientras siguiera con vida, seguiría sufriendo.

»"Matadme, os lo ruego. Liberadme de este dolor que me ahoga". El Sabio se negaba, no podía permitirlo ni hacerlo. Sin embargo, una noche en la que la Guerrera se quedó a solas con el príncipe, este volvió a pedírselo por tercera vez. Su hermana cerró los ojos un instante. ¿Y si la esperanza en los dioses solo era una vana ilusión? ¿Y si no había nadie que los perdonara? ¿Y si su hermano estaba loco y merecía el perdón del hombre y no de los Creadores?

»Tomó una decisión, abrazó a su hermano, que la contemplaba confundido, y le dijo: "Te voy a liberar, hermano, porque te debo mi vida y tú me confías la tuya, y no importa si hay una fuerza mayor al otro lado, que nos castigue si así es, porque tu castigo ya ha sido enorme y tu fe, puesta a prueba de muchas maneras".

»Con un viejo puñal que había heredado de su padre, le

atravesó el corazón y el príncipe murió en brazos de la Guerrera, justo donde lo encontró el Sabio cuando regresó varias horas después; donde supo que acababa de perder a su hermano, porque, aunque el mundo no estaba en guerra, había guerra en el mundo, una silenciosa y fría que se escondía en las sombras y se camuflaba con la luz, pero que al final tenía color y sabor de sangre, como la más violenta de las batallas.

4

EL SILENCIO FUE SEPULCRAL cuando la suave voz de Cassandra se apagó. Había añadido su propio sello al final, una frase que le había dedicado a Eugene pocos minutos antes y que él ignoró, cansado de las advertencias de su amiga. Igual de exhausta estaba Calíope, pero no podía decir por qué, no en aquel momento, ni mucho menos ahí.

—Dicen que en los reinos hay Principados, ¿es eso cierto? —preguntó una mujer que también se había acercado a la mesa de Cassandra.

Ella tragó saliva antes de contestar, porque la verdad era que muchos habían escuchado los rumores de que ambos reinos, el de Alair y el de Eliadora, estaban asesorados por la tercera tríada de ángeles. No habían descendido desde hacía más de un siglo y, si ahora estaban entre ellos, solo podía significar que no había forma pacífica de que los hermanos llegaran a un acuerdo sobre el gobierno de Áurea, sobre la regencia de los poderes, la administración de los capitales y las leyes vigentes. Todo apuntaba a que venían tiempos difíciles para personas como ella y las familias de sus amigos.

—Después de la Persecución, los Creadores creyeron oportuno que hubiera seres que asesoraran a los reyes —comentó Keelan—. Los Principados hicieron el descenso y se quedaron hasta que se restauró el orden.

Agachó la cabeza, apesadumbrado.

—Lo que quieres decir es que si están de vuelta es porque Alair y Eliadora, los príncipes herederos, no están buscando una alianza por el bien común —terció Calíope.

—¿Qué sabrán los ricos de las penurias de los pobres? —dijo Constantine, irónico—. ¿Cómo es que ninguno de los dos ha visitado el Archipiélago de Lunas para ver cómo vivimos en realidad? De seguir gobernando la reina Eliana, esto no sucedería.

A Cedric se le escapó un rugido desde el otro lado de la barra, una advertencia para su socio. No hablaban de la Persecución, nunca. No debían. Había cosas de las que nadie debería acordarse. Cassandra lo sabía bien, su padre se había cansado de rogarle que dejara de preguntar sobre aquel periodo en el que Lennox el Usurpador quiso dar caza a todos cuantos desobedecieran sus mandatos o no pagaran sus impuestos. Fueron años en los que la sangre corrió como ríos hasta que los Principados descendieron y escogieron a Nahali de la Hiedra para restablecer la paz.

—¿Y por qué los príncipes no aceptan los consejos de sus Principados de una vez?

—Porque son orgullosos y tercos —contestó un hombre algo mayor, con los puños apretados sobre la mesa.

—Me gustaría saber qué harían si estuvieran en nuestro lugar, si vieran cómo sus familias se mueren de hambre y escasean el trabajo y los medicamentos —dijo Constantine.

—¿Y no os habéis fijado en que cada vez son menos los buques mercantes que llegan a las islas? En Isla León llevan meses sin recibir suministros, y nosotros vamos por el mismo camino. Estar como estamos o muertos viene a ser lo mismo.

—Se habla mucho de rebeliones en estos días.

—Quizá sea la única forma de que nos escuchen.

—¿Y cómo vamos a hacerlo si no tenemos forma de salir de las islas? No disponemos de barcos suficientes.

—¿Es que estáis proponiendo una revolución?

Cassandra frunció el ceño. Para aquellos que la conocían, era una señal clara de advertencia. Tobías le había repetido que había cosas que debía callar, porque uno nunca sabe quién puede estar escuchando y a quién puede delatarte si te muestras como un traidor.

—No seáis necios. ¿Queréis que luchemos contra dos reinos abastecidos de riquezas, armas, ejércitos y cualquier cosa que necesiten? Con un arco y la aljaba de flechas no tenemos ni para hacerles cosquillas.

—¿Debemos vivir de rodillas, entonces? —la cuestionó Calíope, con los brazos cruzados sobre el pecho.

—Debemos vivir —respondió en un susurro amenazante, y después echó una mirada de soslayo a Eugene—. ¿O quizá es mejor la muerte?

—Es mejor no ser esclavo —le reprochó la muchacha.

—Yo no soy esclava de nadie, ¿lo eres tú?

—Tal vez no lo seas de alguien, pero ¿estás segura de que no lo eres de algo?

—¿Qué quieres decir?

Calíope entrecerró los ojos y le hizo una seña para que salieran fuera. Cassandra obedeció y, como por inercia, siguió a la chica. Todos las contemplaron, algunos se atrevieron a susurrar, otros apartaron la mirada y se preguntaron, al igual que hizo Hatria, cómo había sido el mundo anterior a la Persecución. Era probable que nunca alcanzaran una respuesta, ¿cómo lograrlo si la gran Biblioteca estaba cerrada a cal y canto para ellos? Nada de libros, nada de historia.

—¿Crees que nuestros padres irán a la guerra, Keelan? —inquirió Hatria.

—A lo mejor no solo nuestros padres, algunos de nosotros también pisaremos suelo enemigo, aunque no le debamos nada a ninguno de los príncipes.

—¿Qué sabrás tú? —intervino Maximus.

—Maximus, vivimos de lo que nos da el campo y de lo que

podemos conseguir en Isla Brava cuando los comerciantes no se atreven a navegar tan al sur. Somos unos ignorantes que aprendimos a leer con el Código de Leyes, pero cada vez se escuchan más rumores de que lo que empezó con discordancias familiares acabará siendo un enfrentamiento en toda regla. —Respiró hondo—. Esto es lo que sé, Maximus.

No era el único que lo escuchaba. Todos estaban pendientes del muchacho.

—Sé que nos cuentan lo que les interesa que sepamos. Pero Áurea está partida en dos mitades, gobernadas por dos hermanos que se odian y fingen que su pueblo no tiene necesidades y que los mercenarios no secuestran a diario a personas con dones que podrían serles beneficiosas a sus tropas. —Miró a Eugene—. Sé lo que escucho, porque trabajar en el espigón es salir de esta maldita isla donde nos consumimos.

—Keelan… —murmuró Hatria.

—¿O no has escuchado lo que acaba de decir Eugene? Se va porque no tiene alternativa.

Se volvió hacia los que estaban atendiendo a la conversación. Sus ojos verdes fueron de uno a otro, escudriñándolos, hasta que se detuvieron de nuevo en la mirada profunda y rasgada de Maximus. Parecía cargada de un odio que ninguno de los que estaban ahí podía entender.

—¿Cuántos de los que nos encontramos aquí no hemos podido pagar los impuestos?

Los más valientes dieron un paso al frente y dejaron ir un murmullo indiscreto.

—¿Cuántos os vais a alistar para mitigar las pérdidas de las cosechas?

Otro bisbiseo le hizo comprender que su amigo no era el único que se había visto en la tesitura de tomar partido por una causa que, como había apuntado Cassandra, no era la suya, aunque, al mismo tiempo, lo era de un modo tan amenazador que resultaba más que comprensible el miedo que todos los bravos podían tener. Pero no solo ellos, sino el resto de personas que estaban sometidas a unas leyes impuestas muchos siglos atrás.

—Lo siento, pero yo estoy con Calíope. No voy a vivir de rodillas.

Hatria se enjugó una lágrima que le resbalaba por la mejilla izquierda. Eugene se rascó la frente y maldijo la hora en la que no le había quedado más remedio que aceptar la propuesta que le habían hecho.

Un silencio cargado de temores y sospechas cayó en el interior de la casa de comidas. Mientras tanto, al otro lado de la puerta, Cassandra iba de un lado a otro, con las manos en la cabeza.

—¿Estás segura, Calíope?

Esta asintió con fervor.

La amazona empezó a respirar con dificultad. Después se humedeció los labios y entrecerró los ojos. Se le había resecado la boca de pronto y la tirantez de las heridas se volvió incluso más insoportable. Aquello no podía estar pasando.

—No puede ser verdad. ¡Es imposible! —Dejó escapar un grito ahogado, ya que no quería que nadie la escuchara.

Se acercó a la muchacha, colocó las manos sobre sus hombros y la miró con fijeza.

—No se lo digas a nadie, júramelo.

—¡Pero es un traidor, Cassandra! Te ha vendido, ¿a cambio de qué? —espetó la chica, llena de furia y repulsa—. Constantine lleva semanas siguiéndote. ¿Tiene algo que ver con tus heridas? ¿Está pasando información al exterior?

Se le hundieron los hombros.

—¿Qué heridas?

—No disimules, ¿quieres? Todo el mundo habla. No vas selva adentro desde hace mucho tiempo. Te mueves con dificultad. Estás rara. ¿Qué ha pasado?

Cassandra se llevó las manos a los ojos.

—Seguro que hay una explicación. Constantine es amigo de mi padre. Lo conozco desde que era una niña, Cali. No puede haber hecho algo así. Jamás me vendería.

—Lo ha hecho, Cassandra. ¡Por todas las lunas! Si no me crees, compruébalo tú misma. Se reúne cada dos noches a las afueras del valle con un hombre de piel olivácea y pelo negro y con otro mucho más fuerte, de rasgos duros.

Cassandra frunció mucho el ceño. Se acercó a su amiga y la señaló con el mentón.

—¿Y qué hacías tú de noche a las afueras del valle?

La chica agachó la cabeza.

—Escúchame bien, Calíope, jamás vuelvas a hacer eso, ¿entendido? No quiero que salgas sola de noche y, si es posible, de día tampoco, ¿me he explicado con suficiente claridad?

Ella se apartó de Cassandra, se apoyó en el vallado de madera y miró hacia otro lado. Estuvo un rato cabizbaja hasta que se volvió hacia la mujer que más admiraba en ese mundo.

—No puedes protegernos a todos, Cassandra. Eugene se va a la guerra, aunque él aún no lo sepa. ¿Cuánto tiempo crees que tardarán los demás en hacer alguna locura que les permita sobrevivir? No puedes cuidarnos siempre. Ya no somos unos niños.

Cassandra negó con la cabeza, desolada ante la confesión de aquella mujercita que, como ella decía, ya no era una niña, pero a la que quería mantener a salvo.

—Mira —Cali se acercó a ella, la cogió de la mano y suavizó su mirada—, es una época mala, todos tenemos problemas, sin embargo, eso no significa que Constantine sea menos culpable. Confía en mí, por favor, deja que te ayude. ¿Qué ha pasado? ¿Te ha atacado alguien, Cassandra? ¿Han vuelto a por ti?

Todos sabían en Isla Brava que el don de Cassandra tenía un precio muy suculento. Muchos negociadores habían llegado para hacerles una propuesta a su padre y a ella misma. Solo tenía que instruir a otros jinetes para que aprendieran a montar a los caballos del Fenha. Sin embargo, ella siempre había declinado la oferta, quizá porque conocía de sobra el fin de aquella instrucción: utilizar a los caballos, animales libres y valerosos, para que los humanos se matasen entre sí.

Cassandra se sentó junto al vallado y Calíope se acuclilló a su lado.

—Me siguieron desde el puerto hasta el final del valle. Eran dos hombres armados con ballestas y arcos. Estuvimos a la carrera durante casi una hora y sus armas me alcanzaron dos veces mientras atravesaba la selva, una en el muslo izquierdo y otra en el hombro derecho. No hace falta que te diga que mi padre no sabe nada, y quiero que siga siendo así.

Era una orden. Calíope pareció entenderla cuando asintió.

—¿Por qué siempre vuelven a por ti? —formuló Calíope con los ojos húmedos.

—Porque no estoy muerta —declaró ella—. Mientras siga con vida, puedo serles de utilidad.

—Pero tú nunca aceptarías, ¿verdad?

«Nunca», le hubiese gustado contestarle a la joven, sin embargo, desde que había pronunciado esa palabra algunos años atrás, el *nunca* se había ido diluyendo. Todos tenían problemas, en su casa tampoco lo estaban pasando bien, aunque no hablara del tema y su padre se empeñara en ocultarlo a toda costa.

No contestó, se salvó porque la puerta de la casa de comidas se abrió de un empujón fuerte. Era Keelan, que salía apretando los puños. Cassandra se puso en pie de un brinco, se sacudió los pantalones y fue en su dirección, al igual que Calíope, que la siguió de cerca, como llevaba haciendo unas cuantas semanas.

—Keelan, ¿qué ha pasado?

Lo retuvo colocando una mano sobre su pecho. Keelan apartó la mano de la chica de un modo brusco y fue hacia su caballo con determinación y mucha rabia contenida.

—Keelan —siguió llamándolo la Susurradora—. Espera un segundo, ¿qué pasa?

Echó un rápido vistazo hacia la casa de comidas. Algo había sucedido en su ausencia y, por el semblante de Keelan, auguraba ser malo. El chico montó en su rocín de un salto, cogió las riendas y tiró de él sin decir una sola palabra. Cuando las chicas quisieron darse cuenta, él estaba trotando por el camino que lo llevaría de vuelta a su casa.

Entonces se escuchó una vez más la puerta. La amazona se volvió como una presa amenazada hacia el umbral. Ahí se encontraba el robusto cuerpo de Constantine, que había dibujado su habitual sonrisa bonachona en su cara regordeta. Lo cierto era que a Cassandra ni la sonrisa le parecía ya auténtica ni el hombre tan amable como antes había creído. Quizá era otro el motivo de que el dueño de la casa de comidas se reuniera con aquel misterioso hombre en el valle, pero ahora tenía la duda dentro.

—¡Ese chico se ha vuelto loco! —gritó al tiempo que se limpiaba el sudor de la frente con la manga de su camisa—. Volved, venga, es hora de comer.

Cassandra tomó aire con sutileza para mantener a raya su mal humor. No podía dejar entrever cuáles eran sus verdaderos sentimientos en aquel instante. Tendría que ser más fuerte que eso. Más inteligente.

—Creo que se acabaron las comidas por hoy.

Fue hacia Calíope, le dio un fugaz abrazo y le susurró:

—No quiero que vuelvas al valle. Nunca. No me sigas, no hables con nadie que no conozcas, ¿me he explicado?

Se apartó de ella y la muchacha asintió.

Después la amazona siguió los pasos de Keelan, palmeó la grupa de su caballo y montó. Tras eso, *Diente de Guerra* obedeció las indicaciones de la joven, que lo dirigió hacia las profundidades del oscuro bosque donde encontraría a su padre y otra advertencia de que las cosas no estaban haciendo más que empeorar.

5

TOBÍAS PASABA MÁS TIEMPO entre los árboles que entre las paredes de la casa que le había costado tanto esfuerzo y sacrificio construir. Ahí lo encontró Cassandra, sentado sobre una roca, mirando al suelo y con una manzana verde a medio comer. Parecía estar absorto en algún pensamiento para nada agradable.

Cassandra ató a *Diente de Guerra* a un árbol cercano y fue hacia su padre intentando no asustarlo. Se había acostumbrado a ser invisible. A no respirar, aunque se ahogara.

—Hola, papá.

El leñador giró la cabeza al reconocer la voz de su hija, le besó los nudillos de la mano que había colocado sobre su hombro y le hizo un hueco a su lado.

—Hola, Capa Azul —contestó con una sonrisa tan o más apagada que su voz.

—¿Capa Azul?

—Era una vieja historia que contaba tu madre. Decía que, cuando tuviéramos una hija, tendría que narrársela para que tuviera cuidado al ir sola por el bosque, porque había seres peligrosos, con otras pieles y que intentaban engañar a los viajeros.

—Supongo que no se imaginaba que tendría una hija como yo.

—Ninguno lo imaginábamos, en realidad —masculló su padre.

Ella colocó una mano sobre su rodilla y le dio un apretón firme que lo obligó a levantar la vista del suelo. Conocía muy bien a su padre, y no le hacía falta ser muy perspicaz para darse cuenta de que hacía noches que no dormía y que sus ojos ahora estaban rodeados por oscuras ojeras. Había algo que no le contaba, igual que ella a él, tal vez se parecían mucho más de lo que les gustaba reconocer, porque cualquiera de los dos habría hecho lo impensable para proteger al otro.

—¿Mamá sabía muchas historias? —preguntó Cassandra de pronto.

Desde que era niña, hablaban muy poco de la mujer que le había dado la vida. Lo que más sorprendía a la amazona del Archipiélago de Lunas era que ninguno de ellos supiese de sus orígenes, de dónde había llegado o de qué parte del mundo eran sus raíces.

Cassandra también tenía fascinación por todas las historias que Tobías había heredado de Maya y que le contaba en voz baja para que no llegaran a oídos con malas intenciones. Por todos era conocida la prohibición de difundir el conocimiento y que el precio por hacerlo era alto, por eso Cassandra no hacía más que preguntarse quién había sido su madre y cómo había aparecido a orillas de la Playa de Cuerno en Isla Brava, tan al norte y tan lejos de donde estaba el puerto.

—Unas cuantas. Algunas más bonitas que otras —recordó Tobías.

—¿Dónde las aprendió? —siguió indagando.

—Nunca hablaba de su vida antes de la isla. Era silenciosa y muy cuidadosa con lo que contaba y lo que sabía, que era mucho más de lo que podría haber conocido un bravo.

—¿Y no le preguntaste?

—Al principio lo hice, sobre todo porque no era muy común

que los viajeros que llegaban a la isla se quedaran a vivir, casi todos se marchaban al poco tiempo, pero ella parecía decidida a quedarse y, para entonces, yo ya la quería, así que no iba a darle motivos para que se fuera.

—Pero si naufragó en Isla Brava, ¿de dónde venía y con quién?

—No quise preguntarlo nunca, Cass, porque ella jamás anheló volver allí.

Cassandra no dejaba de hacerse aquellas preguntas. Cada suposición era un escalón que subía, pero después descendía tres cuando se daba cuenta de que nunca podría averiguar quién había sido Maya.

Guardó silencio durante unos segundos y, al final, desenfundó otro de sus miedos.

—Papá —susurró—, Eugene se ha alistado.

Tobías frunció el ceño y tendió una mano hacia la de su hija. No parecía sorprendido, y eso hizo que Cassandra rechazara el contacto casi de forma mecánica.

—Tú lo sabías.

No era una pregunta, sino una afirmación en toda regla, una cargada de reproches. Por eso el hombre no contestó, no había nada que pudiera decir que borrase lo defraudada que parecía sentirse Cassandra.

—Y estás de acuerdo —añadió, indignada.

Tobías puso los ojos en blanco y se le escapó un suspiro de desesperación.

—No estoy de acuerdo, hija, pero ¿cómo podemos ayudarlo? No será el único que tenga que tomar decisiones difíciles. Estamos viviendo una situación en la que el menor de nuestros problemas es cruzar el Mar de Plata en busca de sustento.

—¿Qué quieres decir?

Se levantó tan rápido como el peso de su cuerpo le permitió.

—Hija, nos han prohibido seguir talando árboles en Isla Brava. No tenemos carbón y ahora nos quedamos sin leña, pese a lo mucho que nos hemos esforzado en replantar los árboles que hemos talado y lo cuidadosos que hemos sido siempre. Si continuamos, nos han comunicado que los impuestos serán mucho más altos que los beneficios. No podremos pagarlos.

Cassandra entreabrió los labios para decir algo. Tardó en encontrar las palabras.

—Pero, papá, en el este de la isla hay muchas familias que viven de esto…

Habló en plural porque no se atrevió a preguntar qué pasaría con él.

—Tendremos que adaptarnos. Encontraré una manera. Tengo un amigo que trabaja en el puerto de la isla, me ha prometido encontrarme algo a bordo de un buque mercantil. Al otro lado del Archipiélago de Lunas hay más oportunidades, Cassandra, y así, por lo menos, podré enviarte dinero. Conservarás la casa, estarás bien.

—¡No! —gritó ella—. No lo permitiré. Tenemos el dinero de los caballos que amaestré y podría pedir trabajo en el norte de Isla Brava, necesitan gente para la reparación de las calles y…

Tobías la interrumpió:

—No sería suficiente, las deudas son mayores. Además, no permitiré que atravieses el valle todos los días y te pongas en peligro. No lo apruebo.

—¡Por todos los caballos! ¿Que no lo apruebas? He alcanzado la mayoría de edad. No me puedes prohibir nada. Además, no dejaré que embarques rumbo a quién sabe dónde por un trozo de tierra y cuatro paredes.

—¿Cuatro paredes? —Él se puso en pie, herido por sus palabras—. Esas cuatro paredes son toda mi vida. Todo lo que me queda de tu madre. Y tú naciste entre ellas. No puedo renunciar a que me quiten lo poco que he construido yo mismo y con tantísimo esfuerzo.

Cassandra se acercó al hombre y cogió sus manos, ásperas y agrietadas, entre las suyas, algo más suaves pero fuertes y acogedoras. Depositó sendos besos en ambas.

—Papá, tu vida vale más que una casa, por favor —le imploró.

—No me voy a la guerra, pequeña.

Tobías le acarició la mejilla y le sonrió con dulzura para sosegar su temor.

—No, te vas al fondo del mar —rebatió ella.

La muchacha se apartó y el brazo de él cayó a un costado.

—¿Qué sugieres? No servirá de nada que trabajes para Fedro, al igual que tampoco serviría que lo hiciese yo, Cassandra. No voy a dejar que te falte nada, y menos un hogar. Tu madre nunca lo hubiese hecho de haber estado en mi lugar. Era fuerte —puso énfasis en aquella palabra—, decidida, como tú. No había nada que pudiese retenerla, ni nadie. Su vida, su libertad, siempre fueron lo primero. La admiraba. No te voy a privar de ninguna de esas cosas, porque es mi deber como padre, porque quiero y porque me parecería vergonzoso no hacerlo teniendo la oportunidad. Así que, por favor, no te preocupes. Ven, dame un abrazo. Todo saldrá bien. Tampoco se han hundido tantos buques.

Se acercó, abatida, y lo abrazó con ternura y cierta desesperación.

—Tengo que ir a ayudar a Kalai con unas cosas —dijo poco después—. Puede que llegue tarde a la cena, ¿vale?

—Claro, hija. Ten cuidado.

—Siempre lo tengo, papá. —Le sonrió sin mucha convicción.

—Ojalá la mitad de las veces que dices eso me estuvieras contando la verdad.

Cassandra le hizo un aspaviento con la mano a modo de despedida, desató a *Diente de Guerra*, le palmeó la grupa y se montó de un salto. Cuando Tobías quiso darse cuenta, su hija ya había desaparecido. Lo que no imaginaba era que, por su mente, seguían vagando ideas que a él nunca le gustarían.

Llegó a la casa de Kalai pronto, cuando aún quedaban dos horas para que anocheciera. Llamó a la puerta tan fuerte que escuchó el eco rebotando en las ventanas. La mujer le dio la bienvenida desde el interior, eso le hizo comprender que no había cerrado con llave.

—¿Qué haces? —preguntó sin saludarla.

La sanadora estaba sentada frente a la chimenea, cuya leña

comenzaba a prender. Iba avivando las pequeñas llamas con yesca seca y unos polvos que Cassandra no supo identificar. Cada vez que los lanzaba al interior del fuego, este salía de un color azulado que la fascinaba.

Se acercó y tomó asiento a su lado, cruzó las piernas y apoyó los codos en las rodillas. Kalai, sin embargo, no se movió de su sitio, ni la miró. Seguía pendiente de las brasas y de lo que había tras ellas. Todos en la comarca pensaban que tenía algo de bruja, pero ninguno quería decirlo en voz alta. Habladurías de la gente, porque lo que en realidad tenía la mujer era un don que solo unos pocos conocían, Cassandra entre ellos.

Un don de augurios a los que Kalai rara vez hacía referencia.

—Cuando te quedas en silencio, me asustas.

—Y tú a mí cuando intuyo que vas a hacer algo irresponsable y arriesgado.

Cassandra enarcó las cejas y un brillo le inundó los ojos.

—No sé a qué te refieres.

La anfitriona se giró hacia ella y le pidió una de sus manos. Cassandra le cedió la derecha y Kalai fue dibujando un remolino en medio de su palma. Después separó cinco líneas que iban desde el centro hasta la punta de cada uno de sus dedos.

—La vida son caminos, Cassandra, rutas salvajes. Requiere prudencia recorrerlas. Las tenemos marcadas en la carne y, sin embargo, tú te empeñas en salirte de ellas.

—A veces salirte del camino es lo único que te mantiene a salvo, Kalai —dijo y la mujer pareció recordar que unos días atrás había atravesado la selva para despistar a los hombres que la habían seguido—. ¿Qué línea es esa? —Señaló la que estaba en medio, la más gruesa y nítida.

—La de la vida.

—¿Y la que se entrecruza?

—La de la muerte.

Cassandra se encogió de hombros e intentó sonreír sin mucho ánimo.

—Supongo que eso no es una buena noticia.

—Tú nunca vienes a visitarme para traer noticias buenas, Cassandra —protestó Kalai.

—Por eso no me recibes con los brazos abiertos, si es que ya lo sabía yo —bromeó. Al ver que la sanadora no decía nada y seguía contemplando las líneas de la palma de su mano, volvió a hablar—: Dime que no todo es malo, porque por la forma en la que frunces el ceño, empiezo a creer que solo me han tocado las desgracias.

—Hay un viaje largo marcado en tu piel, y solo tú puedes decidir cuándo empieza y cuándo acaba, por mucho que otras pequeñas líneas —las trazó con su afilada uña—pongan todo el empeño en cambiar eso.

—¿Qué clase de viaje?

Kalai tomó sus dedos y los cerró sobre la palma de la mano. Apoyó la frente en ellos y cerró los ojos. En silencio, la encomendó a los dioses con la esperanza de que la mantuvieran alejada de las tinieblas.

—¿Por qué me bendices, Kalai?

—Porque no quiero que te marches sin que los bravos espíritus de nuestra isla te guarden, los ángeles te observen, los Creadores te guíen y los vivos te encuentren.

—No voy a marcharme, Kalai.

—Tu corazón lo sabe, aunque tu cabeza aún lo dude.

Dibujó esa vez las tres líneas de la palma de su mano, aquellas que se salían de ella, como si se asomasen a un acantilado. El don de Kalai caminaba sobre agua claras.

Trazó tres pétalos invisibles sobre su frente y el tallo descendió por su nariz respingona, y cuando la mano de la sanadora llegó a su barbilla, dio tres toques con los nudillos del dedo gordo, del índice y del corazón.

—Llevo contigo desde tu primer aliento y seguiré estando aunque respires lejos.

La sanadora agachó la cabeza, contempló sus propias manos y volvió a centrar la mirada en las llamas latentes del fuego. El azul de las brasas revoloteó en un baile que ascendió por el conducto de la chimenea ante las miradas de ambas mujeres.

—Ahora vete.

Cassandra obedeció. Sentía levedad en el cuerpo cuando se puso en pie.

—Y, por favor, Cassandra, recuerda que serás muchas cosas, pero ante todo…

—Soy una brava —concluyó ella.

Aquello era una despedida antes de que fuera al encuentro de Constantine y los dos hombres con los que se encontraba en el valle al anochecer. Abandonó la casa de Kalai, que consideraba su segundo hogar, y se preguntó por qué no la había detenido como en otras ocasiones en las que había estado a punto de cometer locuras semejantes. No solo no se lo impedía, sino que parecía animarla a hacerlo.

Apremió a *Diente de Guerra* para que cogiera pronto el camino que llevaba al valle. Si todo era como Calíope le había contado, y no dudaba de ella, Constantine debía de encontrarse ahí. La enfurecía pensar que alguien podría vender de aquella manera a una persona, sus secretos y su vida a cambio de unas pocas monedas. Aunque intuía que no eran las monedas en sí lo que movía al dueño de la casa de comidas, más bien su familia. Mantenerla a flote, ayudarla. Como también quería hacer su padre.

Pero ella todavía tenía la libertad de venderse a sí misma, sin que nadie interviniera en su compraventa. Cogió con fuerza las riendas del caballo. Este relinchó y dio un traspié. Se quedaron tras unos árboles en la parte baja de la colina. Desde ahí, gracias a las luces y a las sombras que proyectaban las estrellas, podría ver lo que sucedía unos metros por delante de ella.

Mientras el tiempo pasaba y la noche se volvía más oscura, divisó dos figuras robustas que habían aparecido en el valle a lomos de sus caballos. Dieron un par de vueltas hasta que algo llamó su atención. Constantine ascendía por la colina con paso cansado y apoyaba las manos en las rodillas cada pocos metros.

La expresión de Cassandra se endureció, al igual que un pequeño resquicio de su corazón, aquel que hacía que confiara en la gente. Acarició el cuello de *Diente de Guerra* para serenarse y tener paciencia. Esperar prudente a que el amigo de su padre llegase a la altura de aquellos hombres. Cuando al fin lo logró, no aguardó a que pudiesen mantener una conversación.

Le dio una orden silenciosa a su compañero y este, sin dudarlo, recorrió el espacio que los separaba envuelto por la luz estelar y por el farolillo que Constantine había traído consigo.

Al escuchar las pisadas del animal, los tres hombres se pusieron en alerta.

—¿Quién anda ahí?

—La única que de verdad os interesa.

Salió de las sombras y quedó expuesta a la luz del candil, que le iluminó las facciones, dulces a la par que duras. La brisa ondeó su larguísima melena de ébano y la luna cayó plateada sobre su piel bronceada.

—Ca-Cassandra —tartamudeó Constantine.

—¿Me buscabais? —preguntó pese a conocer la respuesta de antemano—. ¿Quién os envía en esta ocasión? ¿Se trata acaso de algún comerciante de la Ciudad Nueva de Bashne?

El hombre de tez morena, nariz aguileña y pelo largo rizado hizo que su caballo diera unos pasos al frente para situarse al lado de la amazona. Cassandra obligó a retroceder a *Diente de Guerra*. No sabía qué podía esperar de aquellos hombres que reconoció como sus agresores. Esa vez también iba desarmada, pero no huiría antes de tiempo.

—¡Habla, mercenario! —le exigió.

—No soy ningún mercenario, señora —habló este.

Nunca en su vida la habían llamado «señora», aquella era una palabra que solo se empleaba con las mujeres que tenían demasiado dinero como para que importase el nombre.

—¿No lo eres?

El hombre se apeó de su caballo, se desabrochó la chaqueta y, debajo de ella, en su pecho, apareció una insignia de sobra conocida, colores familiares porque la bandera ondeaba en el puerto para dar la bienvenida a los viajeros y para recordar que debían lealtad a los monarcas.

Hizo una reverencia muy bien ensayada.

—Nos envía la princesa Eliadora.

Cassandra tragó saliva porque, si bien habían mandado cazarla hombres de mucho poder y dinero, jamás habría pensado que una princesa tuviera algún interés en ella.

—¿A matarme?

—No, señora. Su majestad nunca querría que le sucediera nada malo.

—¿Entonces cómo le explicaréis las cicatrices que me causasteis?

El que todavía estaba a lomos de su caballo apartó un momento la mirada, pero el que había bajado la sostuvo. Cassandra no confiaba en ellos, aunque eso no la disuadió de pensar que quizá era una buena ocasión para negociar el precio de su vida. Si una de las herederas se había tomado tantas molestias o tantas libertades para capturarla era porque valía más viva que muerta.

—Señora, no hay tiempo para negociar. Debe venir con nosotros.

—¿No hay tiempo para negociar?

Miró a Constantine.

—Pero con él sí que lo habéis encontrado.

—Cassandra, yo…

—Cállate, Constantine, aunque sea por vergüenza y por la amistad que te unía a mi padre. No sé cómo has podido hacerlo, él nunca habría vendido a ninguno de tus hijos.

El hombre agachó la cabeza y apretó los puños.

—Si a la princesa le urge tanto conseguirme, estoy segura de que ofrecerá un buen pago a cambio de mi ayuda, ¿verdad? —se arriesgó a decir, a fin de cuentas, no había mucho que perder a esas alturas de la noche.

—¿Está dispuesta a acompañarnos?

—No creo que haya muchas más opciones, pero tengo condiciones. Y me parece que algunas os van a gustar tanto como a mí que me desgarrarais la carne.

Descendió de *Diente de Guerra* y se plantó frente al enviado de la princesa.

—A mi padre no le faltará nada mientras yo esté fuera, ni siquiera si muero.

—Por supuesto que no —contestó el hombre.

—Y —tomó aire—, al cabo de un año, regresaré.

—Me temo que eso no os lo puedo prometer. No depende de nosotros. Es una decisión que le compete a la princesa. Nosotros solo podemos negociar un precio monetario, nada más.

—Entonces —cogió las riendas del caballo y se subió de un salto—, procurad conocer pronto su respuesta, porque, de lo contrario, solo podréis sacarme muerta de esta isla.

Dio media vuelta, segura de sí misma y de que conseguiría ese trato. *Diente de Guerra* iba al trote y el corazón de Cassandra le gritó una advertencia a la que no prestó atención. A lo mejor, de haber sabido que al cabo de unos días su cuerpo estaría sepultado por la arena, hubiera hecho caso a su instinto y se habría internado en lo profundo de la selva de Isla Brava, donde había crecido como la más salvaje de las criaturas.

6

LA AMAZONA DEL ARCHIPIÉLAGO DE LUNAS había embarcado al amanecer del día anterior. El comunicado había llegado al castillo con el crepúsculo. Informó al Principado casi de inmediato, esperaba que, de ese modo, mejorara su humor y dejara de dar vueltas en círculos como un prisionero herido. Harael le hizo una reverencia y le regaló la mejor de sus sonrisas. Después le anunció algo que consiguió que Eliadora temblara. Adria también estaba presente, sentada en el reposabrazos del trono.

—El buque de Alair se encuentra atracado en el Puerto de Marras.

La princesa se levantó de un salto, los ojos por poco se le salieron de las órbitas.

—¿Está aquí?

—Sería extraño que estuviera su barco y él no, ¿no te parece? —Sonrió, divertido.

—¿Y quién lo ha invitado?

Miró al Principado primero, que levantó las palmas de las manos en señal defensiva. A continuación, sus ojos buscaron los de Adria, que parecía más culpable que nadie.

—¿No crees que ya va siendo hora de tener una conversación, Eliadora? Se escuchan rumores de rebelión en el sur. Estamos estirando mucho la cuerda.

—Creo que es la primera vez que estoy de acuerdo con el nido de gorriones que tienes por compañera —apuntó Harael refiriéndose a su ensortijado cabello rubio, que siempre andaba enredado, aunque no les restaba belleza a los rasgos de su cara—. Hay que buscar un acuerdo, por lo menos para abastecer los mercados mientras Alair y tú decidís si vais a trabajar mano a mano o seguís dispuestos a una guerra inútil.

Adria se mostró arisca tras aquel comentario. En cualquier otro momento, se hubieran enzarzado en un combate de indirectas afiladas. La princesa sospechó que, si no lo hacían entonces, se debía a que el asunto era más serio de lo que ella había imaginado, incluso después de que Harael le mostrara cada una de las desventajas y pérdidas.

—Una cena, esta noche, en el castillo —pidió Adria—. ¿Qué mal puede ocasionarnos hablar con él? A lo mejor podemos llegar a un entendimiento. —Le acarició la mano y posó los labios sobre su ardiente piel—. Por favor.

—¿Y si es una trampa?

—Lo sea o no, Eliadora —habló Harael—, es tan libre como tú de estar en Ciudad Caléndula, por herencia os pertenece a ambos, las tierras y el castillo. De haber querido, podría haberlo tomado hace tiempo, dispone de un ejército más fuerte que el nuestro.

—Pero nuestra flota es mil veces mejor.

—No entremos en comparaciones, princesa. Está aquí de buena voluntad y yo creo que con intenciones honestas. Tal vez deberías bajar la guardia aunque sea por una noche y permitir que se siente a tu mesa, compartir la cena y quizá hablar sobre un futuro mejor para todos.

—Tampoco me gusta estar de acuerdo con el cabeza de chorlito que tienes por Principado. —Harael le regaló su mejor sonrisa—. Pero creo, Eliadora, que hoy deberías abrirle las puertas a Alair para no tener que cerrárselas mañana.

—¿Y si en realidad fue él quien las cerró?

—De haber sido así, no creo que hubiese aceptado venir hasta aquí. También él podría haber pensado que era peligroso, que podías tenderle una emboscada, pero viene solo, sin escoltas, solo con su Principado.

—¿Es eso cierto?

—Ningún otro barco ha atracado en el Puerto de Marras, es pequeño y veloz.

—Debe de ser el de madre, era su favorito, así podía sacarnos de palacio cuando éramos niños sin que nadie se diera cuenta. Pasábamos los días pescando en los islotes que rodeaban el reino…

Eliadora pensó en lo que la mujer con la que compartía el lecho y la vida le estaba pidiendo y llegó a la conclusión de que tenía razón, que aquella noche podría significar un antes y un después para los hermanos, separados por los tronos y los dones.

—Disponedlo todo para recibirlo —ordenó.

El príncipe cruzó la puerta de roble acompañado de su Principado, una mujer esbelta y bella, de ojos profundos y mirada serena. Ambos hicieron una reverencia ante la princesa, que se encontraba dos pasos por delante de Harael y de Adria. Los tres imitaron a Sehalia y a Alair en la sentida inclinación de respeto.

—Hermana —dijo el príncipe con voz clara—, te veo bien.

Eliadora sintió que se le humedecían los ojos. Era la primera vez en dos años que veía a Alair y, aunque lo hubiese reconocido en cualquier parte, también había algo distinto en él; en los ojos y la sonrisa.

—También yo a ti, hermano.

Las palabras salieron casi rotas. Después del incidente con Mishka, Eliadora no pensaba que él la hubiera perdonado. Daban igual las explicaciones que ella le diera, las veces que se disculpara o que le hiciera saber que había sido una decisión que el espía había tomado a sus espaldas, Alair no la creería.

—Adria —susurró el príncipe.

—Alair.

Eliadora intentó pasar por alto que ambos habían sido amigos tiempo atrás, y aunque ninguno había hablado nunca de ello, los espías de la corte decían que entre los dos había habido más que el cariño de unos amigos. Puede que hubiese sido aquello lo que había movido a Adria a pedir con tanto ímpetu ese encuentro entre los príncipes.

Ocuparon sus respectivas sillas alrededor de la mesa y, durante unos minutos muy incómodos, reinó un silencio que a la princesa se le hizo insostenible. Por suerte, Harael dio el primer paso y destensó a todos los comensales.

—A veces se me olvida lo deliciosa que está la comida de los mortales.

—Si prefieres cambiamos Áurea por un pedacito del Paraíso… —dijo Alair.

Se sonrieron unos a otros.

—Hacía muchos años que no visitaba el castillo de Caléndula.

—¿Y cómo lo encuentras? —preguntó Eliadora.

—Menos tenebroso, aunque, en comparación con las mazmorras, cualquier estancia resulta agradable —comentó con una sonrisa triste en los labios.

A su hermana se le ajustó todavía más el nudo del pecho.

—Encuentro que la ciudad está preciosa.

—La están preparando para la Ascensión de la Savia del Árbol del Trueno.

El príncipe asintió mientras bebía un sorbo del vino de manzana.

—A padre le encantaba esa época del año. A madre, menos.

Eliadora dudó si debía preguntar, pero, si estaban ahí para resolver sus diferencias, no podrían alargar la noche hablando del pasado y de las tradiciones de Caléndula.

—¿Cómo está madre?

Alair tardó en levantar sus brillantes ojos del contenido de la copa.

—Algunos días muestra mejorías, pero por lo general sigue igual.

—¿Igual de encerrada?

Harael le hizo una advertencia a Eliadora para que guardara las formas. El príncipe pareció darse cuenta. No se mostró molesto.

—Eliadora, sé que no comprendes por qué hago ciertas cosas. Jamás pondría en peligro a nuestra madre ni a ti. —Más que un comentario parecía un juramento—. A veces no tenemos alternativas para cuidar a las personas que nos importan.

—¿Sentiste que padre te cuidaba y te quería cuando te encerró durante dos años en las mazmorras? —atacó ella, desobedeciendo la presión de la mano de Adria en su muslo y la mirada de carbón y plata de Harael.

—Creo que ya sabes la respuesta, y no son situaciones para nada comparables.

Eliadora apretó los dientes, quizá las estancias que él le ofrecía a su madre y a ella misma eran mucho más confortables que las profundidades de un castillo de miles de años, pero por lo demás seguía siendo una prisión en vida cuando no habían cometido otro crimen que nacer con dones oscuros.

—Si te dijera que me rindo y que te cedo la corona, ¿qué pasaría, Alair?

Harael frunció el ceño desde el otro lado de la mesa.

—¿A qué te refieres?

—¿Qué planes tienes para mí?

Alair miró a otro lado cuando dijo:

—Solo quiero lo mejor para ti. La última vez que perdiste el control hubo mucha gente a punto de perder la vida. Igual que le sucedió a madre. Debo hacer lo posible para que controles tu don, Eliadora.

—Aunque eso suponga hacerme mucho daño.

—No hablemos de quién le ha hecho más daño a quién.

La princesa había supuesto que, en algún momento de la velada, saldría a relucir Mishka y su intento de homicidio. Había tanta angustia en los ojos de Alair que Eliadora sintió que la quemazón de su carne se extendía desde la cabeza hasta la punta de los pies. No solo se debía al dolor que él pudiera sentir, sino a que parecía que la única manera que tenía de ser libre era luchar contra su hermano y ganar esa guerra que ella misma había declarado.

Se encendió todavía más. El don no la obedecía, aunque ella luchaba por que Alair no se diera cuenta de que seguía siendo un peligro para las personas que la rodeaban. Aquella era la verdadera razón de que se hubiera recluido en el castillo de Muriel de los Engaños, ponerse a salvo, pero también salvar. Si había sido capaz de hacer ese sacrificio, comenzar una nueva vida en una ciudad lejana, con nuevas costumbres y llena de desconocidos, ¿por qué no podía el príncipe confiar en ella?

—Me parece que no llegaremos a ningún acuerdo esta noche —comentó Alair.

—Y a mí me parece que, mientras tu corazón siga luchando contra lo que padre te hizo de pequeño, no habrá noche lo suficientemente larga para perdonarnos.

Ambos hermanos desviaron las miradas, tampoco Adria se sentía mejor.

—Aun así, deberíamos intentar ayudar a la gente del sur, el Archipiélago de Lunas se encuentra en una situación lamentable —presionó Alair, que parecía ser más consciente del problema de lo que lo era Eliadora—. Entre los dos podríamos aprobar un acuerdo marítimo para que los mercantes viajen libremente a las islas.

—Coincido con el príncipe Alair —añadió Harael.

—Creía que tenías que estar de acuerdo conmigo —susurró ella, irónica, aunque no había maldad en sus palabras—. Los hombres que envié a por la Susurradora me han comentado de sobra las circunstancias.

Alair frunció el ceño, pero no hizo pregunta alguna. Sehalia, por su parte, que no había pronunciado palabra hasta ese momento, mostró su postura a favor del acuerdo.

—Está bien —concedió la princesa—. Lo haremos.

—En cuanto al precio de los medicamentos, Caléndula es líder en su fabricación, tal vez podrías hablar con los farmacéuticos y boticarios para que aumenten su producción. No llegan suficientes provisiones a las Estalactitas, ni tampoco al Fenha.

—Algo podremos hacer—cedió de nuevo.

—Te lo agradezco —susurró Alair—. Reuniré a mis consejeros y les diré que se encuentren con los tuyos y acuerden los pasos a seguir.

Aunque Eliadora se había estado esforzando en conservar la calma, el fuego volvía a asomar por los poros de su piel. No sabía durante cuánto tiempo más podría continuar clavándose las uñas en los muslos y evitar, de ese modo, convertirse en una hoguera viviente.

—Yo solo tengo a Harael, así que se reunirá con ellos, ¿verdad?

El Principado asintió.

—Ahora me temo que tenéis que disculparme.

Todos se pusieron en pie, la primera Adria, que mostraba su preocupación, su cariño y la relación tan profunda que la unía a la princesa.

—¿Estás bien? —preguntó Alair.

Ella no le daría el gusto de mostrarse vulnerable.

—Muy bien. Por favor, acabad de cenar.

Dejó la servilleta sobre el mantel, se soltó de la mano de Adria y salió de la estancia con paso lánguido. Sin embargo, cuando cerró la puerta, echó a correr por los pasadizos de la primera torre, se adentró en la segunda, dejó atrás la tercera y buscó el manojo de llaves en su bolsillo al llegar a la puerta de la cuarta. La abrió con manos temblorosas, entró y se encerró a cal y canto.

Si hasta entonces habían jugado a ciegas y habían conservado la esperanza de que al final uno de los dos daría su brazo a torcer, esa noche la princesa se dio cuenta de que el dolor que su hermano seguía sintiendo y el que había crecido en ella les impediría dar marcha atrás. Habían sido incapaces de resolver sus problemas en la intimidad y, por más que se esforzaban, no dejaban de verse arrastrados hacia una guerra sin retorno.

7

CASSANDRA SINTIÓ EL REGUSTO ÁSPERO de la arena en la lengua y la quemazón del sol en todo el cuerpo. Comenzó a ahogarse con un acceso de tos que no pudo controlar. Tampoco podía abrir bien los ojos, le escocían. Se llevó una mano a la boca. Los labios cortados y secos le sangraban por las comisuras. Tragó la poca saliva que le quedaba. Ni siquiera era del todo consciente de si era real o solo un producto de su imaginación. Después hizo un nuevo intento de mirar a su alrededor. Lo último que recordaba era que estaba en el barco atravesando el Mar de Plata con los enviados de la princesa.

Echó un vistazo en derredor. Todo estaba lleno de arena dorada que ascendía en remolinos y descendía en suaves ondas sobre las dunas. Aquel sitio no podría ser otro que el desierto del Fenha y, si no se equivocaba, estar en él suponía haber firmado su sentencia de muerte. Nadie que entrara solo en él, sin agua suficiente y sin comida, lograba salir con vida. Y ella tenía todas las cartas para perder aquella partida.

Se esforzó en recordar. Estaba en el buque, durmiendo, cuando escuchó unos gritos. Abrió los ojos y vio que entraba agua por debajo de la puerta. Al bajarse del camastro, esta le llegaba por los tobillos. La habían invadido los nervios, no sabía nadar. Había abierto la puerta y el agua le llegó por las rodillas. Escuchaba gente correr por la cubierta. Aún tenía que subir las escaleras, pero una sombra se interponía. Le pesaban los ojos y…

Cassandra se llevó una mano a la cabeza. Después de ese último recuerdo era incapaz de acordarse de qué había sucedido. Todo se había vuelto una nebulosa, pese a que estaba segura de que alguien la había sacado de ahí, ella jamás hubiera sobrevivido a la noche y al oleaje. Hubo dos dudas que la asaltaron en aquel momento: ¿quién se había asegurado de ponerla a salvo y cómo había llegado a esa parte tan adentrada del desierto?

El aire le arremolinó el pelo y le llenó una vez más la boca de arena.

Tenía que atravesarlo sin ser descubierta. El desierto era peligroso, pero lo era todavía más la Ciudad Nueva de Bashne o, como la mayoría la conocía, la Ciudad de los Esclavos. Su única salvación estaba en atisbar el mar de nuevo. Quizá un velero o uno de esos barcos a vapor que había visto en Isla Brava la podrían llevar de vuelta. A lo mejor los emisarios de la princesa la buscarían.

Se arrastró por el suelo. Anduvo despacio, no le sobraba la energía. No podía estar segura de cuántas horas llevaba perdida, expuesta al sol y a las inclemencias del tiempo. Por no hablar de la deshidratación. ¿Qué sería de su padre si ella no cumplía con su parte del trato? Se moriría si averiguara que algo malo le había sucedido, y más después de todos los ruegos para que se quedara y no hiciera algo tan temerario.

Debía seguir adelante.

Después de caminar durante lo que le pareció una eternidad, sintió que algo se arrastraba detrás de ella. Unas siluetas que se proyectaban a sus pies y que solo podían ser humanas. O, por lo menos, eso esperaba. No tenía armas para enfrentarse a ningún depredador, fuera de la especie que fuese.

Si echaba a correr, estaba perdida.

Si se dejaba atrapar, estaba perdida.

Tal vez la única opción viable era encararse con aquellos que la seguían y esperar que el azar le deparara algo mejor que la muerte o la esclavitud. De hecho, si no le quedaba otra que escoger, prefería morir.

Se dio la vuelta sin previo aviso, aunque no logró coger por sorpresa a los dos pilares que se encontraban a dos metros de ella.

—¿Quiénes sois?

Hubiese dado cualquier cosa por contar con su caballo, habría tenido alguna oportunidad de huir.

Uno de los hombres dio tres pasos al frente y mostró las palmas de sus manos en señal de rendición. Cassandra desconfió. Había nacido en una época y en un mundo en el que la confianza era algo que se ganaba muy poco a poco.

—Tú necesitar ayuda.

Reconoció el marcado acento de Bashne. Ella se lo había escuchado muchas veces a los marineros de Isla Brava. En el puerto se entremezclaban lenguas y culturas como si se tratase de un amplio mercado. Todos, a fin de cuentas, eran comerciantes.

—¿Quiénes sois? —repitió.

—Madmend —contestó el que había hablado primero, señalándose con un dedo.

El que estaba a su lado lo imitó.

—Eldreind.

A Cassandra no le importaban sus nombres, sino su oficio. No quería arriesgarse a formarse una imagen equivocada de aquellos dos hombres de más de metro ochenta, con unas tupidas barbas y ropajes típicos del desierto. No quería, sin embargo, en su cabeza resonaba una y otra vez una palabra: mercenarios.

—Tú chica caballos.

Eldreind le dio un codazo a Madmend. Era evidente que había hablado más de la cuenta. Cassandra palideció de golpe. Si sabían quién era solo podía significar que la habían estado buscando. ¿Y si ellos habían sido los responsables de que se separara de los emisarios de Eliadora?

—¿Qué queréis de mí?

Dio varios pasos atrás. Como dos fieras salvajes, la pareja del desierto, con expresión divertida, recorrió sus pisadas hacia delante.

—Nosotros ayudar chica.

—¿Ayudar o vender?

—No hablar bien idioma tuyo.

No hacía falta que lo hablaran, la domadora de caballos sabía desde el minuto cero que no había salida para ella, a no ser que ocurriera uno de esos milagros de los que solían hablar las leyendas. ¿Aparecería alguien para salvarla? Esperó un segundo hasta que cayó en la cuenta de que eso no era una historia que pasaba de generación en generación, aquello era la vida. Y no siempre tenía un final feliz. Ningún caballero la salvaría, solo ella podría hacerlo.

—Tú venir con nosotros.

—¿Y si no quiero?

No la iban a matar, eso lo tenía claro. Querían el dinero que valía su cabeza, o su instinto para montar caballos. Quedaban muchos de ellos, pero se habían vuelto salvajes, indómitos, y con el paso de las décadas habían vuelto al lugar que les pertenecía: las selvas y los bosques. No obstante, los humanos seguían teniendo necesidad de ellos, y Cassandra podría proporcionarles esa ayuda extra.

Madmend puso fin a la poca distancia que había entre los dos y la tomó del brazo izquierdo antes de que ella pudiera apartarse. Sus reflejos se habían visto mermados por el cansancio. Poca agilidad, escasa fortaleza. Se sentía como una de esas marionetas que los circenses que visitaban la isla llevaban con ellos. A los niños les encantaban.

—¡Suéltame!

Pero, antes de que pudiera dar un paso más, dejó de forcejear porque uno de ellos le asestó un puñetazo en la cara. Escuchó un pitido agudísimo en el oído izquierdo mientras la vista se le nublaba. Cayó sobre la arena y perdió el conocimiento. Sin intuirlo siquiera, también se despidió de su libertad.

La Ciudad Nueva de Bashne apestaba a orín, a tripas de animales y a la putrefacción que dejaba la humedad en la ropa y en la madera. Pero, para Cassandra, aquella mazmorra de esclavos, de calles donde se vendían los dones como quien vendía trigo en su isla, era más que el hedor a muerte, era la visión de su futuro y el pavor que le causaba tener que estar inmovilizada junto al poste de metal al que la habían encadenado hacía cuatro días.

Le dolía muchísimo el pómulo izquierdo, donde el puño de Madmend había impactado. Seguía sintiendo la boca seca, los ojos le escocían y tenía ganas de vomitar, y eso que habían pasado dos días desde que su amo le lanzara aquel mendrugo de pan. No tenía nada en el estómago y, aun así, le entraban arcadas continuas.

Aquel lugar era mil veces peor de lo que había podido imaginarse a través de las historias de los extranjeros. Era una cárcel con vistas al cielo, porque todos los esclavos estaban apresados al aire libre. No podían escapar ni del sol, ni de la lluvia, ni de las monedas que ofrecieran por sus dones.

Cassandra solo había visto una de las calles: la suya. Las casas eran bajas, de dos plantas y techos rectangulares. El color del hormigón, ese nauseabundo mostaza, se había decolorado tanto con los años y con la sangre reseca de décadas de esclavitud que le daba un aspecto de ruindad inigualable.

La Susurradora se había fijado en que no había árboles. Ella había crecido en medio de la selva, correteando por el bosque, cabalgando en la espesura verde de las montañas. Ahí no había rastro alguno de vegetación, solo la arena fina de las calles corría con el viento si estas no se habían embarrado por las repentinas tormentas. Cassandra había tenido que aguantar una la noche anterior, y lejos de limpiar el aire, lo había condensado tanto que las temperaturas habían aumentado y también los malos olores.

En el tiempo que había transcurrido desde que había sido entregada como un saco de carne y huesos por los mercenarios, varios hombres habían estado interesados en comprarla.

Sabía que no todos ellos lo hacían con el propósito de que

pudiera domar a sus caballos, sino más bien por el uso que podrían darle a ella como mujer. Eso le repugnaba más si cabía. Pero, gracias a los dioses, el hombre al que la habían entregado Eldreind y Madmend no había considerado justo el trato: ella valía mucho más.

De haberse quedado en Isla Brava, de haber sido más cobarde y no haber ofrecido su don, habría abandonado dignamente aquel mundo y no estaría en ese instante cubierta de tierra, suciedad, sangre y algún escupitajo que le habían lanzado mientras le gritaban cosas que ninguna persona debería aguantar.

Estaba agotada. Cayó de rodillas sobre la tierra mojada. Ya no le importaba nada, solo quería volver a perder la consciencia para dejar de ver a la chica rubia que había varios metros más allá, pálida como un muerto, callada como una tumba, y al niño de ocho años, Cadmo, al otro lado de la calle, sollozando. Ahí estaban los tres, sujetos a los pilares con gruesas cadenas, rezando en silencio sin saber a quién. Esperaban que los sacara con vida de aquel lodazal de excrementos y maldad.

—No llores —le dijo Cassandra al pequeño.

Él levantó los ojos dorados en su dirección.

—Cadmo, no llores, por favor.

Ella conocía su nombre porque después de mucho insistir, él se lo había revelado.

—No tengas miedo.

—No tengo miedo —le contestó él con la voz entrecortada.

—¿Por qué lloras entonces?

Cassandra no había sido capaz de derramar ni una lágrima. No sabía si era porque estaba deshidratada o porque no quería que aquella gente inmunda la viera venirse abajo.

—Porque he visto algo.

A Cass se le erizó el vello de los antebrazos. Los ojos dorados del chico refulgieron. La Susurradora se preguntó qué clase de don tenía el muchacho.

—¿Qué has visto, Cadmo?

—Eh, vosotros dos. ¡Ya está bien de tanta cháchara! —los

amonestó uno de los taberneros, que también era el amo de Cadmo. La Susurradora odiaba ese término.

—¿Es que ahora no podemos ni hablar? —preguntó ella. Ya no tenía nada que perder. Se había rendido hacía horas, pese a que se esforzaba en no reconocerlo, en no utilizar esa palabra.

El tabernero cruzó la calle, la cogió de la túnica y la alzó en volandas. La primera bofetada fue débil en comparación con la segunda, que le hizo escupir sangre. Un relámpago en la cara.

—La escoria no puede hablar.

—¡Suéltala! —le exigió entonces aquel a quien Cassandra pertenecía. Salió de la casa con una ballesta—. No la toques. ¿No ves que ya está demasiado magullada? Nadie querrá comprarla si le deformas la cara.

Cassandra no pudo evitar la risa irónica que se le escapó entre los dientes teñidos a causa de las encías sangrantes. El tabernero volvió la vista hacia ella:

—¿Y ahora te ríes?

Le propinó tal puntapié en el estómago que tuvo que doblarse por la mitad.

Cadmo rugió desde su propio poste.

—¡Déjala!

—¡Sucio mocoso! —aulló su amo, quien cruzó la calle otra vez a grandes zancadas para tomarlo por el cuello—. No eres humano. Eres un monstruo. Todos lo sois, así que, si no quieres que te mate, te aconsejo que te estés callado.

—Somos los monstruos que te dan de comer —bramó ella, que no sabía si estaba siendo una inconsciente o solo quería recuperar su libertad.

—Dile a tu muchachita que se calle, Alí —ordenó el tabernero—, o le rebano el cuello aquí mismo.

—Cállate, niña —pidió Alí, porque, en el fondo, él sabía que lo que había dicho Cassandra era verdad, y tampoco deseaba su muerte.

—Cuando los malnacidos me dan órdenes no me callo.

—Cassandra... —susurró Cadmo, y sus ojos dorados se abrieron muchísimo.

El tabernero cogió carrerilla, con su abultada barriga por delante, la cara sudándole como a un gorrino y los puños apretados. Alí lo apuntaba con la ballesta, aunque dio un paso atrás y las manos le temblaron.

Cassandra se vio de nuevo de pie, contra el poste y con la navaja del tabernero en el cuello.

—Ahora no eres tan valiente, ¿verdad? Ese don tuyo no te va a servir para salir con vida de esta, ¿eh? —Se reía tan alto que otros vecinos se asomaron a sus ventanas, incluso la propietaria de la chica rubia del final de la calle—. ¿No dices nada, corderito?

Los ojos negros de pantera de la chica fueron un espejo para el tabernero, como si viera una imagen difusa de su propia maldad.

—Es que no me salen las palabras. Apestas. —Cassandra hizo una mueca de disgusto y las fosas nasales se le dilataron.

Recibió un golpe y luego, con gran velocidad, la navaja se apretó con más fuerza contra su cuello.

—¡Suéltala! Déjala en paz —amenazaba Alí en vano.

—Cassandra, no —pidió Cadmo desde el otro lado.

—¡Que la dejes! —vociferó Alí.

Pero el tabernero apretó un poco más, dispuesto a cortarle la yugular. Entonces una mano amplia, de color canela, casi ambarino, lo cogió de la muñeca.

—El señor ha dicho que la dejes.

Cassandra intentó enfocar, tenía la vista nublada. Cuando al fin sus ojos se adaptaron a la luz que provenía de ese lado de la calle, se percató de que tenía delante a un hombre altísimo, mucho más que el tabernero. Llevaba una túnica de tirantes que mostraba los músculos definidos de sus antebrazos. Era de constitución fuerte y su cara... Su cara de una belleza que Cassandra no había visto antes. Dos ojos dorados, como los de Cadmo, bañaban de luz su nariz recta y sus labios carnosos. El pelo cobrizo caía sobre sus hombros anchos.

—¡No me toques abominación! —farfulló el tabernero al darse cuenta del color de sus iris. Intentó zafarse del agarre, sin éxito—. No me toques.

El hombre se dirigió a Alí:

—Libérela. Ahora.

—Se-señor —tartamudeó Alí—, cues-cuesta veinte mil…

Antes de que Alí pudiera acabar, el extraño, sin soltar aún al tabernero, le arrojó una bolsa de monedas que resonó al caer sobre la vieja madera del porche.

—Ahí hay más de lo que vale esta ciudad.

Alí la recogió del suelo y le lanzó una llave.

—Que me sueltes, desgraciado. Este mundo está plagado de seres deplo…

Antes de que pudiera seguir, el hombre le dio un codazo tan fuerte en la cara que cayó redondo al suelo. Le quitó las cadenas a Cassandra y colocó una mano en su hombro. Por primera vez, la miró a los ojos. Ella tragó saliva. Eran impresionantes, como ver la vida, la muerte, la eternidad al mismo tiempo.

—Nos marchamos.

Dio dos pasos de manera voluntaria. A continuación, paró en seco.

—¿Qué? —preguntó él al ver que no lo seguía.

Cassandra miró a Cadmo y a la chica del cabello rubio. No se atrevía a pedirlo. Ni siquiera sabía si aquellos dos niños estarían mejor con el hombre que la había comprado o con los esclavistas de Bashne. Sin embargo, aunque las dudas eran muchas, algo en ella le susurró la respuesta.

—No me voy sin ellos. —Los señaló con la barbilla.

Su salvador enarcó las cejas.

—El príncipe Alair solo me envía a por ti.

—¿El príncipe?

A Cassandra le tembló todo el cuerpo cuando el hombre asintió.

—Por favor. Son unos niños. No tienen a nadie que los defienda. Por favor.

Ante su súplica, él echó una ojeada a un lado y al otro de la calle. El ama de la niña ya se estaba adelantando para hacer negocios, el tabernero seguía inconsciente.

El de cabellos de cobre se acercó a Cadmo y, sin esfuerzo alguno, rompió sus cadenas. Parecía guardar en su interior la fuerza de mil bestias.

—¡Eh, ese niño no es tuyo! —gritó Alí.

—Ni vuestro.

Le tendió la mano a Cadmo y este la cogió sin dudar.

Sacó otra bolsa de monedas y la dejó caer a los pies de la roñosa mujer que le había salido al paso mientras andaba hacia la chica de los cabellos áureos. Repitió el mismo gesto que había hecho un minuto antes con el chico. Cuando la muchacha estuvo sujeta a su otra mano, el hombre se giró hacia ella, que no se había movido del sitio.

—¿Ahora nos podemos ir, Cassandra?

8

A CASSANDRA LE RESULTÓ FAMILIAR la posada en la que iban a pasar la noche. Se parecía muchísimo a las que había en Isla Brava. Tardarían días en atravesar el desierto y llegar al palacio de Alair, y más cuando debían recorrer parte del Fenha a pie para embarcar en un buque que los ayudaría a atravesar el Mar de Plata.

Habían caminado durante varias horas, unas ocho calculó, y todavía ignoraba cómo se llamaba el hombre que los había salvado. Tampoco la chica rubia había dicho una palabra. No dejaba de preguntarse sobre la reacción de la princesa al conocer aquel contratiempo. Era preciso hacerle saber que se encontraba bajo la protección del príncipe Alair, pero, teniendo en cuenta la enemistad que había entre ambos, de la que todos eran ya conocedores, tal vez no fuera tan buena idea comunicárselo.

El cocinero colocó unos cuencos de sopa humeante sobre la mesa, pan recién hecho, algo de carne seca —muy salada— y unas manzanas rojas. Hacía mucho que Cassandra no comía ese tipo de manzanas. En el este de Isla Brava no crecían y los mercaderes no solían comerciar con ellas tan al sur porque había aumentado su precio y, en el fondo, eran conscientes de que ningún bravo gozaría del dinero suficiente para costear un kilo de aquella deliciosa fruta.

No comieron, engulleron. Llevaban días sin probar bocado. En la calle de las ventas de la Ciudad Nueva de Bashne solo les ofrecían agua, eso cuando se acordaban, y restos de lo que les sobraba a los cerdos. Estaban famélicos, así que ese buen hombre, que no había sonreído ni una sola vez, les dio también su ración. La Susurradora se la cedió a los más pequeños, de todos modos, estaba segura de que el ansia con que había comido haría que le sentara mal.

Mientras Cadmo y la hermosa muchacha silenciosa daban buena cuenta del otro cuenco de sopa y de dos raciones más de pan que trajo el tabernero, Cassandra fijó su atención en el hombre, cuyos ojos relampagueaban. Parecían luz de estrellas. «Maravillosa luz de estrellas», pensó, sintiéndose de pronto absurda, porque nunca se había parado a admirar la belleza ni las cosas bonitas que la rodeaban. «Puede que, después de todo, los bravos sí que seamos unos salvajes».

—¿Me quieres preguntar algo? —formuló él después de un buen rato sometido a la férrea mirada de la amazona del Archipiélago de Lunas.

Cualquier otra persona se habría sentido intimidada por su voz áspera y esa forma casi animal en que la miraba. Cassandra no. No se debía a que no tuviera miedo o no hubiera cosas que la atemorizaran. Sí que las había, muchísimas. Todos los días se enfrentaba a algún temor, a veces justificado, otras no. Sin embargo, ya fuera porque su vida había corrido un peligro de muerte o porque necesitaba a toda costa mantenerse en calma, sacó fuerzas de flaqueza para contestar:

—¿Piensas decirnos quién eres?

—Un emisario del príncipe Alair.

—Eso es algo que ya había deducido por mí misma. Aunque, ¿qué prueba tenemos de que eso es cierto y no eres otro mercenario más? Tal vez nos hayas comprado para vendernos a alguna señora del norte que quiere entretenimiento y dones.

El hombre, que poseía en realidad unos rasgos que le hacían parecer más joven de lo que su propia voz indicaba, apoyó la barbilla en la palma de su mano y reprimió un bostezo. Incluso desvió la atención hacia otra mesa. Aquella actitud de indiferencia, que rayaba casi en la mala educación, hizo que Cassandra se impacientara.

—No hay ninguna prueba, solo vuestra fe —concluyó él.

—La fe a veces no es suficiente. La fe ha matado a muchos hombres —dijo Cassandra entre dientes, ya que sabía que la fe, la Persecución y todo lo que eso provocó los había llevado a vivir situaciones extremas de hambruna, enfermedades y plagas.

Los dioses estaban ahí, no había duda. Los Principados habían aparecido para ayudarlos a recuperar el orden después de los ríos de sangre que corrieron. Pero ellos no intervenían, solo eran unos observadores. La Creadora había descendido a tierras mortales aunque no había vuelto a hacerlo en dos mil años, desde que Muriel de los Engaños fuera coronada primera reina de Áurea.

—Los dioses y la fe siguen sin darnos respuestas —siseó ella.

Él volvió la mirada en su dirección y esa vez Cassandra palpó la amenaza.

—Pero así conseguiste tu don, que no se te olvide.

—Y el don por poco me arrebata la vida —escupió ella en voz demasiado alta, tanto que muchos de los que estaban en el comedero se giraron hacia ellos. Debían de llamar la atención por los ojos centelleantes de Cadmo y del emisario—. Aunque supongo que por ahora habrán tenido bastante con quitarme mi libertad.

—El don no te quita nada, Cassandra —contestó él, en apariencia aburrido de aclarar siempre las mismas ridículas suposiciones—, son las personas las que lo hacen.

Cadmo y la chica no decían nada, pero, con los carrillos llenos, los observaban como si estuvieran viendo pelear a sus padres. Cassandra vislumbró mucha inocencia en sus ojos y sintió una necesidad inexplicable de protegerlos.

—¿Qué vas a hacer con nosotros, Sin Nombre? —indagó ella

de nuevo.

Él emitió un suspiro de cansancio.

—Llevaros con el príncipe Alair. Ahí estaréis bien —expuso—. Llamadme Finn.

—¿Por qué sabías mi nombre? —siguió interrogando ella, ceñuda y desconfiada.

—Porque te buscaba, ya te lo he dicho.

—Si me buscabas es porque Alair quiere algo de mí.

Calló la mayor de sus sospechas: el príncipe debía de haber averiguado que su hermana, Eliadora, la había hecho llamar a Ciudad Caléndula para solicitar sus servicios. No le gustó pensar en cómo era aquello posible y temió que pudiera tener algo que ver con el naufragio y con aquel viaje inesperado del que Kalai la había advertido.

—Que alguien desee algo de ti no significa que se trate de nada malo.

—Habría que ver el punto de vista desde el que lo miramos, ¿no?

A Finn le floreció la primera sonrisa y el cabello de cobre le cayó sobre el pómulo, acentuando no solo el color de sus ojos, sino también el de la piel. Cassandra sintió que debía dejar de mirarlo. Pero no lo hizo. No pudo. Era como si la hubiese hechizado. ¿Y si era un brujo? Había escuchado hablar de que los había en el desierto. Quizá ese era su don y la razón del dorado de su mirada.

—Cuando estés en palacio, te darán la libertad de decidir si quieres ayudar a Alair.

Eso sí que la sorprendió y, lejos de hacer que se tranquilizara, la estranguló un poco más. Su corazón bombeaba sangre tan rápido como el de un caballo cuando ha estado yendo a galope durante horas. Apartó los ojos de él de inmediato, no cabía duda de que debía de ser un brujo.

—¿Y tú? ¿Cómo te llamas? —preguntó Cassandra volviéndose hacia la chica de cabellos dorados con una sonrisa comedida en los labios.

La joven susurró algo.

Cassandra la había estado observando. Tenía unos ojos azules traslúcidos como el hielo y la piel tan blanca que se le transparentaban las venas. Contaría un par de años menos que ella, quizá tres, pero, por la forma en la que temblaba, la Susurradora pensó que por dentro debía de sentirse mucho más pequeña.

—Némesis.

A todos les sorprendió menos a Finn, que parecía conocer de antemano cualquier información que aquellos esclavos liberados pudieran darle. Eso fastidiaba sobremanera a Cassandra. «Némesis es un nombre horrible para una niña», pensó Cass.

—¿Por qué estabas en la Ciudad Nueva de Bashne? —inquirió Cadmo, que aún seguía comiendo.

Cassandra se dio cuenta de que la chica no parecía dispuesta a revelar cuál era su don, tal vez porque a ella, como al resto de niños, siempre le habían dicho que intentara guardarlo en secreto. Eso, o puede que tuviera tanto miedo que no le salieran las palabras.

Palideció incluso más de lo que ya lo estaba por naturaleza.

En el taburete, a la derecha de Cassandra, había una manta. La cogió, se puso en pie y se acercó a la asustadiza muchacha. La colocó sobre sus hombros y se los frotó con delicadeza.

—Creo que deberíamos asearnos un poco e irnos a dormir —sugirió.

Estaban hechos un asco, olían fatal, tenían la ropa y los cuerpos sucios y heridas que aún no habían cicatrizado, tanto en la piel como muy adentro de sus corazones.

Las convulsiones del cuerpo de Némesis cesaron poco a poco.

Finn no decía nada. Parecía entenderlo todo.

Cadmo también se levantó de un brinco. Quería ir a donde fuese Cassandra, eso estaba claro. No se había despegado de ella ni siquiera por el camino. Cuando habían salido de la Ciudad de los Esclavos, había soltado la mano de Finn y se había aferrado a la de ella.

—Vamos, Cadmo.

Cass le acarició el pelo y él recuperó un ápice de inocencia, de la niñez arrebatada.

Los tres se marcharon hacia el piso de arriba, donde se encontraba una de las habitaciones. Mientras subían por las escaleras, Cassandra miró por encima de su hombro, solo para asegurarse de que Finn seguía allí. En efecto, no se había movido, parecía petrificado en medio de una estancia concurrida de gente, de ruido, de pensamientos azorados. Y, no obstante, cuando la brava se detuvo en el último escalón para cerciorarse de que aquel extraño hombre no era una visión, él levantó la cabeza, la encontró al momento, le regaló una sonrisa cargada de misterio e hizo que Cassandra se tropezara antes de alcanzar el final de la escalera.

En el dormitorio había una cama amplísima y una mucho más pequeña. Parecía un diván. A la derecha, un pequeño aseo, con un inodoro y un plato de ducha. El agua salía fría, a chorro, de un agujero que había en la pared, más o menos a metro y medio del suelo. Cassandra pensó que a Cadmo le daría de lleno en la cara. Pero ninguno se iba a quejar. Solo querían desprenderse del hedor a orín que los acompañaba desde hacía días. No tenían ropa limpia para cambiarse, aunque sí había jabón. Podrían lavar los harapos que llevaban puestos y…

Alguien llamó a la puerta. Cadmo se había sentado a los pies de la cama más amplia, con las piernas cruzadas y las manos apoyadas sobre el colchón. Mantenía los ojos cerrados. La Susurradora se preguntó si estaría viendo algo. Némesis estaba en el diván. Se rodeaba con los brazos, así que estaba claro que no daría ni un solo paso para abrir la puerta.

Ella se acercó y, por debajo de la manga, donde había escondido un cuchillo durante la cena, dejó que el metal frío le acariciara la piel. Hizo girar el pomo con sumo cuidado. Estaba dispuesta a pelear esta vez, no volvería a dejar que nadie la atrapara como había ocurrido en el desierto del Fenha. Sin embargo, pese al aire contenido en sus pulmones y su cuerpo en guardia, cuando abrió la puerta solo había una mujer de baja estatura, delgada y con el pelo cano. Sonreía con timidez.

—El joven que los acompaña me ha pedido que les diera esto.

La mujer le tendió un macuto a Cassandra. Ella intentó dibujar una sonrisa a modo de agradecimiento. No fue capaz. Estaba tan cansada que aquello se convirtió en un tic nervioso en la comisura de su boca.

—Gracias.

La mujer inclinó la cabeza y se fue por el pasillo.

Cassandra cerró la puerta y echó el pestillo.

Fue hacia la cama, donde colocó el macuto, y, una vez lo abrió, empezó a sacar ropa nueva. Había pantalones, túnicas, ropa interior, calcetines y, en el fondo del saco, calzado.

—Parece que el problema de la ropa está solucionado. Venga. Ahora a ducharse. ¿Quién va primero? —Dio una palmada para animar a sus nuevos amigos.

Cadmo y Cassandra pensaron que sería uno de ellos dos, quizá porque Némesis no hablaba, sin embargo, cuando el niño iba a encaminarse hacia el cuarto de baño, ella se acercó a Cassandra y miró la ropa con los hombros encogidos.

Cassandra le acarició el pelo en un gesto maternal que había repetido con Calíope a lo largo de los años, y buscó entre el montón de prendas las que mejor pudiesen amoldarse el cuerpo enjuto de Némesis. Tras ofrecerle la ropa, la chica entró en el aseo y cerró la puerta sin decir una sola palabra.

El agua de la ducha corría. Lo hizo durante un buen rato. Cadmo se entretenía dibujando rombos y círculos sobre el cristal de la ventana. Rodeaba sobre él las estrellas y planetas que se veían en el cielo oscuro.

Un manto de luciérnagas iluminaba la calle en la que estaba el hostal.

—¿Qué haces? —le preguntó ella poco después, intrigada.

—Escuchar.

Su voz parecía el eco de una cueva.

—¿Las estrellas te susurran cosas?

Cadmo inclinó la cabeza hacia la izquierda y dejó el pulgar suspendido sobre el vaho que salía de su boca. Durante un instante, Cassandra pensó que se había transformado en una estatua, porque no pestañeaba, ni siquiera respiraba.

—Los muertos me susurran cosas.

Cassandra sintió tal vértigo que tuvo que aferrarse a las sábanas de la cama.

—Deberías entrar —le aconsejó Cadmo.

—¿Qué?

—Deberías entrar en el baño.

La Susurradora se volvió hacia la puerta, que se encontraba solo a cuatro metros de distancia. No lo dudó. Se levantó y fue hacia allí. Llamó un par de veces. Nadie le contestó, solo el agua.

Al final entró, abriendo de golpe. Agradeció que no hubiera pestillo. Cuando vio a Némesis sentada en el plato de ducha, bajo el agua helada y abrazándose las piernas, corrió a cerrar el grifo y cogió una de las toallas para ponérsela por encima.

La chica estaba tranquila. No temblaba.

Cass la cubrió y, al rozar su piel, se dio cuenta de lo fría que estaba.

—Estás congelada, Némesis, ¿cómo se te ocurre?

—Lo echaba de menos —susurró la chica, que no se esforzaba en levantarse pese a todos los esfuerzos que hacía Cassandra por incorporarla.

—¿Qué echabas de menos?

—El frío.

Cadmo había aparecido en la puerta con la sobrecubierta del diván para que Cassandra pudiera tapar a Némesis, aunque ella parecía estar más que bien desnuda bajo la fina y áspera toalla que la envolvía.

—De donde ella es, el frío está en la sangre.

Cassandra observó a Cadmo sin comprender.

—Es de las Estalactitas.

—¿Cómo lo sabes? ¿Cómo sabes de dónde soy?

Pero Cadmo no dijo nada, solo esperó a que Cass tomara la colcha y se fue.

—Vamos, te ayudaré a vestirte, ¿sí? —insistió. Némesis no puso ningún impedimento, dejó que le secara el pelo, que le pusiera la ropa, que la peinara—. Ahora estás mucho mejor. Corre, ve a la cama.

Némesis obedeció. A Cassandra le costaba respirar. Siempre había pensado que a los niños con dones en las Estalactitas los protegían, los cuidaban en los templos. De hecho, su padre había querido marcharse con ella a aquella parte del mapa por su seguridad, pero Cassandra lo había amenazado con escaparse a la selva y no volver nunca más.

Le resbalaron las lágrimas por las mejillas al recordar aquel momento.

—Cassandra.

Se enjugó las mejillas con los antebrazos, muy rápido, para que Cadmo no la viera llorar.

—Dime.

El niño dejó la ropa sobre el lavamanos y la escudriñó con la mirada un segundo. En sus ojos áureos Cassandra pudo ver algo más que la pupila y el iris. Vio una advertencia. Vio una vida llena de dolor, como si un hombre de un centenar de años habitara el cuerpo de aquel chico de nueve.

—No lo hagas.

La Susurradora enarcó las cejas, sin comprender su consejo.

—¿Hacer qué?

Pero Cadmo no le contestó. Salió del baño y cerró la puerta tras de sí, dejándola con la duda y el corazón menos valiente de lo que lo había sido media hora antes, cuando, durante la cena, pensó que esa noche se fugaría, escaparía del emisario del príncipe Alair e intentaría volver a Isla Brava, de la que nunca debió haber salido. Ahora, sin embargo, ya no estaba sola y era incapaz de echar a correr sin mirar atrás y preguntarse qué sería de ellos.

9

HABÍA LLORADO EN SILENCIO desde que sus nuevos compañeros de viaje se habían dormido. Tenía los ojos secos y los dedos de las manos le sabían salados después de haberse enjugado tantas lágrimas. No recordaba cuándo había sido la última vez que se había permitido desahogarse así, pero, de pronto, sintió que su corazón se había vuelto ligero y era capaz de volver a pensar con claridad.

No se escuchaba un susurro en el hostal, ni tan siquiera los borrachos que habían armado jaleo hacía una hora seguían despiertos. Era su oportunidad para conseguir ayuda. Quizá pudiera enviar una carta a la princesa desde algún puerto cercano. Explicarle que no había incumplido su promesa de ir a Caléndula. No quería pensar qué podría sucederle a su padre de lo contrario.

Tal vez fuese mejor permanecer con el grupo hasta llegar al embarcadero la tarde siguiente, por ahí pasaban muchos marineros que atravesaban el Mar de Plata y el Mar de Hierro rumbo a las tierras del este donde se había asentado la heredera. Podría lanzar una advertencia a la princesa: «Estoy en custodia de un emisario de vuestro hermano, el príncipe Alair». Bastaría para que supiera de su paradero y de sus buenas intenciones.

En ese momento, mientras miraba el rostro sereno de Cadmo y la tensa expresión de Némesis, decidió que se quedaría un poco más. Si lograba enviar el mensaje de auxilio, quizá la propia Eliadora reclamara que su hermano la devolviera. No es que ella estuviera entusiasmada con la idea de servir a una princesa que había mandado a aquellos violentos hombres a darle caza, pero no tenía opción, no peligraba solo su vida, la de Tobías también estaba en sus manos.

No aguantó aquella tranquilidad por más tiempo. Salió de entre las sábanas, se vistió y se calzó a toda prisa. No iría muy lejos, solo a respirar algo de aire fresco. De permanecer un minuto más en aquella estancia, acabaría volviéndose loca. No podía permitirse mostrar temor ni vulnerabilidad, y menos ante Finn. Tampoco podía levantar sospechas sobre sus intenciones de contactar con Ciudad Caléndula. Debía ser cauta.

Salió de la habitación sin hacer ruido. Bajó las escaleras, paso a paso; crujido a crujido. No tenía miedo a ser descubierta porque no estaba intentando escapar, pero tampoco le apetecía darse de bruces con alguien, porque quería, ante todo, estar a solas. Cinco minutos para pensar sin tener que notar la respiración de otra persona a su lado, o sin estar encadenada a un poste en medio de una calle atestada de compradores de ojos lujuriosos y bolsillos repletos de monedas.

Se sentó en el bordillo de la entrada del hostal. Fuera hacía bastante frío. Estaban en el desierto del Fenha y, en esa parte del mundo, no había término medio en el clima. La Susurradora se preguntó si esa fría noche le parecería más bien cálida a Némesis. Suponía que sí. Las Estalactitas eran el lugar más helado de la nación. Ella solía pensar poco en otros lugares que no fueran el Archipiélago de Lunas, ya que jamás había imaginado que saldría de su isla.

Cassandra no había decidido qué haría con su vida cuando fuese mayor. De pequeña, durante el periodo escolar, decía que quería montar caballos. Nada más. Se sentía abrumada por la cantidad de cosas que deseaban hacer el resto de los niños: servir a algún monarca, viajar por los cuatro mares, descubrir mundo... Otros, muy pocos, como ella misma, no se planteaban abandonar Isla Brava.

Cassandra siempre decía que ella viviría en el norte de la isla, seguiría susurrándoles a los caballos y quizá, algún día, formaría una familia. De momento, no tenía ninguna de las tres cosas. Es más, dudaba que fuese posible conseguirlas teniendo presentes sus circunstancias. Tal vez, después de todo, lo mejor era estar sola, porque, de ese modo, no había nada con lo que pudieran hacerle daño.

—No voy a irme —dijo al cabo de unos minutos, ya harta de sentir la presencia del hombre a sus espaldas—. No tienes que estar aquí vigilándome toda la noche.

Él no le hizo caso. Bajó el peldaño para apoyarse en la barandilla. Los alumbraba la luz frágil del farolillo que había colgado en el techo.

—¿Por qué dejaste tu isla?

El rencor inundó el rostro de Cassandra. Tampoco es que hubiera tenido muchas opciones. Aunque hubiese sido su padre el que se hubiera marchado a buscar trabajo, Eliadora parecía empeñada en conseguirla como fuera. No le habría permitido una negativa. O, mejor dicho, sus hombres armados no lo hubieran hecho.

—Porque ahí la gente se muere de hambre. Nos están quitando nuestras casas y, incluso sabiendo que no tenemos con qué pagarles, cada año aumentan los impuestos. Hay chicos y chicas que se están alistando en el ejército de tu príncipe a cambio de proteger a sus familias.

—¿De mi príncipe? También es el tuyo, ¿no?

La Susurradora se frotó la frente con los nudillos de la mano derecha. Cuántas veces se los había magullado al montar a *Diente de Guerra*. Al principio, no podía sujetarse bien a su crin. Cuando se caía, la tierra y las piedras le raspaban la piel. En muchas ocasiones había regresado a casa con las mejillas y las sienes rasguñadas y con restos de sangre de sus manos. Puede que en esa ocasión no fuera tan distinto; a lo mejor, si se esforzaba lo suficiente en mantenerse con vida, podría volver a pisar Isla Brava, aunque fuera llena de heridas.

—No es mi príncipe.

Finn sonrió. Parecía divertirse.

«¿Y ahora por qué sonríe?».

—¿Y Eliadora sí que lo es?

—Tampoco.

No supo por qué lo dijo. En cualquier otro lugar, le hubiesen cortado la cabeza al no tomar partido por ninguno de los dos herederos. Pero Finn no parecía juzgarla. O puede que sí lo hiciera y en cuanto estuvieran en presencia de Alair confesara su traición. La condenarían ahí mismo, arrodillada frente al trono, mientras pedía clemencia.

—Lo siento —se disculpó Finn de pronto.

—¿Por qué?

—Por lo que le está pasando a tu gente.

La sorprendió la rotundidad con que lo dijo. También influyó el centelleo de sus ojos. Parecían querer confesar algo más, pero Cassandra no adivinaba qué podía haber bajo la aparente serenidad del emisario.

—Un hombre no puede salvar a todo el mundo.

A la amazona no le pasó inadvertido el estremecimiento de la mano de Finn cuando este se asió a la madera. Esta restalló bajo su fuerza y se quebró. Se dio cuenta y destensó los dedos.

—Todo es culpa de los Principados —masculló ella.

—¿Eso crees?

—¿Tú no? —Ella arqueó tanto las cejas que incluso Finn pareció sorprenderse de su propia seguridad—. ¿Debemos creernos que han elegido bien? ¿Por qué? ¿Por qué deberíamos confiar en ellos si está a punto de tener lugar otra guerra por ver quién se sienta en un trono de oro? ¿Por qué no han elegido mejor?

—¿Qué quieres decir?

Cassandra se centró en sus dedos, llenos de cicatrices, de cayos y de recuerdos. ¿Decirlo o no?

«Puede que deba callarme. No puedo confiar en él. No puedo confiar en nadie».

—Nada. No quiero decir nada.

—Quizá los Principados ya están haciendo algo.

La Susurradora se apretó fuerte contra las rodillas.

—Ojalá tengas razón.

Se hizo un silencio pesado entre ellos, pero no duró demasiado, porque Finn interrumpió la calma para volver a abrumar a Cassandra con otras preocupaciones que había dejado en la habitación del hostal.

—La chica no está bien —comentó—. Vigílala.

Ella frunció el ceño ante esa orden.

—¿Por qué?

—Su don no es como el tuyo, Cassandra.

—¿Y eso qué significa?

El emisario se sentó a su lado, en el bordillo. Tardó un poco en contestar. Buscaba las palabras adecuadas, supuso Cassandra, que sintió de nuevo ese olor que le había llegado en la Ciudad Nueva de Bashne. Era cítrico, limones recién cortados. Se preguntó si ese aroma procedía del emisario del príncipe o solo estaba en el aire.

—Los dones se otorgan por una deuda que los serafines contraen con los humanos.

—¿Los serafines? Creía que eran los Principados.

Finn negó con la cabeza. Cerró un segundo los ojos.

—En los ángeles hay jerarquías. Los Principados solo pueden supervisar la repartición de poderes entre los humanos. Pertenecen a la tercera jerarquía, la inferior, igual que los arcángeles y los ángeles.

—¿Y los serafines? ¿A qué jerarquía pertenecen?

—A la primera. Son los primeros de los nueve coros.

—¿Y cómo llegan a contraer una deuda con un mortal si son tan poderosos?

El hombre jugó con sus manos. Entre ellas parecía que hubiera una esfera que pudiera rodear con los dedos.

—Ha habido humanos a lo largo de decenas de siglos capaces de evitar grandes catástrofes. Catástrofes que, de no haber sido impedidas, hubieran producido caos y destrucción. En recompensa, los serafines ofrecieron los dones.

—¿Cómo sabes todas estas cosas? ¿Es por tu don?

Finn no respondió.

—¿Y en qué consisten esos dones?

—Están vinculados a lo que cada uno hizo en su vida anterior. Los serafines potenciaron las virtudes que de por sí estaban en nuestra naturaleza.

Daba la impresión de que detrás de cada palabra había una lucha interna.

—Entonces, ¿eso quiere decir que yo era jinete o algo así?

—Puede ser. Cassandra estaba deseosa de conocer más, de seguir preguntando sobre todo aquello. Esa necesidad de conocimiento la llevaba acompañando desde que era pequeña, pese a los muchos fracasos de su padre en que guardara sus preguntas si no quería atraer la atención de quienes siempre andaban buscando imponer castigos.

—Pero ¿qué tienen que ver los serafines con el don de Némesis?

Las manos de él fueron directas a su nuca. Se masajeó. Más que por cansancio, Cassandra pensó que se debía a la inquietud que le provocaba hablar sobre el tema.

—Los serafines premiaban los actos heroicos, la bondad, hacer el bien.

—Sí —asintió ella. Quería que él se explicara más rápido.

—Pero también hubo quien premió a algunos humanos por intereses propios.

A la brava se le secó la boca. Tuvo, además, que esconder las manos debajo de su cuerpo para que él no viera que le temblaban más que antes.

—¿Quieres decir que Némesis…?

—Su poder es de otra índole. Está *sucio*.

Cassandra pensó en el miedo que sentía la chica, en la bondad de su rostro, y no pudo soportar el peso de esa palabra. Solo era una persona como cualquier otra.

—¡Espera un momento! —exclamó de pronto—. ¿Es por eso que no la protegieron en los templos de las Estalactitas como hacen con el resto de niños?

—Imagino que sí.

Se le tensó algo dentro del pecho. Pensó que debía de tratarse de su propio corazón, que a ratos se volvía inservible cuando el dolor ya no tenía cabida.

—¿Y el don de Cadmo? ¿Y el tuyo? —preguntó, muy nerviosa. Aunque no supiera qué podría implicar en realidad que cualquiera de los dos, y también Némesis, tuvieran dones distintos al de ella.

Pero Finn no contestó. Unas arrugas pequeñitas aparecieron en el hueco que había entre las comisuras de sus labios y sus hoyuelos. Esa sonrisa era de verdad.

—Has estado rápida, pero no lo suficiente, amazona del Archipiélago de Lunas.

Cassandra puso los ojos en blanco.

—¿Alguna vez te han dicho que es imposible sonsacarte nada?

Finn ladeó una sonrisa casi risueña.

—A lo mejor es que tú eres demasiado curiosa. Eso te traerá problemas. —La expresión le cambió, se volvió más adusta—. Hay quienes no son nada partidarios de que se sepan ciertos secretos. Creen que así pueden evitar nuevas revueltas, como en la Persecución, pero eso es imposible.

Cassandra se dio cuenta de que esa era, quizá, una de las pocas veces en las que había hablado de la Persecución con un desconocido. Nadie mencionaba a Lennox el Usurpador tan a menudo como a Muriel de los Engaños, parecían ser dos caras de la misma moneda, solo que una de ellas estaba bocabajo.

—¿El príncipe es uno de los que se oponen? —dijo en voz baja.

—Quizá deberías preguntárselo a él cuando lleguemos al reino —propuso Finn.

A Cassandra se le escapó una risotada, más por lo absurdo de la sugerencia que por el hecho de que aquello tuviera gracia.

—Claro, porque Alair de los Rayos no tiene cosa mejor que hacer en medio de una guerra que hablar conmigo sobre qué parte del Código de Leyes respeta y cuáles no.

Finn procuró no sonreír ante el tono sarcástico de Cassandra.

—Alair de los Rayos, Alair de la Virtud, Alair de las Estrellas, son muchos los títulos que se están inventado para él, y me consta que ninguno le hace mucha gracia —explicó con dos dedos sobre la boca para disimular su sonrisa.

—Todos los reyes acaban teniendo uno. Eso si lo consigue él y no su hermana.

Finn le preguntó si la princesa también tenía un título en el Archipiélago de Lunas y Cassandra, que sabía todo cuanto le dejaban saber o todo lo que pudiera intercambiar por gallinas, le contestó que no, porque el sur apoyaba la causa de Alair antes que la de Eliadora. Ella pensaba que ese hecho tenía más que ver con la proximidad de los territorios y con que hubiera sido la princesa, según se decía, la primera en declarar la guerra, con independencia de que el príncipe también participara en ella.

—Tú estás al tanto de lo que el príncipe quiere de mí.

—Lo único que necesitas saber ahora mismo es que estás a salvo.

—¿A salvo de qué?

—Simplemente a salvo. No hay ninguna amenaza que deba preocuparte.

Ella no pensaba lo mismo, pero Finn no le dio oportunidad de expresar sus temores. Se puso en pie, se sacudió la tela de los pantalones e hizo una reverencia solo con el mentón. La Susurradora levantó la barbilla para ver cómo regresaba hacia la puerta del hostal.

—No lo olvides —habló él entonces—. Tú puedes decidir qué precio le pones a lo que quieren de ti. Vas a tener que aprender a negociar lo que vale tu libertad.

—Creía que era libre de decidir si me quedaba o me iba.

—Para algunos lo eres, sin embargo, hay quienes no piensan así. Asegúrate de hacerlos cambiar de opinión. Y ahora descansa, nos queda un largo camino por delante.

La puerta se cerró y Cassandra permaneció sola en los escalones. Fue en ese momento, mientras las palabras de Finn seguían haciendo eco en su cabeza, cuando intuyó que no regresaría pronto a casa, y de haber sabido cómo lo haría mucho tiempo después, tal vez hubiese preferido no volver a pisar Isla Brava.

10

—SOLTADLO —bramó—. ¡Soltadlo!

Cadmo la sujetó por la cintura para que no se lanzara a degüello sobre aquellos sucios rufianes del puerto de Lamar, al otro lado del Fenha. Habían recorrido el desierto a toda prisa, con tropiezos y caídas, y con el agua necesaria para sobrevivir los cuatro. A escasos minutos de embarcar, algo había llamado la atención de Cassandra en el embarcadero.

Némesis solo miraba, agitada. La gente se había congregado alrededor de la amazona. Su largo pelo negro se le adhería a la cara debido al sudor. La piel le escocía. Habían estado bajo el sol desértico durante demasiado tiempo, pero ninguna molestia que su cuerpo pudiera sentir lograría que se echara atrás y se olvidara de lo que tenía delante.

Finn no estaba cerca. Había ido a encontrarse con el capitán del buque en el que partirían hacia Ciudad Centaurea, donde se asentaba el palacio en el que habían gobernado los reyes anteriores y donde ahora Alair se había recluido con su Consejo. Decían que era el lugar más bello de cuantos hubiera pisado el hombre, una ciudad de cristal, en cuyas calles pavimentadas crecían miles de centaureas, unas flores azules cuyo tallo llegaba a medir un metro y cuya agua se usaba como antiinflamatorio para los enfermos. Azul de centaureas, naranja de caléndulas, los dos colores de la bandera del reino de Áurea.

—¡Que lo soltéis! —volvió a gritar al ver que aquellos indeseables seguían tirando de las riendas del caballo mientras le daban latigazos.

Cada relincho del animal hacía que algo se rompiera dentro de Cassandra, como si fuese ella quien recibía los golpes. Lo hubiera preferido, el dolor hubiese sido menor.

Cadmo no podía sujetarla más fuerte. Sus débiles manos se aferraban a ella con rabia y desesperación. Y, aunque puso todo su empeño en evitar que la joven se colocara ante aquellos bandidos, era demasiado pequeño para contener a la chica. Se soltó. Tres zancadas bastaron para llegar hasta el caballo. Se interpuso entre él y los dos matones, grandes como robles, que se vieron obligados a soltar las riendas y retroceder algunos pasos, confundidos.

—Quita de ahí, niña.

—No es vuestro. Dejadlo ir.

—¡Que te apartes, estúpida! —vociferó uno de los dos.

Cassandra no se retiró y el hombre lanzó su látigo, fino y diestro, contra su mejilla izquierda. La sangre salpicó el suelo, y aunque el dolor alcanzó a la amazona a los pocos segundos, no se atrevió ni a pestañear.

—¡No! —gritó Cadmo entre la multitud.

Un anciano lo tomó de la muñeca para que no corriera al encuentro de su amiga.

Némesis seguía vibrando, aunque solo Cassandra se percató de ello.

—No voy a moverme de aquí hasta que lo liberéis —insistió ella, tozuda como lo había sido siempre.

De pronto, la embriagó un coraje salvaje, que sabía que nacía del don, porque había algo inhumano en su temeridad.

Uno de los dos hombres comenzó a reírse a carcajadas. Miró a su compañero, que no parecía comprender nada, y volvió a prestarle atención a Cassandra.

—De acuerdo. Lo soltaremos.

El gentío emitió una profunda exclamación de sorpresa.

—Con una condición.

Escuchó un rugido. Sus ojos fueron a Cadmo, pero al instante se dio cuenta de que procedía de unos pasos más allá. Era Némesis la que respiraba con dificultad y mostraba los dientes igual que lo haría una fiera. La Susurradora le hizo un gesto a Cadmo para que este fuese a su lado, y el niño, que enseguida comprendió lo que le pedía, obedeció.

—¿Cuál es la condición?

—Si logras montarlo, lo dejaremos marchar. Es más, si lo consigues, puedes hacer lo que quieras con él.

Ni siquiera se molestó en contestarles. Se dio la vuelta. La cara le ardía donde le habían dado el latigazo, pero estaba segura de que las heridas del caballo, marrón tierra, escocían mucho más. Seguía intentando levantarse sobre sus patas traseras. Se le dilataban los ollares al tiempo que relinchaba, se doblegaba y tiraba de las amarras.

Cassandra se arrodilló, con el peligro que conllevaba estar demasiado cerca si el animal le daba una coz o si caía sobre ella con las dos patas delanteras. Bajó la voz hasta que se convirtió en un susurro inaudible para quienes la rodeaban.

—No voy a herirte.

En vez de serenarse, el caballo se encolerizó todavía más.

Los dos hombres se reían detrás de ella; los demás guardaban silencio.

—Sé que me entiendes —habló de nuevo—. Sabes lo que soy.

El caballo respiró, agitado, aunque había dejado de hacer movimientos bruscos.

—No soy como ellos. Me sientes.

El meneo de su cabeza se frenó en seco.

—Sé que escuchas el latido de mi corazón. Yo oigo el tuyo.

El caballo seguía respirando fuerte. Sus ojos miraban nerviosos a todos lados.

—Te llevaré a donde tú quieras.

Relinchó ante esa promesa. Cassandra era conocedora de que había algo en su voz, en sus palabras, en el don, que hacía que los caballos la comprendieran y supieran que sus intenciones eran buenas, que nunca les haría daño. No mientras le quedara aliento para enfrentarse a quien hiciera falta. Muchos de ellos morían en el este porque los maltrataban para domarlos y eso la enfurecía.

—Te llevaré a casa, pequeño. Confía en mí.

Los ojos del animal se centraron al fin en Cassandra.

La Susurradora se puso en pie ante la atónita mirada de todo el mundo. Cogió la navaja que había sobre un barril de vino, unos pasos más allá, y comenzó a cortarle las cuerdas.

—¡Retroceded! —gritó alguien—, echará a correr.

La amazona sonrió al escuchar aquello. El caballo no iría a ninguna parte.

Cuando se liberó, todos pudieron observar que no se movía ni un ápice. Cassandra le acarició el cuello, el lomo, entre los ojos, donde le dibujó un círculo con el dedo índice y corazón, algo que hacía desde siempre y que no tenía ni idea de qué significaba, solo que lo tenía dentro.

—Ahora vamos a dar una vuelta —le canturreó tras cepillarle la crin con los dedos.

El caballo agachó la cabeza para que ella le rascara un poco más detrás de las orejas. Cassandra sonrió tanto que la herida de la mejilla le recordó que estaba ahí. No le importó. Estaba algo más viva en ese momento, sintiendo a los espíritus de Isla Brava en el pecho.

Apoyó una mano sobre el lomo del caballo y la otra se enredó en su crin y se impulsó hacia arriba hasta que quedó a horcajadas sobre él. Giró sobre sí mismo, haciendo que las personas del puerto, en semicírculo, retrocedieran. Cassandra miró con la cabeza muy alta a los que habían cazado al caballo y lo habían herido. El temor estaba en sus rostros como si la mismísima muerte se hubiera desnudado sobre ellos. Se sintió complacida por sus reacciones.

Alzó la voz. Quería que todos la oyeran.

—He cumplido.

Ellos miraban la escena igual que hubiesen mirado a un fantasma.

—Ahora, corred.

—¿Qué?

La amazona palmeó el lateral del caballo. Él avanzó hacia los hombres, advirtiéndolos de que se apartaran de su camino.

—Corred —volvió a decir Cassandra, esta vez más enfadada—. ¡Si queréis vivir, hacedlo!

Los hombres debieron de entender la amenaza no solo por la rabia de su voz, sino también por la oscuridad que la envolvía en ese momento.

Obedecieron. Ella les regaló algo de ventaja. Dejó que desfilaran por el puerto entre jadeos y gritos, mientras echaban la vista atrás para asegurarse de que la chica no iba detrás de ellos.

—¡Cassandra! —la llamó Cadmo.

No se detuvo. Se le contrajo la boca en una sonrisa ladeada, cargada de inquina. Después apremió al caballo a que corriera detrás de los hombres que lo habían retenido.

El caballo los siguió, a galope, a tal velocidad que el sudor de la cara de Cassandra se secó con el viento que le daba de frente. Viento de mar, salado. Viento cálido del desierto. Un viento reparador, porque de pronto volvió a respirar.

Los bandidos corrían delante de ellos, a escasos metros de distancia.

—Acorrálalos.

Los hizo girar a la izquierda.

Había gente que los había seguido para ver cómo acababa aquello.

El caballo los obligó a dirigirse hacia el espigón, hasta que no quedó tierra debajo de sus pies y tuvieron que frenar en seco para no caer al Mar de Plata como dos peleles. Pero a Cassandra no le bastó con que se arrodillaran ante el caballo y pidieran clemencia. Se agarró con fuerza a la crin y lo hizo levantarse sobre las patas traseras. Los hombres se arrastraron hacia atrás. Lo siguiente que tocaron fue el agua.

—Aquí huele a cobardes, pero sobre todo huele a barracudas hambrientas. —Señaló cuando sus cabezas salieron a la superficie. Ellos palidecieron de golpe—. Volvamos, amigo —le dijo al animal.

El caballo acató su orden. Regresó a donde todo había empezado. Los que se habían quedado ahí aplaudieron. Ella no sabía si era por el acto de valentía o porque les parecía un espectáculo circense. Puede que hubiera algo de ambas cosas, a fin de cuentas, no debían de pasar muchas cosas en aquellas tierras. Habían tenido entretenimiento gratis.

Cadmo había cogido a Némesis del brazo y Finn estaba justo detrás de los dos, con los brazos cruzados sobre el pecho, el ceño fruncido y la sonrisa clavada en la boca. No entendió a qué se debía esa expresión en su cara. ¿Qué pensaría sobre ella? ¿Lo había visto todo? ¿Incluso el momento en el que persiguió a aquellos hombres llena de rabia?

Se apeó del caballo.

—Puedes irte —le dijo después de darle un par de palmadas en la grupa y rascarle entre las orejas.

El animal permaneció justo donde estaba cuando ella se alejó.

—¡Cassandra, qué susto me has dado! —exclamó el niño y se arrojó sobre ella.

Némesis la miraba. Ya no mostraba signo alguno de enojo.

—¿Ya está arreglado lo del barco?

No había conseguido enviar el mensaje que pretendía. Cuando Finn los había dejado solos lo había aprovechado para salvar al corcel. No se arrepentía, aunque ya no podía hacer otra cosa que seguir el viaje con ellos sin contactar con la princesa Eliadora.

Finn no prestó atención a su comentario. Sacó un pañuelo del bolsillo y una cantimplora que contenía alcohol del petate. Humedeció el pañuelo y le limpió la herida de la mejilla con sumo cuidado. Se encontraba tan cerca que el aroma cítrico la inundó.

—Quedará cicatriz. —Finn le apartó un mechón azabache del rostro, se lo colocó detrás de la oreja para que no le rozara la herida—. Vámonos. Nos esperan. Cuanto antes zarpemos, antes llegaremos a Ciudad Centaurea.

—¿Debería preocuparme que tengamos tanta prisa?

—El tiempo es oro, Cassandra, hay que aprovecharlo bien.

Cassandra le dio una palmadita en el antebrazo.

—Vale, Finn, entenderé tu metáfora del tiempo como una orden del príncipe.

—¿Por qué crees eso? —indagó él, confundido, mientras observaba el sitio donde la amazona del Archipiélago de Lunas lo había tocado.

—Quizá porque mientes fatal y eres demasiado correcto cuando anuncias dictámenes de tu señor. No te culpo, supongo que en eso consiste tu trabajo: en ser cauto y medir tus palabras.

Cassandra reanudó la marcha ante el pasmo de Finn, que tenía su pelo cobrizo adherido al mentón y le daba un aspecto infantil que hizo sonreír a la amazona.

La chica volvió a girarse varios metros después, al escuchar el resonar de unos cascos sobre el cemento. Rio. Todos se detuvieron para ver qué estaba mirando. El caballo se encontraba detrás de ellos.

—Genial —se quejó el emisario—. ¿Primero a ellos —señaló a Némesis y a Cadmo— y ahora también haces que me tenga que llevar un caballo?

Cassandra contempló al animal y comprendió. Sonrió con ternura y asintió.

—¿Qué? —preguntó Finn.

—Creo que no me sigue a mí.

—¿Y a quién sigue?

Cassandra pasó por su lado y colocó la mano sobre su pecho.

—A ti.

—Ah, ¿me lo regalas?

—No te lo puedo regalar, Finn, porque es él quien te elige.

—¿Y por qué me elige, si ni siquiera me he acercado a él?

—No puedo explicártelo. Es un lazo. Él sabe que le perteneces.

El jamelgo se había acercado sutilmente, como si le diera apuro molestar. Se colocó frente a Finn, con la cabeza inclinada hacia abajo. Esperaba que lo acogiera, que lo acariciara, tal vez como Cassandra había hecho poco antes.

—Si lo aceptas como tu compañero, nunca podrás abandonarlo.

Pensó en *Diente de Guerra*. Era lo que había hecho con él.

—Te enseñaré a montarlo si accedes a llevarlo con nosotros.

Finn dio un paso al frente y colocó una mano debajo de la cabeza del caballo. Apoyó la frente sobre la suya y cerró los ojos. Cassandra, asombrada, pensó que aquella era una de las imágenes más bonitas que había visto.

Se estremeció y el corazón le latió desacompasado.

—No es necesario que me enseñes —contestó él—. Creo que recordaré cómo hacerlo, aunque hayan pasado muchos años desde que no estoy tan cerca de uno.

—Ahora solo le falta un nombre —dijo Cadmo, alegre.

—*Gawue*. —La voz tenue de Némesis llamó la atención de todos—. En la lengua de donde yo vengo significa «honesto».

—*Gawue* —repitió Finn—. Me gusta. ¿A ti te gusta? —le preguntó al caballo.

—Le gusta —contestó Cassandra por él.

Esa fue la primera vez que Némesis sonrió, y todos se mostraron contentos.

—¿Y ahora dónde metemos un caballo?

—Seguro que tu generoso príncipe puede ceder uno de los camarotes del buque para tu nuevo amigo, ¿no? Alguien tan amable, virtuoso… —se burló ella.

Finn carraspeó.

—No te pases. Si algún incondicional de Alair te escuchara, te delataría ante las Leyes, y ni aunque el príncipe mostrara clemencia, conseguiría que no te sentenciaran.

Cassandra colocó la mano a la altura del corazón.

—Me abstendré de hablar sobre las virtudes del príncipe de ahora en adelante.

—¿Y sobre los defectos?

Cassandra se dio la vuelta para recorrer la plataforma del buque y no contestó.

«Sus defectos se están viendo por sí solos, si no, ya sabría qué quiere de mí».

11

ADRIA LE ECHÓ TAL MIRADA A HARAEL que este se detuvo para no enfurecerla más.

—Deja de seguirme de una vez —mandó—. ¿No tienes ninguna ocupación?

El Principado asintió, muy cortés, a la pregunta que ella le había hecho.

—¿Cómo está la princesa? ¿Ha vuelto a tener un episodio? —preguntó viendo que llevaba entre las manos una bandeja con comida y que se dirigía a la cuarta torre.

—La princesa está bien. Preocúpate de tus asuntos.

—Es que entre mis asuntos está el bienestar de Eliadora y que esté cualificada para hacerse cargo de sus responsabilidades y obligaciones, y hace días que no sale de la torre.

Harael cruzó las manos a la espalda y el lino con el que estaba hecha la túnica que vestía se tensó alrededor de su cuerpo y mostró el escote, teñido de tatuajes. Adria echó un vistazo, pero desvió la mirada casi de inmediato. Ya le había preguntado al Principado sobre qué significaban todos aquellos trazos repetidos sobre su piel. Por toda respuesta, obtuvo sonrisas o palabras vacías que venían a significar que no era de su incumbencia.

—Puede cumplir con su deber, de eso no te quepa duda —dijo.

El cuenco de sopa de acelgas y leche de cabra que llevaba en la bandeja le salpicó el vestido porque sus movimientos fueron bruscos cuando intentó apartarse de Harael.

—Que empiece a demostrarlo. Por mucho que Alair sea su hermano, nada nos asegura que no vaya a dar el primer paso en esta guerra que ella inició. Debería estar preparada y, sobre todo, haría bien en empezar a moverse y reunir a personas que la apoyen —aconsejó el Principado.

—A ti lo que te pasa es que nunca has querido que sea ella quien consiga el trono.

—No te equivoques, nido de gorriones, que diga que se está mostrando débil no significa que piense que no merece reinar —explicó él con una sonrisa torcida—. Lo sabes tan bien como yo. Ahora mismo lo que necesita es dominarse, y toda esta situación nunca la ayudará a ello.

Harael vio cómo los dedos de Adria se agarrotaban alrededor de las astas. Aunque no se llevaban bien, quizá porque sus caracteres chocaban demasiado, el Principado sabía que la mujer era inteligente y siempre acababa tomando partido por él cuando la princesa se empeñaba en desoírlo.

—¿Acaso sugieres que se rinda?

—Nunca se me ocurriría. —Levantó las manos en señal de paz—. Solo digo que quizá no es bueno que la ciegue de este modo la relación que tiene con su hermano.

—Alair tampoco es que ayude, ¿por qué no querrá dejar, de una vez por todas, esa lucha suya para intentar curar lo que no tiene cura? —caviló en voz alta—. Eso no logra más que hacerles daño a los dos. Los distancia. No por lo que el destino quiso que fueran, sino por sus propias decisiones.

—Me preocupa, Adria.

—¿El qué?

—Que estemos de acuerdo tan a menudo. Me complace que

me premies con tu amistad, de verdad. Ya iba siendo hora, no entendía a qué venía tanta ojeriza.

Adria puso los ojos en blanco ante la broma de Harael.

—Vivimos en el castillo de los engaños, es normal que te confundas y creas ver cosas donde no las hay. Tú y yo no somos amigos, solo estamos en el mismo bando.

—Es posible.

La compañera de la princesa estaba a punto de dar media vuelta para recorrer el pasadizo que llevaba a la cuarta torre, donde Eliadora se recluía para no ocasionar ningún daño, cuando se detuvo, como si de pronto hubiera recordado algo importante, y volvió a acercarse al Principado.

—Por cierto, no tenemos noticias del buque que enviamos al Archipiélago de Lunas. Hemos enviado dos misivas, pero han sido devueltas por los vencejos. ¿Podrías encargarte de averiguar qué ha pasado? Yo ahora no puedo.

El rostro de Harael se desfiguró al escuchar la noticia. Llevaba semanas esperando a que Cassandra, la Susurradora, llegara a Ciudad Caléndula. Si no había noticias del navío ni de los hombres de la princesa era porque los pájaros no habían podido encontrarlos, y si eso era así…

—¿Estás bien?

El Principado la dejó con la palabra en la boca. Se marchó de inmediato. Nada estaba saliendo como lo había planeado tiempo atrás, ninguna de sus decisiones parecía haber sido correcta después de todo.

Pensó en preparar una partida para ir mar adentro, a recorrer el camino que había tomado el buque al salir del Archipiélago. Después se dio cuenta de que no hubiera servido de nada. Si quería averiguar dónde se encontraba la chica, tendría que ser él mismo quien fuera a buscarla.

Rozó la escultura de piedra de Muriel de los Engaños, que la representaba igual de hermosa que en vida. Se encomendó a ella y pidió a los dioses que le mostraran el camino hasta Cassandra y que velaran por ella, porque, si otros se adelantaban y daban con la chica, los engranajes de la rueda se pondrían en marcha de nuevo y su alma estaba demasiado desgastada a esas alturas para continuar aquella lucha de siglos.

Era hora de acabar lo que nunca debió haber empezado.

12

—¿Es que tú NUNCA DUERMES? —le preguntó Finn cuando la encontró a medianoche en la cubierta del buque.

—¿Y tú piensas seguirme siempre? ¿Acaso temes que me lance desde cubierta?

—Se dice tirarse por la borda.

—Borda. —Cassandra asintió con una mueca en los labios.

—Es todo lo que rodea el barco, así que da igual si te tiras desde la popa o la proa, porque el parapeto que está alrededor del buque forma parte de la borda.

Al mirar a Finn, pensó en su inteligencia y se preguntó si su familia tendría los recursos necesarios para haberle proporcionado una educación y otras posibilidades distintas a las del resto de los mortales. Desde luego, servir a un príncipe y encontrarse tan cerca de él debía ser respuesta suficiente para Cassandra. Seguro que pertenecía a la nobleza o era pariente directo de Alair, un primo o un tío. Nadie que no recibiera la aprobación del monarca y de sus consejeros podría haber aprendido todo lo que él sabía.

En Isla Brava, los niños dejaban de ir a la escuela a los doce años, cuando el Estado consideraba que ya sabían lo suficiente para sobrevivir: leer, escribir y las cuatro reglas. Los hechos históricos que les enseñaban eran básicos, los nombres de los que eran considerados como los grandes reyes y reinas de Áurea, importantes políticos y casi nada que tuviera que ver con guerras, la Persecución y las revoluciones que sucedieron a la masacre de Lennox el Usurpador.

—¿Qué pasa?

Cassandra se volvió hacia Finn.

—¿No te parece injusto que no tengamos todos las mismas oportunidades?

Finn se adelantó un poco, apoyó los codos sobre la barandilla de la proa y se quedó mirando cómo se abría el mar por la mitad a medida que el buque avanzaba.

—No te haces una idea de cuánto.

—Tú sabes muchas cosas.

Conforme lo dijo, Cassandra se dio cuenta de que en su tono había un atisbo de acusación que no esperaba que se dejase ver. Le reprochaba que hubiera tenido oportunidades que alguien como ella, de su clase social, jamás podría haber tenido.

Finn no lo desmintió. Solo se limitó a afirmarlo, algo atormentado.

—A veces es mejor ignorar ciertas cosas.

Cassandra se apoyó también en la baranda. Estaban codo con codo. Ninguno se alejó ni hacia un lado ni hacia el otro.

—Creo que siempre es mejor saberlas —declaró mirándolo a los ojos—. Es la única oportunidad de ganar.

—¿Ganar qué?

Se encogió de hombros.

—Cualquier cosa, supongo. ¿La libertad?

—Ser libre no estaría mal, nada mal.

—¿Es que no lo eres?

Finn le devolvió la mirada más insondable que Cassandra le había visto. Sus ojos eran las estrellas más brillantes de la noche y la línea curva de su sonrisa, el horizonte más sombrío que pudiera imaginar.

—Te cambio esa pregunta por cualquier otra. Es un buen trato.

—Prefiero guardármela para cuando me haga más falta.

—No esperaba menos de ti.

La Susurradora se acordó de que había algo que no le había dicho a Finn después de embarcar. Algo que era demasiado importante como para callárselo.

—Esta mañana pensé que Némesis iba a hacer volar algo por los aires.

—¿Qué?

—Mientras intentaba detener a aquellos dos canallas. Estaba llena de rabia. Solo se serenó cuando ya estuve a lomos de *Gawue*. Después parecía que no hubiese pasado nada.

—Su don es una lucha. Solo ella puede decidir en qué va a convertir todo el poder que lleva dentro. Podría ser algo muy bueno o podría desatar el caos.

Cassandra tragó saliva ante las opciones que tenía la chica. Intentó alejarse de todos esos pensamientos que se arremolinaban en su cabeza. Se escapaban tantísimas cosas a su control... Además, no sabía de quién había heredado esa necesidad de proteger a las personas, incluso cuando no las conocía. Eso era lo que le estaba pasando con Némesis y con Cadmo.

—Creo que le gusta estar contigo. A Némesis.

—¿Y tú cómo sabes eso?

—Llámalo intuición. —Finn se rio—. Se siente a salvo a tu lado. La verdad es que no entiendo por qué. Si no eres capaz ni de cuidarte a ti misma.

—¿Perdona?

—No te disculpes, no hace falta —siguió jactándose él—. Me voy cinco minutos y recibes un latigazo, domas a un caballo y tiras al Mar de Plata a dos bandidos —enumeró con tono divertido.

Era extraño que, detrás de esa fachada de hombre duro que la había salvado en la Ciudad Nueva de Bashne y que ahora la llevaba a Ciudad Centaurea, hubiera una faceta amable e incluso divertida. A lo mejor, después de todo, solo era un joven que procuraba cumplir con su deber y contentar al príncipe al que servía.

Le dio un ligero empujón. Él se lo devolvió.

—Eres una temeraria.

—Eso explica todas las cicatrices que colecciono.

—¿De qué? ¿De domar a los caballos?

—Algunas sí. —Cassandra apoyó la barbilla sobre sus antebrazos—. Otras son de las veces que han intentado cogerme. La voluntad de los humanos rara vez se puede domar. —Sonrió—. Cuando se creen con derecho a comerciar con tu vida es cuando se olvidan de que los que tenemos dones, como tú y como yo, no somos más que personas.

Finn se incorporó con torpeza.

Cassandra, más por asombro que por incomodidad, lo siguió hasta la cabina.

—¿Estás bien?

Por el modo en que la miró, Cassandra tuvo la impresión de que esa era la primera vez en mucho tiempo que alguien le preguntaba al hombre de los ojos dorados cómo se sentía.

—Sí, es solo que me has… desestabilizado un poco.

Cassandra colocó una mano sobre el hombro de él.

—Finn, no me compadezcas, eso no hace que me sienta mejor.

Él asintió, pero parecía estar muy lejos de ahí.

—Lo lamento.

Finn se sentó en uno de los taburetes, cogió una botella de vino y bebió a morro de ella. A la luz de las lámparas, el emisario de Alair le recordó a un muchacho desvalido.

—Nunca había visto una de estas —susurró Cassandra toqueteando con el dedo uno de los focos de luz—. Al puerto de Isla Brava llegaban hombres con muchos artilugios y sabíamos que había lugares donde aún había electricidad, pero no imaginé que la luz artificial fuese tan blanca.

—En Ciudad Centaurea verás muchas lámparas y linternas.

—¿Es cierto que las casas son más altas que los árboles?

—La gran mayoría, sobre todo las torres que están más alejadas del palacio de cristal. A los extranjeros suelen gustarles mucho.

—Mira que gustar e impresionar no son la misma cosa, ¿eh, Finn?

—Cierto.

Se sonrieron.

Cassandra se apoyó contra el panel de mandos. Finn le pasó la botella. Ella había bebido pocas veces en su vida, y la mayoría con el cafre de Eugene, que solía robarle el alcohol a Constantine. Al día siguiente, Cassandra siempre dejaba una moneda más para pagar el hurto. Valía la pena, porque esas noches a campo abierto, tumbada junto a su amigo, se olvidaba de todo cuanto pudiera preocuparla.

La tomó y dio un par de tragos. Le quemó la garganta.

—Ayer dijiste que no considerabas tus príncipes ni a Alair ni a Eliadora.

Cassandra calló mientras volvía a beber.

—En unas horas estarás frente a uno de ellos.

No era tonta y sospechaba que esa era la manera que tenía Finn de comprobar si era una persona de fiar o si saltaría sobre el príncipe para reclamarle su libertad con el cuchillo que se había llevado del hostal y que él no sabía que tenía. Aún.

La amazona se rio.

—¿De qué te ríes?

—De nada.

Finn puso cara de contradicción, pero no cesó en su empeño.

—Te veo demasiado tranquila. No parece que te incomode conocer al príncipe.

—Solo es una persona.

Finn entornó los ojos.

—Además, quiere algo de mí. Mi cabeza. Por lo visto —reflexionó sin dejar de beber—, tiene el suficiente valor como para mandar a alguien a por mí para que me lleve ante él. Y no solo eso, también te has traído a Cadmo y Némesis. Creo que fue porque él te dijo que me dieras lo que quisiera a cambio de que fuera, ¿me equivoco?

Finn soltó tal carcajada que Cassandra pensó que se habría escuchado hasta en los camarotes.

—Es evidente que tienes un amor propio desbordante.

—No es amor propio. Pero he de saber cómo puedo jugar mis cartas. No va a aparecer nadie que me salve, debo hacerlo sola.

—Pues ve con cuidado, Cassandra, porque todas esas cosas que has mencionado corren a mi cuenta. Los consejeros solo me encargaron que te buscara y, a ser posible, que te encontrase con vida. Tus nuevos amigos no entraban en el precio que le pusieron a esa inquieta cabeza tuya —confesó.

Por cómo se le abrieron los ojos, fue más que notable la sorpresa de Cassandra. Había barajado la posibilidad de conseguir negociar su libertad si ponía suficiente esmero. Después de que Finn le hubiera dicho que estaba más en deuda con él que con el Consejo de Alair, se puso algo nerviosa. Ningún don era tan valioso como para que un príncipe pagara lo que fuera por él.

Finn volvió a hablar.

—Pero supongamos que tu versión es la correcta, ¿cómo hubiese cambiado el rumbo de las cosas? ¿Qué le hubieras pedido a cambio del favor que él reclamara?

Cassandra no tuvo que pensarlo demasiado.

—¿Alguna vez has querido tanto a alguien que hubieras hecho cualquier cosa por mantener a esa persona a salvo?

Finn no pudo sostenerle la mirada cuando contestó:

—No te haces una idea de cuánto.

—Pues entonces entenderás que quiera cuidar de mi padre.

—¿Tu padre?

—Sí. Perdió a mi madre cuando yo nací. Su vida no ha sido fácil.

Finn se levantó y le quitó la botella de las manos. No la miró directamente. Parecía haber acabado de recibir un derechazo en plena cara.

—Venga. Vamos a la cama —dijo de pronto, como si quisiera pasar por alto su confesión.

—No me iré a la cama contigo —balbuceó. Sentía la lengua pastosa. Sí que estaba fuerte el vino—. Seguro que en el reino te funciona y todas las mujeres caen a tus pies, pero yo no soy de esas.

Finn hacía un esfuerzo por no poner los ojos en blanco y por mantener la compostura. La imagen que se esperaba de él, por otro lado.

—Cassandra, a la cama. A tu cama.

—No. —Puso el dedo índice sobre sus labios—. No me vas a quitar la ropa.

—Por el amor de todos los dioses, no te voy a quitar la ropa.

—Eh, a los dioses no vamos a molestarlos con problemas de mortales. Por cierto, ¿crees que los ángeles…? —No completó la frase, solo arqueó las cejas repetidas veces con sonrisa picarona—. Ya sabes. ¿Se enamorarán? ¿Van por ahí arrancándose la ropa?

Finn ahogó un suspiro.

—Ni idea. Vete a dormir.

—¡No! Espera. Contéstame. ¿Tendrán sexo los serafines?

—No creo, Cass.

—¿No? ¿Por qué?

—Porque tienen unas alas enormes. Son como tres pares de alas, inmensas, de hecho, pueden cubrirse con ellas, igual que una crisálida. Debe de ser incómodo.

Cassandra no podía parar de reír.

—Finn, emisario del príncipe Alair, lo sabe todo sobre barcos y ángeles.

Él la cogió por la cintura, porque vio que, al alejarse de su punto de apoyo, se balanceaba un poco y no quería que se tropezara por las escaleras que llevaban a los camarotes.

—¿Pues sabes qué creo yo?

—Sorpréndeme.

—Yo creo que sí. Seguro que hay alguna forma inmortal, una conexión espiritual para hacerlo. Igual cuando se cogen de las manos…

Cassandra dio una sonora palmada. Finn puso los ojos en blanco.

—¡Vaya imaginación!

Bajaron las escaleras y recorrieron el pasillo hasta la puerta del camarote de ella.

—¿Seguro que te encuentras bien?

—Fenomenal.

Cassandra se cuadró como si fuera un soldado bajo las órdenes de su general.

Él le abrió la puerta. La llevó hasta la cama cogida por el codo y ella se tumbó. Le quitó los zapatos y le echó una manta por encima. Estaba a punto de irse cuando Cassandra lo agarró por la muñeca.

—Gracias.

—¿Por el alcohol?

—Por lo que has hecho sin que nadie te lo pida —susurró ella.

—No hay de qué.

—Finn —dijo Cassandra de nuevo cuando él se soltó para abandonar el camarote.

—Dime.

—Te lo volveré a preguntar. Algún día te lo volveré a preguntar.

Él sonrió.

—¿El qué? ¿Si los serafines tienen sexo?

Cassandra cerró los ojos. Estaba a punto de quedarse dormida, lo sentía. Le pesaban muchísimo los párpados, pero alcanzó a decir:

—No. Te preguntaré si estás bien.

Y se quedó dormida. Una parte de ella hubiese jurado que alguien le besó los nudillos magullados de la mano y colocó un paño húmedo sobre la cicatriz de la mejilla. Alguien a quien no conocía en absoluto. Quizá las persona más sola y triste que pudiera imaginar.

13

EN LO QUE RESTÓ DE TRAVESÍA, Cassandra dio un paso atrás. No podía. No debía. Aquella no era su gente. Ella estaba ahí para cuidar de su familia, para volver junto a su padre, y si incumplía la promesa que le había hecho a la princesa Eliadora, eso nunca ocurriría. Tenía que tomar decisiones.

En su presente no había sitio para nuevas personas. En el caso de permitirles entrar, acabaría atada a demasiadas promesas sin pronunciar, como aquella vez que Calíope la siguió corriendo, mientras ella iba montada a lomos de *Diente de Guerra*. Quería aprender a montar, le había dicho, ¿por qué se empeñaba en decirle que no? Al final, había dado su brazo a torcer, sin saber que eso supondría la presencia de Eugene, de Hatria y de Maximus.

Había hecho amigos. Había quebrado una ley silenciosa que ella misma marcó a fuego en su cabeza: si quería a poca gente, no podrían hacerle daño. Era una lección cruel que había aprendido a los diez años, la primera vez que le pusieron a Tobías, su padre, un rifle entre ceja y ceja. Su vida a cambio de llevársela a ella y su don a algún lugar muy alejado de Isla Brava. Tuvo tanto miedo que, cuando los bravos salieron al encuentro de aquellos miserables, Cassandra se orinó encima.

Ese día lo juró. Intentaría no querer a nadie más. Su padre era la única debilidad que tendría en su vida. Estaba decidida. Pero la promesa duró poco tiempo, hasta que abrió su corazón a otros nombres que escocían debajo de los párpados. No quería volver a sentir el dolor de las despedidas, esos adioses amargos que dejan la incertidumbre de no saber si algún día regresaría.

Sí, conocía a los tripulantes del buque en el que viajaba desde hacía unos días, era cierto, pero a Cassandra le pesaban demasiado las circunstancias en las que se habían encontrado y lo iguales que podían ser. ¿Qué pasaría con Cadmo y con Némesis cuando llegaran a Ciudad Centaurea? ¿Los liberarían? Y si lo hacía, ¿qué les sucedería a ellos? ¿Cómo sobrevivirían?

A lo mejor podía hacer un trato, ayudarlo en lo que fuera que Alair quisiera, para que, a cambio, tuviera bajo su protección al niño y a la chica.

«No eres capaz de prometer tantas cosas. Ni siquiera tú puedes estar en dos sitios a la vez, complacer a los dos hermanos. ¿O sí?», se dijo.

Quizá sí que podía, aunque no supiera cómo. Podría intentar encontrar el modo de contentar a los dos monarcas con engaños. ¿No lo hacían ellos con el pueblo? ¿Por qué no podían gobernar juntos y habían tenido que dividir el mapa otra vez, como en los viejos y malos tiempos?

Eran egoístas. No pensaban en los que estaban más allá de los muros de sus palacios, empezando por Eliadora, que había mandado a dos mercenarios a pujar por su cabeza. ¡Y los bravos! Menuda sorpresa. Constantine era un vendido. Pero ¿quién era más ruin, él o los que habían hecho que tuviese que actuar de esa manera?

—Si sigues mirando así al capitán, va a creer que le estás echando una maldición.

Finn interrumpió sus pensamientos con su voz grave y con una taza humeante de un brebaje que a Cassandra le olía a algo desconocido, pese a ello, la aceptó y se lo llevó a la nariz.

—¿Qué es esto?

—Cacao caliente.

Cassandra no había escuchado nunca esa palabra y estaba segura de que no había bebido aquello antes. Lo recordaría. O no. También era incapaz de rememorar lo que había hablado con Finn dos noches atrás. Solo sabía que se había levantado con un fuerte dolor de cabeza y que le venían imágenes sueltas de cuando aún estaban en la proa del buque. Lo demás era una nebulosa. Y, aunque se había empeñado en hacerle un tercer grado cargado de ceños fruncidos y miradas asesinas, el emisario solo sonreía y pasaba de largo ante su insistencia.

—Parece barro, pero huele a… ¿dulce?

Finn le hizo una señal con la barbilla, animándola a darle un sorbo. Ella dudó un segundo. No creía que fuese a envenenarla, de haber querido podría haberlo hecho mucho antes.

—Está muy bueno. —Su cara de satisfacción parecía estar de acuerdo—. ¿Lo han probado Cadmo y Némesis?

—Están con *Gawue*, les he dicho que suban.

Cassandra se dio cuenta de cómo la miraba. No adivinó qué intentaba decirle.

—¿Por qué me miras así?

—¿Te duele?

Ella se percató de que técnicamente no la había estado mirando a ella. Se sintió ridícula por haber considerado siquiera esa posibilidad. Finn tenía los ojos puestos en la herida de su cara.

Él había insistido aquella mañana en que se echara una pomada que olía a rayos y, a pesar de haberse negado por las arcadas que le provocó ver aquel mejunje —parecía vómito de gato—, acabó accediendo. Lo cierto era que había notado una leve mejoría.

—No te creas. No duele tanto.

Era verdad. Había soportado dolores más intensos que ese.

Finn se sentó a su lado.

«Demasiado cerca, emisario», pensó ella, pero no se movió ni un centímetro. Siguió disfrutando de aquello que Finn había llamado cacao.

—Dijiste que tenías cicatrices por todo el cuerpo.

¿Lo había dicho? Era probable.

Cassandra era consciente de que ni siquiera Eugene, su amigo, la creyó la primera vez que aseguró que estaba llena de marcas. Por aquel entonces, ella, dolida por poner en duda su valentía o su honor, se fue envalentonada hacia él y le dio un empujón del que después se arrepintió. Eugene nunca las llegó a ver, pero con el paso del tiempo supo que Cassandra no había mentido. Lo supo porque la vio herida en otras muchas ocasiones.

—¿Qué pasa? —volvió a preguntar ella.

—¿De qué son?

Le dio un trago tan grande a la espesa bebida que le costó tragársela.

—De haberme caído de los caballos —comenzó a explicar—, de flechas, arpones, ballestas, trampas para osos, látigos, cuchillos pequeños, grandes, algún puñal…

—Vale, para. Para, por favor —le pidió.

«¿Por qué me pregunta si ni siquiera es capaz de escucharlo? Pues sí que tiene el estómago delicado. Menos mal que no vio las heridas en su momento, la de la cara le parecería una línea rosa en comparación».

—Es horrible, Cassandra. Espantoso.

La amazona le dio un codazo y sonrió.

—Para lo alto y fuerte que eres, tienes poco aguante. Tú en la guerra no durabas ni dos días —le echó en cara mientras apuraba el cacao que le quedaba.

Finn se inclinó hacia ella, hoyuelos a la vista, señal inequívoca de que su sonrisa era sincera. Tendió la mano hacia su cara y le limpió el bigote negro que tenía sobre los labios rosados.

Cassandra enrojeció, lo supo porque le ardieron las mejillas. Al mismo tiempo, quiso apartarlo. Era una sensación contradictoria que, por supuesto, no entendía.

—Siempre me podrías salvar tú.

—O sea, a ver si lo he entendido, ¿voy contigo sin oponer resistencia y sin intentar huir, te consigo un caballo maravilloso, me bebo tu brebaje pudiendo morir envenenada y encima te tengo que salvar la vida?

Cassandra se arrepintió al instante de haber dicho aquello. Ninguna de esas cosas eran verdad del todo, además, ella seguía debiéndole la vida, con independencia de lo que Alair quisiera conseguir a cambio. Finn, no obstante, se rio a carcajadas justo cuando Némesis y Cadmo iban en su dirección.

—Cassandra, querida, lo de escapar nunca ha sido una opción.

Clavó sus ojos dorados en los suyos con tanta fuerza que la amazona tuvo la impresión de que ahora era el emisario quien le susurraba cosas a ella y no al revés.

Se sintió desnuda, por completo.

—¿Por qué? ¿Me hubieses atrapado?

Él negó con la cabeza. En el último segundo, antes de que sus otros compañeros llegaran a su altura, le dijo:

—No es una opción porque no eres mi prisionera. Tú lo has entendido así, pero podías, y aún puedes, marcharte cuando quieras. Siempre podrás marcharte cuando desees.

Cassandra se quedó más helada que las montañas de las Estalactitas. Jamás, en ningún momento, se le había pasado por la cabeza que no fuese su rehén, un objeto de valor que iba a entregarle al príncipe a cambio de quién sabe qué favor, qué nuevo cargo, qué tesoro o qué islote. Dudó. Solo una fracción de segundo. Dudó de ella, no de él.

—Muchachos, cacao —anunció él poniéndose en pie de un salto.

Fue hacia el barril, cogió las otras dos tazas y se las entregó a los recién llegados.

—¡Cacao! —exclamó Cadmo de lo más feliz—. Lo tomé una vez.

Cassandra se dio cuenta de que, por no hacerles daño, no les había preguntado más sobre sus orígenes. Sabía alguna cosa sobre Némesis, la mayor parte por lo que Finn y el propio Cadmo le habían dicho, pero seguía siendo nimio. Cadmo, en sí mismo, era un silencio constante. En ocasiones, como aquella, sonreía, daba brincos y se llenaba la cara de comida. Siempre tenía hambre. A lo mejor era que su don lo dejaba extenuado, como le ocurría a ella cuando comenzó a florecer.

—Cadmo, ¿de dónde eres? —se atrevió a preguntar. A él no pareció molestarle.

—Nací en las Islas.

Némesis se había sentado a la izquierda de Cassandra, ocupando el lugar de Finn, que ahora estaba de pie junto al niño. Le acarició la cabeza con tanta ternura que a Cassandra volvió a galoparle el corazón en el pecho.

—¿Las Islas? —Incluso Némesis se mostró asombrada al ver que la Susurradora desconocía aquello.

—Las Islas de los Exiliados —aclaró Cadmo sin mostrar aspereza alguna.

Ella comprendió al fin: ahí era donde mandaban a quienes, después de la Persecución, decidieron unirse para liberar Briseida y transmitir el conocimiento entre la gente. A esos primeros hombres y mujeres y a todos los que siguieron su causa después. Por supuesto que sabía aquello, por eso la advertencia de su padre era siempre la misma, «no intentes conocer más de lo que te permitan».

Pero ella quería saber. Quizá por eso continuó preguntando.

—¿Viviste ahí?

—Sí, hasta hace un año, más o menos. A mi madre la mataron y mi padre se quitó la vida.

Frío. Distante. Como si no fuese nada que tuviera que ver con él. Bebió.

—Cadmo, cuánto lo siento.

Cassandra cayó de rodillas frente a él y, aunque no sabía qué tal se tomaría el niño el contacto humano, cogió una de sus pequeñas manos. Él la miró. De nuevo, sintió dentro de su escuálido cuerpo el aura de alguien mayor, con lustros de dolor a cuestas.

—Escapé en un barco de mercancía.

—¿Por qué escapaste? ¿Por qué no te quedaste con la gente de las Islas?

Némesis también había dejado de beber su cacao.

Los ojos de Finn se habían oscurecido.

Cadmo empezó a contarles algo entre susurros:

—Mamá decía que los hijos de los exiliados no merecían pagar por lo que sus padres habían hecho mal. Ella también era hija de exiliados y nunca tuvo la oportunidad de salir de las Islas. Me hizo prometerle que yo no viviría allí, que me las ingeniaría para marcharme. Pero yo nunca quise irme. Las Islas son preciosas y, Cass —de pronto, era como si soñara despierto—, los que viven en ellas saben muchísimas cosas. Hay libertad porque ellos ya han roto todas las normas. Han hecho del castigo su hogar. No. No quería irme. Cuando mi madre murió, decidí quedarme. Ya no tenía que cumplir ninguna promesa.

—¿Qué ocurrió? —preguntó Némesis esa vez. Su voz era el canto de un manantial, el viento resbalando sobre el hielo.

—Me obligaron a irme.

—¿Quiénes? ¿Por tu don?

—No, no me obligaron los mortales —negó, muy concentrado. Finn le había cogido la taza de entre las manos—. Fueron los muertos.

A Cassandra la recorrió un escalofrío hasta el último pelo de la cabeza.

—Me escondí en la zona de almacén de uno de los buques que todos los meses llevaban suministros a las Islas. Debía salir de ahí. No fue fácil. Ocurrieron muchas cosas. Al principio, me las apañé, pensé que llegaría a donde tenía que ir, pero por el camino me interceptaron y acabé en la Ciudad Nueva de Bashne después de muchos meses viajando como polizón en un barco de mercancía robada.

Aquello era escalofriante. Un niño viajando solo, intentando encontrar a alguien después de la terrible catástrofe que había vivido. Y aún le quedaban fuerzas para contarlo. Había sobrevivido.

Cassandra se echó a llorar. Se desplomó sobre sí misma y lloró. Lloró porque ella había tenido a su padre toda la vida, el mismo que había aguantado con los ojos abiertos mientras la boca de fuego del rifle dejaba una marca redonda sobre su piel.

Pero Cadmo no había tenido a nadie en ese tiempo, y puede que antes tampoco.

—No llores —le pidió él.

Los ojos de Cassandra estaban anegados de lágrimas. No podía enfocar ninguna imagen, todo estaba borroso.

—No llores, Cassandra, amazona del Archipiélago de Lunas.

Eso la hizo sonreír. Se limpió las lágrimas con las mangas de la túnica y le acarició la cara con ambas manos. Era un niño. Seguía siendo un niño y a nadie le había importado qué hacía viajando solo, viviendo solo, sufriendo solo.

—Yo cuidaré de ti, Cadmo. —Cassandra lo había vuelto a hacer pese a todo lo que se había jurado. Ni sus leyes la podían proteger de ella misma—. Cuidaré de ti hasta que encuentres a quien buscas.

—Es que ya he encontrado a quien buscaba —comunicó el niño.

La Susurradora levantó los ojos hacia Finn, que no había pronunciado palabra. Él no la miró. Giró la cabeza. Estaba serio. Tanto que pensó que, a la fuerza, el emisario estaría librando una gran batalla interna para mantener a raya sus sentimientos.

—Me lo dijeron, Cassandra.

—¿Qué te dijeron? —Ya no se atrevió a preguntar quiénes, imaginaba que los no vivos. Odiaba decir la palabra «muertos».

—Que era necesario llegar a tiempo.

La amazona no podía aguantar más la tensión de ese momento, el dolor, el no saber por qué Finn parecía esconderse observando el mar antes que a Cadmo. Némesis también se había puesto de pie, unos pasos por detrás de Cassandra.

—¿Adónde? ¿Para qué?

Hubo una breve pausa, como si el niño intentara recordar las palabras exactas.

—A la Ciudad Nueva de Bashne —dijo, dando respuesta a la primera de las preguntas—. Para asegurarme de que no morirías. No podías morir. Tenía que encontrarte, Cassandra.

14

NO HUBO MANERA DE PEGAR OJO aquella noche ni de apartar las palabras de Cadmo de su cabeza al día siguiente. Les quedaba poco viaje por delante, en unas horas estarían frente al príncipe Alair y las escasas posibilidades de negociar que se le habían ocurrido ahora parecían carecer de suficiente peso.

Cadmo no había dado más explicaciones sobre lo que le había llevado a buscarla. Todo era una gran incertidumbre, porque, si el muchacho había ido en su búsqueda, solo podía deberse a que Cassandra estaba en peligro, aunque, después de todo, quizá lo peor ya hubiese pasado. En cualquier caso, se vio incapaz de abandonar el camarote hasta que atracaron en el puerto de Ciudad Centaurea.

Finn llamó a la puerta.

—Cassandra, vamos a desembarcar.

Se levantó a duras penas. No se sentía capaz de salir de la cama ni de enfrentarse a ese día, ni muchísimo menos al príncipe. Lo único que agradeció fue no disponer de ningún objeto personal que tuviese que arrastrar tras de sí. Solo poseía la ropa que llevaba puesta, y ni siquiera era suya.

Abrió.

—¿Estás bien?

Procuró no mirar al emisario, que la había visitado un par de veces los días anteriores para curarle la cicatriz de la cara. Intuyó que al príncipe le disgustaba la gente herida. Cassandra supuso que no salía mucho de su palacio de cristal —literalmente de cristal—, porque, de lo contrario, estaría más que acostumbrado a ver sangre.

La amazona no contestó, intentó pasar junto a Finn, sin embargo, este atrapó su mano con tanta delicadeza que, si no fuera porque la sentía alrededor de la muñeca, Cass no se hubiese percatado.

—Sé firme.

Ella mostró contradicción en su rostro.

—Imponte y recuerda lo que te dije —siguió exponiendo.

—¿Lo que me dijiste?

Finn se frotó las sienes. Un gesto que Cassandra interpretó como impaciencia.

—Tú decides el precio que le pones a las cosas, ¿vale?

—¿Por qué me ayudas?

La respuesta no tardó en fulminarla como un rayo en la noche.

—Porque puedo. —Hubo una pausa que el emisario aprovechó para apartarle el mechón que le cubría la mejilla. Inspeccionó la línea roja—. Parece que está mejor.

—Sí. —Se sonrojó cuando él la miró de aquella manera que todavía no comprendía—. Me duele mucho menos. Es por el mejunje que me echaste.

Finn sonrió durante una milésima de segundo. Colocó las manos sobre sus hombros y agachó un poco la cabeza.

—Escúchame bien. Cuando te reúnas con el príncipe, también estará su Consejo presente. Harán todo lo posible por que los beneficios que obtengas sean mínimos. Aunque él quiera ayudarte, a quienes de verdad has de prestarles atención es a los demás, ¿de acuerdo?

—Creía que el monarca tenía todo el poder, que era libre.

—Nadie es libre, Cass. Todos respondemos ante alguien. —Finn se mostró tenso tras ese comentario—. Eres fuerte, recuérdalo. Pudiste con *Gawue*, podrás con unos pocos hombres y mujeres.

Cassandra procuró no reírse, pero le hizo gracia que Finn comparase unos seres tan nobles como los caballos a los humanos, déspotas en su mayoría, interesados y ruines.

—Vamos.

Finn se despidió de ellos al llegar a palacio, los dejó a cargo de los guardias y Cassandra, por primera vez en días, volvió a tener miedo. No supo por qué se sentía más protegida cuando el emisario andaba cerca, quizá se debía a la seguridad que desprendía. Tuvo la impresión de que era pequeña y estaba indefensa.

Cadmo y Némesis permanecieron detrás de ella en todo momento. Cada pocos minutos, mientras recorrían los pasillos del castillo, ella estiraba las manos hacia atrás y ellos se agarraban durante un segundo a sus dedos. Era una manera de asegurarse de que seguían ahí.

Cassandra siempre se había imaginado los palacios como unas construcciones de piedra, enormes y oscuras, pero el vidrio permitía el paso de la luz del exterior, así que no había rincón en la sombra. Las paredes estaban repletas de escudos, retratos de gente que la Susurradora no reconoció, a excepción del de Muriel de los Engaños, que había visto en su libro de Historia años atrás. También había diferentes objetos de inestimable valor, como espadas, armaduras y lanzas.

«¿Por qué siempre se hacen homenajes a la guerra?».

—Ellos pueden esperar en la habitación —dijo el hombre que los había acompañado—. A usted la espera el príncipe en la sala principal, si es tan amable de acompañarme.

Cadmo la cogió de la mano.

—No lo hagas —volvió a decirle, como cuando estaba en el hostal del desierto.

—¿Que no haga qué, Cadmo?

Pero era evidente que no se lo podía decir, o, tal vez, ni él mismo supiera aún qué era lo que no tenía que hacer.

—Némesis, ¿cuidarás de él?

La muchacha levantó la vista, sorprendida, con una sonrisa de orgullo en los labios. Después asintió como si, por primera vez en su vida, alguien le hubiera confiado una tarea de vital importancia.

—¿Está lista?

—Sí, vamos.

Ella no sabía si era correcto presentarse así vestida ante un príncipe, qué impresión causaría o si se sentiría ofendido por el atrevimiento. Sea como fuere, no tenía otras prendas ni tampoco se las habían ofrecido, así que mostraría su condición humilde. No le importaba.

Bajaron una enorme escalera de caracol. Cassandra sintió vértigo mientras se asomaba al vacío que había en medio. Miró al frente y se agarró con fuerza a la barandilla.

El guarda la condujo hasta unas inmensas puertas de nogal que ascendían hacia el techo. Tenían pinta de pesar muchísimo, sin embargo, el hombre las abrió con sumo cuidado y sin aparente esfuerzo.

—Adelante.

Obedeció.

«No tiembles. Muéstrate segura. Hazle caso a Finn. Solo son personas».

Observaba las baldosas del suelo para armarse de valor, como los soldados que debían de haber vestido esas armaduras que también revestían la gran sala. En medio de la misma había una mesa redonda de hierro, rodeada de sillas. Todas estaban ocupadas menos dos: la del príncipe e imaginaba que la suya. La de Alair era algo más abultada que las demás. Del centro del respaldo sobresalían las empuñaduras de tres espadas: una de cobre, otra de plata y una tercera de oro.

Los ojos de los presentes estaban puestos en ella. Avanzó hasta quedar a una distancia prudencial y no sentirse tan vulnerable. Levantó la barbilla y no se dejó llevar por el impulso de morderse el labio, ya que eso mostraría parte de su intranquilidad y la forma tan acelerada en la que le latía el corazón.

—Bienvenida —dijo la mujer más joven, de ojos azules, penetrantes. Solo llevaba puesta una túnica blanca y transparente que obligó a Cassandra a apartar la mirada. Ella sonrió, encantada.

Cassandra hizo una breve y nada pomposa reverencia.

Medio minuto después, los presentes se pusieron en pie al abrirse la puerta. La cerraron casi de inmediato. Se escucharon pasos que venían en su dirección. La brava tragó saliva y apretó los puños a los costados. Todos se inclinaron a un mismo tiempo.

Las pisadas se detuvieron detrás de ella. Cogió aire. Se estaba ahogando con sus propios pensamientos. ¿Y si no era capaz ni de abrir la boca? ¿Y si se trababa y tartamudeaba? ¿Y si la metían en una celda?

El Consejo la apremiaba con la mirada. Parecían furiosos por su falta de cortesía, así que, sin pensarlo más, se dio la vuelta como un remolino. Lo primero que vio fueron los zapatos del príncipe, de un negro intenso. Después los pantalones, de color burdeos, ajustados a sus piernas. Camisa muy vaporosa, con un chaleco de piel también negro por encima.

Volvió a respirar. Se inclinó y al fin se atrevió a mirarlo a la cara.

—Príncipe Alair —susurró en el segundo exacto en el que se encontraba con los ojos más bonitos y menos mortales que había visto y que conocía muy bien.

Retrocedió sin comprender nada.

—Cassandra —contestó él—. Toma asiento, por favor.

—Pero…

No pudo acabar la frase que estaba a punto de pronunciar. Finn, cuan alto era, comenzó a andar. Rodeó la mesa, regalando alguna sonrisa a los presentes, y se sentó donde Cassandra más temió que lo hiciera.

Él extendió una mano para mostrarle la silla vacía que había justo enfrente de la suya. Cassandra se acercó y tomó asiento con los ojos clavados en el suelo.

«¿Esto es algún tipo de broma? ¿Qué hace él…? ¿Cómo es que…?».

Era incapaz de hilar las ideas. Todo le parecía irreal. Estaba ante el príncipe Alair, que la había rescatado y con el que se había emborrachado y al que le había dicho que no creía en reyes y que todo iba mal y…

«Respira. Acuérdate de respirar».

—Bienvenida a Ciudad Centaurea, todos deseamos que la visites y te sientas en casa —dijo de un modo muy formal, como si no hubiera nada de qué preocuparse.

Cass asintió, pero la mujer de las transparencias parecía esperar algo más.

—Gracias —acabó diciendo.

Finn sonreía mucho más de lo que lo había hecho durante aquellos días. Cassandra se fijó mucho en la tirantez de su boca y concluyó que todo era una mentira. Que la última semana lo era y que lo que estaba a punto de ocurrir en esa sala también. Y, si se trataba de mentir, ¿por qué no iba a poder hacerlo ella también?

—¿Sabes por qué estás aquí, joven? —interrumpió el más anciano de los hombres.

—No lo tengo muy claro.

—Tenemos entendido que la princesa Eliadora encargó que te llevaran a Ciudad Caléndula. Imaginamos que requería tu ayuda, ¿cierto? ¿Qué es lo que deseaba en realidad?

«Sé precavida. No lo desveles todo. Dales lo justo».

—Nunca llegué a pisar Ciudad Caléndula, así que no tengo ni la menor idea.

Evitó mirar a Finn o a Alair o a quien sea que fuese aquel hombre, porque él sí conocía el motivo. ¿Lo revelaría o estaba esperando a que fuese ella misma la que metiera la pata?

«¿Por qué me ayudas?».

«Porque puedo».

Lo recordó tan claro… Sintió un dolor inmenso en el pecho.

—¿Y aceptaste ir sin preguntar a qué?

—No me dio muchas alternativas, señores. Sus hombres me atacaron.

Hubo varias exclamaciones ahogadas. La sonrisa de Finn se ensanchó un poco más, como si hubiera esperado aquel golpe por su parte. No había sorpresa en su rostro.

—¿Qué quieres decir?

—Envió a unos mercenarios a por mí. Tuve que aceptar.

Otra de las mujeres, de cabellos canos y ojos verdes, hizo repiquetear las uñas sobre el metal.

—¿Tienes un don?

«No mientas. Te descubrirían. Tienen que confiar en ti».

—Sí, señora.

Un par de consejeros se miraron entre ellos. Parecían inquietos. Aquella actitud le reveló mucho. ¿Era miedo lo que veía en ellos? Pero si su propio príncipe tenía un don, ¿no?

—¿Qué clase de don, muchacha? —intervino el anciano de nuevo. Tenía la cara curtida de pasar tiempo bajo el sol y de haber visto catástrofes innombrables.

—Puedo domar caballos.

«Así dicho ni siquiera parece importante. Quizá no quieran nada de mí. ¿Les habrá contado Finn que vino a por mí? ¿Sabrán ellos dónde ha estado todos estos días? ¿Les habrá revelado que también están aquí Cadmo y Némesis? Y, aunque no lo haya hecho, ¿significa eso que no se enterarán?».

—¿Y por qué querría Eliadora a una domadora?

No era una pregunta para ella, aun así, la contestó:

—Lo desconozco.

—Y, pese a ello, aceptaste —la acusó la que estaba a la derecha del príncipe.

«No les hagas creer que tú recibes algo a cambio de la princesa: el dinero y la protección de tu padre. No. Diles solo que quisieron matarte, que es verdad. Muéstrales las heridas».

Y eso es lo que hizo Cassandra, sin pudor alguno, se levantó de la silla. Miró al príncipe. Este había fruncido el ceño. Parecía intrigado. Ella se quitó la túnica. Llevaba por debajo un viejo sostén que una vez fue blanco y que ahora se había vuelto ocre de tantos usos y lavados. Se dio la vuelta y quedó de espaldas a ellos. Las cicatrices aún estaban tiernas donde la había atravesado la ballesta, más que el resto de cicatrices que tenía que por todo el cuerpo.

—Santos dioses —susurró la mujer de los ojos verdes.

Apretó la mandíbula y volvió a encararlos. El único que había apartado la mirada era Finn. Su rostro estaba lleno de ira.

—Acepté porque no me quedó alternativa.

—¿Y cómo podemos estar seguros de que eso te lo hicieron los hombres de Eliadora?

—Caelia —le llamó la atención el anciano.

«Caelia, la de las transparencias», la nombró Cass. Y supo que no se llevarían bien.

—No pueden. Aunque es la verdad.

Volvió a vestirse ante los ojos inquietos de los consejeros.

—Bien, Cassandra —retomó el anciano—, tenemos una propuesta para ti.

Estaba deseosa de saber qué era aquello que tanto necesitaban de ella, porque era evidente que no tenía nada que ver con su don. Era otra cosa. Esperaban que hiciera otro trabajo.

—¿Y cuál es? —dijo sin mostrar interés alguno, eso sí, decidió jugar a su manera—. ¿Me iré de aquí con nuevas heridas?

Se dio cuenta de que ya tenía una, y no era la de la mejilla, sino la que se le había abierto en el pecho, el vacío de la mentira, de lo que el príncipe le había escondido.

—Aquí no hacemos daño a la gente —bramó Caelia.

El príncipe no había dicho ni una palabra desde que se había sentado.

«Tienes que convencerlos a ellos», rememoró.

—Bueno, como decía. Nos gustaría pedirte un favor.

«Bonita forma de llamarlo, desde luego».

—¿Qué clase de favor?

La mujer de los ojos verdes sonrió con una pizca de malicia.

—De los que se recompensan, por supuesto.

«¿Te acuerdas cuando hiciste frente a los emisarios de la princesa? Pusiste tus condiciones. No te achantes ahora. Tienes que ser tú la que lleve las riendas, Cass».

—Todos los favores se recompensan, señora.

Su tono fue contundente, tanto que algunos se pusieron tensos.

—Queremos que seas nuestra espía en Ciudad Caléndula y nos informes de los pasos de la princesa, su Consejo y el Principado que la acompaña. Qué intenciones tiene, cómo de grande es su ejército, si piensa atacar pronto. Cualquier cosa o movimiento sospechoso.

«¿Espiar? ¿Quieren que forme parte del complot que hay por ver cuál de los dos ocupa el gran trono? ¿Y si me descubren? ¿Qué le sucedería a mi padre si Eliadora o alguien de Caléndula revelara que le paso información a Alair?».

—Bien. Eso es algo que puedo hacer.

—¿Ya está? ¿Aceptas? —dijo Caelia entre dientes.

—No, ya está no. He dicho que puedo hacerlo, pero ¿qué están dispuestos a darme a cambio?

«Bien jugado», parecía decir la sonrisa de Finn. Los ojos le centelleaban. Cassandra intentó no sentirse demasiado embelesada. No podía mirarlo de aquella manera. Nunca más.

—¿Qué quieres? ¿Dinero?

—No me interesa el dinero.

Uno de los hombres rio a carcajadas.

—A todo el mundo le interesa el dinero, niña.

—A mí no —respondió con un tono tan frío, tan inhumano, que el hombre palideció.

—¿Y qué es lo que quieres? ¿Joyas, un matrimonio con alguien de la Corte? ¿Un cargo en el reino? ¿Meterte en la cama del príncipe, tal vez? —La maldad de Caelia no parecía tener límite.

—Te pido que guardes las formas, Caelia.

El enfado del príncipe se había concentrado en esas palabras. La joven hundió los hombros y agachó la cabeza. Algo le dijo a Cassandra que Finn… Alair podría tener poca compasión llegado el caso. O puede que solo fuese respeto y no miedo lo que había visto en Caelia.

—Habla. ¿Qué quieres? —la presionó él.

Cassandra cogió aire. Había pensado en Eugene nada más pisar los adoquines de la ciudad y ver las centaureas que habían florecido azules en cada rincón. Quería verlo, a cualquier precio, convencerlo para que regresara, si le era posible, a Isla Brava, sin embargo, ahora que le estaban pidiendo que hiciera algo más peligroso que estar en las tropas de Alair, tuvo miedo.

Sabía que quería poner a salvo a Cadmo y Némesis, pero eso se lo darían sin problema, para ellos sería como demostrar su hospitalidad. Cassandra tenía que tentar un poco más a la suerte, ver qué precio no estaban dispuestos a pagar, y algo le decía que la gran Biblioteca no entraba en los límites de su amabilidad.

—Quiero visitar la Biblioteca de Briseida y asilo para las dos personas que me acompañan.

Como había sospechado, a nadie pareció gustarle lo que acababa de demandar. Ella sabía que era terreno pantanoso. Estudiar con cuidado a las personas que había ante ella y su modo de actuar le daría cierta ventaja si las cosas se ponían muy feas.

—La Biblioteca. Ya.

—Eso no va a poder ser.

—Me temo que no.

—Sí, creo que todos estamos de acuerdo. Aceptamos, desde luego, ofrecer asilo a esas dos personas.

«No te rindas aún. Insiste un poco más».

—Lo siento. Esas son mis condiciones.

—Y ya te hemos dicho que no las aceptamos.

Entonces fue cuando Cassandra se dio cuenta de que, si no aceptaba su propuesta, tal vez no podría salir de Centaurea. No permitirían que se fuera a revelarle a Eliadora que habían intentado reclutarla como espía. La encerrarían. O la matarían.

—Quizá no les importe demasiado la información que pueda recopilar —dijo muy segura de sí misma cuando se puso en pie, aunque no lo estaba en absoluto.

Los guardias, que estaban al otro lado de la sala, avanzaron y echaron mano a las empuñaduras de sus espadas. ¿Quién se lo habría ordenado?

—Nos interesa —contestó el anciano al tiempo que levantaba la mano para que los guardias se detuvieran—, pero no aceptamos lo que nos pides.

Cassandra apoyó las manos sobre la mesa y se inclinó hacia ellos como si fuera una bestia retenida por unas cadenas, igual que se había sentido en la Ciudad Nueva de Bashne.

—A lo mejor ustedes piensan que no, aunque, según lo veo yo, si me descubren, me matan; si no acepto su propuesta, me matan. Sea como sea, creo que mi vida vale eso. A lo largo de mis diecinueve años he estado a punto de morir muchas veces. No me asusta. Así que elijan cómo les soy más útil. Mientras se lo piensan, supongo que tendrán algunas corteses mazmorras en las que pueda hospedarme.

Hizo una reverencia muy artificiosa y echó a andar hacia las puertas sin esperar ningún permiso. Los guardias la siguieron por los pasillos. Varios minutos después, a ellos se sumó el príncipe.

—Cassandra —la llamó.

Se paró en seco. Se giró hacia él, muy cabreada. De haber podido, lo hubiera empujado, abofeteado, le habría gritado. No lo hizo. Él dio una orden con la cabeza para que los dejaran a solas.

—¿Quién eres tú? —Fue lo primero que le preguntó.

—Creo que es una obviedad.

—Y yo creo que eres un mentiroso, Finn o príncipe Alair. ¿A cuál de los dos me dirijo ahora mismo?

—Finn fue el segundo nombre que me dio mi madre. Puedes llamarme así si lo pre…

—No quiero llamarte de ninguna forma.

—Estás enfadada, lo entiendo.

Él dio un paso al frente. Y otro más. Le tocó el antebrazo. Cassandra se apartó. No lo quería cerca. No podía soportar esa pequeña traición. Había confiado en él, estaba convencida de que le debía la vida, de que era un buen hombre, y todo había sido un engaño.

—No me toques.

Él dejó caer los brazos a sus costados. Parecía abatido.

—Odio que me mientan.

«Y que me traicionen», añadió para sí misma.

—Perdóname.

Cassandra negó con la cabeza. Veía borroso, quizá porque tenía los ojos llenos de lágrimas que pugnaban por salir. A lo mejor porque estaba en una ciudad extraña llena de enemigos. Había tenido miedo al pensar que estaría frente al príncipe y su Consejo, pero tener a Finn cerca la había armado de valor. ¿Cómo podría volver a confiar en él?

—Júramelo.

—¿El qué? —El príncipe parecía realmente confundido.

—Que vas a cuidar de Cadmo y de Némesis.

—¿Y serviría de algo que te lo jurara si es evidente que no te fías de mí?

Cassandra respiró con dificultad. A manotazos se quitó las lágrimas de la cara.

—Tienes razón. No confío en ti, ni tampoco en toda esa gente que había ahí dentro. ¿Quieres una espía? ¿Quieres traicionar a tu propia hermana? ¿Qué clase de rey vas a ser tú?

Se estaba pasando, ella lo sabía, pero la relación que había tenido con Finn en los últimos días hacía que se comportara de aquella manera. ¿O se trataba de algo más?

—No sabes muchas cosas, Cassandra.

—Y tú no pareces dispuesto a contármelas.

Se dio media vuelta y echó a andar.

—No me sigas —lo advirtió—. Nunca más vuelvas a seguirme.

Pero el príncipe la seguiría incluso cuando ella deseara lo contrario, porque, en el fondo, los dos estaban igual de confundidos, igual de solos.

15

SEGUIR SU RASTRO NO HABÍA SIDO DIFÍCIL. En el puerto del Fenha no se hablaba de otra cosa que no fuera la misteriosa chica que había logrado domar a aquel caballo salvaje. Cómo había llegado hasta ahí era una incógnita, pero, sin lugar a dudas, solo podía tratarse de Cassandra, la Susurradora del Archipiélago de Lunas.

—¿Le sirvo algo más, buen hombre? —preguntó el tabernero.

—Nada —contestó Harael. Dejó varias monedas sobre la mesa—. Disculpe, ¿podría decirme si la joven de la que hablaban antes aquellos hombres —señaló una mesa que había al fondo de la taberna— iba acompañada de más gente?

—Lo ignoro, aunque Elgo seguro que lo sabe. Ahí lo tiene. —Hizo un gesto con la barbilla hacia una esquina oscura. Un anciano sostenía entre las manos un tenedor viejo—. Él estaba en el embarcadero aquel día.

El Principado agradeció su buena voluntad con un gracias casi inaudible.

Fue hacia el hombre. Quedó de pie junto a la silla que había frente a él, con la mano apoyada en el respaldo. Intentó no mostrarse nervioso.

—¿Elgo?

El viejo alzó la mirada, uno de sus ojos estaba completamente blanco.

—Ya les he dicho que pagaría la deuda cuando pudiera, ¿también te han mandado a darme una paliza?

Harael frunció el ceño.

—No, solo quería preguntarle algo.

—Pues habla de una vez, maldito imbécil, que no tengo todo el día —dijo dando un golpe en la mesa con el tenedor.

Harael procuró no soltar un suspiro de resignación.

—Es sobre la domadora.

—Ah, ya, la loca aquella.

El Principado abrió los ojos más de lo normal, sorprendido por la acusación. Que la amazona tenía carácter era algo que le había quedado bastante claro a través de las misivas de los emisarios. La locura era otra cosa.

—Todas las mujeres lo están, ¿entiendes? Chaladas.

Lo último que le apetecía era ponerse a contradecir a aquel hombre, por mucho que no estuviera de acuerdo. Tenía prisa.

—¿Iba acompañada?

—Pues claro —soltó. Otro golpe.

—¿Está seguro?

—Vamos a ver, ¿tú te crees que iban a pasar desapercibidos un crío con los ojos dorados, una chica con la piel traslúcida y otro hombre altísimo de ojos iguales a los del niño?

Harael apretó el respaldo de la silla. Un nudo en su pecho se enredó hasta que le cortó el riego sanguíneo.

—Al crío lo tuve que agarrar, no hacía más que gritar el nombre de la chica.

—¿Qué nombre?

—Casimira, creo.

—¿No sería Cassandra, tal vez? —insistió Harael mientras intentaba tragar saliva en seco.

—Puede. Yo qué sé.

—¿Cómo era el hombre?

—Pues alto. —Hizo un gesto con el brazo y lo elevó lo máximo que pudo—. Pelo por el hombro, pelirrojo.

Harael se maldijo por no haber caído antes, y más después de haberse encontrado el buque hundido cerca de las orillas del desierto. Debía de haber comprendido antes que el príncipe intentaría obtener información acerca de los planes de su hermana. A cualquier precio. Usaban las mismas tretas, no por nada eran familia, aunque al Principado no le gustaba en absoluto el rumbo que estaba tomando aquella trifulca, porque ya no tenía que preocuparse solo de arreglar el pasado, sino también de sostener el presente.

En aquel momento, se preguntó qué hubiera hecho su madre en su lugar de haber estado viva. Lástima que no pudiera preguntarle.

—Eh, tú, pedazo de alelado, ¿qué me vas a dar por la información?

Harael, que tenía el estómago encogido y la certeza de que por fin sucedería lo inevitable, dejó caer las manos sobre la mesa con un golpe seco. Llevaba mucho tiempo esperando que llegara el día en que pudiera arreglar lo que una vez había desencadenado y, por momentos, parecía que el viento soplaba a su favor.

—¿Sabes qué te voy a dar? —Apretó la mandíbula. Una sonrisa feroz apareció en sus labios rosados. El anciano se echó hacia atrás en la silla y encogió los hombros—. Tiempo para que desaparezcas de mi vista.

—¿Qué te has creído, que la taberna es tuya?

—Que te largues —dijo entre dientes. Su malhumor aumentaba a cada segundo. Estaba cansado, contaba ya demasiados siglos soportando situaciones como aquella—. Antes de que te coja por los tobillos y te cuelgue con la cabeza bocabajo y con la nariz en el estiércol de la entrada.

Quizá no era la amenaza más elegante que había hecho, pero sirvió para que el viejo se pusiera en pie, murmurando algo que Harael quiso pasar por alto.

—Ahí te castiguen los dioses por tu impertinencia.

—Los dioses ya me han castigado bastante, no te quepa duda.

Mostró su mejor sonrisa ladeada, aquella que, ante los ojos de los demás, hacía que pareciera que no tenía miedo a nada, por muy lejos que aquella interpretación estuviera de la verdad.

—Tú y la loca aquella de los caballos os parecéis.

Harael apretó los puños.

—Ah, ¿sí?

—Sí. Tenéis la misma mala leche.

El viejo escupió a sus pies antes de salir por patas. Volvió la vista atrás varias veces. El Principado supuso que lo hizo con la intención de asegurarse de que no iba detrás de él para cumplir con su amenaza. Harael no se molestó en seguirlo, le urgía encontrar a la Susurradora, pero, de hallarse con el príncipe, no tenía forma de llegar hasta ella. No había manera de averiguar si lo que le había dicho el anciano era verdad, aunque dudaba que alguien que olía a alcohol desde la puerta tuviera capacidad para inventarse todo aquello.

Ella estaba viva. Se odió porque la habían encontrado antes de que él lo hiciera.

Salió de la taberna y respiró hondo. En el caso de que Alair quisiera engañarlos, tendría que adelantarse. Y si además pretendía que Cassandra formara parte de todo aquel complot, no podía permitir que Eliadora supiera que la Susurradora había estado con su hermano. Nunca le permitiría ir a Caléndula, y menos aún al castillo. No podía seguir dando vueltas en aquel laberinto toda la eternidad.

—Señor, ¿adónde nos dirigimos? —preguntó el capitán del barco cuando Harael llegó.

—A Centaurea.

—Señor, pero no sé si seremos bienvenidos.

El Principado miró la ondeante bandera de Caléndula.

—Quítala. No quiero que sepan que estamos ahí.

—Señor, la princesa no lo aprobaría.

Harael dio varios pasos hasta que se colocó frente al capitán. Pese a que era un hombre robusto, el Principado le sacaba una cabeza y su expresión de hastío le quitó las ganas de seguir rechistando.

—No recuerdo haberte preguntado.

—Sí, señor. —Bajó la cabeza.

—Cuando lleguemos allí, conseguiremos ropa, pero nos alojaremos en el barco.

—Señor, no pretenderá pasearse por Centaurea como si nada, ¿verdad?

—Eso es lo único por lo que no tienes que preocuparte, Miro. —Colocó la mano sobre su hombro—. Lo último que quiero es que me vean, así que descuida.

El capitán tragó saliva.

—¿Cree que la muchacha está ahí, en Centaurea?

—No, Miro, vamos a cruzar el Mar de Hierro solo para darnos un paseo, que el tiempo acompaña y el mar no está agitado —le contestó—. Pues claro que creo que está ahí. Y ahora deja de hacer preguntas. Tengo que escribirle a Eliadora.

—Sí, señor.

—Y no me llames «señor» cada medio segundo, ¿quieres?

—Pero, señor, ¿cómo quiere que lo llame?

El capitán se quitó el gorro de la cabeza y lo estrujó entre las manos.

—Pues por mi nombre.

—Es que no sé cuál es, se…

—A estas alturas, yo tampoco lo tengo claro. —Emitió un suspiro hondo—. Venga, vamos. Intentemos engañar a unos cuantos centaureos.

—Sí, joven Principado —contestó el capitán. Hizo un asentimiento solemne.

—Por los dioses, menudo viaje me espera. —Harael puso los ojos en blanco—. Llámame Harael, por favor.

—De acuerdo, señor Harael.

—¡Santos dones! —exclamó este, cansado, al tiempo que se masajeaba las sienes—. Vale, da igual. Vayámonos de una vez. Estamos llamando demasiado la atención.

—Lo dispondré todo de inmediato.

Cuando el capitán se marchó, Harael miró hacia el horizonte y tuvo un mal presentimiento, como si estuviera a punto de suceder algo terrible. No supo por qué, de pronto, le dolía tanto el hueco que ocupaba su corazón en el pecho, ese que una vez había latido más rápido y que se había atrofiado con el paso de los años. La culpa lo había convertido en una maquinaria casi inservible que había permitido que el destino se cobrara más de lo que algunas personas le debían, pero también le había arrebatado algo a la Muerte, y ahora parecía perseguirlo para que le devolviera lo que le pertenecía. Habían tejido su vida entera a base de engaños y cada vez estaba más convencido de que ya no había forma de acabar con ellos.

16

LOS CONSEJEROS NO DIERON SEÑALES en lo que restó de día, así que Cassandra, después de asearse y cambiarse, cosa que sí que le habían permitido, se tumbó en la cama con Cadmo a un lado y Némesis al otro, enroscada a su alrededor y la cabeza apoyada a la altura de sus costillas. Cassandra le acariciaba el pelo con movimientos constantes.

—Desde aquí se ve el cielo.

Los tres miraron por el amplio ventanal, que iba del suelo al techo. Unas nubes blancas, inmensas, bailaban al mismo compás sobre un azul intenso. También se escuchaban las gaviotas del puerto, que volaban cerca. En realidad, no dejaban de estar recluidos, pero con todas las comodidades que los presos no tenían. Desde luego, lo de Centaurea era la diplomacia.

—Entonces, ¿el hombre que nos ha ayudado es el príncipe? —preguntó la chica de hielo.

—Eso parece —murmuró.

No tenía ganas de hablar, pero ellos tampoco merecían pagar la rabia que anidaba en su pecho. Al fin y al cabo, lo mal que se sentía tenía que ver con Finn y no con Alair, por mucho que fueran la misma persona.

—Mi madre me contaba una historia de un príncipe que estaba maldito —dijo Cadmo.

Se abrazó a Cassandra, como si tuviera miedo de que fuese a desaparecer. Su cara y la de Némesis estaban muy cerca la una de la otra. Casi se rozaban en el vientre de la Susurradora.

—¿La del Sabio, el Justo y la Guerrera? —preguntó la amazona, que nunca había escuchado que alguien más conociera aquella leyenda, aunque, bien mirado, nunca había salido de Isla Brava. A saber cuantísimas personas conocían las andanzas del príncipe.

—Sí, esa. ¿Te la sabes?

—Sí que me la sé.

Una sonrisa diluyó el malestar que tenía en el cuerpo. Recordó a sus amigos y su isla, los olores, los sabores, la sonrisa de Hatria y su llanto desconsolado cada vez que llegaba al final.

—Cuéntamela. Por favor.

Cassandra no pudo negarse. Habían pasado días muy malos y, después de haberse alejado de Cadmo, tras revelarle que la había estado buscando, sentía que le debía una tregua. Así que decidió amenizar la lenta espera de los consejeros.

La amazona empezó a contar la leyenda. Para Némesis todo era nuevo. Había una chispa de emoción en sus ojos azules. Aquello la reconfortó bastante.

Estaba tan pendiente de ellos, de entretenerlos, que ni siquiera se dio cuenta, hasta el final del relato, que hacía mucho rato que había alguien más en el dormitorio. Finn estaba apoyado contra la pared de la izquierda, al lado de la puerta de entrada.

—Pero no la has contado bien, Cass —dijo Cadmo, con el ceño fruncido, mientras se incorporaba al ver que estaban acompañados.

Los tres se sentaron en la cama, se pusieron menos cómodos.

—¿Qué haces aquí?

—Cass, no la has contado bien —insistió Cadmo. Ella no supo

si lo hizo para despistarla y que así no se peleara con Finn o porque de verdad quería que tuviese claro que se había equivocado.

—Bueno, Cadmo, es una leyenda, tendrá varias versiones.

El niño no parecía satisfecho con esa respuesta.

—¿Puedo enseñarte algo? —interrumpió Finn—. Por favor.

—No quiero que me enseñes nada.

—Cassandra, por favor. Las cosas no son como tú piensas, no son fáciles.

Finn agachó la cabeza, como si estuviera dolido por todo lo que había sucedido.

Ella también lo estaba. Parecía que no había nadie en quien pudiera confiar. Solo quería volver a casa y encontrar otra manera de sobrevivir que no fuera vendiéndose al mejor postor o dejándose vencer por las adversidades. Pero eso ya no parecía una opción.

—¿Por qué no me dijiste la verdad?

—Porque hubieses desconfiado. Aparece un hombre para salvarte y te dice que es el príncipe Alair y te lo hubieses creído, ¿verdad? Un príncipe yendo a una ciudad de esclavos, venga, Cassandra. Sé lo que dicen de mí en el Archipiélago de Lunas: que soy un observador, que nunca me involucro.

Cassandra se dio cuenta de que en parte tenía razón, sin embargo, se sentía tan mal... Había sido sincera con él. Le había contado cosas de las que nunca había hablado con nadie. Era normal que ahora no fuera capaz de sostenerle la mirada sin que la delataran los nervios.

—Si querías desde el principio que espiara a tu hermana, ¿por qué no seguiste haciéndote pasar por emisario del príncipe? Podrías habérmelo dicho o haberme obligado. ¿Qué querías demostrar?

Finn guardó un instante de silencio.

—Supongo que quería que confiaras en mí para que pudieras comprender lo importante que es esto. Para que no pensaras que soy una mala persona, alguien distinto a quien has conocido estos días. Yo soy ese hombre, Cass, el del desierto, el del barco.

—Perdona si ya no sé qué hombre eres. ¿Te das cuenta de todo lo que te he confiado? —le reprochó.

—Sí, y lo lamento. Siento muchísimo haberte herido.

Cassandra negó con la cabeza e intentó hacerse la fuerte.

—No tienes capacidad para herirme —mintió—. Aunque está claro que crees que tienes derecho a hacerlo con otras personas, como tu hermana. Vas a traicionarla a cambio de conseguir el poder. Me parece que esa es la clase de persona que eres.

Le temblaron las manos después de haber gritado aquel último pensamiento.

—¡Fue ella quien me traicionó a mí! —vociferó Finn.

Dio tal golpe en la pared que Cassandra ahogó un grito.

—¿Y cómo sé que no me mientes? ¿O es que, acaso, debería bastarme la fe?

—Dime una cosa, ¿no te fías de mí por ser quien soy o porque no te dije quién era? Quise hacerlo, ¿vale? Aquella noche en el hostal quise decírtelo, pero me dejaste bien clara tu animadversión hacia mi hermana y hacia mí. Necesitaba que entendieras que…

Más silencio. Parecía medir las palabras, intentaba encontrar el mejor modo de decir aquello, como había hecho en cada ocasión anterior. ¿Cómo no se le había ocurrido antes a Cassandra? Era inteligente, amable, comedido y refinado. Había sospechado del estatus de su familia, sí; sin embargo, nunca sospechó que podía tratarse del propio príncipe.

—Quería que entendieras que no soy una mala persona. —Finn alzó la voz cuando siguió hablando, al tiempo que daba vueltas por la habitación. Ambos se habían olvidado de que no estaban solos—. Pero no me escuchas. Además, me has ofendido.

—¿Que yo te he ofendido? ¿Por qué? ¿Por tutearte? Perdóneme, su excelencia —dijo, sarcástica.

Hizo una pésima reverencia desde la cama.

—No, Cassandra. —La expresión de Finn se volvió dura. Más que frialdad, vio dolor—. Lo que me ha ofendido es lo que has dicho antes en la sala del Consejo. —Se le hincharon las fosas nasales. Ella se dio cuenta de que estaba muy despeinado, como si se hubiera pasado las manos por la cabeza en incontables ocasiones. Por un momento, pareció otro—. Me ha dolido que pensaras que te retendríamos aquí o que te mataríamos. Yo jamás permitiría algo semejante.

—Tú me lo dijiste en el barco, Finn. Me dijiste que era a ellos a quienes tenía que convencer. Tal vez tú no quieras que me maten o que me metan en un calabozo, ahí donde no llega esta maravillosa luz, donde nunca hay nadie, pero ¿y los otros? ¿Tienes tú algún poder? Porque durante la reunión a duras penas has hablado.

—Eso no significa nada, Cassandra.

—Eso lo significa todo, majestad.

—No me llames así, por favor —pidió.

Se miraron un segundo y ese silencio le bastó a Cassandra para comprender. No tuvo muy claro qué fue aquello que entendió. Pero hubo algo en los ojos más bonitos del mundo. Algo. Un pinchazo en el pecho al que no supo ponerle nombre.

Se habían olvidado por completo de que había más gente en la estancia. Ni siquiera habían reparado en ellos mientras se reprochaban cosas y se gritaban el uno al otro. Pero...

Némesis llevaba un buen rato revolviéndose en la cama. El príncipe la miró. A él también parecía costarle respirar, pero, aun así, encontró el modo de decir:

—¿Estás bien?

La muchacha no paraba de temblar y de apretar la mandíbula.

—Oye, Némesis, ¡eh! —procuró calmarla Cassandra, aunque fue en vano.

—Apartaos —les ordenó Finn a ella y al niño, con la mano a la altura del pecho. Algo le dolía—. Venid aquí. Ahora.

Cadmo obedeció de inmediato. Ni siquiera lo dudó.

Némesis se agarraba a las sábanas de la cama y mostraba los dientes.

—¡Cassandra! —gritó Finn.

Ella lo fulminó con la mirada y no se movió. Pasó el brazo

alrededor de Némesis. No vislumbró ningún peligro, uno que, por cierto, Finn parecía presentir, incluso Cadmo, que, sin previo aviso, adoptó esa expresión de un ser oscuro que no era de este mundo y se llevó las manos a la cabeza un minuto después.

—¡Apártate de ella!

Tanto el príncipe como Cassandra miraron al chico. Némesis no lo hizo, seguía con los ojos fijos en Finn, llena de furia, de ganas de hacer saltar algo por los aires.

—Cadmo, tranquilo. Está bien —pidió Cassandra, que se negaba a dejarla sola.

—¡Apártate!

En ese momento, cuando la voz del niño se convirtió en un aullido, la Susurradora saltó de la cama y se apartó de Némesis. Lo que ella no comprendió, hasta que vio cómo Cadmo miraba a la chica, era que la orden no había sido para ella, sino para Némesis.

Entonces fue cuando Cassandra se dio cuenta de lo que había aparecido en las palmas de la joven: unos puñales escarchados y muy afilados, no por nada era hija del frío.

Su piel se volvió blanca, más que de costumbre, al igual que sus ojos, que solo retuvieron un pequeño brillo azulado. Hielo. Los labios se le amorataron y el pelo le ondeaba alrededor del rostro.

—Némesis… —siseó la brava, como si con ello pudiera conseguir algo.

Al ver que su mirada no se apartaba de Finn, comprendió que el ataque iría contra él. Lo supo en cuanto levantó las manos y lanzó los puñales helados contra su víctima. Pero Cassandra fue más rápida. Estaba acostumbrada a correr y a saltar, así que fue cuestión de un segundo. Se puso delante del príncipe.

Uno de los puñales impactó contra la pared y estalló en miles de fragmentos, pero el otro… Cassandra lo sintió en el vientre. Muy profundo, en las entrañas, que se le helaron. Nunca antes había tenido tanto frío como en ese instante.

Lo siguiente que se oyó, mientras la Susurradora empezaba a sangrar, fue el grito desgarrador de Némesis. Perdió la estabilidad y los brazos de Finn la agarraron al vuelo.

Lo último que vio Cassandra antes de perder el conocimiento fueron los ojos del príncipe, que la sostenía en sus brazos y la apretaba contra su pecho.

—No pasa nada... —logró susurrar ella—. Dile a Némesis que no pasa nada.

17

SE PALPÓ EL PECHO A TIENTAS para comprobar si había algo que la oprimiera o solo era producto de su imaginación. Era incapaz de abrir los ojos, parecía que se le hubieran pegado los párpados y que hubiese perdido para siempre el control sobre esa parte del cuerpo.

Se agitó en la cama, quería luchar contra lo que fuera que la mantuviese presa, aunque no notaba ningún tipo de amarre ni alrededor de las muñecas ni tampoco en los tobillos. Se sacudió, arqueó la espalda y, cuando se sintió preparada para saltar hacia delante, un fuerte olor a cenizas y savia le inundó las fosas nasales.

Poco a poco, sucumbió. Los músculos se le destensaron de nuevo y cayó en un profundo letargo donde solo podía escuchar el oleaje del mar y aspirar el aroma frutal de los árboles. Ahí donde estaba ya había llegado la primavera y Cassandra se dio cuenta de que, de haber podido, hubiera vivido en ella para siempre, o al menos hasta que dejara de percibir la presión debajo de las costillas y también a la altura del corazón.

Escuchó voces al otro lado de la playa, palabras que no tenían ningún significado para ella. Recorrió la orilla y disfrutó del modo en que los dedos se le hundían en la arena. El frescor del agua y la espuma le hacían cosquillas en las plantas de los pies.

De pronto, tuvo una sensación de nostalgia que la trasladó hasta Isla Brava, a esa playa que tantas veces había recorrido perdida en sus pensamientos o, simplemente, con la mente en blanco. La Playa del Cuerno donde había naufragado su madre.

Cuando llegó junto a las palmeras se percató de que quienes se encontraban ahí, disfrutando de la sombra y de los rayos de sol que se colaban entre las hojas, eran Cadmo y una leona de pelaje canela que se enroscaba alrededor del pequeño como si fuese su cachorro. Este levantó la vista de sus manos cuando Cassandra le tapó la luz y ensombreció el trozo de cristal que sostenía.

—Cadmo, ¿qué haces aquí?

—Jugar —contestó él al tiempo que le daba vueltas al rombo azulado.

La Susurradora dio un paso hacia el niño, pero entonces la leona abrió los ojos y rugió tan fuerte que, pese a la distancia a la que se encontraba, la amazona apreció su aliento en la cara. Después se levantó sobre sus cuatro patas y se colocó delante de Cadmo como si intentara protegerlo.

Había algo feroz, más allá de lo puramente animal, en su mirada. Había odio y una ferviente necesidad de saltarle al cuello. Eso fue lo que vio Cassandra y lo que la obligó a retroceder sobre sus pasos hasta que la leona la tuvo acorralada mar adentro, hasta que el agua le llegó por las rodillas.

Cassandra tuvo más miedo que en toda su vida. Tuvo miedo de morir ahogada porque no sabía nadar y tuvo miedo de morir devorada por la leona, que le enseñaba los colmillos como una clara invitación a que se mantuviera lo más lejos posible de Cadmo.

—Por favor —pidió al ver que las olas se hacían cada vez más grandes y la bestia seguía rugiendo desde la orilla—. No le haré nada. Prometo que no le haré nada a Cadmo. Me iré. Volveré al otro lado de la playa —siguió diciendo con voz débil.

Estaba sudando tanto que el pelo se le adhería a la nuca, a las sienes, a las mejillas. El calor ya no era primaveral, era de verano intenso, de esos en los que el sol te enrojece la piel y hace que te escueza y te marees.

—Por favor —imploró de nuevo cuando la leona abrió sus fauces, una cueva de dientes, saliva y lengua de un color rosa oscuro, preparada para engullirla.

Eso pensó Cassandra que haría cuando se estiró un poco hacia atrás y pegó tal salto que cayó sobre la Susurradora y la empujó hacia las profundidades del agua salada.

El agua marítima le supo distinta a cuando había estado con Finn, bañándose ahí donde tocaba pie, unos días atrás. Quizá porque entonces se sentía a salvo y ahora se le escapaba el aire y el agua le entraba por la nariz mientras la leona se hundía con ella.

Cassandra dejó de luchar. Las olas se la llevaron un poco más adentro, un poco más lejos. Pestañeó un par de veces y, cuando abrió los ojos por tercera vez, la leona se había convertido en una mujer de pelo ondulado y castaño que la sostenía de la mano. Tenía los ojos más verdes que nunca había visto. No era verde musgo, ni verde clorofila, ni ningún verde que se pudiera encontrar en la naturaleza. Era verde don.

Aquella mujer de facciones delicadas y mirada felina tiró de ella hacia la superficie, hasta que salieron de nuevo a la luz del sol. Ahora el mar estaba en calma, sosegado como el ulular de una nana. Cassandra boqueó tantas veces, cogió aire con tanto ímpetu, que volvía a dolerle el pecho. A dolerle mucho.

La mujer le tendió las manos y le rodeó la cara con ellas. Tenía los dedos largos y delgados y las uñas azuladas. No era aquel esmalte que Cassandra había visto llevar a algunos hombres y mujeres que comercializaban en Isla Brava, eran del azul que te deja el frío o la muerte. Pero tenía las manos cálidas, no así la sonrisa, que brillaba por su ausencia.

Las manos descendieron por el cuello hasta llegar a los hombros, después la rodeó por la espalda y la abrazó con ternura y una delicadeza propias de una madre.

—Ahora descansa, pequeña. Yo estaré aquí para velar por tus sueños.

Aunque Cassandra intentaba no ceder a la musicalidad de aquella voz deliciosa, no pudo resistir el encanto de aquel cuerpo que la mecía en el agua por la cadera y los dedos enredados en su pelo mojado. Sucumbió al susurro, al oleaje, a la dulzura que emanaba de cada caricia entre los omoplatos.

—Mamá… —murmuró Cassandra.

Aquella no era su madre, una parte de su cabeza lo sabía, pero su corazón, su triste y en aquel momento confundido corazón, se arrojaba a la necesidad de creer que aquella mujer podría serlo, que la protegería y que nunca más tendría que volver a tener miedo.

Así que, al fin, después de muchas dudas, cerró los ojos.

Despertó envuelta en una manta suave de color burdeos y perfumada con azahar, una de sus flores favoritas. Florecían cerca de su casa en el cambio de estación y, cuando ese día llegaba, mudaba algo en el aire y la selva se llenaba de otros colores y de una luz distinta.

Intentó incorporarse. Un ramalazo de dolor le llegaba desde el vientre. Se levantó la camisa y descubrió que tenía todo el abdomen vendado, pero la herida no parecía supurar, las vendas, al menos, no estaban manchadas.

Para sentarse tuvo que hacer un gran esfuerzo, porque se le tensaron los músculos y los puntos tiraron de la piel. ¿Cuánto tiempo llevaba ahí? ¿Y la leona? ¿Y la mujer?

Miró a todos lados. La habitación estaba alumbrada por unas luces que colgaban del techo, envueltas por cristal. Parecían candiles, aunque no había llama ni velas. Intentó recodar cómo se llamaban, ya las había visto en el dormitorio, aunque parecía que hubiera sido hacía lustros.

«Bombillas».

—Has recuperado un poco de color —dijo una voz de sobra conocida desde las sombras de la estancia.

Cassandra miró hacia una esquina donde había un enorme y bonito sillón de terciopelo mostaza. El príncipe tenía una pierna cruzada sobre la otra y un libro entre las manos. Estaba encuadernado en piel oscura y uniforme.

Cerró el ejemplar y lo dejó sobre una mesita que tenía al lado, adornada con un jarrón turquesa. Se levantó y fue a su lado. Cuando estuvo lo bastante cerca, Cassandra reparó en su mirada ojerosa y en el cabello rojo que se arremolinaba a la altura de la clavícula de un modo que solo podía dulcificar la dura expresión que su rostro tenía en aquel momento.

—¿Cómo te encuentras?

La última vez que se vieron se habían limitado a discutir. Ella le había echado en cara el engaño y el plan que tenía para espiar a la princesa; él había negado que quisiera mentir o dañar a Eliadora, y le había asegurado que había muchas cosas que ella ignoraba. Después había acabado con una daga de hielo en el vientre para salvarle la vida. Todo muy normal.

—Igual que si me hubieran pasado por encima cien caballos a la carrera —se quejó la Susurradora mientras sacaba fuerzas de flaqueza para colocar mejor las almohadas detrás de su espalda.

Finn hizo el trabajo por ella. Se inclinó, apoyó la palma abierta a mitad de la columna vertebral y con la mano libre ahuecó los almohadones. Después la cogió por debajo de las axilas y la elevó unos centímetros. La colocó sobre los cojines como quien deposita a un recién nacido con temor a que se despierte.

—Gracias —susurró ella, con el corazón desbocado y los ojos inquietos.

Había procurado no mirarlo porque no era lo que procedía: él era de la realeza y ella, una chica cualquiera que debía mostrar algo de respeto; pero, por más que lo intentaba, parecía que traicionaba a una inquieta voz dentro de su cabeza que le repetía incesante que no diera su brazo a torcer.

—Gracias por salvarme la vida —dijo él entonces.

Tomó asiento en el borde de su cama.

—Tú salvaste la mía en la Ciudad Nueva de Bashne. Solo hemos saldado una deuda.

Finn, el príncipe Alair, aquel hombre que le había quitado las cadenas, se giró hacia ella y sus ojos dorados se posaron en sus manos y después en su cara. Todo indicaba que intentaba comprobar si habían pactado una tregua o no.

—No quería que te sintieras en deuda conmigo —añadió.

Cassandra no se atrevió a decir que eso era lo que había pensado que pretendían él y sus consejeros: que les debiera algo y que pagara ese precio a base de espiar, engañar y mentir, cosa a la que no estaba acostumbrada. Como no quiso arriesgarse a otra riña ni a exigir más explicaciones vacuas, desvió la conversación.

—¿Cómo está Némesis?

No le costó darse cuenta de que no había buenas noticias.

—La tenemos en aislamiento. Después de lo que sucedió, pensamos que era lo más prudente. No había manera de controlarla. Es mejor así. Aquí estamos acostumbrados —explicó con cautela. Dejó suficientes cabos sueltos para que Cassandra se aferrara a ellos y comenzara el interrogatorio.

—¿En aislamiento? ¿Dónde?

—Tenemos unas cámaras especiales.

—¿Unas cámaras especiales?

Cassandra había apretado los puños. Había escuchado rumores sobre celdas de aislamiento que se usaron durante la Persecución para torturar a los altos jefes del bando opuesto. ¿A eso se refería Finn?

—Sirven para inhibir los dones, así están a salvo y pueden recobrar su naturaleza humana. Sobre todo aquellos que tienen dones oscuros —aclaró el príncipe con gesto sombrío—. No te voy a mentir, cuando uno cruza la línea que divide las dos mitades que viven en él, la mayor parte de las veces lo derrota la fuerza del don. Hay mentes muy débiles.

Cassandra bullía como un volcán. Ni siquiera supo de dónde sacó el empuje para moverse. El dolor la atravesó igual que hubieran hecho mil espadas, pero logró ignorarlo. Antes de que Finn pudiera detenerla, ella ya estaba encaminándose hacia la puerta. Le daba la sensación de que se movía rápido y sentía la brisa en su cara. Solo era producto de su imaginación y de un recuerdo que se remontaba varios años atrás.

—Quiero verla ahora mismo —declaró.

El príncipe había acudido a su lado. Le tendió el brazo. Ella lo rechazó sin ningún miramiento. Lo último que le apetecía era que la volviera a tocar. ¿De verdad no había tenido otra opción que encerrarla y apartarla del mundo? Con lo asustadiza que era Némesis, Cassandra podía intuir lo mal que lo debía de estar pasando atrapada entre cuatro paredes.

—Cassandra, no sé si es buena idea.

—Pues menos mal que no te he preguntado si te parece que lo sea. Quiero que me lleves con ella enseguida —exigió.

Nunca antes se había sentido tan valiente, aunque el miedo pugnaba por salir. Le gustaba hacerle cosquillas en la boca del estómago, recordarle el regusto amargo de la bilis en el paladar y en la lengua, empujarla hacia atrás mientras ella estaba decidida a ir hacia delante por aquellos pasillos que Finn atravesaba en sumo silencio.

No había puesto más resistencia, pero había conseguido un gruñido poco amistoso por su parte, una especie de advertencia callada de que había ciertas cosas que le disgustaban. Cassandra no sabía si había sido su determinación o la forma de ordenarle que la obedeciera como si se hubieran intercambiado los papeles, puede que se tratara de ambas cosas, pero lo había conseguido.

Si de verdad había una tregua entre los dos, ese era un buen momento para que Finn demostrara que, en realidad, era más honesto de lo que Cassandra había pensado.

Bajaron por unas escaleras de caracol en las que emplearon gran parte del tiempo. Él incluso se ofreció a llevarla en brazos hasta abajo; la Susurradora, sin embargo, se opuso. No era cuestión de orgullo, solo que sospechaba que, si por un casual volvía a sentirlo cerca, acabaría cediendo. ¿A qué? A creerlo, a pensar que nunca había querido engañarla y que lo que estaba haciendo con Némesis era por su bien. Pero ¿cámaras de retención del don? ¿Quién y cómo las había construido?

Pronto consiguió algunas respuestas. Las enormes puertas de hierro tenían un mecanismo extraño de apertura. Finn colocó la mano sobre un rectángulo negro algo más grande. Una luz verde lo atravesó de arriba abajo y se escuchó el tintineo de una campanilla.

—Es un lector dactilar.

—¿Un qué? —preguntó ella igual de confundida.

—Mis huellas dactilares son la llave que abre la puerta. Solo yo puedo entrar y salir de esta sala —dijo mientras las puertas comenzaban a correrse hacia la derecha y la izquierda, dejando un pasillo en medio—. Digamos que la pantalla es un candado.

Cassandra retuvo aquel dato: solo el príncipe entraba ahí abajo. ¿Por qué? ¿No confiaba en los demás o había algún otro motivo para mantener aquel lugar fuera del alcance del resto?

«¡Por todos los caballos del mundo!».

Lo que Cassandra vio aquel día la cambió para siempre.

A un lado y a otro del pasillo había grandes cámaras acristaladas, con camas en algunos casos, luces suaves, comida, incluso árboles. Parecían un cuadro, solo que en su interior algo se movía.

Un hombre de pelo largo y negro, muy delgado, saltó hacia delante y golpeó el cristal cuando ambos pasaron cerca. Más adelante, una mujer se abrazaba a sus piernas, con la mirada perdida, y se balanceaba en silencio. Un joven parecía gritar, pese a que desde fuera no se escuchaba nada.

—¿Qué es esto? ¿Qué les ha pasado?

—Lo mismo que a Némesis, lo mismo que a todos —expuso Finn. Había algo tan insostenible en su mirada que Cassandra tuvo que girar la cabeza para no venirse abajo—. Ya te lo dije en el viaje. Hay dones de los serafines que han pervertido la moral de muchos, haciendo que cometieran catástrofes; hay dones oscuros que han podido ser dominados por sus humanos. Pero lo que ocurre con la oscuridad, Cass, es que cuando no hay suficiente luz, se propaga demasiado rápido por la mente.

El príncipe se detuvo frente a una cristalera y Cassandra, después de haber escuchado aquello con el corazón en un puño, se tropezó con su amplia espalda.

—Aquí está.

Tuvo un momento de duda, de temor por lo que pudiera encontrar. Al final, cuando se dio cuenta de que el miedo no hacía más que impedirle conocer la verdad, se armó de valor y levantó la vista.

Némesis no estaba atada, no llevaba grilletes, no lloraba, ni gritaba. Su cámara estaba recubierta de hielo: las paredes, el suelo, la cama. Del techo colgaban estalactitas del tamaño de una lanza. Ella estaba semidesnuda, tumbada de costado sobre el resbaladizo suelo, con los ojos grises bien abiertos, los labios morados, la piel traslúcida.

—Lo congeló todo en cuanto la traje aquí. La cámara retiene el don para que no hiera a los demás, pero permite que se libere hasta límites insospechados. Si ella quisiera, podría congelarse a sí misma —le dijo el príncipe.

—Quiero entrar.

—Eso no va a pasar, Cassandra.

El tono de voz de Finn fue severo, propio de alguien que tiene poder suficiente para hacerte callar si así lo desea. La amazona, sin embargo, no creía en reyes, como un día le había dicho, por lo menos no en los impuestos, en los que buscaban un trono por medio de una guerra en la que ni siquiera luchaban. Así que eso no le impediría reformular su petición.

—Puedo ayudarla, tienes que dejarme entrar.

—No puedes ayudarla, solo ella puede hacerlo.

—Pero ¿hasta cuándo la tendrás aquí? ¿Cuánto tiempo necesitará para recuperarse?

—Pueden ser años o toda la vida.

Cassandra apretó los puños a sus costados. Le dolía mucho más el estado de Némesis que la propia herida, que sentía que se había abierto de nuevo. Un líquido caliente, sangre, humedecía las vendas. Le daba igual.

Se acercó al cristal, colocó las manos sobre él y le sorprendió que no estuviera igual de helado que todo lo demás.

—¿Puede verme?

El príncipe asintió en silencio.

—¿Está en trance? ¿Por qué no hace nada?

—Está luchando, Cass. Lucha contra sí misma dentro de su cabeza. Esa lucha puede llevar mucho tiempo. Es posible que, para cuando acabe, nosotros ya no estemos aquí, puede que el mundo entero haya cambiado.

Cassandra procuró que no viera que se le habían empañado los ojos. Solo quería hacerle saber a Némesis que no debía estar asustada, que nada de lo que le había sucedido era culpa suya, que encontraría la forma de sacarla de ahí con vida, de ayudarla. Pensándolo bien, eran demasiadas cosas las que tenía que decirle, se le acumulaban debajo de la lengua.

—Te sangra la herida.

—¿Qué?

La brava bajó la mirada y vio que la sangre había llegado ya hasta la tela de la túnica. Ni siquiera se había atrevido a preguntar lo grave que podía llegar a ser, si estaba recuperada o si aún le quedaban muchos días de convalecencia. ¿Qué pasaría con ella? ¿La llevarían a una celda cuando se negara a espiar a la princesa Eliadora? ¿O, al final, no tendría más remedio que aceptar el trato para poder volver a ver a Némesis?

El príncipe había colocado la mano sobre su espalda y le hacía una señal para que regresaran a la habitación. Cassandra no opuso resistencia, ya no podía luchar más, al menos, no ese día.

Se estaba dando la vuelta con intención de preguntar por Cadmo cuando sus ojos se fijaron en la parte profunda de una de las cámaras. Suelo de tierra, árboles, una charca y, escondida, casi camuflada, junto a un montículo de tierra, una preciosa leona tendida, pero con los ojos clavados en ella.

El príncipe siguió el rumbo de su mirada y la mano se tensó cerca de sus costillas.

—La he visto antes —susurró Cassandra—. Es… —Negó con la cabeza.

La leona no se movía, al igual que tampoco lo hacía Finn.

—Es imposible que la hayas visto —espetó él, molesto.

Cassandra no podía dejar de fruncir el ceño. Se apartó del contacto del príncipe y fue, como arrastrándose, hasta el cristal que encerraba a la fiera. Esta permaneció en su sitio.

—La vi en mi sueño. Era esta leona, recuerdo sus ojos. Ojos de don.

—¿Qué?

—¿Qué le ha pasado? ¿Quién es?

Cassandra buscó la mirada de Finn. No la encontró porque él y la leona se miraban como solo dos seres que se conocen muy bien pueden hacerlo.

A Cassandra se le puso la piel de gallina y el dolor del vientre aumentó, igual que la sensación de estar tragando agua marina.

—Era mi madre.

Cuando escuchó aquello, se apoyó contra el cristal. Casi se cayó sobre él.

—Pero hace ya mucho que no lo es —dijo el príncipe con dureza.

18

LA MADRE DEL PRÍNCIPE era una leona de ojos fieros, atrapada en una cámara de retención del don, junto a otros muchos seres que luchaban por escapar de un destino aterrador. Cassandra no hacía más que repetirse aquellas palabras para lograr mantener los pies en tierra firme. Tenía que tomar una decisión pronto, se le acababa el tiempo, los días pasaban y era menester poner sus cartas sobre la mesa.

La negociación se había complicado bastante ahora que Némesis estaba bajo la protección del príncipe. No la iba a abandonar, por supuesto que no, pero, para mantenerla con vida, debía ceder en la negociación o, por lo menos, conseguir que los consejeros pensaran que lo hacía. Quizá, después de todo, su vida solo era un instrumento barato que se podía reemplazar.

Cuando volvió a entrar en el amplio salón y se encontró de nuevo con aquellas caras medio conocidas, tuvo la certeza de que, por mucho que no se rindiera, como Finn le había aconsejado en el barco, jamás conseguiría la aprobación de aquellos hombres y mujeres que la miraban con desconfianza y esos aires de superioridad que le daban ganas de escupir sobre su brillante y pulido suelo. Pero no lo hizo. Se limitó a quedarse de pie y a entrelazar los dedos de las manos.

—Nos alegra verte de nuevo, joven Cassandra —dijo la mujer que con tanta amabilidad la había tratado la vez anterior. Era la única, junto al más anciano de los hombres, que le transmitía algo de confianza entre todos los consejeros—. Si estás aquí es porque nos quieres comunicar tu decisión, imagino.

—Así es —dijo, segura de sí misma, sin agachar la cabeza ni desviar la mirada.

—¿Y cuál es?

Caelia, que ocupaba el asiento a la derecha del príncipe y que tanto parecía despreciarla, se mostraba molesta e incluso aburrida de tener que perder su tiempo con alguien como ella. A Cassandra, lejos de molestarle, aquella actitud de suficiencia y de altivez la dejaba indiferente.

—Lo haré.

Dos palabras lograron que todos, a excepción de Finn, se movieran en sus asientos. De pronto, pareció que un hormigueo de júbilo se apoderara de sus cuerpos y los hiciera bailar sobre sus sillas.

—Espero que comprendas que no vamos a aceptar que visites la Biblioteca —añadió Caelia—. Quizá te baste con que mantengamos a salvo a tus acompañantes. Es un pago más que justo, ¿no te parece? —Torció una sonrisa de víbora y tamborileó los dedos sobre la mesa.

—Cadmo vendrá conmigo —intervino Cassandra.

Aquella era una decisión que no le había comunicado al príncipe. El niño quería ir allá a donde ella se marchase, había estado buscándola durante un año, no podían separarse aún. Así que, después de mucho insistir y de que ella se negara por su bien, había acabado cediendo.

—A Némesis no me la puedo llevar por ahora. Permanece aquí bajo la protección del príncipe, no es un favor que pida, es que no se me permite sacarla del palacio.

Lo que vio en los ojos de Finn fue asentimiento, como si le estuviera diciendo que lo estaba haciendo bien, que por fin había comprendido cómo funcionaban ciertas cosas. Por mucho que él estuviera contento bajo la superficie, el resto murmuraba.

—Está bien —dijo la mujer de los cabellos canos—. Entonces, ¿qué deseas por prestarnos este servicio? Recuerda que no puede ser un precio más elevado que la misión que tienes que llevar a cabo.

—No lo será. —Cassandra mostró una sonrisa tirante, falsa donde las hubiera, que solo el príncipe parecía advertir como una amenaza—. Uno de mis amigos se alistó en el ejército del príncipe. Eugene Caecus. Quiero que venga conmigo.

—Ni siquiera sabemos si está vivo —se quejó uno de los hombres.

—Pues averígüenlo cuanto antes, porque mañana a primera hora zarpo y, si no está en el puerto conmigo, les aseguro que no tendré ni la más mínima intención de espiar a nadie en Caléndula.

Hizo una reverencia exagerada, que le dolió en el vientre, se dio media vuelta y se marchó. Se sentía victoriosa, esa vez había sido clara, había puesto un precio, y eran ellos los que debían ver si de verdad podían arriesgarse a dejarla ir. Al amanecer lo sabría, podían pasar dos cosas: que Eugene apareciera y emprendieran aquel viaje lleno de traiciones y mentiras, o que la mataran para que nunca fuese un verdadero problema.

Cadmo la esperaba en el jardín, sentado en un banco cubierto de musgo y enredaderas. Sonrió al verla.

—¿Lo has hecho?

Cassandra asintió.

—Supongo que ahora solo queda esperar —susurró el niño, que estaba entretejiendo una corona de flores.

Un par de minutos después, mientras Cassandra bebía de la fuente, Cadmo se acercó y le colocó la corona sobre la cabeza. Ella, que siempre iba hecha un cuadro, vestida con pantalones y túnicas rotas, se sintió bonita. Y el reflejo de la fuente le devolvió un toque de color al que no estaba acostumbrada.

—Te favorece.

Dio un respingo cuando vio la sombra que había aparecido detrás de ella. La mujer del Consejo, cuyo nombre desconocía, había aparecido en el jardín, con su melena cana y los ojos color verde reluciendo sobre la piel tostada.

Cadmo había retrocedido un par de pasos y se había colocado con sutileza al otro lado de la fuente.

—Manjola —dijo la mujer tendiéndole una mano.

Cassandra la estrechó y obvió volver a decir su nombre porque se había hecho de sobra conocido en el palacio durante las últimas semanas: la Susurradora salvada de la esclavitud por el príncipe, la que les serviría de espía, a la que la había atravesado un puñal de hielo, la que iba exigiendo a los consejeros cosas que nadie se hubiera atrevido a solicitar.

—¿Damos un paseo? Creo que todavía no has salido de aquí.

Cassandra miró de reojo a Cadmo, esperaba que este le mandara una señal. ¿Debía ir con aquella desconocida o rechazar la proposición y quedarse en palacio hasta el día siguiente? Lo único que hizo Cadmo fue asentir, por lo que Cassandra, obedeciendo a su instinto y a su pequeño amigo, siguió a Manjola por los corredores hasta llegar a la entrada.

Los guardias no les impidieron el paso, así que, cuando Cassandra quiso darse cuenta, estaban bajo el cielo más azul que habían visto sus ojos, sintiendo el frescor en la cara, la brisa en el pelo, el ruido de risas y voces colándose en sus oídos y el aroma de las centaureas invadiendo cada rincón de la ciudad.

Al principio, pasearon en silencio. La amazona se preguntaba si se dirigían a algún lugar en concreto o solo estaban dando vueltas en redondo con el único fin de respirar aire puro. Sin embargo, por mucho que Cassandra quisiera creer que los motivos de aquella mujer eran nobles, no paraba de decirse a sí misma que nada bueno permanecía oculto bajo esa capa de simpatía y buen hacer.

—¿Sabes por qué son azules y naranjas las banderas de Áurea? —preguntó la mujer cuando perdieron de vista a una muchedumbre que hacía cola frente a unos puestos de artilugios que Cassandra nunca antes había visto.

—Por los dos reinos que se unieron, ¿no? —dijo, ya que algo había escuchado en el puerto de Isla Brava.

—Más o menos —contestó Manjola, complacida y con una sonrisa casi inocente—. Fue un juramento, pero no de amor, como muchos creen, sino de lealtad. Antes de casarse, los reyes querían matarse. Durante años, trazaron planes de destrucción contra el otro. Cuando al final no hubo forma de conquistar el territorio enemigo, y viendo sus vidas en peligro, decidieron juntar los colores de sus dos cortes en la bandera y firmar una tregua para mantenerse con vida.

—¿Por qué me cuenta esto?

—A cambio de que no puedas visitar la Biblioteca. Pregúntame lo que quieras.

Cassandra, sin embargo, no se mostró en absoluto entusiasta con la insinuación de Manjola, porque, como bien le había dicho su padre una vez, «todo lo que el enemigo pueda ofrecerte sale caro a pagar». No quería endeudarse más, ya sentía que la cuerda estaba bastante tensa de por sí.

En los últimos dos días, ni siquiera se había atrevido a comer por temor a que la envenenaran. Sabía que quizá era un miedo irracional, pero Cadmo siempre andaba mirando y olfateando su comida con cierta precaución. Solo había comido algo de fruta que le había dado Finn y bebido mucha agua de la fuente.

—¿Y bien?

—¿Qué quiere de mí? —preguntó sin reservas, no quería dilatar por más tiempo aquello que le parecía un juego, una treta para tenerla comiendo de su mano.

«Si cree que soy tan ignorante como para caer en su trampa, está muy equivocada».

—No quiero nada, solo advertirte.

Cassandra se detuvo en medio de aquel semicírculo rodeado de cemento y de unos árboles largos que llegaban hasta una plataforma de madera que lo cubría todo. Era hermoso, pero no tenía tiempo para contemplarlo como le hubiera gustado.

—¿Advertirme de qué?

—De que ese juramento de lealtad que trazaron los padres de Alair y Eliadora ya no existe, que ahora estas banderas son solo colores. Ninguno de los dos está dispuesto a renunciar a la corona, cada uno por sus motivos. No hay lazo de unión, por muy hermanos que sean, así que lo único que les queda es la guerra y, muy probablemente, la muerte —explicó mientras se alisaba la falda del vestido, de una tela suave, veraniega.

Si lo que Manjola le decía era cierto, entonces ella estaba en medio de dos hermanos que pretendían acabar quitándose la vida con tal de conservar una corona de oro sobre sus cabezas. Eso la enfureció. Había perdido a su familia y a sus amigos para conseguir un mendrugo de pan a cambio de servirlos. Era un peón en manos del príncipe y también lo sería en las de la princesa cuando llegara a Caléndula.

—Entonces, ¿debo espiarla para advertir al príncipe de los posibles ataques que lleve a cabo contra él? ¿Qué hará en tal caso? ¿Atacarla primero? ¿Hacer que corra la sangre antes de que pierda esta guerra? ¿La de su propia hermana?

—No lo entiendes, Cassandra. —La expresión de Manjola era adusta, como si estuviera recriminándole que no fuera capaz de ver la gravedad del asunto—. ¿Acaso crees que la princesa no lo ha hecho antes? Alair estuvo a punto de morir hará cosa de un año. Eliadora plantó una semilla envenenada, teníamos al enemigo viviendo con nosotros, mano a mano. Alair, o Finn, como he escuchado que lo llamas cuando estáis a solas —aquel comentario hizo que se sonrojara y Manjola respondió con una sonrisa divertida al rubor de sus mejillas—, se convirtió en amigo del asesino que su hermana había mandado al reino. Era una persona de confianza. Nunca pensó, ni por un momento, en que lo traicionaría de aquel modo, y eso que Caelia lo advirtió.

—¿Y qué pasó?

—Intentó matarlo mientras dormía, nada nuevo. Fue Caelia quien lo detuvo e impidió que le clavara aquel puñal en el pecho. La chica haría cualquier cosa por él, daría la vida.

Cassandra tragó saliva, algo conmovida por la historia que Manjola le estaba contando, pero también contrariada, perdida. ¿Cómo dos hermanos habían conseguido enfrentarse de aquella manera por el poder? ¿Qué objetivos los movía a cada uno? No podía creer que Finn, que con tanta honradez le había hablado en el buque, que jamás la había juzgado, que la había aconsejado y cuidado en los momentos más duros, fuera capaz de algo así. Pero Finn era uno y Alair, otro.

—¿Lo ama? —preguntó, casi avergonzada.

—Es su prometida.

Si le había quedado algo de aire en los pulmones, desapareció por completo.

«Pues claro que está prometido, es un príncipe, y ella, con lo hermosa que es, con esa piel tan fina, su pelo rubio, sus vestidos de gasa, traslúcidos... ¿Quién no se quedaría prendado?».

Intentó apartar de su mente la ridícula idea de sentir algo por el príncipe. Pero la cercanía, la forma de mirarla, las confesiones, ¿habían sido imaginaciones suyas? Era más que evidente que sí. Tal vez era la forma de ser de Finn con todo el mundo, si incluso había dejado entrar en su casa a un asesino enviado por su hermana. Y, en tal caso, ¿no decía eso de él que era confiado y bueno? Pero ¿qué pasaba con las cámaras de retención de los dones? ¿Y su madre? Era una leona y él no había querido explicarle qué había pasado ni cuánto tiempo llevaba ahí dentro.

«A lo mejor el estado de su madre tiene algo que ver con su hermana...».

—¿Sabes, Cassandra? Me recuerdas a alguien.

Manjola se acercó a uno de los setos que rodeaba la plazoleta y arrancó un par de flores rojas como la sangre. Se acercó a la Susurradora y las colocó junto a las demás que permanecían enredadas en la corona que Cadmo le había hecho. No se atrevió a preguntarle a quién podría parecerse, llena de cicatrices, con unas ojeras oscuras y el pelo enredado.

La mujer, de repente, comenzó a reírse y a desandar sus pasos. Cassandra la siguió, aturdida por toda aquella información, por lo que sucedería al día siguiente, pero también al otro y al otro.

—Me había equivocado contigo. La primera vez que entraste en la sala de reuniones pensé que eras incauta, que actuabas inconscientemente —expuso con los ojos perdidos en las copas de los árboles—. Sabes cuándo es bueno escuchar, Cassandra, y cuándo no merece la pena convertirte en mercancía bélica.

—¿Qué quiere decir con eso?

—Eres fuerte y hay bondad en ti. Lo veo.

—¿Pero?

—Pero no puedes mantener a salvo a todo el mundo, eso te hace débil, te quita la posibilidad de ascender, de conseguir ser mejor. Si haces bien tu parte, podrías convertirte en la mano derecha del futuro rey, ¿entiendes?

Cassandra se clavó las uñas en las palmas, tanto que pronto sintió que la piel le escocía. Manjola no la conocía en absoluto y tenía una idea muy equivocada de lo que era el honor y la debilidad. Para ella, servir a un rey, estar en la corte, casarse con un buen hombre y ser alguien respetable entre gente que se limitaba a vivir bien no era nada de lo que pudiera sentirse orgullosa. Cassandra quería regresar a su isla y llevar una vida sencilla, olvidar todo cuanto estaba a punto de vivir y, a ser posible, mantener a la gente que quería con vida, por muy indefensa que la hiciera sentir eso.

Entonces fue cuando cayó en la cuenta de lo que estaba haciendo la consejera. No especulaba sobre la posibilidad de que se convirtiera en alguien de confianza del príncipe cuando reinara, le estaba diciendo, entre líneas, con un guiño de ojo, que lo haría, pero para ello tenía que renunciar a otras cosas.

Cassandra dio dos zancadas grandes y se plantó frente a Manjola en una actitud desafiante que hizo abrir mucho lo ojos a la de cabello plateado. Incluso echó los hombros hacia atrás.

Los ojos negros de la Susurradora se habían convertido en dos pozos sin fondo, oscuros, feroces. Imaginó incluso, por la forma en la que fruncía el ceño, que debía de ser tan salvaje como la de la leona en su sueño.

—Para tener tan buena opinión de mí, señora, me subestima.

Creo que esa era la palabra que quería utilizar antes, cuando dijo que se había equivocado conmigo —habló sin que las palabras se le enredaran en la boca, sin temblar—. ¿Acaso cree que soy estúpida?

La mujer se puso nerviosa, Cassandra se percató de ello no solo por el rubor de sus mejillas, sino también por la forma en la que dejó caer los párpados y se le arrugó la frente.

No dejó que contestara a la pregunta que le había hecho.

Permaneció anclada en el suelo. Le sacaba media cabeza a la mujer, ni siquiera las sandalias altas de la consejera hacían que la superara en altura. Ese nimio detalle la hizo envalentonarse y no permitió que se le quebrara la voz.

—Creo que no me he explicado con suficiente claridad: o Eugene está mañana en el buque conmigo, o no haré nada de lo que me han pedido.

Manjola sonrió y empezó a negar con la cabeza, parecía no dar crédito a lo que acababa de escuchar. Por un momento, Cassandra presintió que esa conversación no estaba saliendo todo lo bien que cabría esperar.

—Pues sí que eres más estúpida de lo que creía, contestando a tu pregunta anterior —soltó de primeras—. ¿De verdad crees que, si no accedes, podrás irte sin más? ¿Piensas, en serio, que una promesa que te haya hecho el príncipe te da carta blanca para que puedas hacer lo que quieras?

«Déjala que hable. Aún no es el momento», se dijo a sí misma.

—¿Alguna vez te has preguntado cómo sabía el príncipe que estarías en la Ciudad Nueva de Bashne? —Tenía los brazos cruzados sobre su pecho, como si ya estuviera harta de dar explicaciones a una niña insolente. Cassandra, sin embargo, tuvo paciencia. La tuvo porque tenía un plan—. Nosotros hicimos que el barco de la princesa se hundiera, quienes mandaron a los mercenarios al desierto del Fenha, quienes planearon traerte hasta aquí.

Cassandra se hubiera sorprendido de no haber considerado ya esa posibilidad. Durante todos aquellos días, tendida en la cama con la herida del vientre sanándose, les había dado vueltas a muchas cosas. ¿Se suponía que a esas alturas debería asustarse de los planes internos entre Centaurea y Caléndula? En absoluto. Ya tenía más que asumido que los tejemanejes entre los reinos eran superiores a cualquier cosa que ella pudiera intuir.

—Pues vaya, desde luego que me ha creído estúpida si por un momento ha pensado que no tenía claro que todo esto era obra del Consejo. Me parece el menor de mis problemas ahora mismo —concluyó ella—. ¿Sabe, Manjola? Siempre me ha gustado dejar mis asuntos bien atados, no fuera a verme en una situación similar a esta.

Manjola no habló. Parecía dispuesta a escuchar, sobre todo, porque no podía imaginarse lo que Cassandra estaba a punto de decirle. Había tenido mucho cuidado de no ser descubierta y Cadmo, fiel amigo, la había ayudado en su plan.

—Los hombres tienen fascinación por los caballos, en especial los guardias del palacio. «¿Eres tú Cassandra, la amazona del Archipiélago de Lunas?», te preguntan un día. Yo es que siempre he sido bastante modesta con el tema, pero a la gente suele gustarle verme en acción. Piensan que los caballos se rinden ante mí, que es algún tipo de embrujo. —Había comenzado a andar y, con ello, obligó a Manjola a seguirla—. Lo que no saben es que los caballos son los que te dominan en silencio.

Cassandra se detuvo, iba unos pocos pasos por delante de la mujer. Se dio la vuelta y la encaró. Tenía dibujada una sonrisa sagaz en la cara, pero también en los ojos.

—Manjola, yo soy un caballo. —Bajó la voz—. Me muevo lento, soy sigilosa. — Chasqueó los dedos delante de los ojos de la consejera, lo que provocó que diera un respingo—. Y, cuando te quieres dar cuenta, ya no me tienes cogida por las riendas. —Había dejado de tutearla intencionadamente. Manjola la había amenazado y ahí había acabado el pacífico paseo y toda posible conversación amistosa—. E igual que vengo, me voy. —Se encogió de hombros. Sonreía porque suponía que aquella actitud inquietaba a la mujer, que se mostraba rígida de la cabeza a los pies—. Eso es, en realidad, lo que he hecho estos días, ser un caballo para vuestros guardias. Un día les hago una demostración, otro comparto la comida, otro les cuento algo de mi triste historia. Y, de repente, piensan que soy un caballo que se ha rendido ante ellos, que soy inofensiva, que no hay nada de malo en enviar algunas misivas en mi nombre.

—¿Qué? —preguntó Manjola, espantada.

—Una carta para mi padre, en la que le digo que estoy viva, una carta para mis amigos, en la que les cuento anécdotas del viaje… —siguió relatando Cassandra, obviando por completo a la consejera—. Una carta a la princesa en la que le relato que he sobrevivido al naufragio y que, si no llego en unos días, será porque los hombres del príncipe han dado conmigo y me han matado. Y no, no llego en esos días porque estoy aquí, atrapada. Pero, como en la carta le comunico que estoy en el reino de Centaurea viviendo con una familia humilde, me envía una carta comprobante a esa dirección, la de uno de los guardias, en la que me dice que uno de sus buques está en camino, para llegar aquí en la fecha prevista, mañana, y que, de no encontrarme con vida, llevaría suficiente dinamita para hacer volar por los aires todo el puerto.

Manjola inhalaba con tanta fuerza que las fosas nasales se le dilataban y borraban los rasgos delicados de su cara para convertirlos en una imagen decadente. Había sido engañada por partida doble, porque había parte de verdad en lo que Cassandra había dicho, pero ningún buque cargado de explosivos ni ninguna amenaza de muerte. En su carta a la princesa no había insinuado que nadie en el puerto pesquero del reino de Centaurea supiera cuál era su identidad. No lo había hecho porque todavía no tenía claro cuál era el bando al que pertenecía. No obstante, era consciente de que toda esa sucesión de mentiras acabaría descubriéndose tarde o temprano y no habría nadie que la creyera.

—Mañana quiero a Eugene en el puerto. Me subiré a ese buque y cumpliré con mi parte del trato. De lo contrario, aténganse todos a las consecuencias.

Manjola le mostró los dientes. Ni siquiera los separó cuando dijo:

—¿Por qué eres tan valiosa para la princesa?

Cassandra dudaba mucho de que lo fuera, en realidad. De hecho, que ella tuviera constancia, no había intentado buscarla. O puede que hubieran encontrado el barco hundido y aquello le hiciera creer que estaba muerta. Ahora que sabían que seguía viva, iban a enviar un navío a buscarla. Un navío que no llamara la atención. Las instrucciones eran claras, por eso mismo había tenido que adelantar su reunión con el Consejo.

—¿Qué quiere de ti?

—No lo sé, pero parece que mi cabeza vale mucho más que la de vuestra gente. —Cassandra se sintió repugnante por decir aquello, porque jamás había pensado que una vida tuviera más valor que otra—. ¿Sabes por qué te habías equivocado conmigo, Manjola? Porque no fuiste capaz de prever lo retorcida que podía llegar a ser con tal de mantener a la gente que quiero a salvo. Y ahora deberías volver al palacio y mandar llamar a Eugene antes de que te revele algún otro secreto que haga que se te caiga el pelo.

—Esto no quedará así —dijo, amenazadora, el dedo índice en alto.

—Creo que podré regresar sola —contestó ella con una sonrisa.

Le hizo una ligera reverencia y se apartó de su camino. Ahora solo esperaba que la mentira se mantuviera en pie unas pocas horas más para que pudieran marcharse de ahí cuanto antes. Eso y que Cadmo hubiera encontrado una manera, en su ausencia, de llegar hasta Némesis.

19

LA CHICA HABÍA TENIDO AGALLAS, desde luego. Enviar aquella carta desde el palacio de Alair podía haberle complicado mucho las cosas si no hubiera sido porque Harael y el capitán, intentando pasar desapercibidos con los ropajes de Centaurea, habían estado camelándose a los centinelas. Así había averiguado el Principado que la joven estaba al otro lado de muro, que había estado gravemente herida y que se las estaba ingeniando para hacer llegar una carta a Eliadora. La había interceptado, por supuesto, ya se encargaría él de dar las explicaciones necesarias para que nadie sospechara cuál era el verdadero paradero de Cassandra.

Habían pasado casi dos semanas desde que él le había contestado. A la mañana siguiente, si todo salía según lo previsto, tendrían que encontrarse en el puerto. La Susurradora, el niño y la muchacha pálida como el hielo de la que le habían hablado en el Fenha. No, no podía ser la misma persona, de eso había pasado ya mucho tiempo, y aquella descripción somera no significaba nada. Había cientos de dones repartidos por el mundo, empezando por las Estalactitas, a las que no había viajado desde hacía varios años.

—¿Quiere sopa?

—No, Miro —contestó, taciturno, cuando el capitán apareció en la popa del barco con una olla y un cazo—. No tengo hambre.

—Debería comer, tiene muy mala cara.

No se molestó en decirle que no tenía tiempo para andar aireando sus preocupaciones, así que se limitó a tomarle el pelo, eso se le daba más que bien.

—Con la que nací, me temo. O renací.

—¿Cómo dice?

A Miro casi se le salieron los ojos de las órbitas.

—¿Renació siendo ya tan…? ¿Cuántos años tiene?

—¿De existencia o de aspecto físico? —preguntó Harael, burlón. A Miro no había cosa que le gustara más que curiosear. Nadie se hubiera puesto a hacerle esa clase de preguntas a un Principado, ni siquiera la princesa o Adria lo habían hecho.

—Físico —contestó tragando saliva.

Harael pensó en la edad que tenía cuando todo cambió, mucho antes de que llegara el fin de sus días.

—¿Veinticinco?

—Parece más mayor.

Harael torció una sonrisa y se tumbó en cubierta. Sus ojos se quedaron clavados en las estrellas, estaba esperando el amanecer.

—¿De unos dos mil años, más o menos?

—¡Santos dioses! Ha vivido muchas vidas.

—Solo una, Miro, y espero que no siga alargándose mucho.

Ambos se giraron hacia la derecha al escuchar el crujido del suelo. Harael se incorporó un poco, conocía de sobra a aquella mujer.

—Miro, ¿puedes dejarnos?

El hombre asintió y desapareció dejando el olor del caldo tras él.

—Sehalia, un día este silencio tuyo va a hacer que a alguien le dé un infarto.

El Principado de Alair se sentó a su lado.

—Oye, digo yo que conmigo sí que puedes hablar. Cuando

estamos en casa lo haces.

A Harael se le hizo extraño tener que pronunciar la palabra «casa», pero hacía mucho que había pasado a formar parte de ella, y la sentía más suya que la tierra de los mortales.

—¿Por qué son tan estúpidos? —preguntó ella al fin.

—No creo que lo sean. No alcanzan a comprender que podrían arrastrar a la gente a otra guerra como la de siglos atrás.

—A una segunda Persecución —aclaró.

Harael se quedó en silencio. Ellos, como Principados, solo estaban ahí para cumplir con su cometido: aconsejar y esperar que tomaran en consideración sus palabras. Sehalia era mucho más dura que él. La mayor parte del tiempo se limitaba a escuchar, tanto que, a veces, ni siquiera se fijaban en ella. Pero cuando tenía que hablar lo hacía a viva voz, y era tan contundente que incomodaba a todo el mundo.

—La chica está en palacio desde hace semanas.

Él sonrió porque, si Sehalia tenía algún defecto, era que en algunas ocasiones podía ser muy ingenua. No llegaba a imaginar todas las cosas que él era capaz de hacer con tal de conseguir lo que se había propuesto.

—Ya lo sé. ¿Tan tonto me crees?

Ella giró la cara en su dirección, sin sorprenderse, sin sonreír, sin mostrar ninguna señal de estar viva.

—Más de lo que te crees.

Harael le regaló una sonrisa que no había forma de que ella mostrara. Pese a que habían pasado ya varios cientos de años desde la muerte de Makheun, Sehalia seguía llena de dolor y de furia. Sentía que los Creadores la habían castigado por haberse enamorado de un mortal.

—¿Qué vas a hacer con ella?

—Conquistarla con flores y danzas de la lluvia.

—Creo que hay más posibilidades de que consigas que te dé una patada en la entrepierna antes de meterte en su cama, ya te lo digo. Aunque, a lo mejor, si la llevas a la Biblioteca, consigues que te preste atención.

Harael enarcó las cejas. Aquello sí que lo sorprendió. No esperaba que Cassandra fuera ninguna santa, pero, por momentos, estaba creciendo su lista de agresiones.

—Esa chica es diferente.

—¿Tiene un tercer ojo?

—Yo no se lo he visto, pero sí la determinación, el coraje y el dolor. No hay nada que la doblegue, a pesar de que creo que por dentro está rota.

—¿Qué quieres decir?

—Que sufre. En silencio. Me parece que lo de confiar no lo lleva muy bien. No me extraña.

—¿Y eso por qué?

—Porque tiene todo el cuerpo magullado. Le han hecho daño. No solo físicamente.

Harael suspiró. Dobló las piernas y se abrazó las rodillas, algo que solo hacía cuando le costaba ordenar los pensamientos.

—Al final, todos sufrimos, de una manera u otra.

—No como ella. Es un dédalo. Debe de haber coleccionado muchos momentos malos —comentó Sehalia mientras adoptaba la postura de su hermano.

Los dedos entrelazados de Harael se despegaron poco a poco.

—¿Qué has dicho?

Lo había escuchado, sin embargo, no podía ser, era imposible.

—¿Estás segura, Sehalia?

—Lo verás con tus propios ojos mañana. Al fin y al cabo, se va contigo, ¿no? —Él asintió—. Tenemos que detener esto, Harael. No sé tú, pero yo ya no soy capaz de volver a pasar por algo como lo de hace doscientos años.

El Principado colocó una mano sobre el hombro de ella con tanta solemnidad que ambos parecían estar en un velatorio.

—No te preocupes, lo arreglaremos —prometió, aunque ni siquiera comprendía qué estaba pasando.

Era imposible que, después de tanto tiempo, hubiera vuelto a suceder.

Todo empezaba de nuevo.

20

FALTABA UNA HORA PARA EL AMANECER, pero Cassandra llevaba despierta toda la noche. Esperaba a que, en cualquier momento, entrara alguien en el dormitorio, echando la puerta abajo y los apuntara a Cadmo y a ella con alguna de esas armas modernas que tenían en el reino.

No habían conseguido sacar a Némesis de la jaula, aunque el príncipe había accedido a que Cadmo se despidiera de ella. Según el niño, la chica de hielo se había acercado hasta el cristal con ojos llorosos y parecía reconocerlo. Duró unos pocos segundos, sin embargo, para Cassandra eran suficientes. Eran una señal de que seguía allí.

Unos nudillos en la puerta la sobresaltaron. Cadmo dormía, no se había movido ni un ápice de la postura que adoptaba cada noche. Cassandra salió de entre las sábanas e hizo girar el pomo. Si alguien al otro lado la quisiera matar, podría haberlo hecho sin tener la deferencia de pedir permiso primero.

En efecto, no había ninguna espada alzada contra ella, ni puñales, ni cuchillos afilados, solo un par de ojos que hasta en la oscuridad encontraban su propio brillo. Luz de sol, piel de luna, chispas de estrellas y más.

—Hablemos —dijo él. No era una petición, sino una orden.

Cassandra cerró la puerta detrás de ella y se quedaron de pie, en el pasillo, bajo la luz artificial de las bombillas.

—Manjola me lo ha contado todo.

—Esperaba que lo hiciera, es tu consejera, te debe lealtad, ¿no?

—Pero tú no me la debes.

Aunque era verdad, Cassandra notó que había resentimiento en sus palabras y en la forma en que la miraba, como si no acabara de creerse que hubiese sido capaz de actuar a sus espaldas después de todo lo que había hecho por él.

—Ya tienes a mucha gente que te es leal, como tu prometida —escupió ella. Pese a que tenía mil problemas en los que pensar, imaginarse a esos dos juntos también había contribuido a su insomnio—. Ah, parece que Manjola no te lo ha contado todo —dijo ella al darse cuenta de la sorpresa que reflejaba el rostro del príncipe.

—No es lo que crees, Cassandra.

—¿Sabes que empiezo a estar un poco cansada de que a todo me contestes con esa frase? Si no eres capaz de decir la verdad o si no quieres hacerlo, de acuerdo, pero entenderás que, cuando todo el mundo intenta engañarme y aprovecharse de mí, no me queda más opción que llegar a mis propias conclusiones.

—¡Yo no soy todo el mundo ni intento aprovecharme de ti! —gritó Finn. Sus ojos refulgieron.

Escucharon los pasos de alguien por el pasillo. Él la tomó del brazo y tiró de ella hacia un escondrijo oscuro que había entre una esquina y una columna de mármol que se elevaba hasta el techo. La sostuvo pegada a su cuerpo. Cassandra no podía respirar, no por la fuerza que Finn ejercía sobre sus costillas, sino por su olor. Era incapaz de entender aquello que sentía ni por qué no podía apartarse sin más.

Cuando los guardias acabaron de comprobar que todo estaba en orden, él descendió las manos hasta su cintura. La luz lunar se colaba en el palacio acristalado y les alumbraba la cara.

—Nunca he querido hacerte daño. Hay muchas cosas que no te puedo contar.

Cassandra miró a través del ventanal y pensó que, si ella estuviera en su lugar, después de que hubieran intentado asesinarla en su propio lecho, tampoco tendría la capacidad de revelarle a un total desconocido los entresijos de su vida, de sus planes, de su dolor.

—Solo quiero acabar con esto —dijo ella—. No paro de pensar que soy un títere. Lo fui para tu hermana cuando mandó que me atraparan y lo fui para ti y para tu gente cuando hundisteis el barco en el que navegaba y permitisteis que me vendieran como esclava. —Observó al príncipe, que se había apoyado contra la pared y no dejaba de apretar la mandíbula y contraer los músculos de los antebrazos—. No me sorprendió cuando Manjola me lo contó —aclaró. Finn volvió sus ojos hacia ella. Se estaba mordiendo el labio, como si se sintiera culpable de aquella emboscada—. Pero eso no significa que no me doliera. Al final...

—¿Qué? —pidió él. Sonó casi a súplica.

—Al final, tu hermana y tú no sois tan diferentes.

Cassandra se dio cuenta de que, de haberlo abierto en canal desde el cuello hasta el ombligo, le hubiera dolido mucho menos de lo que percibió que le herían sus palabras.

—Quizá no te haya sido leal, ya te dije una vez, mucho antes de descubrir ciertas verdades, que había motivos más importantes por los que luchar que una corona. Sigo pensándolo. No te creas que cedo porque haya cambiado de idea, así que no vuelvas a proponerme por medio de nadie ser tu mano derecha, tu persona de confianza —lo advirtió—, porque esto que hago es solo para cuidar a las personas que me importan, a las que usáis como moneda de cambio para tenerme bajo control.

Finn mostró una sonrisa abatida. No era la primera vez que se la veía, Cassandra la recordaba del buque, de los días que pasaron juntos sin que ella supiera que era un príncipe. Anhelaba aquellos instantes, porque se había sentido segura y había pensado que, quizá, todo acabaría saliendo bien. Pero nada iba bien y estaba en la cuerda floja procurando mantener a raya a todo el mundo y consiguiéndolo a duras penas.

—No sé qué quiere mi hermana de ti. No me creo que se haya tomado tantas molestias para que le adiestres a unos cuantos caballos. Hay algo más. Y confié en ti cuando me dijiste que no tenías ni idea de qué podría tratarse. Sigo haciéndolo ahora. —Con aquellas palabras, logró ablandarle un poco el corazón y procuró escucharlo, pese a que en su interior hubiera una lucha entre la razón y los sentimientos—. Estaba seguro de que acabarías odiándome. Estoy acostumbrado, aunque nunca pierdo la esperanza de que alguien me acepte como soy.

—¿Sabes qué pasa, Finn? —lo interrumpió ella—. Que nadie intuye cómo eres. Después de que te intentara matar el que considerabas tu amigo, comprendo que no quieras compartir nada con los demás, que no te fíes. Pero así nunca lograrás que tu pueblo te respalde en tus decisiones. Siendo frío, distante. Ser el enemigo de tu hermana no te ayudará a que sus aliados estén de tu parte. Aunque lograras vencerla, siempre habría alguien acechando, esperando a que bajaras la guardia para atacarte.

—Es que tú no…

Cassandra negó con la cabeza y levantó la mano.

—No. No lo comprendo.

—Cass… —susurró él—. No fui yo quien le declaró la guerra. No fui yo quien se fue del reino a Caléndula. No fui yo quien abandonó a nuestra madre cuando ya no pudo luchar contra su don. No fui yo quien introdujo un espía en su corte para que intentara matarla.

Cassandra guardó silencio. Pensó en aquellas cosas que había hecho Eliadora. Eran crueles y perversas, y no entendía que hubiera actuado así contra alguien de su propia sangre. Pero ¿y si lo habían heredado de sus padres, de la inquina que ambos se tenían antes de casarse y juntar los colores de sus casas en una bandera de unión y compromiso? ¿Y si estaban destinados a repetir aquella historia hasta que naciera una nueva promesa?

—Las cosas que no has hecho no te eximen de culpa. Algún día tendrás que volver a confiar en alguien, Finn, seas rey o no.

Depende únicamente de ti la clase de persona que quieras ser.

—¿Y si no soy una persona? ¿Y si solo soy un monstruo, una bestia?

—Te preguntaría qué quieres decir con eso, pero supongo que no me contestarías.

El silencio del príncipe corroboró lo que Cassandra ya se temía. Se dio la vuelta para marcharse, no podía soportarlo más. No podía seguir esperando. Ni siquiera tenía claro qué era lo correcto. Solo notaba el escozor de las lágrimas en los ojos y los dedos de él, que se enroscaron alrededor de su muñeca izquierda.

—Tu amigo está a salvo —le confesó—. Partirá contigo y con Cadmo. Quiero que sepas que no fue mi decisión chantajearte. Manjola, como tú, intenta proteger a los suyos, solo que tenéis formas distintas de hacerlo. —A medida que hablaba, el príncipe bajó la voz—. Es mi tía, la hermana de mi madre, y no fue fácil para ella, que nos crio, ponerse de mi lado en esta lucha familiar.

Era, con diferencia, lo más personal que Finn le había contado a Cassandra, por eso ella no tiró de su brazo para liberarse, pero tampoco fue capaz encararlo de nuevo, porque las lágrimas resbalaban por sus mejillas y no quería mostrarse vulnerable. Ya no podía confiar, no solo en él, sino en nadie.

—Némesis estará bien, cuidaré de ella como llevo haciéndolo de mi madre y del resto —dijo con la voz medio rota. Parecía recordar momentos muy difíciles—. No te culpo por lo que has hecho. Fui yo quien te dijo que fueras dura negociando. A mí tampoco me ha sorprendido cuando me lo ha contado Manjola, a pesar de que eso, como tú has dicho antes, no significa que no me haya dolido.

Le soltó la mano y Cassandra sintió que chocaba contra su cadera.

Se secó las lágrimas con las mangas de la túnica y se volvió hacia él.

—No hay ningún buque con explosivos, solo es un barco normal que me llevará a Caléndula. Ni siquiera le dije que me habíais descubierto, que me buscabais o que sospechaba que tú y tus hombres teníais la culpa del naufragio.

Finn dio un paso atrás. Estaba confundido, no había más que verlo, pero también derrotado, arrepentido.

—No escribí esa carta como salvoconducto para salvarme, príncipe Alair. La escribí para asegurarme de que mi padre no se vería perjudicado por mi desaparición y por no haber cumplido con mi misión, sea cual sea la que vayan a encomendarme —le soltó a bocajarro, sin pensar demasiado en lo que estaba diciendo. Solo intentaba demostrarle que no todas las personas eran como él creía.

—Cassandra… —susurró él.

—Ahora tengo que despertar a Cadmo, ya va siendo hora de irnos y acabar…

Antes de que pudiera añadir: «Y acabar con este espectáculo de traiciones y engaños de una vez», Finn dio un salto en su dirección y colocó las manos alrededor de su cara.

—No la quiero —dijo—. Jamás la querré.

Cassandra tardó un segundo en comprender de qué estaba hablando, qué estaba haciendo. En el instante en que la cara de Caelia le vino a la cabeza, el príncipe se inclinó sobre ella y la besó. Un roce, como el aire del desierto cuando te acaricia los labios.

Ella no se movió y él se apartó casi al segundo de que se produjera el contacto. Por un momento, Cassandra pensó que se disculparía. Agradeció que no lo hiciera, porque habría confirmado sus sospechas de que lo que acababa de suceder había sido un error que a ella le galopaba en el pecho.

Respiraba hondo y un cosquilleo en los dedos de los pies quería empujarla hacia delante, a que enredara las manos entre su pelo y lo besara de verdad, no ese beso corto que él le había dado.

—Supongo que esto es una despedida —dijo Cassandra entonces.

Él se frotó los ojos primero, después la cara entera.

—Sí que lo es —acabó diciendo.

—Entonces…

Cassandra se mordió el labio inferior, se llenó los pulmones de aire y lo atrajo hacia ella, a su boca entreabierta, y esperó que no reaccionara apartándola.

Pronto, sintió la humedad y la calidez de su lengua, que se deslizaba en su boca, primero tímida y después con más vehemencia. La cogió por la cintura y la elevó un palmo del suelo para colocarla contra la columna. El beso se volvió hondo, tanto que ya no sabía dónde empezaba la necesidad de uno y acababa la de la otra.

Sentía cada parte del cuerpo de Finn chocando contra ella cuando se movían, parecía que lucharan por ver cuál era el primero que se rendía. Luchaban con los labios, pero también con los dientes, que mordisqueaban, y las manos, que se aferraban al cabello del otro, a la espalda, al cuello.

No entendía de dónde salía esa atracción que nunca había sentido por nadie.

Entonces, mientras Cassandra procuraba comprender la reacción de su propio cuerpo, notó el regusto salado en la boca. Bajó el ritmo del beso, empezaron a recuperar el aliento, se separaron muy poco a poco y ella descubrió que el príncipe estaba llorando.

Quiso abrazarlo, hacer que dejara de sentirse de aquella manera, preguntarle si había hecho algo mal, si después de todo había malinterpretado el primer beso. No lo hizo porque él le colocó unos mechones detrás de las ojeras, dibujó sus labios con el pulgar y la besó en la frente antes de decirle:

—Está amaneciendo. Ve a prepararte.

—¿Eso es lo último que me vas a decir?

—Eso es lo único que tengo derecho a decirte —corrigió—. Te prometí que podrías irte cuando quisieras, y no lo he cumplido. Te prometí que podrías oponerte a hacer lo que te pedíamos, y no lo he cumplido. Te prometí que podías negociar cuánto valía tu vida y tu integridad, y no lo he cumplido. Te prometí muchas cosas que no te dije en su momento y que tampoco he cumplido. Creo que lo mejor que puedes hacer es estar lejos de mí.

—Pero trabajando para ti —aclaró ella, con rabia.

—Cassandra, yo…

—Déjalo, Finn, ha quedado muy claro. Solo estaré con la princesa un año, fue el tiempo que le regalé. Y es el tiempo que intentaré que no me descubra mientras te paso información. Después volveré a mi casa y, con suerte, podré olvidarme de todo.

Finn apartó la mirada. Tenía los ojos entrecerrados y los labios hinchados. Cassandra suponía que los besos habían tenido el mismo efecto en su boca. No sabía decir si se arrepentía, pero ya no le quedaba tiempo para lamentarse, así que pasó por el hueco que había entre la columna y Finn y, mientras se iba, le dijo:

—Adiós.

Entró en el dormitorio tan rápido como pudo, encendió una luz y zarandeó a Cadmo con ternura para que se levantara. El niño se quejó un poco, pero, al final, se incorporó y dejó que Cassandra lo ayudara a vestirse. Ocuparse de él hacía que no pensara en lo que acababa de suceder, en lo que sentía y en cómo le latía el corazón.

—¿Estás preparado?

Cadmo asintió con la cabeza. No había vuelto a tener ninguna reacción extraña ni había hecho referencia a ninguna muerte inminente, así que eso le proporcionaba cierta seguridad a Cassandra.

Cogieron los dos petates que habían preparado con unas cantimploras, la ropa que les habían dado y algo de comer. No sabía cómo se pondría en contacto con la corte de Alair, no lo había preguntado, aunque suponía que ellos tenían un plan.

Abandonaron el palacio de cristal ante la impasible mirada de algunos guardias que eran desconocidos para Cassandra, ¿les habría pasado algo a los anteriores por su culpa? ¿Manjola los habría castigado por la deslealtad, aunque ellos no hubieran sido conscientes de la traición? La brava deseó que no fuera así, de lo contrario, la culpa no la dejaría dormir el resto de su vida.

Los trasladaron en un extraño carruaje que un hombre alto controlaba para que fuera más deprisa o se detuviera. Cassandra no miró por las ventanas, no quería ver nada que pudiera tatuársele más de la cuenta en los recuerdos, demasiada tinta invisible tenía ya bajo la piel.

Llegaron al puerto poco después. Se apearon del carruaje y la chica buscó con los ojos el buque, siguiendo la descripción de la carta. Pero, sobre todo, buscaba a alguien más. A Eugene, en todos los marines y en las caras de aquellos que ya estaban trabajando.

Empezó a andar de un lado a otro, a pensar que todo había sido una trampa, que el príncipe la había traicionado y había advertido a sus hombres de que no había ninguna amenaza real, de que...

—¡Cassandra!

Se dio la vuelta tan rápido que se le cayó el macuto del hombro.

Eugene, su amigo de la infancia, corría hacia ella desde el otro lado del espigón. Vestía de azul de la cabeza a los pies, llevaba el pelo más largo, pero conservaba la misma sonrisa. No pudo evitarlo, echó a correr hacia él y lo abrazó con tanta fuerza que su amigo se quejó por lo bajini.

—Me ahogas.

—Me da igual. Te dije que no hicieras esto. Te dije que no vinieras aquí —lo amonestó entre lágrimas y palmadas en la espalda.

—¿Qué haces tú aquí? ¿Qué significa todo esto?

—Es una historia muy larga, pero, de momento, necesito que mientas, Eugene. Necesito que mientas como aquella vez que a los diez años robaste la tarta de peras de Constantine y negaste que hubieses sido tú con tanta convicción que nadie dudó jamás.

Lo miró a los ojos y él pareció comprender la gravedad de la situación, así que se limitó a asentir y a abrazarla de nuevo.

—Tranquila, ¿vale? ¿Y quién es ese crío que nos mira?

—Es Cadmo. —Cassandra le hizo un gesto para que se acercara—. Es mi amigo. Es...

Un hombre alto y robusto se acercaba en su dirección, con paso firme y acortando las distancias a cada segundo. Cassandra se preguntó si era un enviado del príncipe o de su hermana. Estaba a punto de averiguarlo, porque no tenían salida, estaban acorralados.

—¿Eres la Susurradora?

—Sí, señor. Soy yo. Y mis amigos Cadmo y Eugene. ¿Es por la carta?

—Sí. Debes acompañarme. Él nos espera y no tiene mucha paciencia de costumbre —aclaró, desganado, y con una sombra de pesar en los ojos—. Será mejor que vayamos al barco.

—Disculpe, pero ¿quién es él? ¿No viene usted en nombre de la princesa?

—Sí —contestó—. Pero me acompaña su Principado.

Ni Cassandra, ni Eugene ni Cadmo habían visto un Principado en su vida, o eso creían, así que aquello los dejó con la mandíbula desencajada. Aun así, echaron a andar detrás del hombre. Desde donde estaban, ella podía ver la sombra luminosa del palacio al que nunca regresaría. Apartó la mirada. Retuvo un segundo a Eugene del brazo y le dijo:

—No te gustará lo que tengo que hacer. No te gustará nada. No pueden saber que has estado en el ejército del príncipe. Por lo que a nosotros concierne, me conociste aquí. Estuve hospedada en tu casa. Temes por tu vida, así que pides asilo en Caléndula. No teníamos relación antes de esto.

—Cass, me estás asustando.

—Eugene —colocó las manos sobre sus hombros—, ¿quieres vivir?

—Sí, claro que quiero.

—Siento haberte metido en esto, pero... necesito que entiendas que hay una guerra y que tú y yo, ahora mismo, vamos a tener que vendernos al mejor postor.

Eugene cerró la boca y asintió con la cabeza.

—El mundo está en guerra —dijo.

Cassandra asintió.

—¿Venís o qué? —gritó el capitán.

Cadmo estaba a su lado, estudiando sus expresiones. No dilataron más el momento, fueron a enfrentarse a todo lo que estaba por venir, fueron a conocer al Principado de Eliadora.

Antes de subirse al barco, a Cassandra le pareció ver un destello rojo en una esquina, el pelo del príncipe, pero pensó que solo había sido su imaginación, que le jugaba una mala pasada.

Una vez más se equivocaba.

2

ANÉMONAS, CAMBIAFORMAS, TORRES ENCANTADAS Y PRÍNCIPES MALDITOS

ANÉMONAS
CAMBIAFORMAS
TORRES
ENCANTADAS
Y PRÍNCIPES
MALDITOS

21

EL PRINCIPADO DE CALÉNDULA era un hombre alto, de pelo negro cortado por debajo de los hombros y de ojos oscuros y amenazantes. Estaba de pie en la proa del buque cuando ellos subieron, apoyado contra la barandilla y mirándolos a los tres como si fueran unos intrusos que no reconocía. De arriba abajo, una inspección profunda.

La chica dio un paso al frente y carraspeó. No sabía si era solo ella la que lo veía, pero aquel, a ojos mortales, era un humano más. No tenía muy claro cómo se había imaginado a los Principados, quizá con alas enormes. Desde luego, no era así. Vestía con colores claros y tenía el cuello y los antebrazos repletos de unos tatuajes muy llamativos.

—Soy Cassandra —dijo—. Y ellos son Eugene y Cadmo.

Él se fijó en el niño y sonrió.

—Un lector de muerte. Hacía siglos que no me cruzaba con uno —comentó con media sonrisa en la cara—. Y una domadora de caballos. Es la primera vez en este caso —emitió un gruñido gutural, casi placentero, que rebotó en el pecho de Cassandra y en su corazón inquieto. La última mirada fue para Eugene—. Y un humano. Bueno, es un terceto extraño.

Cassandra esperaba que dijera su nombre, que se presentara y que les hiciera muchas preguntas o les encomendara alguna tarea. Esperaba cualquier cosa menos lo que dijo:

—Os han preparado unos camarotes. Me temo que nada lujosos. Habíamos contado con cuatro, pero ya veo que ha habido una baja de última hora.

—¿Cómo? —preguntó Cassandra con voz entrecortada y las manos escondidas detrás de la espalda.

—No importa. —Sonrió—. Nos alegró localizarte.

—Tardé en ponerme en contacto. Estuve en la Ciudad Nueva de Bashne, salimos de ahí, huimos por el desierto, me atacaron unos bandidos y he estado herida…

El Principado levantó la mano para que callara. Se acercó a ella. Sus pisadas resonaban no solo en el buque, sino en el mar, así de fuertes le parecieron a la amazona. Se detuvo cuando las puntas de sus zapatos se tocaron. No había más distancia entre los dos que lo que medían sus pies. Él le pasó los dedos por la cicatriz de la mejilla, sonrisa translúcida en los labios, y le susurró al oído:

—Basta. No te he pedido que me mientas.

Cassandra tembló, pero tuvo que armarse de valor para no echarse a llorar y gritarle que lo lamentaba, que nunca se le había dado bien y que estaba cometiendo un error. ¿Por qué se sentía así? ¿Tenía algo que ver con los poderes que él pudiera poseer?

—Mejor el silencio. Harael. —Le tendió la mano y ella la estrechó con fuerza y determinación—. Manos desgastadas, corazón construido. Es un dicho que me enseñaron en otra vida.

¿En otra vida? ¿No era eterna la de los Principados? Cassandra hubiera deseado preguntarle, pero no le pareció apropiado. No creyó que lo fuese alguna vez.

Seguía sosteniendo su mano. Tuvo la sensación de que estaba desnuda, y nada tenía que ver con su cuerpo, era el alma la que se mostraba, la que se abría como una flor ante él, de cuya cara no se borraba aquella sonrisa seductora y confiada.

Apartó la mano de golpe, aunque Harael no pareció molestarse. Todo lo contrario.

Dejó escapar una sonora carcajada.

—Siempre me han gustado las personas con carácter —dijo haciendo que Cassandra agachara la cabeza, avergonzada. Harael le colocó un par de dedos en el mentón y la obligó a levantar la mirada—. Pero las personas que menos me gustan son las que se esconden.

Cassandra se quedó petrificada.

—No quiero ser descortés. Venid conmigo —les dijo a todos, dejando a Cass atrás.

Lo siguieron por unas escaleras que llevaban a un camarote algo más grande de lo normal, donde había una mesa llena de viandas. Los invitó a que ocuparan sus asientos y ellos obedecieron.

—La princesa me ha dicho que no os falte de nada. Sois nuestros invitados.

Todos asintieron y dieron las gracias.

—Comamos, pues —comentó.

Mientras Eugene se servía unas judías verdes, se quedó con la fuente entre las manos, levantó los ojos y miró al Principado.

—¿Ha visto usted a todos los dioses? ¿Cómo son? ¿Cuántos años tienen?

—¡Eugene! —lo regañó Cassandra, que justo en ese momento estaba bebiendo agua y se le salió por la nariz, haciéndola toser.

Harael intentó no reírse, por eso carraspeó, para disimular la risa que acabó saliendo.

—Bueno, no es que me inviten a cenar a su casa muy a menudo, pero puede decirse que los conozco. Son responsables de que yo esté aquí, a fin de cuentas.

—¿Y cómo...?

Cassandra le dio una patada por debajo de la mesa para que se callara. Fue evidente que Harael se dio cuenta del golpe magistral en la espinilla del chico, porque sonrió.

—Perdón —se disculpó Eugene, más por si había consecuencias que por que estuviera avergonzado. Cassandra, que lo conocía bien, sabía que era espontáneo y a veces un poco caradura. Lo acababa de demostrar. ¿A quién se le ocurría preguntarle por los dioses a un Principado? Solo a él.

Eugene miró a Cassandra durante un segundo y, al final, sonrió. El niño, sin embargo, miraba a Harael como si atendiera a alguna lección. Estaba tranquilo, ni feliz, ni asustado, ni temeroso. Pero ¿por qué?

Cadmo y Eugene se sirvieron algo de cada una de las bandejas, no habían desayunado todavía, aunque la más famélica de los tres era Cassandra, que había adelgazado varios kilos en palacio, por la herida, pero también por su temor a ser envenenada.

Mordisqueaba un muslo de pollo como una salvaje y se llenaba la boca de huevos hervidos, patatas al horno y estofado de alguna carne que no reconoció. Mordía, masticaba, tragaba. Sin respirar.

Se percató, al fin, de que la miraban sin decir nada, sin comer, con los tenedores en las manos. Sintió el calor en la cara, sobre todo en el puente de la nariz y en las mejillas.

—Toma. —Harael le tendió una servilleta de tela. Ella se tocó la cara. Estaba manchada de salsa—. Hacía mucho que no veía a nadie comer con tanto apetito.

—Lo siento.

—No lo he dicho para que te disculpes. Aunque supongo que esperaba que hubieran sido más hospitalarios. Parece que lleves días sin comer…

Cassandra intentó disimular como pudo. No podía permitirse ningún paso en falso y algo le decía que en el poco tiempo que llevaban a bordo había estado a punto de fastidiar su plan más de una vez.

—Es que siempre tengo hambre. Me pasa desde pequeña.

Harael asintió de una manera muy formal y comió en silencio. Por la mente de Cassandra seguían pasando raudas y veloces decenas de preguntas y de inseguridades. Por cada vez que quiso decir algo en voz alta, el miedo la detuvo. Ese temor que aparecía cuando sabías que estabas mintiendo y tenías la sensación de que la otra persona estaba al tanto de lo que estabas haciendo.

Por suerte, Eugene, que nunca había sido de mantener la compostura, el silencio o la cautela a raya, decidió romper el ruido de tenedores y platos.

—¿Y qué podremos hacer el niño y yo para ganarnos el pan?

Era evidente que a Eugene no le hacía demasiada gracia Cadmo y, para ser justos, a este tampoco parecía haberle caído bien Eugene. Se lanzaban miradas furtivas de las que salían disparadas chispas. Era como si ninguno de los dos se fiara del otro.

—Supongo que la compañera de la princesa encontrará alguna actividad para vosotros. —Frunció el ceño y se rascó la mejilla. Cassandra lo miraba exigiéndole algún tipo de explicación—. Adria no es mi persona favorita en el mundo, pero, por lo general, no es tan odiosa como parece.

Ninguno de los tres se atrevió a decir palabra.

—Yo era un buen cazador, soy buen jinete, también se me da de lujo cocinar.

—Lo que no se te da tan bien es la modestia —le recriminó Cadmo mientras se llevaba un trozo de patata cocida a la boca.

A Cassandra se le escapó una sonrisa traicionera que a Eugene le torció el morro.

—¿Y tú qué sabes hacer?

—¿Yo? —Cadmo se quedó pensativo. No le duró mucho el fingimiento—. Supongo que salvarte el culo si estás a punto de morir, nada del otro mundo.

Cassandra pensó que se ahogaba de la risa. Nunca había visto a Cadmo comportarse así. Era tímido, introvertido. ¿Una broma viniendo del lector de muerte? Aquello era nuevo. A la Susurradora le gustó comprobar que se comportaba como el niño que era y que, además, le había soltado una buena guantada a Eugene, al que había herido un poco en su orgullo de hombre-no-hombre de diecisiete años.

El que también parecía divertirse con la situación era Harael, que, aunque no se reía, los miraba y sonreía como un rey ante un espectáculo de bufones.

—¿Crees que porque no tenga un don soy inferior a ti, mocoso?

—No, creo que lo eres por ser un idiota que piensa que un don te hace mejor que el resto. A ti, por lo menos, nadie te va a querer vender en un mercado de esclavos.

Eugene agachó la cabeza. Cassandra no había tenido tiempo de contarle lo sucedido, sus desventuras en la Ciudad Nueva de Bashne. Suponía que cuando lo hiciera, su amigo se sentiría mal, más aún teniendo en cuenta lo muchísimo que se habían protegido el uno al otro desde que eran pequeños, sobre todo ella, que era un par de años mayor.

—Lo siento —se disculpó Eugene—. Supongo que pasaste miedo.

—Cassandra estaba conmigo —aclaró.

Ella hundió los hombros, porque esperaba hacer ese tipo de confesiones un poco más tarde. No obstante, ahora que el baúl de las confidencias estaba abierto, le ofreció su mejor sonrisa a Eugene cuando este palideció de golpe.

—¿Cómo llegaste a Bashne? —preguntó con la voz quebrada.

—Se hundió el buque en el que viajábamos y me encontraron en el Fenha unos mercenarios… Bueno, la historia básicamente es esa —dijo como si no tuviera importancia. Tampoco podía decir que todo había sido un plan del Consejo del príncipe para infiltrarla en Caléndula. No en ese momento.

A Eugene parecía costarle respirar. Dejó la servilleta sobre la mesa y echó la silla para atrás antes de ponerse en pie, cabizbajo.

—Disculpad.

—Eugene… —lo llamó Cassandra cuando se dirigió a la puerta del camarote.

Al ver que no se detenía ni se daba la vuelta, se levantó, veloz, hizo una ridícula reverencia ante el Principado y salió detrás de su amigo como alma que lleva el diablo.

Lo alcanzó en las escaleras. Lo agarró del brazo y, con ese gesto, lo obligó a detenerse.

—Eugene, venga.

—¿Venga qué? —exigió con voz grave, más que cabreado. Cassandra no sabía por qué. No había forma de cambiar las cosas. Él no habría podido ayudarla de ninguna manera—. Me dijiste que no me fuera, me advertiste de no sé cuántos peligros y después, a la primera de cambio, ¿aceptas prestar servicio a la princesa Eliadora? Y no solo eso, sino que te traes no sé qué historia con el Consejo del príncipe y me arrastras contigo no sé a dónde y no sé a qué.

—Perdona —se disculpó ella, de corazón. Seguía agarrándole la mano por si huía de nuevo—. No sabía qué hacer y, cuando comprendí de verdad que esto acabaría muy mal, no quería que te pillara la guerra. Pensé que si lográbamos volver a casa antes de eso…

—No es solo eso, Cass, es que yo no apoyo a la princesa y tú lo sabes. No me alisté en el ejército del príncipe después de echarlo a suertes.

—¿Y por qué lo hiciste?

—Porque estoy a favor de su causa. Y ahora me siento como un vil traidor, un desertor que está a punto de rendir pleitesía a una condenada mujer que no ha hecho otra cosa que poner trampas a todos aquellos a los que considera sus enemigos. ¿Acaso eres consciente de dónde nos estamos metiendo?

—¿Cuándo has madurado tanto? —se burló ella, pero, como Eugene no sonrió siquiera, tuvo que dejar la broma para más tarde—. ¿Crees que no me doy cuenta de que estamos en peligro? —dijo entre dientes para que nadie pudiera escucharla—. Claro que sí. Pero no me dieron más opciones, Eugene. No tuve alternativa. Perdona si quise que mi amigo estuviera conmigo —añadió, y, por primera vez, él pareció bajar la guardia—. Y tranquilo, no estás traicionando a nadie. Solo te pido que no me preguntes nada más, que seas precavido y que no llames la atención.

—¿Y cómo se supone que no he de llamar la atención si no sé sobre qué no he de llamar la atención? —soltó él.

—Precisamente desconociéndolo es como mejor podrás mantenerte fuera de cualquier sospecha. Tienes que confiar en mí. Sé tú mismo, pero no hables ni de guerras, ni de política, ni de los reinos.

Eugene gruñó, dejando entrever su disgusto.

—¿Y de qué puedo hablar?

—De Isla Brava, por supuesto, no. En lo que a ti se refiere, te criaste en el reino, pertenecías a una familia de pescadores y me ayudaste cuando llegué malherida en un buque mercante. ¿Entendido?

—Entendido —contestó arrastrando las palabras.

Cassandra lo cogió por los hombros y lo miró con seriedad.

—Hasta que regresemos a casa, necesito que tengas los ojos muy abiertos, que seas mi sombra y que todo lo que escuches me lo digas de inmediato. Es importante. Sospecha de todo el mundo, de cualquier acto desinteresado, de cualquier propuesta.

Eugene asintió. Parecía, por las palabras que estaba usando su amiga y por el tono de su voz, que aquello era más importante de lo que alcanzaba a comprender.

—Y, sobre todo, quiero que la vigiles.

—¿A la princesa?

—No, a esa compañera suya.

—Parece que estemos jugando a Traidores y Espías, ese juego que inventamos cuando éramos pequeños —comentó Eugene—. ¿Cuál era la regla más importante?

—Que no te descubran —dijeron a la vez.

Cassandra levantó el dedo meñique y Eugene, a pesar de que en un primer momento pareció dudar, acabó por enroscar su dedo y hacer esa ceremoniosa promesa infantil.

—Siento mucho lo que te pasó —dijo el chico entonces.

—No fue peor que cuando estábamos en casa de Hatria y me escupiste en un ojo.

Eugene enrojeció.

—Fue sin querer.

Ella se rio y abrazó a su amigo con fuerza. Su madre merecía verlo una vez más, ya había perdido a un hijo, no podía volver a pasar por lo mismo. Jamás se lo perdonaría. Por un instante, deseó que fuera posible echar el tiempo atrás y poder viajar hasta las hogueras nocturnas que encendían las noches de luna llena.

A lo mejor aún era posible.

—Ya sé que sientes adoración por mí, pero es raro estar aquí abrazados como dos amantes prófugos —le susurró Eugene al oído—. Aunque si eso es lo que quieres que seamos, tampoco veo inconveniente.

Ambos se rieron al tiempo que Cassandra le daba un codazo. Ya habían intentado explorar esos terrenos tiempo atrás y había sido bastante extraño, al menos para ella. Y algo le decía que Eugene había experimentado sensaciones parecidas.

—He de decir que, si volviéramos a casa comprometidos, a Calíope le daría un disgusto tan grande que repartiría patadas a diestro y siniestro. La Señora de los Celos la llaman.

—No sabía que tuvierais algo, pero ahora que lo dices, siempre he notado una tensión cortante entre los dos —caviló Cassandra.

Eugene estalló en carcajadas, tanto que se rodeó el estómago mientras se doblaba por la mitad.

—Esa tensión se llama enemistad —le respondió Eugene—, porque nos gustaba la misma persona, ya sabes, una chica de lo más extraña que hablaba con caballos y esas cosas.

—¿Qué?

—No te hagas la sorprendida, media isla suspira por tus cicatrices. Calíope la primera y desde hace años. Dice que es admiración, pero siempre me ha parecido que había más.

—¿Es que ahora eres un experto en el amor y no...?

—Perdonad que os interrumpa.

Era la voz de Harael la que había cortado las palabras de Cassandra. ¿Cuánto tiempo llevaba ahí, escondido en las sombras del pasillo? ¿Había llegado a escuchar algo comprometido?

—¿Todo bien? —preguntó.

Cassandra asintió y también lo hizo Eugene. Los dos a la vez, como una coreografía ensayada de manera bastante torpe, eso sí, que sirvió para sacarlos del apuro.

—Deberíais descansar un poco. Necesito que, al llegar al puerto del Fenha, Cassandra me acompañe a un sitio, ¿crees que podrá ser?

—Sí, no hay problema —dijo, complaciente—. Para eso aún quedan días, ¿no?

—Pero pueden pasar muy rápido cuando tienes que aprender a suplantar la identidad de otra persona —contestó él por encima del hombro, ya que se había dado la vuelta—. Ahora acompáñame, tengo que contarte algunas cosas.

La amazona no pudo negarse. No le quedó más alternativa que obedecer y seguirlo. Se despidió de Eugene con un movimiento de cabeza, era solo un gesto para que estuviera tranquilo y no dijera nada más, que no hiciera preguntas. Bastante extraña había sido ya su reacción durante la comida.

Cassandra entró detrás de Harael en el camarote y este cerró la puerta. Entonces se dio cuenta de que en ese momento comenzaba en realidad la verdadera prueba, la más difícil de todas: no dudar. Ni siquiera ante la inquietante petición del Principado, que hizo que le temblara todo el cuerpo.

22

—VAS A TENER QUE HACERLO MEJOR, CASSANDRA —le dijo Harael cuando ella, por enésima vez, le repitió en voz alta lo que tanto habían ensayado.

Pero ella no sabía cómo esforzarse más de lo que ya lo estaba haciendo. Se encontraba en baja forma y en el desierto hacía muchísimo calor. Ambos, tanto ella como Harael, llevaban unos ropajes suaves que los cubrían de pies a cabeza, evitando que el sol les quemara la piel. Aun así, el aire era insoportable y la arena los cegaba.

—Estamos cerca —explicó el Principado.

Cassandra se detuvo y echó un vistazo a su alrededor, solo veía dunas, ni un alma.

—¿Aquí, en medio del Fenha, se supone que vive alguien?

—Un día fue alguien, sí. Ahora es algo —contestó Harael, que tenía bastante más aguante que ella. Su cuerpo grande y musculoso se movía rápido y no parecía molesto por las inclemencias—. Otra vez —le exigió.

La Susurradora tenía ya la boca seca de tanto hablar. Le dio un sorbo a la cantimplora antes de repetir las palabras. Harael pareció descontento. Una vez más. Llevaban tres días ensayando algo que ni siquiera comprendía, pero que él se empeñaba en demandar que practicara hasta que le saliera perfecto.

Si al menos le hubiera explicado qué significaba todo aquello, por qué estaban haciendo ese viaje a pie por el desierto, por qué iban solos…

Media hora después, Harael se detuvo en medio de una planicie en la que parecía desaparecer el viento, dado que la arena daba vueltas alrededor de una cúpula pequeña.

—¿Qué es esto?

—El hogar del Shanbrá —contestó él sin dejar de dar vueltas sobre sí mismo.

—¿Quién es el Shanbrá?

—Fue el primer hombre al que se le concedió un don —explicó.

—¿Qué clase de don? —preguntó Cassandra, que había empezado a mirar a su alrededor con la misma precaución con la que lo estaba haciendo Harael—. ¿Y cómo es que buscamos al primer hombre con un don, si eso sucedió hace siglos? ¿Sigue vivo?

—Más o menos.

A la amazona se le erizó la piel de los antebrazos con aquella respuesta. Cualquier cosa relacionada con la muerte la hacía estremecer, y más si estaba a punto de encontrarse a un ser medio vivo, medio muerto.

«¿Qué se supone que es? ¿Qué forma…?».

Un vendaval se levantó y sobre la cúpula cayó una cascada de arena que se coló en forma de remolino en medio de la planicie. Harael tiró de Cassandra, que se había quedado impresionada, y la colocó a su lado al tiempo que el remolino se abría y algo comenzaba a tomar forma dentro de él.

—En guardia —le susurró el Principado.

Cassandra intentó adoptar la postura que él le había enseñado: la mano derecha agarraba la muñeca izquierda y ambas manos se cerraban en puños a la altura del vientre. Hombros firmes, mirada al frente, capucha bajada y el pelo suelto, cubriéndole parte de la cara. No entendía qué significaba aquel ritual, pero Harael se había colocado igual que ella.

De la arena surgió una figura delgada, casi huesuda, de faz alargada y nariz puntiaguda. Tenía las cuencas de los ojos vacías y un pelo largo y lacio lo cubría hasta el ombligo. Su vestimenta era dorada como la de los reyes en los retratos palaciegos y no se intuían los pies por debajo de ella.

—Viejo amigo. —No tuvo que mover los labios para que lo escucharan. Cassandra estaba tan quieta que incluso había dejado de respirar para no llamar su atención, aunque parecía más que evidente que el Shanbrá se había dado cuenta de su presencia—. Hacía mucho que no te veía.

Cassandra se preguntó si en realidad podía percibirlos. Pero, si era capaz de hablar sin pronunciar las palabras, ¿por qué no podría tener la capacidad de ver sin poseer ojos?

—Y vienes acompañado por la preciosa Aca…

Se detuvo y frunció el ceño. Inclinó la cabeza hacia un lado y la observó con atención. Después se movió en su dirección. Flotaba. Quedó a un paso de Cassandra y continuó haciendo esos movimientos exagerados con la cabeza, como si estuviera intentando mirarla desde todos los perfiles.

—Hmm… Este inconfundible olor. Acantha, amiga mía.

Cassandra cerró un segundo los ojos, fue sin querer. Había pensado que era imposible hacer lo que Harael le había propuesto: ¿cómo alguien que había conocido a otra persona no se daría cuenta de que aquello era un engaño? Pero él había insistido en rociarla con un perfume que a Cassandra no le olía nada bien.

—¿Qué os trae a mis tierras, jóvenes?

La Susurradora sabía que ese era el momento de intervenir. Harael no podía hablar, aunque aún no había averiguado por qué, ni qué podía hacer ese ser por ellos. El Principado había considerado que era mejor así.

—Quiero que me des el puñal que te presté.

El Shanbrá arrugó la frente ante tal requerimiento.

—Acantha, ¿eres tú quien habla?

—Soy yo.

—Creí que nunca me regalarías tu voz, mi dulce y hermosa criatura.

Cassandra no podía hacer preguntas ni salirse de su papel. Harael la había advertido de la catástrofe que podía originar si decía cualquier cosa que no hubieran planeado.

—Así que deseas el puñal… No sé, Acantha. No sé si todavía lo conservo —dijo él, casi apenado por darle tan mala noticia. Harael solo le había dicho que aquel puñal era un instrumento con poderes que les sería útil más adelante. Ninguna explicación más, a fin de cuentas, ella solo era una colaboradora, no le debía nada—. Tendría que buscarlo, que regresaras otro día…

El Principado le había dicho que aquella era la respuesta más probable. Ella debía rechazar de plano cualquier oferta que implicara verse de nuevo. Cogió aire y procuró que su respuesta sonara inamovible, incluso dura.

—Eso es imposible. No te queda otra que dármelo ahora.

—Acantha… —Se le escapó un gemido que a Cassandra le provocó asco—. Qué voz tan dulce, qué regalo poder oírla por fin —siguió diciendo. De pronto, borró de su cara aquella expresión de placer para convertirla en una estatua de piedra—. Pero me preocupa que después de que me pidieras que lo guardara para el resto de los días, ahora desees recuperarlo. El hombre que me enviaste fue muy claro. Nunca lo entregues.

—¿Acaso les das más valor a las palabras de un mensajero que a las mías?

—¡Jamás! —contestó con una indignación exagerada.

—¿Entonces? Obedece.

—Siempre tuviste esa seguridad aplastante. Quizá fuera por tu don, te sentías poderosa. No has perdido un ápice de ese valor del que tantos se enamoraron en su momento.

Ahí estaba, la debilidad del Shanbrá, pensó Cassandra. Cedería, como había previsto Harael, recuperarían el puñal y podrían irse cuanto antes de ahí. Lo deseaba con todo su ser, porque aquella oscuridad, aquella presión, la hacían sentir como si fuera a morir en cualquier momento, y puede que su instinto no le fallara ya que, cuando el extraño ser volvió a hablar, tanto Harael como ella se quedaron helados.

—Aun así, pese a lo mucho que me complace hablar contigo, y ese olor tan particular tuyo que me atrapa, no puedo entregarte el puñal.

Cassandra miró a Harael y advirtió en la expresión de su cara que se les había complicado la excursión para encontrarse con el Shanbrá, pero, todavía peor, se dio cuenta de que lo más difícil que tendrían que hacer aquel día no era encontrarlo, sino escapar de él. Estaban en peligro, así que Cassandra decidió improvisar, conseguirle algo de tiempo al Principado para que buscara una manera de sortear el peligro.

—Así que te niegas a devolverme lo que me pertenece —dijo.

Harael seguía moviendo los ojos alrededor de la cúpula, como había hecho antes de que el Shanbrá apareciera. Si al menos ella supiera qué era aquello tan importante que debía encontrar, también podría ayudar.

—Pero no te enfades, preciosa Acantha.

Había aprendido que la forma en la que se sujetaba las muñecas era una reverencia silenciosa para aquel ser u hombre o la clase de monstruo que fuera en el fondo, porque, desde luego, no había bondad en él.

Se soltó las muñecas. Harael no lo había hecho en ningún momento. Él advirtió ese gesto y su cara fue de terror. El Shanbrá también se dio cuenta y su cuerpo tembló.

—¿Te atreves a desafiarme? —Su voz se escuchaba ahora como el eco en una caverna: profundo y lleno de furia—. Solo una mortal me ha desafiado, y fue hace muchísimo tiempo.

—Tú me has provocado primero.

Los labios del Shanbrá comenzaron a separarse muy poco a poco. Cassandra no supo qué pasaría cuando al fin abriera la boca, de alguna parte llegaba un rugido, como el de una bestia.

—Dame el puñal —exigió de nuevo.

—¿Cómo te atreves? ¿Es que has olvidado quién soy yo?

—No he podido olvidar quién eres porque acabo de conocerte.

El Shanbrá se quedó muy quieto, igual que Harael, que parecía acabar de envenenarse con las palabras de Cassandra.

—¡¿Me habéis engañado?! ¿Quién eres?

Cassandra tenía que enfrentarse a ciegas al Shanbrá y para ello tuvo que dejar que su propio don hablara por ella, que intentara mantenerla a salvo.

—Soy una Susurradora —contestó—. ¿Y sabes lo que necesitan las Susurradoras?

El Shanbrá intentó seguir abriendo la boca. Cassandra se le adelantó:

—Silencio.

La chica echó mano al bote que había en su bolsillo. Cadmo se lo había dado al amanecer. Un frasco lleno de cenizas. Ninguna explicación, solo se lo había introducido en el bolsillo sin que ella pudiera oponerse. Lo destapó y lanzó el contenido contra el Shanbrá.

Durante los primeros segundos, no sucedió nada, hasta que el ser se llevó las manos a la cabeza y cayó de rodillas ante ella. Cassandra intentó mostrarse segura, aunque no sabía muy bien qué había pasado ni cuánto tiempo acababan de ganar.

—Ahora nos entendemos.

—¿Qué me has hecho?

Se acuclilló frente al ser y esa vez fue ella la que se acercó a su cara.

—Devuélveme el puñal ahora o lo siguiente que te lanzaré será menos agradable incluso —dijo con tanta firmeza que incluso Harael pareció pensar que tenía más planes secretos que él ignoraba, cosa que no era cierta.

—Ese puñal no es tuyo, impostora.

—Perdona que te lo diga, pero no tienes pinta de que te importe una mierda si es mío o de cualquier otro. Vivir en un desierto no debe de ser fácil —susurró sin moverse un centímetro—, seguro que te sientes solo, que necesitas compañía, ¿no?

El Shanbrá no contestó. Por su silencio, Cassandra comprendió que no estaba equivocada.

—Hay algo que los demás tenemos que tú no puedes poseer, ¿y si pudiera dártelo?

Harael había aprovechado la conversación para acercarse a la cúpula y tocarla, ahora que el Shanbrá estaba atrapado. Cassandra se dio cuenta de que estaba buscando una fisura, alguna forma de salir. Pero ella quería más, lo quería todo, no estaba dispuesta a irse sin aquel puñal y, sobre todo, sin las respuestas que le exigiría al Principado cuando todo acabara.

—¿Qué es eso que tanto quieres? Mírame, sé que me ves. ¡Mírame! —le gritó.

Notó que su cuerpo temblaba, era por el miedo. No se rendiría. Su don era más fuerte que ella, podría soportar un poco más esa presión.

—Quiero que me liberes, cazadora.

—Cuando me des el puñal —aseguró ella, como si de verdad pudiera hacerlo con solo chasquear los dedos.

—No puedo quedarme aquí mucho tiempo siguió diciendo él.

—Entonces sabes lo que tienes que hacer, ¿no?

Tardó en verlo, pero, de repente, de la palma del Shanbrá salió un puñal de mango de cobre que cayó a los pies de Cassandra.

—Ahora suéltame, libérame.

—No antes de irnos. Déjanos salir.

—¡Libérame primero!

—Las condiciones no las pones tú. Y no te tomes tanto tiempo para pensártelo, me has dado a entender que el que tiene verdadera prisa por marcharse eres tú.

El Shanbrá intentó forcejear. Fue en vano. Cassandra tenía miedo de que el hechizo fuera a romperse en cualquier momento, por eso insistió.

—Solo podéis salir por donde habéis entrado —le dijo entonces.

—Déjate de acertijos.

Por las paredes de la cúpula seguía cayendo la arena en cascada. Estaban dentro de un círculo, así que habían perdido cualquier punto de referencia. El suelo estaba cubierto de pasos, sin embargo, lo que sí que recordaba Cassandra era por dónde había entrado el Shanbrá, justo por la mitad de la cúpula. Ella no se había movido desde que había entrado en la planicie, solo Harael había dado vueltas. Si había aterrizado junto a ella, entonces…

Cogió el puñal, se puso en pie y le gritó al Principado, mientras señalaba con la mano.

—¡Por ahí!

Vio una pisada casi borrada en el suelo, colocó la mano sobre la cúpula y cedió como si fuera de agua. Cogió a Harael de la mano y tiró de él.

—¡Libérame! —gritó el Shanbrá.

Cassandra empujó a su compañero al otro lado y le echó una última mirada al ser.

—No sé cómo hacerlo.

—Maldita, me has engañado —gruñó el Shanbrá.

—Nunca te fíes de una Susurradora, sus palabras y su voz no son tan dulces como te harán creer.

Y entonces saltó al otro lado. Desde esa parte no veían nada salvo arena.

—¿Qué has hecho? —le gritó Harael mientras bajaban a toda prisa las dunas.

—Salvarnos la vida. ¿Qué has hecho tú? ¿Me has enseñado cuatro frases estúpidas para luchar contra eso? ¡Por todas las crines! No habría habido manera de convencerlo ni en dos siglos.

—¿De dónde has sacado esas cenizas?

—Cadmo —dijo entre jadeos cuando echaron a correr—. ¿Se liberará?

—Más pronto que tarde. Date prisa.

—No puedo correr más de lo que ya hago. —Le tiraba la herida y le dolía todo. Se sentía muy débil.

—Son las cenizas —explicó Harael, que sin previo aviso se la cargó a la espalda pese a las quejas de Cassandra—. Sirven para anular los dones, con algunos funcionan mejor que con otros.

Harael corría tan rápido que Cassandra se preguntó si eso

formaba parte de sus poderes. Quizá se debía a ellos, porque nadie normal habría podido correr a aquella velocidad y encima cargando con otra persona. De algo tendría que servirle haberse visto obligada a aliarse con él. Sin embargo, por mucho que la ayudara en aquel momento, no estaba dispuesta a pasar por alto todas las preguntas que había suscitado el encuentro con el Shanbrá.

—¿Qué buscabas dentro de la cúpula? No me creo que fuera la salida. Tú ya habías estado aquí. Te ha reconocido, así que ya debías de saber cómo se salía.

—Ahora no, Cassandra.

—Ahora sí —comentó ella mientras Harael saltaba las dunas como si sus piernas hubieran crecido varios metros.

—Buscaba una fisura. Hay un modo de atrapar al Shanbrá.

—¿El puñal solo era una excusa para conseguir tiempo? Yo solo era un entretenimiento —dijo ella, abatida.

Sentía que perdía la conciencia y que le costaba bastante respirar. ¿Es que no había nadie que la tratara bien? ¿Todos querían sacar algo de ella?

—No te he traído aquí como cebo, Cassandra. El puñal es imprescindible. Y tenía que comprobar algo.

—¡¿Para qué?! Bájame ahora mismo.

—No te puedo bajar. Debemos ponernos a salvo. ¿Podemos, por favor, centrarnos en escapar?

—Pero esto no se queda así.

—No me cabía ninguna duda. —Le sonrió por encima del hombro y corrió todavía más rápido para ponerse a salvo.

Cassandra no hacía más que escuchar el eco de las palabras del Shanbrá.

23

CASSANDRA ESTABA DE PIE mientras que Harael permanecía sentado frente a ella. A su lado, en la cama, había varios rollos de vendas, pomada y gasas para limpiarle la herida. La Susurradora tenía los labios torcidos en una mueca y los brazos cruzados sobre el pecho a modo de objeción evidente.

—Puedo hacerlo yo sola, ya te lo he dicho.

—¿Ser tan tozuda te funciona alguna vez?

«¿Por qué siempre tiene algo que decir?», se preguntó. Aunque lo que de verdad le molestaba era que lograba que se quedara sin palabras para refutarle. Y, si encima cometía el error de mirarlo a los ojos y se encontraba con su media sonrisa de triunfo, ya solo le quedaba suspirar y hacer lo que se le ordenaba, como en aquel momento.

—Levántate la blusa.

Sabía que no tenía que ponerse nerviosa ni sentir vergüenza alguna. Solo iba a mostrar el vientre. Se lo pedía para curarla, por mucho que ya hubiera insistido un centenar de veces en que ella era muy capaz de hacerlo.

Lo contempló. Ojos algo rasgados, oscuros, bajo unas tupidas cejas negras, nariz recta, labios finos y rosados. Su belleza no se parecía en nada a la de Finn, era algo más agresiva, aunque intuía que no tenía nada que ver con sus rasgos, sino con el modo en el que fruncía el ceño. La profundidad de la mirada y…

Desvió el pensamiento.

—Podrías pedirlo con un poco más de delicadeza.

—O podría…

No acabó la frase porque sus dedos lo hicieron por él. Estiraron del borde de la prenda y la levantó por debajo del pecho, donde hizo un nudo suave que la sostendría justo ahí. Después, sin dedicarle ni una mirada, y eso que Cassandra le estaba exigiendo una disculpa con los ojos, empezó a cortar las vendas con unas tijeras y a desenrollarlas. Cuando al fin estuvo al descubierto, la Susurradora echó un vistazo. Había mejorado bastante, pero aún tenía la carne tierna, y más después del encuentro con el Shanbrá. La cicatriz se estaba volviendo roja y se había hundido un poco ahí donde se había introducido el puñal de hielo.

—Debió de doler —comentó él mientras echaba un líquido amarillento sobre las gasas y comenzaba a limpiar la zona con tanta delicadeza que Cassandra no pudo evitar pensar en Finn y en la forma en la que él le curó la herida de la cara.

«No vas a pensar más en él. No te hagas esto».

Apartó el recuerdo rápido. Fue como si se arrancara un aguijón venenoso que esparciera ponzoña y la estuviera matando desde dentro.

Al acabar de cubrirla con el líquido, Harael sopló sobre su piel desnuda y le hizo cosquillas, lo que provocó que el vientre se le tensara. La piel se le erizó bajo la atenta mirada del Principado, y él, que parecía divertido con su reacción, dejó escapar su aliento de nuevo, ahora más cerca y mirándola a los ojos desde abajo.

Cassandra carraspeó, pensando que así conseguiría que dejara de hacer aquello, pero, si Harael lo comprendió, no se dio por aludido y solo se limitó a desenvolver las vendas.

—Necesito que te acerques un poco más.

Ella pensó que ya estaba demasiado cerca, que esa era una distancia prudencial, sin embargo, antes de que pudiera decírselo, él ya se había adelantado. Colocó una mano en la parte inferior de su espalda y la atrajo hasta que ella quedó entre sus piernas y tocó la cama con las rodillas.

Apenas había unos pocos centímetros entre la cara de Harael y su abdomen. Para su alivio, él no intentó ponerla más nerviosa de lo que era evidente que ya estaba. Fue moviendo los brazos y las manos alrededor de su torso y la envolvió de nuevo con un vendaje muy cuidado, lo bastante apretado para que no se soltara, aunque también ligero para que no le doliera.

—La próxima vez creo que ya podrás quitártelo. Las heridas sanan mejor cuando les da un poco el aire —explicó mientras se limpiaba las manos con un trapo húmedo que había en una bandeja de metal.

—Gracias.

Harael le contestó ascendiendo las manos por su cintura al tiempo que se ponía en pie. Era tan alto que Cassandra tenía que levantar los ojos para mirarlo a la cara. Sus manos ásperas sobre la piel la hicieron estremecer. Se detuvo cuando llegó a la blusa. En ningún momento apartó los ojos de ella, ni siquiera cuando desanudó la tela y la estiró hacia abajo para cubrir de nuevo el vientre vendado. Para cuando las manos de Harael ya estaban una vez más en sus caderas, aún agarrando el bajo de la blusa, Cassandra estaba más roja que el cielo al atardecer.

Harael bajó la voz, le rozó el pelo con la nariz, aspiró hondo.

—Ahora respira o pestañea para saber que estás bien —le susurró y le pasó la mano por la nuca, masajeó despacio y después se apartó—. Tenemos que hablar. Sígueme. Prefiero estar fuera, si no te importa.

A Cassandra le costó mantener la estabilidad después de aquel momento al que no sabía qué nombre ponerle. En todos los días que llevaban de viaje aún no le había dicho qué quería la princesa de ella, dónde despertaba aquel interés por su don. Al principio, pensó que se debía a que la última palabra la tenía Eliadora, no el Principado de su reino, Harael, pero algo le decía que este se había cansado de esperar a llegar a tierra firme y parecía más que dispuesto a aclarar ese asunto en aquel preciso instante, bajo un cielo inmaculado y sentados frente a la barandilla, mirando al mar y al horizonte a través de ella. Verlo ahí, a su lado, con esa postura tan relajada, volvió a hacerla dudar de la verdadera naturaleza de su ser.

—¿No hay nada que quieras preguntarme? —indagó él primero.

«Tantas cosas que no sabría por dónde empezar», pensó Cassandra, que soltó un bufido.

—Algunas cosas, sí.

—Supongo que unas más importantes que otras —sopesó—. ¿Por qué no empiezas por las más sencillas y dejamos las difíciles para el final?

Ella asintió, pero no se atrevió a encararlo cuando hizo la primera pregunta.

—¿Mi padre está bien? —Tragó saliva al verbalizar uno de sus mayores temores.

—Está muy bien, descuida. No le ha faltado de nada.

Cassandra no se mostró del todo convencida.

—¿Por qué cumplió la princesa con el trato si yo había desaparecido? Podría haber muerto.

—O incluso peor —dijo Harael achicando los ojos, como si intentara ver a través de los pensamientos de la brava—, podrías haberte vendido a un mejor postor.

«No puede saberlo. ¿Se lo habrán dicho? ¿Tendrán más espías en la corte del príncipe que él desconoce? Quizá debería planteárselo, aunque aún no sepa cómo me pondré en contacto con él».

—No has contestado.

—Digamos que intuía que estabas con vida y que, tarde o temprano, saldrías de tu agujero y nos harías saber dónde te encontrabas. ¿Por qué volviste?

—Porque nunca hubiera sido libre si me hubiera escondido.

Era una media verdad, ya que no estaba oculta, estaba atrapada entre dos hermanos que querían despedazarse el uno a la otra.

—¿Y piensas que lo serás?

La pregunta parecía contener ya de por sí la respuesta. Era una advertencia encubierta. Un «es posible que nunca alcances eso que tanto quieres», pero Cassandra no iba a rendirse tan fácilmente. Volvería a su hogar, era lo único que quería. No pensó que pudiera ocurrir nada que la hiciera cambiar de parecer.

—No es que lo piense, es que lo haré —dijo con seguridad.

Harael dulcificó la expresión de su cara y miró hacia el otro lado en el momento exacto en que se le dibujaba una sonrisa de satisfacción. La Susurradora no llegó a adivinar a qué podía deberse. ¿Se estaba riendo de su estúpida inocencia o, por el contrario, se había ganado su aprobación con esa valentía temeraria?

—¿Qué quiere de mí la princesa? ¿Qué quiere de verdad?

Era la gran pregunta, la cuestión a la que llevaba dándole vueltas desde hacía semanas.

—No es lo que ella quiere de ti, Cassandra, es lo que yo quiero —dijo, amenazante—. Estás aquí porque te necesito para encontrar algo.

—¿Tiene que ver con la guerra que se está fraguando entre los reinos? —se atrevió a inquirir ella.

Si por un casual la princesa o el Principado, quien fuera de los dos, le pedían el mismo favor que los consejeros de Finn, se vería envuelta en un lío mucho más grande, porque no podría favorecer ni a uno ni a otro, sería inservible y se preguntaba si, en el caso de que llegara ese día, alguno de los dos querría seguir manteniéndola con vida o la echarían a un bancal de pirañas como dos siglos atrás hacían con los traidores.

—¿Por qué? ¿Acaso ya eras partidaria de alguno de los dos hermanos antes de que la princesa demandara tus servicios?

—La princesa no demandó mis servicios —corrigió ella—, los exigió con flechas y ballestas. —Harael se tensó de inmediato—. No me dio muchas opciones. Y no, no era partidaria de ninguno de los dos.

No era consciente de hasta qué punto era conveniente decir todo lo que pensaba, y más a un Principado afín al bando que ella debía espiar con dedicación y cuidado mientras realizaba el que fuera el cometido por el que habían movido tierra y mar para encontrarla. Sí, a lo mejor no estaba siendo muy prudente, sin embargo, se había tropezado con más mentiras de las que era capaz de soportar, con engaños, con amenazas. Debía hallar la manera de mantenerse con vida hasta que averiguara los verdaderos motivos que llevaban a la princesa Eliadora y a su hermano, el príncipe Alair, al enfrentamiento.

—Tal vez mi insistencia y tu negativa la llevaron a no actuar de la mejor manera —se excusó él, pero Cassandra, que sabía algunas cosas más sobre las actitudes reprochables de la princesa, dudó de que su comportamiento fuese algo puntual.

—Los motivos no justifican las acciones.

—¿Y qué las justifica? Si una mujer muere por salvar al hombre que ama, el motivo es el amor, ¿justifica eso que haya muerto por él? —Cassandra vaciló durante un rato largo. No dijo nada—. ¿Ves? Parece que cuando es algo bueno, cuando hacemos algo movidos por el bien es un motivo justificable; cuando es el temor el que habla, el odio, la venganza, no hay motivos que valgan para protegerse. Por mucho que en ambos casos mueran inocentes.

Cassandra guardó silencio. Le dio la razón, quizá fuera en parte cierto lo que estaba diciendo, pese a que también se equivocaba tanto que no pudo dejar que creyera que el amor y el odio tenían cabida en el mismo saco.

—Supongo que los seres como tú tenéis una visión deplorable del ser humano en general, ¿no? —comentó. Había disgusto en el tono de su voz, que, hasta ese instante, pese a todo lo que había dicho, se había mantenido neutral—. Somos inferiores para vosotros. Estamos hechos de errores. Somos imperfectos. Y sí, es probable que una persona por amor a otra fuera capaz de sacrificarse, de morir por ella. Yo moriría por mi padre, y él me odiaría por haberlo hecho, sin embargo, mi motivo sería noble y el amor que le tengo justificaría cualquier pérdida y el valor de mi vida —soltó casi sin respirar, alzando la voz—. Puede que en ambos casos muera gente, como tú has dicho, pero tener la libertad de conservar o no tu vida no se compara a que alguien se crea con el derecho a desposeerte de ella.

Harael emitió un sonido gutural, una mezcla entre una reflexión callada y una advertencia silenciosa para que dejara de gritar como una posesa y mover las manos de un lado a otro. Gesticulaba tanto que incluso se había dado dos golpes en el codo con la barandilla mientras hablaba.

Se ruborizó por el entusiasmo y la rabia empleados y agachó la cabeza.

—A lo mejor ya no sé verlo como tú… —murmuró él.

Cassandra quiso cambiar de tema, no quería seguir pensando en la muerte y en cuántos sacrificios más tendría que hacer durante aquel año que la esperaba por delante para cumplir con su parte del trato.

—Has dicho que necesitas algo de mí, que debes encontrar algo, aparte del puñal, entiendo —le recordó.

—Sí —asintió él sin oponer mucha resistencia al cambio de tema—. Algo que solo puedo hallar con tu ayuda.

Cassandra pensó en que lo único que a ella se le daba bien eran los caballos. Su don. Su susurro. No podía tratarse de otra cosa. En cualquier caso, por si se equivocaba, decidió preguntarlo:

—¿Buscas un caballo? ¿Me has hecho irme del Archipiélago de Lunas para que te consiga un caballo? Creía que todo esto tenía algo que ver con los ejércitos de la princesa.

—No quiero cualquier caballo, Cassandra. Quiero uno en concreto. Uno que vive en la Espesura, la selva maldita que rodea Caléndula. Nadie se ha atrevido a entrar en ella desde hace siglos, desde aquella última expedición.

—No sé de qué me hablas.

—Se me olvidaba que hace demasiado que está prohibido el conocimiento en esta tierra vuestra. ¿Qué clase de mundo es este si se os prohíbe saber, si os mantienen con los ojos vendados y los oídos tapados?

Cassandra abrió un poco la boca, no dijo nada, fue más bien un gesto de sorpresa porque aquello era justo lo que ella había pensado tantas veces. Había deseado ser libre de conocer cuantas historias quisiera, de preguntar sobre el pasado de su gente.

—Cuéntame lo de la expedición. Si he de meterme en lo profundo de una selva que lleva el adjetivo «maldita» para calificarla, por lo menos tengo que saber a qué me enfrento.

Harael pareció estar de acuerdo con ella, porque le contestó casi de inmediato:

—Antes de la Persecución, el rey Makheun III, sucesor de su padre, que había muerto en el campo de batalla, decidió enviar exploradores a la Espesura con la esperanza de que en ella hubiera minas de oro o carbón que pudieran explotar y así recuperar parte del dinero que habían invertido en la guerra.

—¿Eso fue hace…?

—Hace doscientos años. Makheun III era un buen gobernante. Venía de una familia de consejeros y reyes no sanguíneos, sino elegidos por los Principados, que habían sido enviados antes de que tuviera lugar la masacre.

—¿Eran plebeyos?

—Presidían uno de los consejos de los reyes que había en Áurea. Por aquel entonces, cada territorio tenía su propio monarca, fue antes de Lennox el Usurpador. Lo intentaron, al menos, durante un par de siglos, pero no consiguieron acabar con los verdaderos problemas: la economía desigualitaria, las rebeliones… Cuanto más sabía la gente sobre lo que hacían los reyes, más enfurecidos estaban. Makheun I era inteligente y actuó rápido para calmar al pueblo, aunque para ello todos los reyes tuvieron que abdicar.

—¿Y Makheun I fue nombrado rey?

—Sí, escogido por los Principados, pero también por la gente. No era un rey al uso, no llevaba corona y se dedicaba a ayudar a su pueblo. El mundo vivió décadas excelentes durante el reinado de aquellos tres hombres. Impusieron estrictas leyes sobre el uso de combustibles y esos aparatos tecnológicos que has debido de ver en Centaurea. Eso provocó una vuelta al pasado.

Harael hizo una pausa. Cassandra estaba atenta a cada palabra.

—Hace ya mucho de eso. Al final, conservaron parajes naturales, esquivaron las sequías y, por primera vez, la diferencia de clases sociales era mínima.

—Si todo era tan bueno, ¿por qué no se mantuvo?

—Porque no todos estaban de acuerdo con los cambios. ¿Los ricos iban a dejar que, de repente, se les exigieran impuestos mayores para pagar con ellos los sueldos de todos aquellos que habían conseguido un trabajo digno? ¿Y sus palacios? ¿Y la nobleza de su linaje familiar? —Harael negó con la cabeza y soltó una risa amarga—. No iban a dejarlo estar, era cuestión de tiempo que dieran un golpe. Los Principados lo sabíamos, pero, por más que aconsejáramos, por mucho que nos esforzáramos en mantener a raya a los rebeldes, estos acabaron tomando las calles, quemando campos enteros, generando el caos y, al final, tomando el poder desde dentro.

Cassandra estaba fascinada, lo escuchaba con la misma expectación que había visto en las caras de los niños de Isla Brava cada vez que contaba alguna leyenda, solo que, en esa ocasión, no se trataba de un cuento que circulaba por el aire, sino de la verdad, de la historia más cruenta que había vivido el mundo. Una de tantas, sospechaba, porque aún tenía que descubrir espantosos episodios.

—Si ya no poseían sus riquezas ni su poder, ¿cómo pudieron...?

—Si todos tus consejeros se vuelven contra ti y te quedas solo y te matan sin descendencia, no hay más remedio que escoger un nuevo rey o imponer uno —explicó Harael.

—¿Y los Principados no hicisteis nada? ¿Mataron al rey y no reclamasteis justicia?

—Estamos aquí para aconsejar, para guiar, no para intervenir. No es nuestra guerra.

—Entonces, ¿qué somos para los dioses? ¿Qué quieren de nosotros? —bramó ella.

—Ojalá pudiera darte una respuesta. Yo solo sé lo que esperan de nosotros, y a veces ni siquiera lo tengo claro —expuso. Parecía abatido de pronto—. Sea como fuere, Makheun III acabó muerto. Encontraron un motivo justificable —dijo con media sonrisa— para destituirlo y que el pueblo no se volviera contra ellos: había mandado una expedición de cientos de hombres y mujeres a lo profundo de la Espesura y ninguno había regresado, jamás. Padres de familia, hijos e hijas que habían perdido la vida, según el Consejo, por un capricho del rey. La revuelta fue brutal. En cuestión de semanas, Lennox el Usurpador ocupó el trono y, a partir de ahí, todo empeoró. Se exilió a aquellos que sabían demasiado, se prohibió la entrada a la Biblioteca de Briseida; es más, durante décadas, no bajaron las murallas para que nadie de fuera entrara, solo los que vivían en la ciudad y eran partidarios del rey podían consultar los libros. —Harael suspiró con tanta profundidad que Cassandra apretó los puños—. Fueron años en los que solo pudimos mirar cómo todo lo que habíamos ayudado a construir se venía abajo.

—Sabes que no deberías contarme nada de esto porque está prohibido, ¿verdad?

Harael sonrió. A Cassandra le pareció de otra especie. Lo era, a fin de cuentas, por mucho que una parte de ella solo viera a un hombre repleto de tatuajes, con el pelo negro alborotado y ese gesto innombrable que parecía trasladarlo a infinitos recuerdos.

—Sabes que me importa una mierda que esté prohibido, ¿no?

A Cassandra se le escapó una sonrisa.

—Creía que los ángeles no podíais usar esas expresiones tan… burdas.

—Sí, bueno, también nos han representado a lo largo de los siglos como si fuéramos asexuados, y aquí estoy, soy un hombre. Es verdad que comemos por comer y dormimos por dormir, pero podemos hacer cualquier cosa que vosotros hagáis.

—¿Cualquier cosa? ¿Podéis tener hijos?

Harael chasqueó la lengua e hizo una mueca de disgusto.

—Digamos que podemos intentarlo las veces que nos dé la gana, pese a que no los podríamos engendrar por más que nos esforzáramos —explicó con una expresión divertida en la cara que iba ampliándose a medida que Cassandra comprendía lo que quería decir con sus palabras.

—Y... ¿hay mujeres entre los Principados? —preguntó ella con curiosidad.

—Y entre los serafines, los ángeles, los querubines... De hecho, el Principado del príncipe Alair es una mujer, Sehalia. No se ha conocido otra más inteligente y valiente.

Cassandra no podía creérselo, ¿quién sería? ¿Había estado en el Consejo? Pensó en las mujeres que ahí había: Manjola no era, ni Caelia tampoco, ¿quién más...?

—Entonces —dijo para que al Principado no se le ocurriera hacer alguna pregunta que ella no supiera cómo contestar—, pretendes que nosotros dos atravesemos una selva de la que no regresó una expedición de cientos de personas. Perdona si te digo que me parece una insensatez. Y una maldita locura —protestó—. Además, si el caballo es algo que he de encontrar para ti, ¿tiene importancia que yo esté en Caléndula para esta lucha entre reinos?

—Ya sabes que la tiene.

Cassandra lo miró sin comprender qué quería decirle, no le dio pie a preguntarlo, porque Harael se levantó, los ojos perdidos mucho más allá del horizonte y, antes de marcharse, dijo:

—Puede que estemos a punto de vivir la mejor aventura de toda nuestra vida.

—Querrás decir la peor. Podemos morir.

Lo único que escuchó como respuesta fueron unas potentes carcajadas que se perdieron escaleras abajo, hacia los camarotes. Se quedó donde estaba, rememorando cada palabra que le había dicho Harael y también las que no había llegado a pronunciar pero que parecían rondarle.

Dejó que el viento le moviera el pelo de un lado a otro, que le diera de frente y le refrescara la piel con el olor del mar y las gotas que salpicaban cuando el oleaje rugía. Hubo un instante de paz absoluta, pese a que todo la advertía del peligro. ¿Qué clase de poderes tenían los Principados? ¿Estaría a salvo en la Espesura?

¿Volvería con vida? ¿Debía contarle a Finn la búsqueda de aquel caballo? ¿Y qué tenía de especial, de diferente?

—Ten cuidado.

Cassandra dio un brinco y se volvió hacia Cadmo con el corazón en la mano.

—¿Qué?

Cuando miró al lector de muerte, sus ojos centelleaban. No era el niño quien hablaba, era el don, así que Cassandra reaccionó como cada vez que el muchacho la avisaba temblando.

—¿Con qué debo tener cuidado?

—Elige bien esta vez, Cassandra.

24

—¿Qué?

Cassandra contemplaba aquellas puertas majestuosas con dos grandes esfinges a los lados igual que un niño observaba maravillado un torneo de Madrigueras, cuando los cazadores corrían detrás de los reptiles de tierra para robarles las piedras de fuego. Cuántas veces, de pequeña, había presenciado esas competiciones en Isla Brava. Sin embargo, lo que tenía delante era inexplicable. Sabía pocas cosas sobre ella, como que la habían construido hacía más de dos mil años, que luego fue destruida y que hacía trescientos la habían reconstruido a imagen y semejanza de la primera.

—No es posible. —Se volvió hacia Harael, que permanecía de pie, detrás de ella, con los brazos cruzados sobre el pecho y una sonrisa complacida en la cara—. No podemos estar aquí.

—¿Quién lo dice?

—El hacha con la que nos van a cortar las cabezas si nos descubren. ¡Eres un Principado, por el amor de todas las bridas! ¿Es que no has leído el Código de Leyes? —preguntó, nerviosa.

Harael se acercó a ella, le puso una mano sobre el hombro y la miró por encima de sus pestañas cuando agachó la cabeza.

—Me parece que tú ya los has leído bastante por los dos —señaló, divertido—. Además, te debo una disculpa por lo que sucedió con el Shanbrá. Tendrás que aceptármela. —Le rozó el mentón con el pulgar y Cassandra se dio cuenta de cómo se fijaba en sus labios en el momento en que dejó caer la mano y cambió el rumbo de su mirada—. Sé que quieres esto.

La Susurradora había enrojecido. No había forma de controlar aquella reacción por más que se esforzaba en mantener a raya sus emociones cuando Harael estaba cerca, pero había algo extraño en la forma en que la examinaba y la tocaba, como si nunca fuera la primera, ni la segunda, ni la tercera vez. Había una familiaridad que irradiaba en las palabras y en los gestos.

—Vamos. La parada será breve. —Echó a andar y Cassandra lo siguió, decidida a aprovechar aquella oportunidad—. Bienvenida a la Biblioteca de Briseida. Solo unas normas básicas: primera, no toques nada.

—Vale.

—Segunda, disimula un poco, que se te cae la baba. —Harael fingió que le secaba un rastro de saliva invisible de las comisuras de los labios.

Cassandra, que por lo general solía tener cuidado con lo que decía, no pudo evitar darle un empujón y decir entre dientes:

—Yo no babeo, imbécil.

Se llevó una mano a la boca acto seguido. ¿Acababa de decir eso en voz alta?

—Hay que ver los jóvenes de hoy en día, qué malhablados.

Las puertas se abrieron poco después y una mujer de ojos azules y pelo castaño les dio la bienvenida después de hacer una ligera reverencia que Cassandra devolvió con muy poca elegancia.

El Principado se inclinó para susurrarle algo:

—Y tercera, no hables con ninguna guardiana. Por lo demás, tienes vía libre para mirar y preguntarme lo que quieras.

Harael se lució al desplegar sus encantos y su cortesía, porque la mujer inclinó la cabeza a un lado y dibujó la sonrisa más expresiva que la Susurradora había visto hasta entonces.

—Pueden entrar hombres y mujeres a la Biblioteca, pero los libros son custodiados por mujeres en su mayoría. Desde que Sehalia se hizo cargo de ella, hará cosa de un siglo, las mujeres empezaron a ocupar cargos importantes —explicó Harael. La joven que los acompañaba asintió—. Hicieron voto de silencio, para que no pudieran difundir la cultura ni el saber. Me parece horrendo, la verdad —añadió.

Cassandra se volvió hacia él y vio en su cara una sombra oscura que corroboraba que no mentía. A ella, por su parte, le pareció espantoso tener que hacer voto de silencio para poder estar ahí, pero sobre todo para que nadie más pudiera conocer las historias que albergaba aquel lugar, los secretos, las guerras, la cultura. Los habían despojado durante siglos de todo lo que habían construido durante milenios.

—¿Y qué sucede si alguien rompe el voto?

Harael se volvió hacia ella y la amargura de sus ojos se adelantó a la respuesta.

—Antes, la muerte, eso era lo que les esperaba. Al convertirse Sehalia en guardiana de la Biblioteca, consiguió negociar con los reyes y los consejeros y acabaron aceptando el exilio. No sé qué es peor: morir habiendo intentado decir la verdad o vivir con ella sin poder contársela al mundo —reflexionó.

La expresión de la guía que los acompañaba había mutado en dolor.

Cassandra intentó cambiar de tema diciendo que estaba impresionada con las vistas y con la inmensidad del edificio.

—Cuando has dicho que podía preguntar lo que quisiera, te referías a que podía preguntártelo a ti, ¿verdad? —dijo solo para asegurarse de que no había entendido mal.

—Me temo que voy a ser tu fuente más fidedigna, pero no disimules, es una buena excusa para hablar conmigo. —Se burló él. Cassandra puso los ojos en blanco—. Venga, era broma. Mira. —Señaló hacia una mujer mayor y alta, de tez oscura y cabello color melocotón—. Es una escribiente.

—¿Cómo lo sabes? —susurró ella, porque ya habían atravesado la puerta de entrada y había un silencio sepulcral, ni siquiera podía escucharse el mar.

—Porque tiene las manos llenas de tinta.

La mujer, como si los hubiera escuchado, levantó la cabeza de su libro y les dedicó una mirada reprobatoria, aunque, al final, hizo una inclinación casi cortés.

—Creo que la hemos molestado.

—No te preocupes, es una buena amiga. Eso sí, no le gusta que la molesten mientras transcribe. Desde que ya no usan las imprentas, tienen que reproducir los textos íntegramente a mano.

—Pero yo he visto textos impresos —comentó Cassandra.

—El estúpido Código de Leyes no es una buena muestra.

Todas las mujeres y hombres que estaban cerca se dieron la vuelta cuando lo escucharon decir aquello, así que Cassandra lo cogió por el codo y lo atrajo con fuerza hacia ella. Después, entre dientes y con cara de muy pocos amigos, estudiando en profundidad la expresión impasible de Harael, dijo:

—Haz el favor de tener cuidado con lo que dices.

—Dijo la que llama imbécil a un Principado —advirtió él—. Además, no te he escuchado contradecirme ni una vez. Intuyo que estás más de acuerdo conmigo de lo que quieres aparentar.

—Sí, pero no hace falta que lo grites a los cuatro vientos, ¿quieres?

—Y tú no hace falta que me claves las uñas como si quisieras amputarme el brazo.

Cassandra lo soltó de golpe y, después de emitir un gruñido casi lastimero, cruzó los brazos sobre el pecho y echó a andar. Pasaron por debajo de un arco de mármol donde habían tallado diferentes seres que ella no reconoció, por eso se detuvo a pocos metros de él y se quedó contemplándolo.

Harael se había detenido a escasos centímetros, estaba casi pegado a su espalda.

—Serafines.

—¿Todos ellos? Son… monstruosos y diferentes entre sí. Aquel tiene colmillos. Y ese otro, ese tiene una cola… ¿de qué?

¿De perro? —preguntó, extrañada, mientras analizaba a fondo la imagen.

—De los serafines parten los dones, de algún modo eso es lo que representan. La metamorfosis, el dominio de las bestias, la visión… —Fue interpretando para ella—. Solo se mostraron ante los humanos después de la Persecución, pocos los vieron, y los que lo hicieron contaron cómo eran. De ahí que los hayan podido tallar en el mármol.

—¿Y hay alguno de estos que se parezca a uno de verdad? Tú los has visto, ¿no?

Harael pareció pensarlo un momento mientras sus ojos iban de una representación a otra. Mantuvo las manos recogidas a su espalda durante varios segundos hasta que detuvo la mirada en el menos animalesco de todos aquellos seres.

—Aquel de las alas, aunque no se le identifique el rostro. Me recuerda a un viejo amigo.

Al fijarse en él, Cassandra recordó su conversación con Finn, en el que procuraba no pensar demasiado, sin embargo, muchas veces se sorprendía a sí misma volviendo a revivir ese recuerdo en el que se habían besado. Eso le traía de vuelta más lágrimas que sonrisas, no por lo que había empezado a sentir por él, inexplicable y estúpido, sino por todas las mentiras que había detrás de la forma en la que se habían conocido.

—Pues sí que es verdad que tienen unas alas enormes —dijo en voz alta.

Se dio cuenta de que Harael la había escuchado, no obstante, él no le hizo ninguna pregunta. Siguieron recorriendo el interior de la Biblioteca, donde solo se oía el tintineo de las plumas sobre el cristal, el pasar de las páginas y las pisadas amortiguadas de los que subían incontables escalones para alcanzar un libro u otro.

De repente, Cassandra, que había observado el techo con la boca abierta por lo elevado que estaba y porque mostraba una noche oscura salpicada de estrellas, pegó un pequeño grito que logró que todos los ojos se posaran de nuevo en ella.

Harael, que se había quedado rezagado, fue en su dirección.

—¿Qué te pasa?

—Mira. —Señaló con la mano una escultura de bronce que había en medio de una sala semicircular—. Un caballo.

—Como si no hubieras visto uno en tu vida —la amonestó Harael, al tiempo que se disculpaba ante los guardianes de los libros con una pequeña inclinación—. Era el caballo de Briseida la Magna —explicó al ver que Cassandra se encaminaba hacia la escultura con una sonrisa resplandeciente en la cara—. *Marlio.*

—Qué nombre más raro para un caballo —dijo haciendo una mueca con la nariz.

—¿Y *Diente de Guerra* es mejor?

—¿Y tú cómo sabes eso?

—Yo sé muchas cosas —contestó mientras rodeaba la escultura—. ¿Y bien?

—Me salvó cuando era pequeña. Me escondí en la selva durante unos días. Fue cuando despertó el don, estaba inquieta. —Era la primera vez que le contaba a alguien aquella historia—. Era un caballo salvaje. Mordió a un jabalí para protegerme.

—No eres buena poniéndoles nombres a los caballos, asúmelo.

Cassandra refunfuñó algo entre dientes.

—Háblame de Briseida.

Él suspiró.

—Briseida, ¿cómo hacerle justicia a esa mujer?

—Seguro que algo se te ocurrirá para presumir de tu inteligencia.

Harael intentó hacerse el ofendido, pero los dos sonreían.

—Era la hermana pequeña de Muriel de los Engaños, primera reina mortal, hija de campesinos y audaz como ella sola. Dicen que Briseida no se separaba de su hermana, y que solo cuando se sometió a las pruebas de la Creadora se apartó de su lado. Todo lo que sabía Muriel lo había aprendido de Briseida, que devoraba los libros de la escuela. Cuando la de los Engaños ganó a sus contrincantes, se llevó a su hermana al castillo y le proporcionó toda la formación para que pudiera convertirse en la mejor consejera que hubiera.

—Y lo consiguió, ¿no?

—Ya lo creo que sí, al fin y al cabo, logró que Arlen dejara a un lado las batallas del Mar de Hierro y se convirtiera en Arlen del Juramento, rey consorte de Muriel.

—Otro matrimonio de intereses.

Harael asintió.

—Arlen estaba enamorado de Briseida desde la primera vez que se vieron, pero la reina y él necesitaban crear alianzas para que el pueblo estuviera tranquilo.

—¿Y Briseida? ¿Lo amaba?

—Te gusta la sensiblería tanto como a mí, ¿eh? —Ella hizo una mueca con la boca—. Sí que lo amaba, pero quería mucho más a su hermana y, por encima de cualquier cosa, quería un mundo mejor. Al final, Muriel de los Engaños se casó con Arlen del Juramento, tuvieron tres hijos y una regencia próspera, por lo menos, hasta que la reina murió.

—Qué triste final.

—Lo que es triste es que los humanos hayáis dejado de luchar por saber cosas.

Cassandra, que había estado rodeando la escultura desde el otro lado, acabó una vez más frente al Principado. Lo miró largo y tendido y él no la hizo sentir incómoda en ningún momento. La brava tuvo la seguridad de que le estaba permitiendo todos aquellos comentarios y preguntas para compensar no solo su experiencia con el Shanbrá, sino también su próxima inmersión en la Espesura, donde fueron a morir los hombres del rey Makheun III.

—Si tú fueras humano, ¿lucharías?

—¿Quién te ha dicho que no lo haya hecho ya?

Entrecerró los ojos y después se dio la vuelta y echó a andar con toda la parsimonia del mundo, dejando a Cassandra con ganas de saber más, no solo del caballo *Marlio*, sino de lo que acababa de insinuar Harael.

Entraron en una sala contigua llena de libros.

—Leyendas, cuentos, fábulas... —explicó Harael. Recorrió los lomos de los libros sin rozarlos. Los dedos tocaban el aire, pero dibujaban el relieve de los volúmenes—. Hubo una mujer hace unos años que se encargó de recoger y transcribir algunas que habían sido olvidadas. ¿Te sabes algún cuento?

—Uno que nos contaron en la escuela, sobre un joven que se había quedado dormido durante cien años porque le había mordido una serpiente venenosa y, al final, lo salva una vieja bruja cortándole el brazo.

—Creía que la vieja bruja lo besaría para despertarlo.

—¿Qué?

—Nada. ¿Y leyendas?

—Sí, bueno, sé una, pero no recuerdo dónde la escuché. Creo que mi padre me la contó cuando era pequeña, y antes se la contó mi madre a él. La del príncipe maldito. ¿La conoces?

—Mejor que el cuento del joven y la serpiente venenosa —confirmó con una sonrisa pícara—. ¿Y cuál de todas las versiones te contaron? Porque han circulado muchas.

—Y tú debes de haberlas escuchado todas, ¿no? Con tus ventajas de Principado que vive una eternidad y cotillea las historias de los humanos.

Cassandra se había detenido frente a un lomo cuyo título estaba escrito en plata: *La mujer pez*. Recordó que no podía tocarlo y lo dejó donde estaba. Ojalá hubiera podido ojearlo aunque solo hubiese sido por encima. Estar en la Biblioteca y no poder leer ninguno de aquellos libros era una tentación horrorosa.

—Es que uno se aburre mucho siendo inmortal. Siempre me ha gustado que me cuenten historias, que me lean. Es agradable y hace que me olvide, como tú has dicho, de que no me queda más remedio que vivir durante una eternidad.

Cassandra vio en sus ojos la desolación y se preguntó cómo sería tener que soportar una existencia hasta el fin de los tiempos. ¿Podría ella haber soportado alargar su vida de aquella manera?

—De todas las versiones que conoces —empezó a decir—, ¿cuál es la que menos te gusta?

—En la que el príncipe sobrevive.

—¿Qué? —preguntó con voz aguda—. ¿Hay una versión en la que vive? Cuéntamela. A Hatria le encantaría, siempre llora con el final de la versión que yo le cuento.

Harael tomó asiento en un pequeño taburete revestido con una tela gris.

—¿Cuál le cuentas tú?

—La del ángel que se le aparece, renuncia a todo lo que tiene, empieza una nueva vida, se enamora, matan a su mujer y sus dos hermanos lo ayudan a morir —resumió, porque no estaba muy por la labor de entrar en detalles.

Harael comenzó a reírse.

—La del ángel anunciador es de las peores que he escuchado.

—¿Por qué?

—Pues porque es absurdo que un ángel pierda su tiempo apareciéndosele a un hombre para decirle que va a perder un brazo, su reino y su caballo. Pocos ángeles se han pronunciado a lo largo de la historia, así que dudo que tuvieran interés en la vida de un príncipe cualquiera.

—Hay que ver qué facilidad tienes para desmontar una de mis leyendas favoritas.

—¿Y por qué lo es?

—Porque el príncipe era justo y bueno y enloqueció después de que le quitaran lo que más amaba. ¿Cómo no me va a gustar algo que se parece a la realidad?

—Claro, esas cosas pasan a diario —se jactó él—. Sé una versión que te gustaría más. Una en la que odiarías al príncipe. No te apiadarías de él y acabarías llorando de la rabia —dijo Harael en voz alta mientras se levantaba e iba directo hacia uno de los ventanales.

Cassandra tuvo la sensación de que se refería a otro príncipe, uno que ella conocía, pero aquello no era posible. Se moría de ganas de saber cómo era esa versión, aunque una parte de ella quería seguir guardando la que tantas veces había contado. Aun así, le recordaría pronto que había prometido contársela, mientras tanto, fue a mirar a través de cristal.

—¿Qué es una mujer pez?

—Una sirena. Tiene cola de pez y vive en las profundidades del mar.

—¿De verdad? —preguntó Cassandra con los ojos abiertos como platos.

—Es un mito, Cass. No existen de verdad.

—Pero sí existen mujeres que se transforman en leonas y otras que les susurran a los caballos y entienden lo que piensan —comentó con sarcasmo—. En un mundo donde cualquier cosa es posible, ¿cómo puede...?

Cassandra estaba a punto de acabar de formular su pregunta cuando se dio cuenta de que no estaban solos. Había una mujer de unos cincuenta años que sostenía unos libros entre las manos y la miraba con los ojos húmedos, a varios metros de distancia.

Ella le dio un codazo a Harael porque no sabía si estaban haciendo algo mal y el Principado parecía comprender bastante bien cómo funcionaba el voto de silencio. La mujer dio varios pasos más en su dirección y la contempló más de cerca. Cassandra se fijó en cómo tragaba saliva, intentaba abrir la boca y la volvía a cerrar.

—Hola —susurró la chica.

La guardiana hizo un amago de decir algo una vez más. También tenía los ojos abiertos como platos. Parecía estar viendo un fantasma.

—¿Se encuentra bien? —preguntó Cassandra, pero la mujer solo hizo una reverencia y desapareció entre las estanterías tan rápido como lo haría el aire, o el Shanbrá en medio del desierto—. ¿Qué ha sido eso?

Harael no contestó, solo emitió un gemido profundo y cogió a Cassandra de la mano.

—Será mejor que nos vayamos ya.

La asió fuerte, y ella, al verlo tan nervioso, le dio un pequeño apretón y echó a andar detrás de él. Hicieron una reverencia de pasada a la mujer que les había abierto. Había durado poco y ella se habría quedado toda la vida. Cuando pasó de nuevo por delante de la mesa de la escribiente que habían visto al principio de su visita, Cassandra se fijó en que frente a ella tenía abierto un libro que antes no estaba, donde se representaba un árbol enorme rodeado por un reptil que se enroscaba alrededor del tronco.

Aunque intentó tirar de Harael para discernirlo mejor, este ya la había cogido de la cintura y casi la llevaba en volandas.

—¿Qué pasa? ¿Me vas a explicar por qué huimos ahora? ¿Qué espíritu diabólico nos persigue? —dijo mientras intentaba volver a pisar suelo firme.

—Has estado a punto de hacer hablar a una guardiana. ¿Cómo se te ocurre?

—¡Ha sido ella! Ha venido hacia mí. Me miraba como si me conociera de antes. —Harael se detuvo, la cogió por los brazos con fuerza y Cassandra reconoció el pavor en él.

—Ya me siento demasiado culpable por lo que pasó aquí hace años como para dejar que vuelva a suceder. Las reglas estaban claras: no toques, no hables. ¿Por qué siempre haces lo que quieres?

La chica que los había guiado al interior iba un paso por delante de ellos, llevándolos de nuevo hacia el portón. Parecía que tenía que comprobar que quien entraba también salía. Cuando se detuvieron, la chica dio un paso atrás y se tropezó con una de las baldosas. Cayó hacia atrás y Cassandra la sujetó por las axilas para que no aterrizara en el suelo.

La guardiana la cogió de las manos cuando logró recuperar el equilibrio y la Susurradora notó en la palma de la mano una sensación a la que no estaba muy acostumbrada: la del tacto del papel. Vio una advertencia en los ojos de la chica. Apretó fuerte las manos y las introdujo en los bolsillos de los pantalones. Ella les hizo una reverencia a los dos y salieron por donde habían entrado.

Al cerrarse la puerta detrás de ellos con un ruido sordo, el corazón de la Susurradora iba desbocado. Harael parecía preocupado, por eso no dejó de tener prisa en ningún, tanto que, en cuestión de escasos segundos, estaba muchos metros más allá de donde se había quedado Cassandra.

—¡Date prisa! —le gritó.

—Se me han desatado las botas, un momento.

Se agachó para fingir que se ataba los cordones y sacó el trozo de papel del interior del bolsillo. Lo desdobló con manos torpes e intentando mantener controlado a Harael. Si le habían dado aquello a escondidas era porque solo ella debía saberlo, ¿no?

Pero cuando Cassandra desdobló aquella cuartilla, su duda y su miedo fueron mayores, porque con una caligrafía imperfecta, como quien escribe con prisa mientras la tinta se corre, había escrito un nombre y otras dos palabras.

Maya.

Anémona.

Castor.

Quizá no habría sentido aquel temor espantoso si aquel nombre no hubiese sido el de su madre, cuyo pasado desconocía y a la que ella no había llegado a ver nunca.

Tardó en levantarse del suelo. Al hacerlo, el papel estaba arrugado en la palma de su mano y apretaba la mandíbula con fuerza. ¿Por qué aquella guardiana había reaccionado de tal manera? ¿Por qué le habían dado ese mensaje? Y lo más importante…

¿Por qué conocían a su madre en la Biblioteca?

25

EL CASTILLO DE CALÉNDULA no tenía nada que ver con el de Centaurea. Eran como la noche y el día. Para empezar, Cassandra dudó de que aquellas ventanas diminutas pudieran alumbrar la oscuridad que las paredes revestidas de piedra negruzca dejaban a su paso. Estaba compuesto por cuatro torres, a cada cual más alta, en cuya cúspide ondeaban sendas banderas con los antiguos colores de Áurea, cuando el territorio no se había anexionado al de la reina Eliana y los mares que había entre ambos eran más que varios miles de kilómetros de distancia: era el lugar donde se hundían las flotas navales como en el *gifro*, un juego de mesa que el padre de Eliadora y Alair habían puesto de moda entre las tropas para mostrarles las estrategias de la victoria. Con el paso de los años y después de que el rey hubiera cedido al periodo de paz que la reina había establecido, acabó convirtiéndose en un mero entretenimiento, o al menos eso le había contado Eugene, que había insistido en enseñarle a jugar a bordo del buque. Cassandra no había estado muy receptiva al comienzo, pero accedió a jugar un par de partidas, se dio cuenta de que le servía para no pensar en el papel que escondía en su macuto.

—No seas amable —le dijo Harael al oído cuando estaban cruzando el puente levadizo. Aquello más que un castillo era una fortaleza alejada de todo ser viviente, como si el antiguo monarca hubiese tenido miedo a que alguien lo encontrara—. Muéstrate segura y concisa. No hagas preguntas rebuscadas. Mantente en guardia. No contestes a nada que no te hayan preguntado, es sintomático de que intentas ocultar la verdad con una mentira —siguió recomendándole. Para su sorpresa, Cassandra asintió a todo—. Si eres inteligente, me harás caso esta vez. Ten los ojos bien abiertos y, ante todo, jamás —la cogió por la barbilla como había hecho la primera vez que la vio y elevó su cara con el dedo índice— bajes la mirada. Te hace parecer débil. No lo eres.

Todos aquellos consejos le recordaron a Finn. Cassandra se preguntó si el Principado intervendría por ella o se quedaría en sumo silencio presenciando la conversación si en algún momento las cosas se complicaban.

—No eres débil —repitió él.

—Aunque me hayan traído aquí a la fuerza —rechistó.

Harael le mostró su mejor sonrisa y después les hizo a ella y a sus amigos una seña para que se adelantaran y pasasen en primer lugar, en una comitiva de lo más extraña.

La vista de la Susurradora se topó con un trono de hierro provisto de un cojín de terciopelo morado que llamaba la atención incluso encontrándose a tanta distancia. Sobre él estaba sentada una mujer de ojos rasgados y verdes, semejantes a los de la leona, el pelo rojizo muy corto y una sonrisa serena en los labios.

Sobre uno de los reposabrazos había otra fiera de cabellos dorados hasta la cintura. También sonreía, pero la seguridad con la que lo hacía era distinta a la de la princesa. Resultaba imposible averiguar en qué podría estar pensando y qué ocultaban aquellas manos entrelazadas sobre su regazo.

Cuando Cassandra, Cadmo y Eugene acabaron de recorrer la alfombra que dibujaba el camino hasta las escaleras del trono, hicieron una sentida reverencia y esperaron en silencio a que se les diera permiso para hablar. Los dos chicos se habían colocado unos pasos por detrás de la amazona y Harael había subido los escalones para posicionarse a la izquierda de Eliadora.

—Al fin nos complaces con tu presencia. —Fue Adria quien habló. Por la forma en la que le tocaba el hombro a la princesa y la descripción paupérrima que Harael había hecho de ella, era difícil no darse cuenta de que era la compañera de la princesa—. ¿Has tenido un buen viaje, Cassandra?

—Lamento la tardanza —comenzó diciendo, e iba a explayarse largamente, dando explicaciones huecas, pero la mirada de Harael le lanzó unos chispazos de advertencia—. El viaje ha tenido sus trasiegos, me temo.

—Por supuesto, no es necesario que te disculpes —añadió la princesa, que había hecho amago de ponerse en pie. A Cassandra no le había pasado inadvertido que Adria la retuvo en el trono—. Bienvenida. Pero… —los ojos de Eliadora fueron al niño y al joven que había tras su invitada—, ¿quiénes te acompañan?

«No des muchas explicaciones. Nombres. Algo rápido. Recuerda lo que te ha dicho Harael».

—Cadmo —señaló al lector de muerte en primer lugar— y Eugene. Son amigos míos.

«Bien. Sin dudar».

—¿Y por qué están aquí? —indagó Adria, que no parecía conforme con aquella sucinta explicación.

—No podía dejarlos, señora. Me ayudaron mientras intentaba llegar a Caléndula.

—Qué encomiable por su parte —le contestó inclinando la cabeza hacia un lado y acortando un poco su tirante sonrisa.

—Son bienvenidos también —dijo la princesa—. Seguro que encontraremos algún entretenimiento para ellos, ¿verdad, Adria? —Levantó unos ojos suplicantes, casi de niña, hacia su compañera y esta asintió sin hacerse de rogar.

—Faltaría más, princesa.

Le apartó un mechón de pelo de la cara y se lo colocó con una mezcla de ternura y deseo detrás de la oreja. Aunque no se quedó ahí mucho tiempo, porque era tan corto que pronto volvió a revolotear sobre la mejilla de Eliadora.

—Nos alegró saber que te encontrabas a salvo —continuó la princesa—. Qué accidente más desafortunado. No sé cómo pudo suceder —caviló en voz alta—. ¿Qué recuerdas?

Cassandra se encogió de hombros y negó con la cabeza mientras intentaba poner en orden sus pensamientos. La realidad era que tenía muy difusos aquellos recuerdos, como si formaran parte de un sueño.

—Sé que estaba durmiendo cuando escuché la explosión. El barco empezó a llenarse de agua muy muy rápido. La proa se hundía y fue muy difícil abandonar los camarotes. —Cassandra se llevó una mano a la cabeza—. Me di un golpe con algo. No recuerdo cómo salí a la superficie. Lo único que sé es que, cuando volví a ser consciente de dónde estaba, me encontraba en medio del desierto y dos rufianes me apresaron para venderme en la Ciudad Nueva de Bashne.

—Qué horror.

La princesa se llevó una mano a la boca y puso cara de espanto. Adria le tomó la mano libre entre las suyas y la acunó con caricias circulares alrededor de los nudillos.

—Todo lo que pasó después fue una odisea —añadió Cassandra.

—No nos cabe la menor duda —siseó Adria—. Tenemos muchas cosas de las que hablar, pero quizá ahora sea mejor que os lleven a vuestras habitaciones y descanséis hasta la cena.

Cassandra asintió sin mucho entusiasmo. Por supuesto que tenía ganas de darse un baño y tumbarse en una cama en condiciones, no como la de los camarotes, sin embargo, también necesitaba saber cuánto antes qué se esperaba de ella, aparte de la expedición a la Espesura.

—Yo los acompañaré —se ofreció Harael. No era una petición, solo estaba anunciándolo, no esperaba que nadie le diera el visto bueno.

Se retiraron, pero la última mirada que Adria le dirigió a Cassandra la estremeció. Solo la mano de Cadmo aferrándose a la suya la devolvió a la realidad mientras subían por una escalera estrechísima que, según les dijo el Principado, llevaba a la tercera torre, la más pequeña de todas. En la segunda se alojaba él y la primera pertenecía en exclusiva a la princesa.

—Juraría que había cuatro —dijo la amazona en voz baja, como si sospechara que las paredes podían delatar la curiosidad que mostraba hacia la composición del castillo.

—Sí, pero la cuarta está cerrada desde hace años.

—¿Por qué?

—La princesa no quiere abrirla, dicen que le echaron una maldición.

—¿Qué clase de maldición?

—Algo así como que los que se adentran en ella se vuelven locos —explicó Harael. Aunque no parecía querer burlarse, sí que había un destello de diversión en sus ojos—. Yo, por si acaso, me acercaría a echar un vistazo.

—Tú las normas te las pasas por el forro de los pantalones.

Él se dio la vuelta y se detuvo en un escalón, a unos pocos pasos de ella, y la miró, sonriente y con una pizca de severidad que le recordó a Cassandra que aquel no era un hombre, un mortal como ella, sino un Principado. Aunque sirviera a la princesa Eliadora, que le había parecido amable y sosegada, igualmente tenía que guardarle cierto respeto. Sin embargo, por más que lo intentaba, quizá porque él también se lo permitía, acababa olvidando ser precavida.

—Os quedaréis en habitaciones diferentes —anunció cuando llegaron a un amplio pasillo con varias puertas.

Cadmo le apretó la mano y Cassandra se la soltó para después abrazarlo por el hombro y pegarlo a su costado.

—Compartiremos una —le dijo a Harael.

—Como queráis.

El Principado no le dio mayor importancia. El que no estaba dispuesto a dejarlo estar era Eugene, que arrugó tanto el ceño y la nariz que parecía que estuviera oliendo un cubo de pescado podrido.

—¿Es que tienes miedo por las noches? —se burló del niño, demostrando que el más inmaduro de los dos era él y no el lector de muerte—. ¿Te asusta la oscuridad?

—Eugene —dijo Cassandra entre dientes—, haz el favor, hombre.

—A lo mejor el que viene corriendo a esconderse debajo de nuestra cama eres tú.

—Pues ahora me quedo con vosotros. Donde caben dos, caben tres.

—No lo creo —le contestó Cadmo—. Las camas no son tan grandes.

—Yo puedo dormir en cualquier parte.

—En ese caso, duerme en tu propia habitación —le replicó el niño con una sonrisa de satisfacción en los labios.

—No hay más que hablar. —Eugene hizo un gesto con las manos—. Me quedo con ellos, no es necesario que preparen las otras dos habitaciones, así no molestamos.

Cassandra se fijó en la cara de sorpresa de Harael. Si Eugene seguía comportándose así, acabarían dándose cuenta de que se conocían de antes. Se estaban poniendo en el punto de mira.

—Será mejor que os deje instalaros —dijo Harael mientras pasaba junto a la muchacha—. Suerte, lo tienes difícil para descansar —le susurró al oído. Su nariz le rozó la mejilla—. Siempre puedes escaparte a la segunda torre —sugirió, haciendo que Cassandra se ruborizara—. Os veo después —añadió en voz alta para los tres.

Al quedarse a solas, Cassandra abrió la puerta y les indicó que entraran de inmediato. Solo cuando cerró a su paso y echó el pestillo se permitió hablar.

—¿Estáis tontos o qué os pasa?

Cadmo se sentó en el borde de la cama. Eugene, que no había visto esa clase de lujos antes, no paraba de mirarlo todo, desde el dosel de la cama, que tenía una tela rosada, hasta las cortinas, el colchón, incluso la alfombra. La levantó para comprobar si había algo debajo. De repente, pareció reparar en la cara de pocos amigos de Cassandra y en que tenía los brazos en jarras y los miraba a los dos como si estuviera a punto de echarles una buena bronca. Pero eso no fue suficiente para sacarlo del estado de embriaguez ante tantas comodidades.

—Con lo que nos pagarían por esta habitación podríamos comprar una casa en Isla Brava —le dijo a Cassandra en voz baja—. O un barco pequeño. Incluso una posada.

Fue corriendo hasta la ventana, se asomó.

—Está alto, pero la alfombra podríamos bajarla y...

—Dime que no estás sugiriendo robarle a la princesa.

Cassandra se llevó los dedos a las sienes y cerró los ojos. Después vio cómo su amigo borraba la expresión de orgullo de su cara y tomaba asiento en la cama, aunque alejado de Cadmo.

—Eugene, contrólate o voy a tener que amordazarte.

—Vale, vale.

Se distrajo de inmediato con una puerta que no había visto. Se puso en pie y fue directo a abrirla. Al otro lado había un baño amplísimo, con una bañera blanca, de mármol, en medio de la estancia, toallas perfumadas y un espejo de cuerpo entero frente a la bañera.

—¡Toma ya! Yo primero, ¿vale?

Y antes de que Cadmo o Cassandra pudieran decir nada, Eugene ya se estaba desnudando con la puerta abierta. El pudor nunca había sido un problema para él. En lo que Cassandra ensillaba un caballo, Eugene se había quedado en calzoncillos y abría el grifo. Permanecía embobado viendo cómo salía el agua caliente.

—¿Tiene algún problema grave? —le preguntó Cadmo.

—Que es tonto, nada más.

—¡Os he oído! —les gritó desde el cuarto de baño—. Sale tan caliente... ¡Y limpia! En Isla Brava, cuando llovía, aquello parecía un barrizal.

—Vamos a ver, ¿yo qué te he dicho de hablar de la isla? —le dijo Cassandra mientras cogía el pomo de la puerta y se disponía a cerrarla para no ver a Eugene en cueros.

—Pero aquí no hay nadie —se quejó él. La única respuesta de Cassandra fue un gruñido—. Vale, me callo ya. —Guardó dos segundos de silencio hasta que dio un salto lleno de ilusión—. ¡Por los dioses, un baño! Me voy a bañar por fin.

—Se comporta como si no se hubiera bañado nunca. Aunque algo olía mal…

—¿Qué has dicho?

—Nada —contestó Cadmo con una sonrisilla maliciosa.

Su amiga puso los ojos en blanco y cerró la puerta para darle un poco de intimidad, no ya porque se fuera a quedar desnudo, sino porque le dio la impresión de que se echaría a llorar cuando viera el jabón y los geles en los que no había reparado y que se encontraban en una balda junto al lavamanos.

—¡Hay jabón! —gritó Eugene poco después entre risas.

—Agh —soltó Cassandra mientras se dejaba caer bocabajo en la cama.

Su cuerpo rebotó sobre el colchón. Estaba tan cansada… En cuestión de semanas había perdido la cuenta de los peligros en los que había estado a punto de morir, pero el dolor físico no era lo peor, sino la cantidad de preguntas que le revoloteaban en la cabeza, empezando por cuándo sabría algo del príncipe.

Sintió la mano pequeña de Cadmo en su espalda. La acariciaba con un afecto fraternal que hizo que se olvidara de cualquier preocupación. Fue sucumbiendo al sueño. Los párpados le pesaban, el cuerpo también, y el pelo le cubría la cara. Antes de caer en un sueño profundo, su último pensamiento fue para su madre.

26

RODÓ HASTA QUE SE CAYÓ DE LA CAMA. Se incorporó sobre las rodillas y comprobó que no se había tratado de su imaginación y que Harael estaba tumbado sobre el colchón.

—¿Qué haces aquí?

—Esperar a que te despertaras, ¿no es evidente?

Cuando le daba por contestar con ese aire de suficiencia, a Cassandra le entraban ganas de saltarle al cuello, machete en mano.

—¿Dónde están...?

—Han bajado a cenar, estaban hambrientos.

A la amazona le rugieron las tripas como recordatorio de que ella también tenía que cubrir ciertas necesidades, empezando por darse un baño. Apestaba a salitre, a sudor y a ese horrible perfume que Harael le había echado a litros cuando habían visitado al Shanbrá. Por más que había lavado la ropa y frotado su pelo, tenía la sensación de que seguía oliendo a lo mismo.

El Principado se puso en pie y le entregó una caja de cartón. Cassandra la miró, dudosa, hasta que al fin se decidió, incitada por los ojos oscuros de Harael, a quitarle la tapa y comprobar lo que había dentro.

—¿Qué es esto?

—Un ves-ti-do. ¿Te suena de algo?

—¿Y tú sabes que eres un maleducado por hablarme como si fuera tonta?

Redujo la distancia entre los dos, aunque en ningún momento se rozaron, fue suficiente para que Cassandra se moviera, nerviosa.

—No te lo pongas.

—¿Y entonces para qué me lo das?

—Porque me han dicho que lo hiciera —explicó—. Pero no pareces de las que llevan este tipo de prendas.

Ella sintió que le estaba diciendo que no era lo bastante guapa como para ponerse algo tan elegante, bonito y frágil como aquel vestido de gasa rosa y brillo.

—¿Vas a ofenderme de alguna otra manera o te vas ya?

Harael sonrió y negó con la cabeza. Se mordía el labio mientras miraba hacia la puerta. Hizo un amago de decir algo, pero acabó yéndose y dejándola a solas. Respiró, aliviada.

Se bañó muy rápido, ni siquiera tuvo paciencia para que la bañera se llenara. Se frotó el cuerpo y el pelo hasta que le dolieron los dedos. Cuando salió, se arrepintió de no haberlo hecho por el otro lado, porque se encontró su cuerpo magullado y desnudo expuesto en el espejo de enfrente. Casi no le quedaba piel para nuevas cicatrices. Incluso en el pecho izquierdo tenía el rastro de una antigua herida, de cuando a los catorce años se empeñó en domar a uno de los caballos más salvajes que se había encontrado. Al caerse, una roca afilada la había cortado de lado a lado.

Suspiró. Detenerse en aquellas huellas que la vida le había dibujado en la carne la haría sentir vulnerable el resto de la noche y, en aquel momento, necesitaba mostrarse fuerte. Era valiente, su padre se lo había repetido toda la vida. Y había llegado hasta ahí, aunque hubiese contado con ayuda. Solo tenía que recordar por qué razón seguía esforzándose tanto: volver a casa. Regresar a su isla con su gente y olvidar a príncipes y princesas, a Principados y toda la maldad que había visto con sus propios ojos en diferentes lugares.

Se vistió en silencio, frente al espejo. Se le transparentaban el vientre y las piernas. El color favorecía su piel canela. Se recogió el pelo en una coleta alta, su peinado favorito, y se puso los zapatos más incómodos que había llevado en su vida y que también se encontraban dentro de la caja. Eran unas sandalias de tacón que brillaban igual que un tarro de purpurina y que dolían como mil navajas clavándose a la vez.

—Un pequeño esfuerzo, Cass.

Bajó con mucho esfuerzo las escaleras que comunicaban con el piso inferior. Recorrió diferentes pasillos. Al final, encontró a alguien del servicio que la condujo hasta el salón en el que tenía lugar la cena.

En un primer momento, había pensado que se trataba de algo más privado, pero la estancia estaba llena de personas vestidas igual de elegantes, que bebían y hablaban en silencio. No quiso llamar la atención de nadie, así que pensó que, si le daba la vuelta al salón pegada a la pared, no repararían en ella y en cómo se tambaleaba sobre aquellos zapatos.

—Resalta tu silueta —escuchó que decía una voz a sus espaldas.

Se dio la vuelta y se encontró a Adria, que llevaba puesto un vestido rojo, con escote pronunciado e incontables cintas que se ceñían alrededor de su figura como una segunda piel.

Cassandra pensó en si era correcto hacer una reverencia si la princesa no estaba allí. ¿Sería una ofensa para Adria que le mantuviera la mirada como lo estaba haciendo y no mostrara sus respetos?

—Gracias por la invitación. Veo que es una cena más formal de lo que esperaba.

—Aquí es habitual. Nos gusta tener a los amigos cerca. —Le pasó un brazo alrededor del suyo y la condujo entre la multitud, que iba girándose a su paso—. Y a los enemigos más aún.

—¿A los enemigos?

—Muchos de nuestros invitados son buenos amigos del príncipe, solo queremos mostrarles nuestra hospitalidad y hacerles ver que nuestra misión es igual de loable que la de Alair.

Cassandra se mantuvo firme y no dudó ni un momento. Le pareció extraño que, sin más, le contara aquello. Era una extraña que podía haber estado en cualquier parte, que podía ser una espía, como en realidad se había comprometido a serlo.

«Ten los ojos abiertos», le había dicho Harael. «No hagas preguntas que te comprometan. No muestres más interés del necesario». Era sospechoso que Adria le confesara, en pocas palabras, que estaban intentando convencer a los amigos de Finn para unirse a su causa.

—¿Ha visto a mis amigos?

—Por favor, tutéame, querida Cassandra. Se escuchan maravillas de ti en este lado del continente. La Susurradora te llaman, ¿verdad? La amazona del Archipiélago de Lunas.

—A veces —contestó ella, y se dio cuenta de que, por algún motivo, la otra no parecía muy dispuesta a dejar la conversación a medias y permitir que escapara.

—Y dime, Cassandra, ¿sabes por qué estás aquí?

Ella atisbó malicia en cómo la observaba y en la forma en que le pasaba los dedos por el antebrazo. Negó con la cabeza, con mucha educación, y entre el gentío siguió buscando el rastro de Cadmo o de Eugene, pero no estaban por ninguna parte.

—Por los caballos, imagino. ¿O no es así?

—Por supuesto que sí. Nuestros jinetes necesitan una buena instructora.

—Para ir a la guerra —dijo ella sin poder retener la rabia que le palpitaba bajo la lengua.

Adria le contestó deteniéndose en medio del salón con una expresión que Cassandra no supo interpretar, porque por momentos había picardía y al segundo parecía derrochar una frialdad que le helaba la sangre.

—Por desgracia —se limitó a contestar.

Harael apareció a los pocos segundos. Llevaba puestos unos pantalones negros ceñidos y una blusa transparente, de un tono similar al del vestido de Cassandra. Dejaba ver cada uno de los tatuajes que le cubrían la piel. La muchacha estaba segura de que, si los hubiese contado, el número total habría competido con sus cicatrices.

—Voy a robártela un instante, si no te importa.

La salvó de aquel escenario tan incómodo en el que estaba a punto de preguntarle a la pareja de la princesa cómo pensaba atacar por tierra al príncipe si había un océano que los separaba.

—¿Por qué siempre eres tan temeraria? La guerra no se menciona en este castillo, Cassandra. Aquí se habla de un *acuerdo* —le dijo mientras se alejaban.

—¿Qué? ¿Cómo me has escuchado?

—Privilegios de haber vivido miles de años, a uno se le agudizan los sentidos.

Harael le ofreció su brazo y ella rechazó el contacto. Él insistió, así que no le quedó más remedio que enroscarlo alrededor del suyo.

—¿De qué te ríes ahora? —le preguntó entre dientes.

—De que andas como un pato mareado.

Cassandra levantó el pie y le clavó el tacón en todo el empeine. Harael ahogó un grito, pese a que no pudo evitar pegar un salto. Se lanzaron miradas afiladas y continuaron pasando entre la gente, a la que el Principado saludaba con una elegancia muy poco propia en él, o esa era la impresión que ella tenía. Pero en aquel entorno parecía sentirse cómodo.

—¿Es verdad que todos estos hombres y mujeres son amigos del príncipe?

—¿Tú qué crees? Si fueran sus amigos, no estarían aquí. Unos traidores es lo que son —comentó en voz baja, casi sin abrir la boca, cerca del oído de Cassandra.

—¿No deberías velar por los intereses de la princesa y sentirte satisfecho de que se pongan de su parte en esta… este acuerdo? —se corrigió en el último instante para acostumbrarse a camuflar mejor sus pensamientos de ahí en adelante.

—Quien traiciona una vez, traiciona dos. ¿Quién le asegura a la princesa que son de fiar si ya han vendido a su hermano tan rápido, sin importar lo que ha hecho por ellos?

Harael apretaba la mandíbula y también la mano que tenía apoyada sobre la de Cassandra. Se dio cuenta de que le ardía la piel. Debido a que estaba más tenso que de costumbre, se le marcaban las venas de los brazos. Aquel debía de ser un tema sensible de tocar, aunque en ningún momento se había negado a contestarle. No quiso hacer aquella comparación, no tenía sentido, pero Finn nunca le había contado nada y al Principado no le importaba mostrarse como un libro abierto.

—¿Podéis mentir? Los Principados, digo.

Harael recuperó la sonrisa con la pregunta de Cassandra, incluso se le relajaron los hombros y los dedos dejaron de apretarle la mano. Seguía emanando calor, ¿o era ella?

—Pues claro que podemos mentir. Mentimos todo el tiempo.

—¿Me has mentido en algo? —se atrevió a preguntar.

—No te he mentido en nada, quizá no te lo haya contado todo, es imposible hacerlo en tan poco tiempo, pero siempre he contestado a tus preguntas con sinceridad —aseguró.

No supo por qué, pero Cassandra creyó que lo que le decía era verdad. No hubo asomo de duda en la forma en que le latía el corazón, ni le sudaron las manos, ni apartó la mirada, solo supo, igual que sabía que el cielo era azul, que Harael no estaba intentando engañarla.

—¿Adónde me estás llevando? —preguntó al darse cuenta de que habían abandonado el salón y empezaban a perderse por un pasillo amplio, alumbrado por un par de antorchas.

—A mi dormitorio.

—¿Qué?

Tiró de su brazo y se detuvo. Harael la inspeccionó de arriba abajo, al principio, confundido por su reacción, al segundo mostrando una amplia sonrisa.

—¿De verdad crees que soy esa clase de hombre?

—No sé qué clase de hombre eres, porque para empezar no eres uno, eres otra cosa.

La sonrisa de Harael se fue achicando y Cassandra se arrepintió de haberlo dicho en voz alta.

—No quería... Perdona. Es que... ¿por qué vamos a tu dormitorio?

—Porque tus amigos están ahí. Adria no quería tenerlos dando vueltas entre los invitados, así que les he dicho que podían esperarte arriba. Tengo ese estúpido juego, el *gifro*, al que a Eugene tanto le gusta jugar —contestó con voz grave. Cassandra estaba segura de que lo había ofendido con su comentario—. Igual se han arrancado las cabezas, también te lo digo. No parecían muy por la labor de quedarse a solas.

Él se giró y siguió andando, varios pasos por delante de ella.

Cassandra se armó de valor, intentó correr en su dirección, logró no tropezarse y lo cogió del hombro. Él se paró.

—Perdona —repitió, porque no había obtenido ninguna respuesta la primera vez.

Harael emitió un asentimiento casi mudo. Cassandra interpretó que aceptaba su disculpa, por muy disgustado que pareciera estar. Siguieron el camino que habían tomado hacia las escaleras.

—¿No será extraño si desaparezco de la fiesta antes de hablar con la princesa?

—A la princesa no le gustan estas fiestas. Siempre se retira pronto. Adria se encarga de todo. —No parecía contento con aquello—. Debería ser ella la que tomara las decisiones. Da igual lo que la presione, no importa cuánto se lo diga, ha ido pasándole responsabilidades a Adria.

—¿Confía en ella?

Justo después de decirlo, se le dobló el pie e intentó agarrarse a la barandilla en vano. Sin darse cuenta, Harael había bajado los escalones a toda prisa y la tenía cogida por la cintura, evitando así que se cayera.

—Claro que confía en ella —le contestó a tres centímetros de su boca—. La ama.

Cassandra tragó saliva. Estaba dejando todo el peso en el brazo de Harael y él la sujetaba sin mucho esfuerzo. Le costaba respirar, pero era incapaz de apartarse. Se detuvo durante una eternidad muy breve en la que ya no se sintió cansada.

—Pero ¿y ella? ¿Qué siente ella? —preguntó Harael.

No encontró forma de contestar a aquella pregunta, así que colocó las manos sobre su pecho y lo empujó hacia atrás para que se separara de ella. Se sintió extraña, no insegura, no incómoda, solo diferente, aunque no comprendía de qué manera.

Harael la soltó. Parecía querer comprobar que era capaz de sostenerse en pie por sí sola, y después la invitó a pasar delante. Ella iba lenta. Encontrar el equilibrio sobre aquellos zapatos no era nada sencillo. Tanto es así que trastabilló de nuevo y esa vez Harael le dijo:

—Siéntate.

—¿Qué?

Antes de que le contestara, él le estaba haciendo una señal para que tomara asiento en uno de los escalones. Cassandra, que andaba con el ceño fruncido desde que se había despertado, hizo caso a regañadientes. El Principado clavó la rodilla en el suelo y le tomó el pie derecho. Con mucho cuidado, desató las cintas de la primera sandalia y repitió el mismo proceso con la segunda.

—¿Pretendes que vaya descalza por el castillo?

—Pretendo que no te fuerces a ser alguien que no eres. —Cassandra buscó sus ojos bajo la luz de la antorcha. Había un brillo extraño, como si una niebla cálida se hubiera instalado en ellos—. Además, necesito que te des un poco de prisa, hay algo que he de enseñarte.

Cassandra se puso de pie, esa vez con ligereza.

—Dime que no tiene que ver con atrapar ningún otro extraño ser en el desierto —suplicó.

—No —contestó Harael con una sonrisa cargada de malicia en los labios—. Se trata de algo peor.

—¿Qué puede ser peor que el Shanbrá? —masculló ella al tiempo que recorrían, a grandes zancadas, el tramo de escaleras que les quedaba.

—Confiar en mí es peor que el Shanbrá y que cualquier otra

cosa —contestó él cuando llegaron a la planta de arriba—. Así que, si no puedes hacerlo, si hay algo que te lo impide, ahora es cuando has de salir corriendo.

Cassandra no comprendió por qué le decía aquello, ¿estaba intentando hacerle ver que era peligroso, que no tenía buenas intenciones y su vida estaba en peligro? «¿También tú me vas a contar las cosas a medias, Harael?», pensó.

Cruzó los brazos sobre el pecho, tomó aire y lo fue soltando despacio. No tenía muchas opciones, en realidad. No sabía aún si el Principado era su enemigo o su aliado, pero, cuando dudó y pensó en dar media vuelta y desaparecer, recordó a su padre, a sus amigos, a Némesis atrapada en el palacio del príncipe, a Cadmo y a Eugene en el castillo de la princesa. Toda posibilidad de escapatoria, de renuncia, quedó relegada a un segundo plano.

—¿Qué quieres que haga?

La sonrisa regresó veloz a los labios de Harael, que entrecerró los ojos como si estuviera intentando ver a través de Cassandra. Se sintió más desnuda incluso de lo que ya lo estaba con aquel vestido.

—Es para hoy —dijo cuando notó que comenzaba a arderle la piel.

—Quiero que robes algo.

—¿Por qué nunca me pides algo legal? —contestó ella con ironía—. ¿Y por qué no lo robas tú?

—Contestando a tu primera pregunta, porque no puedo obedecer unas leyes que no respeto.

—¿Es que acaso te las sabes? —A Cassandra se le escapó una sonrisilla divertida.

—Muy graciosa. —Harael puso los ojos en blanco, era la primera vez que lo hacía, pensó Cassandra, y le hacía parecer más joven y humano de lo que era—. Y en cuanto a la segunda pregunta: no puedo hacerlo yo, si fuera tan sencillo, ya lo habría hecho, ¿no te parece?

Ella reflexionó un instante antes de contestar:

—Me da la sensación de que eso de ser un Principado no tiene ningún beneficio.

—Alguno tiene —concretó él—. Puedo leer los pensamientos —susurró como si estuviera confesando el mayor secreto de su vida.

A Cassandra se le puso el estómago del revés. Su primera reacción fue considerar la posibilidad de que aquello fuera cierto. De ser así, no le quedaba nada por desvelar, ningún secreto, lo sabía todo de ella. Había hecho comentarios extraños que le hicieron creer que sabía más de lo que decía, ¿y si era verdad? Pero ¿y si no lo era y solo quería ver cómo reaccionaría?

—Tú qué vas a leer. Si fuera así, sabrías cuándo quiero que te calles. Y no te callas nunca.

Harael se rio. La relajó comprobar que, en efecto, no era cierto, que solo había sido otra de las muchas tomaduras de pelo del Principado. ¿Cómo podía alguien como él ser consejero político de una princesa y repartir los poderes entre los humanos? No hacía otra cosa que cometer delitos, ser imprudente y bromear.

—¿Y qué es lo que tengo que robar?

—Una moneda.

—Imagino que no es para comprarte una camisa menos transparente.

—Ya me he dado cuenta de que no has apartado los ojos de mis tatuajes y de mi cuerpo, no hace falta que me lo digas —contestó él con socarronería. Se estaba divirtiendo, era evidente.

—Era solo por si había habido interferencias y no lo habías entendido ya al leer mi mente.

—Es que no me hace falta leértela para entender lo que piensas. Se te ve en los ojos, eres un maldito libro abierto —comentó mientras negaba con la cabeza.

—Si supiera cómo es uno, igual entendería la comparación —arguyó ella.

—Si robas esa moneda, te regalo el libro que quieras —sugirió él—. ¿Trato?

Era la primera vez que le decían de hacer algo que tendría un pago a cambio, no se trataba de una amenaza, ni un chantaje, sino de un trueque, aunque Cassandra no sabía lo justo que era.

Infringirían dos leyes: el hurto y la lectura. Pero a esas alturas, ¿tenía importancia considerando todas las cosas horribles que los reinos estaban planeando?

—Trato —contestó estrechándole la mano con vehemencia—. Aunque no quiero un libro, quiero otra cosa.

27

ESTABAN EN LA CUARTA TORRE, primera planta, alumbrados por un candil que Cassandra sujetaba desde hacía unos pocos minutos, cuando les habían dicho a Cadmo y Eugene que regresaran a la habitación de su torre y se quedaran ahí el resto de la noche. Después habían cogido un manojo de llaves del dormitorio de Harael, el candil y una ganzúa y habían bajado las escaleras. Era ágil con los pies descalzos. Necesitaba serlo para recorrer los pasadizos que llevaban a la torre encantada.

—Es solo un pequeño detalle sin importancia —le dijo Harael, que estaba frente a la puerta del final del pasillo con la llave en la mano, preparado para abrirla.

Cassandra respiró hondo, no solo porque sentía que el corazón estaba a punto de salírsele del pecho, sino porque había llegado al límite de su paciencia antes de lo previsto. Una cosa era robar y otra hacerlo en el propio dormitorio de la princesa mientras ella estaba dentro. De haberlo sabido Eugene después de la bronca que le había caído al insinuar que no estaría mal robar la alfombra, se habría subido por las paredes, endemoniado.

—Un pequeño detalle sin importancia es que te pillen robando una manzana en el mercado, pero entrar en las estancias de la princesa y sustraerle algo que tú mismo le diste... ¡Por los dioses! ¿Quieres que me corten la cabeza?

Harael se giró hacia ella lleno de furia y con el entrecejo fruncido.

—Nunca vuelvas a decir eso.

Cassandra dio un respingo ante su amenazadora mirada.

—Como sea. No puedo entrar ahí.

—Puedes. La torre de la princesa está conectada a la cuarta torre, la del supuesto encantamiento. Nadie te verá, esta es la noche. Adria está con los invitados y ella siempre duerme muy profundo, se toma un brebaje que la ayuda a descansar. Yo volveré al salón y vigilaré que nadie salga de ahí y tú tendrás vía libre.

—Vía libre, dice.

—Nunca cierra con llave, solo tienes que pasar y cogerla del cajón de la cómoda.

Cassandra no podía creer que le estuviera pidiendo algo como aquello, que ponía en peligro su vida.

—Dime qué tiene de especial esa moneda o te juro por lo que más quieras que no me muevo de aquí. Si tan importante es, ¿por qué se la diste?

—Porque tenía que confiar en mí.

No cabía decir que a Cassandra no le gustó en absoluto cómo sonó aquello. Si tenía que hacer que confiara en él era porque había motivos que hacían sospechar a Eliadora de las intenciones del Principado. Aquello fue lo primero que pensó. Si Harael se hubiera mostrado partidario de su causa, seguro que no habría caído ninguna sospecha sobre él. Quizá, después de todo, sí que era un error regalarle su confianza como si nada.

—Cassandra —le dijo entre susurros mientras la cogía por la muñeca con cuidado—, te prometo que no hay nada malo detrás de esto, pero necesito recuperarla.

—¿Y por qué no se la pides?

—Porque no me la devolvería. Adria no se lo permitiría.

Mientras la tengan, me tienen atado de pies, manos y alas. Sobre todo de lo último.

—¿Qué quieres decir?

—Que es mi llave de paso, Cass. Sin ella no puedo cruzar al otro lado, ni puedo usar mis alas para hacerlo. Son las dos cosas que necesito —explicó, apesadumbrado.

Cassandra se dio cuenta de que no era la única que había perdido su libertad al ser arrastrada hasta el castillo de Caléndula. ¿Y si Harael tampoco había escogido estar ahí? De ser eso cierto, había tenido que renunciar también a regresar a su hogar. Si necesitaba sus alas y la moneda para marcharse, eso significaba que en ese momento estaba atrapado con los mortales. No dejaba de ser uno de ellos.

—Está bien —dijo con toda la seguridad que alcanzó a encontrar—. Pero ya te he dicho que no es un libro lo que deseo, es otra cosa.

—¿Qué cosa?

—Te lo diré a su debido tiempo —siseó haciéndose la interesante, sobre todo, porque quería ver la cara que él pondría y si, como había hecho Finn junto con sus consejeros, se le negaría la posibilidad de pedir el precio que merecía aquel riesgo.

—Vale.

—¿Estás dispuesto a aceptar algo que no sabes lo que es? ¿No te asusta?

—Solo hay dos cosas que te gusten. Una de ellas es saber cosas. Andas haciendo preguntas todo el rato, y, como ya te he dicho, a mí no me molesta contestártelas con sinceridad absoluta. Así que no, no tengo miedo por lo que vayas a pedirme —explicó.

Introdujo la llave en la cerradura y la hizo girar.

—¿Y la segunda? —indagó Cassandra mientras él empujaba la puerta, que chirrió mostrando su antigüedad—. Has dicho que hay dos cosas que me gustan —le recordó.

Harael colocó la mano sobre su espalda y la empujó con cuidado al interior, después tomó el pomo de la puerta, la miró con una preocupación inusitada y pareció pedirle que tuviera cuidado. Ignoró su pregunta, cosa que no le gustó demasiado a la Susurradora.

—Lo llevas todo, ¿verdad?

Cassandra le mostró el candil en la mano derecha y la ganzúa en la izquierda. Se figuró que su imagen era bastante cómica: sin zapatos, con un vestido de baile muy provocativo y preparada para cometer un asalto armado —con una ganzúa— a la cómoda de una princesa que podría cobrarse muy cara su incursión si la descubría en falta.

—La dignidad me la he dejado en algún sitio, pero vete a saber dónde —comentó entre gruñidos.

—Menos mal que de dignidad no se vive.

El siguiente gruñido a aquel comentario fue todavía más potente, como un rugido contenido. Más que una chica, Cassandra parecía un animal enjaulado que quería saltar a la yugular de su cazador.

—¿Y no se dará cuenta de que ha desaparecido?

—Si eres cuidadosa, no. Imagina que estás susurrándole a un caballo, has de ser sutil. La moneda lleva ahí semanas, al parecer, Adria le prohibió sacarla cuando estuvo a punto de perderla —explicó, abatido.

Cassandra se dio cuenta de que, de haber ocurrido aquello, Harael jamás hubiera podido regresar a su casa.

—Vamos, vete ya. Tengo que regresar a la fiesta —la apremió.

—Voy a empezar a pensar que no eres tan bueno contestando preguntas —dijo ella mientras daba unos pasos y alumbraba el pasillo que tenía delante—. Sigo esperando que me digas cuál es esa segunda cosa que me gusta, y sé un poco original, no digas los caballos.

—La segunda soy yo, por supuesto.

—¿Qué?

Cassandra se dio la vuelta y vio de refilón la sonrisa de Harael antes de que cerrara la puerta sin darle tiempo a refutarle.

—Será idiota —dijo en voz baja, pero se dio cuenta de que el corazón le palpitaba demasiado rápido—. Y tú calladito. ¿A qué viene eso?

Ahogó un suspiro y empezó a andar por el pasillo, con la mano del candil al frente y la otra pegada a la pared. Harael le había dado instrucciones claras: primera esquina a la derecha, segunda a la derecha, recto hasta unas escaleras. Debía bajarlas, seguir recto, doblar a la izquierda. Todo recto una vez más. Subir unas escaleras y llegar hasta una puerta que él ya había dejado abierta. Repitió la ruta en voz alta hasta que llegó a las primeras escaleras. Ahí se detuvo, parecía que condujeran a un foso, aunque aquello no fue lo que la atemorizó, sino un susurro que se perdía detrás de las paredes. Le recordó a una corriente de aire que se filtraba por rendijas abiertas, pero era imposible que ahí dentro hubiera brisa o corrientes.

Se pegó a una de las paredes. La torre siempre estaba cerrada porque decían que la habían embrujado, algo de lo que Harael, para variar, se burlaba. Pero Cassandra no era muy amiga de nada que tuviera que ver con los muertos. Le daba pavor la simple idea de imaginar que se hubieran quedado vagando por ahí, dispuestos a aparecerse en cualquier momento. Sabía también que no podía permitir que el pánico la frenara. El tiempo era limitado. Tenía que darse prisa y evitar pensar en supuestos fantasmas que habitaban aquella torre de paso que estaba conectada de forma subterránea con la primera de las torres.

Bajó las escaleras, entre los murmullos ininteligibles de los ladrillos y la piedra, y acabó de completar la ruta que el Principado le había mostrado sobre un mapa. Al toparse con la puerta, agarró el pomo y respiró hondo antes de comprobar si no la había engañado y realmente estaba abierta.

Lo estaba. Cedió en cuanto hizo presión. Costó que se desatascara, llevaba décadas cerrada. La inquietó que pudiese haber alguien al otro lado que hubiese escuchado aquel eco sordo de madera, pero, cuando asomó la cabeza, vio que en el pasillo no había nadie.

Salió arrastrando los pies. Iba de puntillas aunque no era necesario, porque su piel desnuda amortiguaba cualquier sonido que pudiera delatar su presencia. Había guardado el candil en el interior del pasadizo, detrás de la puerta, y ahora solo llevaba consigo la ganzúa y el deseo de que aquella misión suicida concluyera lo antes posible.

«Gran puerta de roble. Gran puerta de roble», se repitió.

Tenía que buscar la que daba al dormitorio de la princesa sin llamar demasiado la atención. ¿Y si se equivocaba y entraba en otro sitio? Hasta donde ella sabía, no había nadie más que ocupara habitaciones en aquella torre, solo Adria y Eliadora. Aun así, no quería arriesgarse a semejante metedura de pata.

Por suerte, al rato de tener aquel pensamiento, se dio de bruces con una puerta de idénticas características a las explicadas por Harael, con figuras talladas en la madera y un gran árbol que a Cassandra le resultó familiar. Mientras sus dedos repasaban su contorno, recordó dónde lo había visto: en el dibujo que la escribiente de Alejandría tenía sobre la mesa. ¿Qué clase de árbol era? Tal vez Harael pudiera contestar a aquella pregunta cuando le devolviera la preciada moneda.

Llevó la mano al picaporte y, cuando lo hizo girar, agradeció que la princesa no hubiera echado el pestillo. Entró con cuidado y cerró la puerta sin hacer ruido. En la amplia cama, con el dosel más bonito del mundo, Eliadora dormía a pierna suelta. Ocupaba todo el colchón en una postura imposible. La luna alumbraba su tez pálida y también los muebles de la estancia.

«¿Será esa la cómoda? Ha dicho que estaba junto al espejo…».

Había dos muebles con cajoneras. Cassandra tuvo que concentrarse, Harael no podía haber pasado por alto un detalle así. «¿La de la derecha o la de la izquierda? Mierda». Un gemido de la princesa y el chirrido de los muelles le pusieron el corazón en la garganta. No se había despertado, se había dado la vuelta en la cama y ahora emitía unos ronquidos que revelaban un sueño profundo.

Se decidió por la cómoda de la derecha. Primer cajón, eso sí que lo recordaba. No había usado una ganzúa en la vida. Harael le había mostrado con sus propios cajones cómo se usaba, sin embargo, a ella era mejor que le dieran unos estribos y unas espuelas, no instrumentos para asaltar una cajonera. Pero ahí estaba, esforzándose por no romper nada y abrir con sumo cuidado el cajón, hacerse con la moneda y salir por patas antes de que a la mañana siguiente le enviaran una carta a su padre en la que le comunicaban que la habían ejecutado por ladrona.

Se le había secado la boca, y cuando cedió la cerradura y descubrió que ahí no había ninguna moneda, empezó a sudar muchísimo. No solo tenía que cerrar de nuevo el cajón para que nadie sospechara, sino que debía realizar la misma maniobra con la cómoda que se encontraba a la izquierda del espejo, en cuyo reflejo comprobaba que Eliadora seguía durmiendo como un bebé.

Introdujo la ganzúa en la segunda cerradura y comenzó a repetir los mismos movimientos. Se resistía más que la otra, debía de tener un mecanismo más complejo. «Harael, esto me lo vas a pagar caro». Y mientras la rabia iba de los dientes apretados a la mano que no paraba de mover, el cajón cedió. Lo abrió, dio con la moneda, redonda y bastante grande, la cogió y cerró de nuevo. «Victoria», dijo. La cantó demasiado pronto, porque, cuando se reflejó sonriente en el espejo, la princesa se había incorporado, estaba sentada en medio de la cama y miraba en su dirección.

Cassandra se congeló. No supo si echar a correr, si quedarse muy quieta o si saltar por la ventana, que daba al acantilado. Moriría, pero, por lo menos, no tendría que dar explicaciones de por qué demonios —o Principados— estaba ahí. No tuvo tiempo a reaccionar porque Eliadora habló:

—¿Adria?

Cassandra apretó los ojos con fuerza. Podía decir que se había perdido y que no sabía cómo había llegado hasta ahí, pese a que era difícil de creer.

—Ven, por favor.

«Este es el fin de mi triste historia».

Estrujó la moneda entre las manos y fue hacia el lecho de Eliadora como si estuviera dirigiéndose al cadalso. Había mantenido la esperanza de que todo saldría bien, de que podía hacerlo, sin embargo, había caído en las garras de la credulidad como una cría estúpida y ahora, mientras se acercaba a la cama y la luz de la luna le iluminaba las facciones, se despidió en silencio de su vida.

Eliadora se giró hacia el enorme ventanal, miró las estrellas y dijo:

—Me ha vuelto a pasar.

Cassandra no preguntó nada, al menos, no en voz alta, porque en su mente no dejaba de repetirse por qué la princesa no había gritado ya al ver que no se trataba de Adria.

—Es el monstruo que vive en mí.

Después de decir aquello, se tumbó, cerró los ojos ante la impertérrita mirada de Cassandra y se durmió. Al reparar en que debía de haber sido un momento de sonambulismo, la Susurradora no se lo pensó dos veces, fue corriendo hacia la puerta, abrió con cuidado, comprobó que al otro lado no había nadie y salió escopetada, recorriendo el camino de vuelta hacia la puerta que llevaba a la cuarta torre.

Entró, cerró tras de sí y, solo cuando estuvo en la oscuridad absoluta, volvió a respirar. No estaba segura de que al día siguiente la princesa no recordara que la había visto. En algún momento, se darían cuenta de que la moneda había desaparecido y buscarían culpables. ¿Pensarían que ella podía ser sospechosa? Desde luego, si Eliadora recordaba aquella noche aunque solo fuera como si de un sueño se tratase. Definitivamente, estaba perdida.

Estaba intentado recuperar el aliento y la calma de su corazón cuando notó una presencia a sus espaldas. Se le erizó la piel de todo el cuerpo. Se agachó para recoger el candil y se dio la vuelta de golpe, con la luz hacia delante, procurando iluminar las sombras. Nada, solo oscuridad. Estaba tan asustada que era normal que aquel sitio le pusiera los pelos de punta.

—Tranquilízate. Aún tienes que saber llegar a tu torre —se dijo mientras regresaba por los corredores y repetía el camino a la inversa, cambiando derecha por izquierda.

Aunque logró hacerlo sin gritar mientras seguía sintiendo que algo la acechaba, al llegar a la puerta que Harael había cerrado, notó que le pesaba el cuerpo y que estaba en peligro y agotada.

Se precipitó hacia el pasillo que llevaba a la segunda torre e intentó recordar por dónde debía ir para regresar al dormitorio del Principado. Habían quedado en encontrarse ahí una hora después, si pasado ese tiempo Cassandra no había vuelto era porque algo no había salido como estaba previsto.

Subió los escalones de dos en dos, los mismos donde un par de horas atrás se había tropezado. Divisó el dormitorio de Harael entró en él al igual que un terremoto. Echó el pestillo, como si eso la salvara, y, dado que la estancia le parecía demasiado grande, se sentó en el sillón que estaba en una esquina desde la que podía vigilarlo todo y se abrazó las rodillas.

Le dio vueltas a la moneda entre las manos mientras el minutero del reloj llenaba la habitación con un tictac insufrible. El tiempo pasaba lento. Para alegría de Cassandra, a la que el silencio la ponía nerviosa, alguien intentó abrir la puerta poco después. ¿Y si venían a por ella?

Cogió un candelabro viejo de encima de la mesa y fue hacia la puerta. Quizá tenía alguna oportunidad de huir, siempre y cuando solo hubiera una persona. Si ahí fuera estaba toda la guardia de la princesa, ya podía luchar con uñas y dientes que no habría forma de evitar lo inevitable.

Quitó el pestillo a la puerta, con el candelabro levantado por encima de su cabeza, y abrió con cuidado.

—¿Qué se supone que estás haciendo? —preguntó Harael con los brazos colgando a sus costados y mirando el candelabro con expresión de no comprender nada—. ¿Por qué te has encerrado aquí dentro?

Entró en el dormitorio, cerró la puerta y Cassandra bajó la mano y dejó escapar un bufido de alivio. Sentía que, si no se controlaba, en cualquier momento se echaría a llorar. Ya lo haría cuando estuviera a solas, aunque no sabía cuándo sería, porque Cadmo y Eugene la estarían esperando en la tercera torre.

—¿Ha salido algo mal? —preguntó Harael al ver que no decía ni mu.

—No me has dicho qué cómoda era, he tardado más de lo previsto y… —Empezó a temblar, no solo porque recordó el reflejo de la princesa en el espejo, sino también por la extraña sensación que había tenido en los pasadizos de la cuarta torre—. Se ha despertado, me ha confundido con Adria y ha vuelto a dormirse. Me ha visto. Estoy segura y…

—Tranquila, la princesa sufre de sonambulismo —intentó calmarla.

—Y hay algo extraño en la torre.

—¿Tienes la moneda?

—¿Eso es lo único que te importa? Te estoy diciendo que me han visto, que podría morir esta misma noche y que la cuarta torre está encantada de verdad y tú solo piensas en tu maldita moneda.

Harael suspiró.

—Pues claro que no es lo único que me importa, pero estás bien y nadie ha venido a por ti, ni van a hacerlo, así que deberías relajarte antes de levantar sospechas —le pidió.

Cassandra se mordió el interior de las mejillas. Sí, definitivamente estaba a punto de llorar y ya no tenía fuerzas para evitarlo, así que apretó un poco más la moneda en su mano y después se la lanzó al Principado.

—Tu moneda.

Y, después de decirlo, se fue hacia la puerta con los ojos llenos de lágrimas, intentó abrirla, pero él se lo impidió. Permaneció detrás de ella, respirando cerca de su pelo y Cassandra lloró en silencio mientras forcejeaba para que le permitiera salir de ahí cuanto antes. No lo soportaba más. Llevaba semanas sin descansar, siempre huyendo, siempre al borde del precipicio.

—Lo siento. No quería hacerte llorar.

—Deja que me vaya.

—Cassandra, de verdad que no quería… Perdona si has creído que no me importaba que estuvieras bien.

—Abre la puerta —insistió ella.

—De acuerdo, pero… —Cogió su mano y depositó la moneda

en ella—. Quédatela hasta que me perdones, ¿vale?

—¿Y si no te perdono nunca?

—Correré ese riesgo.

28

LE HABÍA ENTREGADO SU SALVOCONDUCTO para regresar a casa, quizá porque se había hecho ya a la idea de que no iba a volver, de que aquella vez había sido su último viaje entre la Tierra Mortal y la Tierra Prometida. No sabía qué pensarían los Creadores de sus acciones, aunque, a esas alturas de su larguísima vida, ya le daba igual cualquier castigo, no había hecho otra cosa que sufrir. Por lo menos, no había sido en vano, esa vez haría girar el círculo en otra dirección, despejaría el laberinto.

—Cassandra está haciendo un buen trabajo con los jinetes —le dijo Eliadora, mientras caminaban por los pasadizos del castillo. En la oscuridad era donde más brillaba la princesa, donde menos le pesaba su don.

—¿Estás segura de que esto es lo que quieres? —preguntó él.

Le había prometido a Sehalia que no dejaría que volvieran a enfrentarse a la misma situación que tuvo lugar dos siglos atrás.

Eliadora le lanzó una mirada cargada de reproche.

—¿Crees de verdad que esto me hace feliz?

—Creo que deberíais parar. Los dos.

—Cuando él lo haga.

Harael se colocó delante de la princesa, aquella chica que había visto crecer desde hacía más tiempo del que ella sospechaba, y colocó las manos sobre sus hombros.

—Si ninguno da su brazo a torcer, si no os dais cuenta de que así lo único que conseguiréis será estropear todo lo que Eliana y Egan consiguieron unificar, entonces vuestra gente jamás sabrá lo que significa la paz.

La princesa apartó las manos del Principado y se apoyó contra la pared.

—Yo solo quiero ser libre y volver a ver a mi madre.

—¿Y crees de verdad que tu madre se alegraría al ver lo que estáis haciendo? ¡Por el Descenso de la Creadora, Eliadora! No merece la pena poner en peligro las vidas de tantas personas por un dolor tan antiguo que solo el perdón puede borrar.

Ella agachó la mirada ante aquellas palabras.

—Él nunca perdonará a nuestro padre y no entenderá la naturaleza de nuestros dones y en qué nos convierten. Ni tampoco me verá capaz de dominarlo y no hacer daño a las personas que quiero.

—¿Cómo puedes saberlo? —insistió él—. Alair no te encerraría a la fuerza, no como hizo Egan con él —le recordó Harael, que había presenciado el dolor de aquel niño durante años, en silencio y soledad absoluta.

Eliadora parecía que estaba atendiendo a sus consejos, aunque la mueca de sus labios no desaparecía por más que él intentara hacerle ver que lo importante no era ni el trono, ni el poder, ni siquiera aquellos dones que entendían como una maldición, cuando nunca lo habían sido. Aquello de lo que debían darse cuenta estaba ante sus narices: la reconciliación. Pero para eso tendrían que aprender a olvidar.

—Creo que si el Consejo me escuchara, atendería a razones.

—Sabes que nunca vendrá aquí. Tendrías que volver a Centaurea y pedir audiencia.

—No recuerdo que mi hermano lo hiciera cuando se sentó en el trono —siseó ella.

—Puede que no, pero ya lo ocupa, aunque no gobierne como tal. Ahora Ciudad Centaurea es suya, tú elegiste Caléndula.

—Tú me dijiste un día que nunca debería haber dejado mi hogar y haber venido aquí, y ahora creo que tenías razón, así que voy a recuperar lo que me pertenece. El palacio de cristal es tan mío como suyo, y nuestra madre está atrapada en él.

Harael se estaba impacientando. Sin duda, la princesa estaba pensando en reconquistar lo que consideraba que era suyo. Quizá una vez podría haberlo hecho por medio del diálogo, sin embargo, el Principado temía que ahora se pelearan por la ciudad de Áurea como dos niños por un juguete. Y, mientras lo hacían, la gente seguía levantándose en el sur, sobre todo en el Archipiélago de Lunas. No se había atrevido a contárselo a Cassandra, porque temía que ella también desapareciera, que se marchara y que él no tuviera más remedio que seguirla. Lo haría sin dudarlo, aunque la supervivencia de miles de personas estuviera en peligro.

—Enviaré un grupo de hombres por tierra. Se embarcarán en unos días.

—¿Pretendes dar un golpe de Estado?

—Pretendo que me escuchen. —La princesa frunció tanto el ceño y apretó los puños con tanta fuerza que el fuego chispeó en sus ojos—. Y si esta es la única manera que tengo de hacerlo, así será.

—Eliadora…

—¿Qué? —rugió ella, como advertencia, ante el tono reprobatorio de Harael.

—Que tú solo quieres que te escuche Alair, y no te culpo de que busques otros métodos para que lo haga, pero no te arrepientas de esto en el futuro. Tu hermano es tu familia, y créeme, no hay nada ni nadie que pueda borrar el dolor que genera una pérdida así.

La princesa guardó silencio. Asintió con el mentón y pasó por su lado sin despedirse. A Harael le hubiera gustado saber qué era lo que se le estaba pasando por la cabeza, si había, aunque fuera, una mínima posibilidad de que cambiara de parecer a tiempo.

Mientras regresaba a su torre, se detuvo en la tercera. Desde aquella noche en su dormitorio, Cassandra y él estaban raros. Ella intentaba evitarlo y él se lo permitía, pese a que ya estaba cansado de no poder hablar como lo hacían antes.

Subió las escaleras. A esas horas de la tarde, solía estar en la habitación. Ya habría acabado de enseñar a montar al grupo de soldados de aquel día. Llegó hasta la puerta y pensó mucho en si debía o no tocar. Quizá lo mejor que podía hacer era dejarle su espacio y…

Se abrió la puerta desde el otro lado. Cassandra chocó con él. Llevaba puestos unos pantalones holgados y una camisa igual de ancha y el pelo mojado. Acababa de darse un baño. Todo el dormitorio olía a jabón y, de pronto, ese aroma también inundó el pasillo.

—¿Qué haces aquí?

Él se encogió de hombros.

—Dar una vuelta.

Cassandra dejó la puerta abierta, se apoyó en el marco y cruzó los brazos sobre su pecho.

—Claro, porque los maravillosos jardines que rodean el castillo no son mejores que una torre oscura —comentó ella.

—Si lo que estás insinuando es que te estaba espiando, te equivocas. No tengo que poner una excusa para verte.

Cassandra cambió el peso de su cuerpo a la otra pierna. Harael se había fijado en que era algo que hacía cuando se ponía nerviosa.

—¿Adónde vas?

—A buscar comida.

—¿Por qué no pides que te traigan algo?

—Porque tengo piernas y manos para hacerlo sola. No me han servido en la vida y no empezarán a hacerlo hoy.

—¿Puedo acompañarte o prefieres que me vaya a comer solo bajo la sombra de un árbol de esos maravillosos jardines?

—Haz lo que quieras. —Ella apartó la mirada y apretó los labios.

Harael sonrió.

—Hay que ver qué mal disimulas.

Cassandra giró la cara hacia él y arqueó solo una de las cejas.

—¿Disimular qué?

—Que te encanta tenerme cerca. Tranquila, no te culpo. Sé que sientes predilección por mí.

La Susurradora cerró la puerta, pero el Principado no pasó por alto que puso los ojos en blanco. Estaba convencido de que, aunque él bromeaba mucho, Cassandra también sentía aquella tensión que había surgido entre los dos casi desde el primer momento en el que se habían encontrado. Pero había más, y quizá solo Harael se daba cuenta de ello.

—¿Crees que podrás comer en silencio?

—Podría intentarlo, aunque me gusta mucho hablar. Contigo, por lo menos.

—No entiendo por qué —dijo ella, como si no se creyera que fuese capaz de decir algo inteligente de verdad. Algo que mereciera la pena ser escuchado.

—Cuéntame algo de cuando eras pequeña.

Echaron a andar hacia las escaleras.

—¿Algo como qué?

—Seguro que tienes algo emocionante que contar.

Descendieron los primeros peldaños. Harael se fijó en que Cassandra intentaba esquivarle las miradas, pero a duras penas lo lograba, igual que él tampoco podía apartar los ojos de sus labios.

—Pues como no sea cuando me dio por robarles huevos y gallinas a mi padre para regatear con ellos en el puerto…

Cassandra se había sonrojado. Sonrió con disimulo, porque había aprendido a disfrutar de esas pequeñas muestras de vulnerabilidad en ella. En realidad, cuando se abría así, era cuando más valiente y fuerte le parecía.

—¿Regatear qué?

—Alguna historia, noticias del norte… Pero sí, sobre todo historias, leyendas, cualquier cosa que pudiera aprender. No me siento orgullosa, lo hice durante mucho tiempo y creo que mi padre lo sabía, no es idiota.

—¿Y te contaron algo interesante?

Hizo una mueca para hacerle comprender a Harael que no demasiado.

—Siempre que quieras puedes coger los libros de mi dormitorio.

—¿Cuántas gallinas quieres a cambio? —bromeó.

Harael fingió que estaba calculando con los dedos el valor de sus libros. Cuando acabó de teatralizar, se paró un escalón por debajo de Cassandra y se tocó la mejilla con el dedo índice.

—Un beso.

Ella bufó, pero el rubor de las mejillas seguía delatándola.

—Tres te voy a dar.

—Vale, pero que el tercero sea en la boca.

—Preferiría empujarte por las escaleras.

—Siempre y cuando me beses antes o después, me parece justo.

Al final, Cassandra se rio. Era evidente que a veces no podía fingir indiferencia.

—Espero que tengas mucha hambre —murmuró ella—. A ver si con la boca llena no dices tantas tonterías.

—Intentaré defraudarte —contestó él riéndose.

Definitivamente, pasar tiempo con ella lo hacía sentir bien, vivo.

—No me cabía ninguna duda…

Harael pensó, mientras giraban a la izquierda para ir a las cocinas, en lo mucho que acabaría decepcionándola con el tiempo, cuando descubriera cómo era de verdad y todos los secretos que había guardado durante dos mil años. Entonces ya no sonreirían como lo estaban haciendo.

Quizá, cuando llegara el momento, ella acabaría odiándolo.

29

LOS DÍAS TRANSCURRIERON ENTRE PREPARATIVOS para su expedición a la Espesura, presentaciones con las tropas, instrucción de los jinetes y miradas furtivas de Cassandra a todas partes. Estaba esperando el momento en el que decenas de hombres armados la apresaran, pero, si a esas alturas no había sucedido nada, tal vez significaba que ya estaba a salvo.

—¿Qué haces?

Dio tal salto que pensó que tocaría el techo. Era Eugene el que había salido de la nada y ahora la espiaba por encima del hombro con cara de curiosidad.

—Viandas, unas túnicas de cambio, cantimploras, esto que me ha dado Harael, dice que es un localizador.

Eugene lo cogió y empezó a darle vueltas entre las manos.

—¿Y qué localiza?

—Lugares, rutas, personas.

Eugene lo hizo girar de nuevo y lo miró desde diferentes perspectivas. Al ver que aquello no mostraba nada, se lo devolvió a Cassandra.

—Yo tampoco sé cómo funciona. No me ha enseñado.

Omitió decir que habían hablado con monosílabos porque a ella no se le había pasado aún el susto y no sabía cuándo le devolvería la moneda. No quería llevarla encima, era demasiada responsabilidad, así que decidió hacer de tripas corazón y esperar hasta que se hiciera de noche para dársela.

—¿Dónde está Cadmo?

—Dando vueltas por ahí.

—¿Por dónde?

—Por el jardín, con Adria, se lo ha llevado a enseñarle no sé qué pozo.

—¿Qué?

Antes de que Eugene pudiera contestar, Cassandra echó a correr hacia la puerta y fue hasta las escaleras. No supo a qué se debía aquel miedo, a fin de cuentas, no había nada que demostrara que la pareja de la princesa fuera cruel, por mucho que a Harael no le cayera bien y la tensión entre ambos fuera evidente.

No sería capaz de hacerle nada a un niño. «Te estás comportando igual que una psicópata». Aunque su voz le echaba un buen rapapolvo silencioso, no dejó de correr por los pasillos de la segunda torre hasta llegar a la primera y salir al jardín. Miró a derecha e izquierda, nada a la vista. El corazón le latía desbocado Ahí estaban, yendo hacia ella, de la mano, con sonrisas inmensas en los labios. Cadmo, al verla, levantó la mano y la saludó con entusiasmo.

—Cassandra, querida, qué bien verte.

No supo qué decir y, dado que tenía remordimientos, esa vez sí que hizo una ligera reverencia.

—Siempre desapareces.

—Lo lamento.

—Descuida. La política también me aturde. Pero no queda más remedio que hacernos cargo de algunas cosas, ¿verdad?

—Claro.

Cadmo soltó la mano de Adria y se colocó al lado de Cassandra. Parecía tranquilo, sin temor a nada, y la joven mujer estaba igual de sosegada. A lo mejor no sabían nada de su intrusión en torres malditas, ni de su robo, ni de su espionaje, ni de sus mentiras.

—Y tú, ¿qué esperas de una buena reina? —le preguntó después de enroscar un brazo alrededor del suyo.

No tuvo que reflexionar, tenía clara esa respuesta.

—Honestidad.

—Una virtud muy importante, desde luego.

Comenzaron un paseo por los jardines cuando Cassandra aún no se había calmado.

—¿Y algo que quisieras cambiar?

—Eliminar la Ciudad Nueva de Bashne. Venden a la gente como mercancía barata para usar sus dones. Me parece deplorable.

—La princesa tiene planes para Bashne, desde luego. —Fue lo único que dijo al respecto—. ¿Estás lista para esa expedición que el Principado y tú estáis preparando?

—Más o menos. Supongo que no nos llevará mucho tiempo.

Harael había insinuado que tardarían varias semanas, cosa que no le entusiasmaba en absoluto: uno, porque iban a estar solos; dos, porque sus amigos se quedaban en el castillo con personas en las que no confiaba; tres, porque estaría lejos de lo que sucediera con la princesa y no podría avisar a Finn. Todo iba mal para Cassandra.

—Confío en que encontréis aquello que tanto perturba a Harael. Ya podrían habernos enviado a otro, sin embargo, a lo largo de los últimos siglos, todos los reyes que estuvieron asesorados por él acabaron reinando.

—¿En serio?

—Sí, es un líder nato, de una inteligencia desmedida, aunque igual de oscuro.

No sabía qué pensar al respecto, desde luego que se había dado cuenta de su inteligencia y de esa parte oscura, pero, según Adria insinuaba, daba la sensación de que escondía algo malvado.

—Tendría que seguir empaquetando, mañana partimos y…

—Te haces de rogar, Cassandra, siempre me dejas a medias en el mejor momento.

—No quiero ser maleducada.

Adria se detuvo y le acarició la mejilla de un modo que ruborizó a la amazona.

—Ya encontraremos tiempo para conocernos mejor —le susurró—. ¿Lo harás por mí?

Cassandra asintió de manera automática. Le daba cierto reparo negarse, pero, además, la mirada de la mujer era tan penetrante que la hizo sentir desarmada hasta el punto de la indefensión.

—Así me gusta. Ve a hacer los preparativos. Que el pequeño Cadmo te ayude, aunque disfruto muchísimo de su compañía, se sabe unos acertijos de lo más curiosos. —Le revoloteó el pelo al chico y, después de despedirse con la mano, siguió con su paseo y los dejó ahí.

—¿Estás bien? —le preguntó a Cadmo cuando supo a ciencia cierta que se habían quedado a solas.

—Claro que sí.

—¿En serio?

El niño la miró con fijeza.

—¿Y tú? Estás rara.

Cassandra no le hizo caso, se acuclilló frente a él y le tomó las manos entre las suyas.

—Cadmo, ¿tú qué piensas de Adria?

—¿Qué he de pensar?

—¿Te transmite confianza?

Cadmo se encogió de hombros. No dijo ni una palabra y Cassandra no supo cómo debía interpretarlo. Si el instinto del lector de muerte hubiera detectado algo preocupante, seguro que la habría advertido de ello, como había hecho en la Ciudad Nueva de Bashne, con las cenizas del Shanbrá y cuando Némesis perdió el control y la hirió.

Cadmo la abrazó, rodeándole el cuello con sus flacuchos brazos, y apoyó la mejilla sobre su hombro. Sintió una paz inconmensurable, como solo se sentía cuando abrazabas a alguien que te quería mucho. Era extraño que, habiendo aparecido en la vida del otro de forma tan accidentada y a la vez tan planeada por parte de Cadmo, se tuvieran ese cariño.

—Enternecedor.

La voz grave de Harael hizo que Cassandra saliera de aquel dulce trance en el que siempre la dejaba sumida el pequeño. El niño la soltó y encaró al Principado con una sonrisa, casi como si se alegrara de verlo ahí, vestido de gris de pies a cabeza, con el escudo de la princesa en el pecho, el pelo despeinado y la sonrisa perenne, incluso en momentos como ese en el que ella divisó un destello de preocupación.

—¿Os apetece dar un paseo por la ciudad?

—La última vez que le dijeron eso a Cassandra acabó...

La Susurradora le dio un codazo a Cadmo al darse cuenta de que se estaba refiriendo a su encuentro con Manjola. Si Harael se dio cuenta de la forma precipitada en la que el niño se callaba y bajaba la cabeza con disimulo, lo pasó por alto.

—Podríamos hacernos con una de esas tiendas de campaña que sirven para guarecerse del frío —comentó él—. En la Espesura la temperatura es muy cambiante.

—Lo tienes todo estudiado al milímetro, ¿eh?

—No todo —contestó.

Cassandra no supo a qué se refería, pero sospechó que podía tener algo que ver con lo que había ocurrido hacía algunas noches durante el robo de la moneda.

—Vale, vamos.

Los tres se marcharon del castillo. Mientras se alejaban, la chica se fijó en la manera en la que Cadmo miraba al Principado. Hubiera adivinado lo que sentía incluso con los ojos cerrados. Aquel sentimiento no era otra cosa que admiración. Lo contemplaba igual que se haría con un dios, aunque, bien mirado, él era, de los tres, el que más cerca había estado de uno.

Los llevó por unas calles estrechas, de baldosas rojizas en cuyo centro había tallado el mismo árbol que Cassandra había visto en la puerta de la princesa. Clavó la rodilla en el suelo y rozó la superficie. Harael se había parado un par de pasos por delante de ella.

—Es el Árbol del Trueno. Tiene cientos de años. En su tronco se pueden ver las representaciones de bestias, animales, fantasmas.

—Está también en el castillo.

—Sí, ha sido el símbolo del reino durante un milenio. Simboliza la buena fortuna —explicó mientras se acercaba a donde ella estaba y se colocaba en el suelo, a su lado, llamando la atención de los que por ahí transitaban—. Pero no es solo eso. El padre de la princesa lo veía como tradición, hermandad del pueblo, la cultura de este lugar que ha tenido tantos nombres y que ha sobrevivido a tantas guerras.

Harael acarició el tronco de uno de los millares de árboles que había en las grandes baldosas de aquella calle. Sus dedos rozaron los de Cassandra a medio camino, entre el tronco y las raíces. Se miraron y lo que la muchacha halló en su rostro fue una muestra sincera de arrepentimiento, algo que no había llegado a ver de madrugada, mientras se marchaba de su habitación sosteniendo entre las manos la llave de su libertad.

Se llevó la mano al bolsillo de los pantalones. Sacó la moneda con disimulo y, después de coger la mano de Harael, la depositó con cuidado en su palma.

—¿Ya me has perdonado? —preguntó él, sorprendido.

—Supongo que no estaba tan enfadada. Pero eso no significa que no pasara miedo.

—Siento haberte pedido algo así.

Ella colocó la mano sobre su hombro mientras se ponía de pie y le sonrió.

—Tranquilo, no te va a salir barato.

El Principado esbozó una sonrisa maliciosa.

—Todavía no me has dicho qué quieres.

—Ni voy a hacerlo. No por ahora —aseguró—. Disfrutaré más recordándote cada poco tiempo que me sigues debiendo un favor.

—Sabía que no eras tan buena como parecías.

Le dio un ligero empujón y ella se lo devolvió. Fue un momento de paz, Cassandra sintió que se le iba un poco de la congoja que llevaba días arrastrando. De pronto, se sorprendió a sí misma analizando cada movimiento de su boca y cada tensión de los músculos. Aunque no era la única que parecía sentirse atraída por él. Muchos de aquellos con los que se cruzaban lo seguían con la mirada.

Cassandra pensó que tampoco era de extrañar, era un hombre atractivo, alto, la ropa se ajustaba a su figura, a sus hombros firmes. Tenía unos andares relajados y su presencia imponía. Sobre todo la belleza de su rostro, que, pese a la oscuridad que algunas veces se cernía sobre él, tenía unos ojos intensos, negros como los de ella, con una areola de plata alrededor de la pupila, y un pequeño hoyuelo en el centro del labio inferior.

—Vamos por esta calle, es un atajo.

Cassandra y Cadmo lo siguieron sin pestañear. Atravesaron una callejuela estrecha, de donde les llegó un olor delicioso a estofado de acelgas y conejo. Les rugió el estómago a los dos. Eran un pozo sin fondo.

Cuando giraron a la derecha, se dieron de bruces con una casa grande, de piedra y madera. Lo que más llamó la atención de la Susurradora no fue la arquitectura, sino el jardín. Estaba repleto, de esquina a esquina, de cientos de flores rojas.

—¡Qué bonitas!

Cadmo no parecía estar de acuerdo.

—¿Qué sucede?

—Son anémonas. Flores de duelo.

Cassandra tuvo que agarrarse a la pared más cercana al escuchar aquel nombre. No sabía cuántos tipos de flores había ni su significado, pero sí que recordaba muy bien que aquella flor en concreto estaba junto al nombre de su madre.

—Es normal plantarlas cuando has perdido a alguien —añadió Harael—. A veces en una maceta, otras se dejan en un jarrón en la ventana o en la puerta de entrada, para que la gente que pasa sepa que esa persona está guardando luto.

Ella no dijo nada, no se atrevió a preguntar a quién pertenecía aquella casa. Fue consciente de que tenía algo que ver con el mensaje que le había dado la guardiana de la Biblioteca, porque ahí, colgado del buzón, había un pequeño castor de madera.

30

CASSANDRA SUBIÓ A GRANDES ZANCADAS las escaleras de la segunda torre. Todavía no había amanecido, pero llevaba horas dándole vueltas a la extraña coincidencia que la había llevado hasta la casa de las anémonas, ¿y si no lo había sido? El castor tallado en la madera, las flores del luto, el mensaje de la guardiana. Todo aquello que la conducía hacia su madre tenía que hablarlo con alguien. Decírselo a Cadmo o a Eugene no ayudaría. Solo había una persona que contestaba a todas sus preguntas, por mucho que a veces se hiciera de rogar.

Llegó hasta la puerta del dormitorio de Harael. Se mordió el labio antes de tocar, pero se detuvo. Dio un par de vueltas por el pasillo, pensando en si era buena idea confesarle lo que había sucedido en la Biblioteca. ¿Se enfadaría? ¿Y si era algo que nadie más debía saber? Podría estar poniendo en peligro a todos los guardianes del patrimonio de Briseida por sus dudas, que le martilleaban dentro de la cabeza como si se tratara de miles de casquetes de caballos.

Al final, antes de seguir dándole más vueltas, y sin pensar dos veces en lo que hacía, abrió la puerta sin llamar. Cayó en su error demasiado tarde, cuando ya no había manera de apartar los ojos de la imagen más gloriosa que había visto en su vida.

El Principado estaba sentado a los pies de la cama, con la cabeza gacha y unas alas inmensas desplegadas, de un plumaje blanquecino y sombras azuladas en los extremos. Ni rastro de los tatuajes.

Harael tardó un microsegundo en percatarse de que ella estaba ahí. Se levantó muy rápido y su rostro se llenó de rabia. Las alas desaparecieron de golpe, introduciéndose en su espalda, pero, antes de hacerlo, varias plumas cayeron y ardieron ante ella hasta convertirse en cenizas. Reaparecieron sus habituales tatuajes.

—¿Qué haces aquí? —rugió.

—Perdona, yo no... Solo quería... —A Cassandra no le salían las palabras, porque, por mucho que las alas se hubieran retrotraído, ella continuaba viéndolas nítidas, como si siguieran ahí mismo, emitiendo ese candor que le había recorrido todo el cuerpo.

El Principado fue hacia ella con los puños apretados. La Susurradora retrocedió hasta que su espalda chocó contra la puerta. Harael ni siquiera despegó del todo los labios para hablarle.

—Jamás vuelvas a aparecer así.

—Lo siento. No pensaba que... Quería contarte algo y... —Los ojos le fueron de la cara a los hombros, y no pudo evitar echar una mirada a su espalda—. Son increíbles.

Harael le dio un puñetazo a la puerta, haciendo que Cassandra apretara los ojos con todas sus fuerzas.

—Ningún mortal puede mirar las alas de un ángel.

Se apartó de ella, fue hasta donde había estado un minuto atrás y recogió del suelo un puñado de cenizas.

—Cuando eso ocurre, las plumas arden. Y no se regeneran nunca. Podrías haberme matado —dijo con la mandíbula tensa, mostrándole las cenizas.

Cassandra tragó saliva. Matarlo. Podría haberle quitado la

vida si hubiera estado mirándolo un poco más de la cuenta o si lo hubiera hecho a escondidas. Sintió que se rompía algo dentro de ella. No supo qué.

Harael se deshizo de las cenizas. Eran distintas a las que dejaba cualquier objeto que hubiese ardido, tenían destellos, semejantes a las que Cadmo le había dado para enfrentarse al Shanbrá. Harael pareció comprender en lo que estaba pensando, porque dijo:

—Cenizas de plumas de serafín. Ellos dan los dones, ellos los quitan.

—¿Y por qué Cadmo tenía cenizas de alas de ángel?

—Cadmo tiene un lazo estrecho con seres que nosotros ni imaginamos. Puede quitar y puede devolverle cosas a la Muerte. Y a veces, cuando es esta la que le roba algo, él puede pedir prestado.

No le bastó por respuesta. Se sentía hechizada, era impropio de ella mirarlo de la forma en la que lo estaba haciendo. Levantó la mano para rozar el aire donde habían estado las alas.

Harael la cogió de la muñeca sin demasiado cuidado y la apartó de él.

—Entonces, ¿nunca podrías mostrarte ante un humano con tu verdadero aspecto?

—Si lo hiciera, perdería mis alas, y sin ellas, como ya te dije, no podría regresar.

—¿Serías humano?

—No, desaparecería. Dejaría de existir.

El Principado le esquivó la mirada cuando ella quiso disculparse con los ojos porque no le salían las palabras. Si él no se hubiera dado cuenta de que estaba mirándolo, habría perdido la vida y ella no deseaba que aquello sucediera.

—¿Y por qué las has desplegado si corres ese riesgo?

—He tenido que hacerle una visita de cortesía a alguien.

—¿A los Creadores?

Harael, que había estado tenso hasta ese momento, frunciendo el ceño, con los puños apretados, relajó su postura y la expresión de su rostro. Era como si acabara de escuchar algo de lo más gracioso, o al menos eso pensó Cassandra al fijarse en el hoyuelo que le había aparecido en la comisura derecha del labio. Era una sonrisa minúscula que destensaba un poco la situación y que aminoró el instinto de Cassandra de salir corriendo. Minutos atrás, incluso los pasadizos de la cuarta torre le hubieran parecido más agradables que el Principado.

—Los Creadores tienen cosas más importantes que hacer. Al otro lado también hay problemas —explicó él, al tiempo que se encogía de hombros—. ¿Y bien? ¿Cuál es la razón de que hayas puesto mi eternidad en riesgo?

A Cassandra le pareció percibir cierta sorna en aquello que dijo, aunque no era la primera vez que Harael daba a entender que el tiempo, en su caso, podía ser una maldición.

Como el Principado se había echado a un lado, ella se adentró unos pasos más en el dormitorio.

—Nunca hablas de ti, ni siquiera sabía que tuvieras alas o lo que significaban tus tatuajes. ¿Qué será lo próximo? ¿Descubrir que en tu mundo estás casado y tienes veinte hijos?

—¿Estás intentando mermar el daño hecho con chistes de mal gusto?

Harael fue a sentarse en una de las amplias butacas que había junto a la chimenea, que en esa época del año estaba apagada. Aunque el ambiente primaveral impregnaba de una calidez etérea el lugar, Cassandra sintió un escalofrío por todo el cuerpo. Fue una sensación extraña, como si su piel quisiera recordarle algo. Tenía el recuerdo en la punta de la lengua, pero no pudo ponerle nombre.

—¿Y esa duda?

—No sé, me causas cierta curiosidad. —Cassandra vio de reojo cómo se tapaba la boca con la mano para no reírse—. No pongas esa cara.

—Tampoco es que me sorprenda. Ya me he dado cuenta de que tienes mucho interés en mí. Desde la primera vez que me viste y más de lo que te gustaría reconocer.

—Es normal, eres diferente.

—¿Lo soy?

Harael, que parecía estar muy cómodo en la butaca, se levantó y fue hacia Cassandra, que se había apoyado contra el alféizar de la ventana. Solo un paso los separaba cuando él la cogió de la muñeca, esa vez con suavidad, colocó la palma sobre su mejilla y fue haciendo un circuito desde los ojos, pasando por la nariz, deteniéndose más de la cuenta en los labios. A Cassandra el corazón le iba tan rápido que pensó que se le saldría del pecho. La mano se paró en el cuello, en las clavículas, sobre los tatuajes, en el pecho, sobre un corazón igual de inquieto que el suyo.

—¿Qué es lo que nos hace diferentes? Estoy igual de vivo que tú.

Lo estaba. Si Cassandra había tenido dudas sobre su naturaleza, estas se quedaron atrapadas en una burbuja de emociones encontradas. Sus ojos seguían posados sobre unas alas ya ocultas, pero los dedos le temblaban sobre la tela del blusón blanco. Apoyó la frente sobre su pecho y cerró los ojos. Se sintió mareada, pero también triste. Luchaba por acordarse de algo que no le venía a la mente por más que se esforzaba.

Harael le acarició el pelo y dio un paso más hacia ella para que pudiera descansar en él el resto del cuerpo. Ella se puso rígida al principio. Por primera vez en mucho tiempo, Cassandra no pudo evitarlo, no pudo fingir que no tenía miedo y se dejó abrazar por Harael.

—Estos cambios de humor que tienes me desconciertan. —La estrechó todavía más, tanto que Cassandra sintió el impulso de rodearle la cintura con el brazo—. Lo mismo me gritas que me abrazas.

—Pues anda que los tuyos —se quejó ella—. Lo mismo me entregas a un ser de miles de años para conseguir un puñal que me acaricias el pelo.

Cassandra se dio cuenta de que Harael se estaba riendo porque se le movía el pecho y se le tensaba el estómago, que se endurecía con cada sacudida. Tenía el cuerpo grande y fuerte, y lejos de sentirse frágil, fue como si ella misma notara que su valentía aumentaba.

—Tengo que contarte algo.

Una de las muchas cosas que se callaba, porque por el momento no había decidido revelar la misión que tenía: espiar a la princesa. Seguía sin ser leal a ninguno de los hermanos. No encontraba tampoco otra solución para evitar mentir o para no tomar una mala decisión que podría cambiar las cosas a peor.

—Te escucho.

Cassandra se apartó. Tenía los ojos húmedos y cortas las mangas de la camisa, así que Harael se le adelantó y se las secó con los pulgares. Después ambos se apoyaron en la ventana.

Estaba a punto de confiarle algo importante para ella, así que necesitó un momento para respirar hondo y hallar la mejor manera de hacerlo. Lo que le preocupaba era el castigo que podrían imponerles a las guardianas de la Biblioteca por aquel descuido. Aunque, siendo el Principado alguien que se saltaba las leyes tan a la ligera, y habiendo tomado las precauciones que tomó para que ninguna rompiera su voto de silencio, quizá no se lo dijera a nadie.

«No puedes volver a dudar ahora, habías decidido contárselo».

Lo hizo sin respirar, tan rápido que las palabras se encadenaron.

—Mi madre no era originaria de Isla Brava, vino de otra parte del mapa. No sé de dónde. Nunca lo he sabido. Pero, cuando estuvimos en la Biblioteca, creo que me reconocieron, dicen que nos parecemos muchísimo, que soy su viva imagen. Una de las guardianas me dio un papel en el que aparecía el nombre de mi madre junto a otras dos palabras: anémona y castor. La casa donde estuvimos ayer, aquella de las flores... —Se detuvo, no sabía cómo seguir argumentando lo que en su mente parecía ser tan claro. Aquel lugar tenía algo que ver con Maya, solo que no alcanzaba a unir los cabos sueltos.

Apartó la mirada del acantilado y buscó el enfado de Harael. Solo encontró una expresión sosegada y media sonrisa. Nada de sorpresa, nada de intriga ni indignación por lo ocurrido.

—Recordaba ese lugar. Me llamó la atención la primera vez que estuve en la ciudad. Ese jardín bañado en rojo y lo que eso significaba... Cuando encontré el papel supe que tenía que llevarte hasta ahí.

—¿Qué?

—La noche de la fiesta, después de que bajaras al salón, fui a tu dormitorio, pensando que aún estarías ahí. Se te había caído del bolsillo de los pantalones. Lo encontré en el suelo.

—Entonces tú lo sabías cuando cogimos aquel atajo.

—Cuando le pedí a Eliadora que te trajera a Caléndula no sabía que fuera tu madre. Después, al verte, fue difícil no pensar en ella. —Hizo una pausa—. Sé quién es el que vive en la casa. Y también sé quién es ella.

—¿Por qué no me dijiste nada? —Cassandra se revolvió, entre nerviosa y algo enfadada, no estaba dispuesta a dejar esa conversación a medias.

—Esperaba a que tú me lo contaras, que confiaras en mí.

La joven caviló las opciones que tenía: o se cabreaba como una niña pequeña y se marchaba, o se quedaba ahí y sacaba algo en claro. Por su culpa se le habían quemado varias plumas a Harael, quizá ella podría soportar una pequeña intromisión en su vida y media mentira piadosa a cambio de la verdad.

—Cuéntame todo lo que sepas —exigió—. Por favor. Y no te pienses, ni por un momento, que así es como me estoy cobrando el favor que me debes.

—Encima que eres una homicida, aprovechas para pedirme cosas como si yo fuera el Shanbrá. Me siento estafado.

—Habla —dijo Cassandra entre dientes.

Harael levantó las manos a modo de rendición.

—El hombre que vive en esa casa fue un poeta —explicó—. Dicen que era el amante del rey y que por eso conocía tan bien las guerras y los entresijos monárquicos, porque el rey le dio acceso a la Biblioteca, al castillo y a todo lo que él demandara.

—¿El rey? ¿El padre de Eliadora y de Alair?

—El mismo.

—Quizá por eso odiaba a la reina Eliana, porque estaba enamorado de otra persona y tenía que renunciar a ella por reinar en paz —reflexionó en voz alta, para ordenar las ideas dentro de su cabeza.

—Puede que al principio fuera así, pero las... buenas lenguas dicen que acabó queriéndola hasta el fin de sus días, aunque parte de su corazón seguía estando aquí, con Owen.

—¿El hombre de las anémonas?

Harael hizo un leve asentimiento, casi imperceptible de no haber estado Cassandra tan cerca de él.

—Y el hermano mayor de tu madre, me temo. Ella lo acompañaba en sus recitales. Uña y carne desde pequeños, eso dice la gente de la ciudad. Todo el mundo los quería, incluso el rey Egan la adoraba. Eran buenas personas y llevaban siendo huérfanos media vida. Aunque nunca pasaron penurias, pertenecían a una de las familias más importantes del reino.

Cassandra abrió mucho los ojos al escuchar aquello. ¿Por qué su madre habría renunciado a una vida con todas las comodidades, junto a su adorado hermano, para naufragar en Isla Brava y vivir humildemente, lejos de todo el mundo?

—En muchos comercios verás el símbolo del castor. Pertenecen a tu familia. Supongo que eso también te ayudó a relacionarlo con el papel que las guardianas te dieron en la Biblioteca.

Cassandra le dijo que sí con aspaviento de cabeza.

—Pero ¿por qué ellas me lo dieron? ¿De qué conocían a mi madre?

—Esa parte de la historia no es tan bonita.

—¿Alguna vez lo es? —preguntó ella intentando acallar el dolor.

—Supongo que hace mucho que los cuentos de hadas desaparecieron —comentó Harael, apesadumbrado, con cierta melancolía—. El país estaba pasando por un mal momento. Egan negociaba la anexión de los dos reinos y Owen dejó de recitar. Estaba a punto de perderlo, y supongo que eso fue motivo suficiente para despedirse también de su otra gran pasión. Habría que preguntarle. —Era una clara invitación a que fuera ella quien lo hiciera—. Maya había mostrado mucho interés por el estudio en la Biblioteca, así que el rey, como regalo de despedida, decidió concederle el derecho a custodiarla, junto a los demás miembros.

—¿Mi madre era una guardiana? —preguntó ella.

—Lo fue durante varios años. Hasta que conoció a alguien con quien rompió el voto de silencio. —El Principado palideció, Cassandra incluso vio rastros grisáceos que le ensombrecían los ojos, la nariz y la boca—. Y eso la llevó al destierro.

La Susurradora guardó silencio durante un minuto interminable. Pensó en su madre y en lo mucho que siempre había deseado saber más de su vida, de quién era, pero ahora dolía demasiado.

Entonces recordó que Harael había dicho que por su culpa una de las guardianas había roto su voto; ahora le contaba que su madre también lo había hecho, ¿y si...?

—¿Fue a ti a quien conoció?

—Sí —contestó con la voz ronca, como si lo estuvieran torturando.

—Y por tu culpa la castigaron. —Esa vez no fue una pregunta, sino una afirmación.

—Sí.

—¿Por qué?

No había maldad en la pregunta de Cassandra, ni resentimiento. Su madre había decidido ayudar al Principado, pero quería saber cuál había sido el motivo. ¿Qué había más importante que conservar su vida, su libertad, su integridad?

—Porque disponía de la información necesaria y podía ayudarme a parar algo de una vez por todas. Siento que fue en otra vida y solo han pasado unas pocas décadas. —Se quedó en silencio. Cassandra vio lágrimas y arrepentimiento en sus ojos—. Cuando descubrieron que había roto el voto, su hermano le pidió misericordia al rey, por el amor que los unía. Que la echara de la Biblioteca si quería, pero que, al menos, la dejara regresar a casa. Yo también intervine, aunque mi voz no contaba, porque era otro el que ocupaba el cargo de Principado. El final ya te lo puedes imaginar. Owen se encerró en su casa, cultivó todas las anémonas que pudo y tu madre se fue a las Islas.

Cassandra era incapaz de imaginarse a aquella mujer, por aquel entonces joven, inteligente y decidida, a la que nunca había llegado a conocer y que parecía ser mucho más valiente que ella, llena de osadía. Ojalá hubiera podido hacerlo y que fuese ella misma quien le hubiera contado aquella historia. Pero no lo había hecho y, en esos instantes, solo Harael podía relatarle el pasado de Maya.

—¿Cómo salió de las Islas?

—Vendiendo lo que sabía a cambio de que la llevaran a bordo de un barco mercante. La información se paga cara, y eso le salvó la vida. Ya no tenía nada que perder. Solo quería recuperar su libertad y empezar de cero. Y lo consiguió, por lo menos, durante unos años más.

—¿Y tú cómo lo sabes? ¿Cómo sabes qué pasó con ella después?

—Digamos que Maya también sabía negociar muy bien sus favores.

Eso hizo sonreír a Cassandra. Estaba harta de escuchar a su padre decirle lo mucho que se parecían. A veces ni siquiera lo había creído. Pensaba que solo se trataba de una artimaña por su parte para que no se sintiera tan sola. Pero ahora que empezaba a saber cosas sobre la mujer que le había dado la vida y el nombre, sospechaba que, a lo mejor, sí que había un lazo invisible que las unía.

—¿La volviste a ver?

—Cuando conoció a Tobías. Estuve en la isla poco tiempo, pero el suficiente para que me contara cómo había logrado escapar y para pedirme que la mantuviera a salvo. Durante meses, los centinelas de las Islas sospecharon sobre su paradero, así que no me quedó más remedio que guiarlos con pistas falsas hasta que los alejé de Isla Brava. Al final, la dieron por muerta, pensando que se había ahogado en el Mar de Hierro.

Cassandra tuvo que hacer de tripas corazón para formular la siguiente pregunta:

—¿Era feliz la última vez que la viste?

—Lo era, pero le habían quitado para siempre muchas de las cosas que amaba: su hogar, su hermano, la Biblioteca, la libertad de escoger a dónde quería ir, qué quería hacer. La magia de recopilar aquellos mitos y leyendas que tan bien conservó —explicó.

—Eran suyos, entonces, esos libros que me enseñaste.

—Sí. Ahí la vi la primera vez. Había escrito las mil y una versiones de mi vida y ninguna se parecía demasiado a la real. Me escuchó. Fue la primera persona que oyó lo que tenía que contar y se apiadó de mí. La visité a diario durante meses. Ella se quedaba en silencio y yo contaba lo mismo una y otra vez. Así fue como nos hicimos amigos y así fue cómo ella encontró un patrón en todas las historias que ya había recopilado. Se volcó conmigo aun sabiendo lo que desentrañaría que hiciera eso. Y yo, en vez de impedírselo, fui tan egoísta que lo acepté.

Harael giró su rostro hacia la ventana y el sol, que comenzaba a elevarse por el horizonte, le alumbró los ojos. Aparecieron los destellos plateados junto a los iris. «Ojos de ángel», pensó. Cassandra, de todo lo que le había dicho, se había quedado con una parte que le parecía primordial, quizá porque ella también sentía predilección, como su madre, por descubrir la verdad sobre el pasado de las personas.

—¿Qué historia?

Él se volvió hacia la chica con gesto contradictorio.

—Has dicho que había escrito un millar de versiones de tu vida y que tú le contaste la auténtica.

—Cassandra…

—No.

—Escucha, no es…

Al ver que no estaba convencido de contarle esa parte de la historia, recurrió a la única carta que le quedaba por jugar.

—Me voy a cobrar el favor de la moneda ahora.

Harael colocó las manos sobre sus hombros.

—Si lo hiciera, tu madre no me lo perdonaría nunca.

—Se lo debes. Esto es por ella, ¿no te das cuenta? Le contaste algo que valoró más que su propia vida, que su suerte. Quiero saber qué fue.

—¿Aunque yo hiciera algo horrible en esa otra vida?

Cassandra puso los ojos en blanco y soltó un suspiro.

—Si mi madre era tan buena como me has contado, nunca se hubiese hecho amiga de alguien ruin, así que tan horrible no puede ser.

Intentó sonreír y pensó que le había salido media mueca, pero Harael borró aquella expresión de su cara cuando dijo:

—Lo es. Mucho más de lo que puedas imaginar.

31

—QUIZÁ SER HIJO DE MURIEL DE LOS ENGAÑOS me hizo convertirme en lo que soy.

»Todo empezó con la muerte de mi madre, la reina. Arlen del Juramento, mi padre, custodió el trono y creo que, en el fondo, tuvo la esperanza de que mi tía Briseida lo amara, pero ella se marchó. Estaba destrozada por haber perdido a su hermana, y no había nada en el amor que mi padre sentía por ella que pudiera hacerla regresar.

»Mis hermanos y yo ya éramos mayores cuando una extraña mujer llegó al reino en plenas festividades por el aniversario de mi padre. Era de una belleza indescriptible, cautivadora, como si no fuera de este mundo. Mis hermanos perdieron la cabeza por ella, tanto que durante los siguientes días buscaron la manera de impresionarla. Le regalaron joyas, vestidos hechos con las telas más exquisitas, la mejor de las habitaciones del castillo. Yo fui el único que se alejó de ella, tal vez porque había algo extraño en la forma en la que me miraba, tal vez porque seguía sufriendo por la pérdida de mi madre. No lo sé.

»Intentó que le prestara atención cada noche desde que llegó al castillo, pero, al ver que no obtenía de mí lo que deseaba, se centró en el rey. Y Arlen, que era viudo desde hacía algunos años y tenía el corazón y la mente embrujados, acabó cediendo a sus virtudes. Antes de que pudiera darme cuenta, aquella joven de ojos más verdes que los bosques, se casó con mi padre y consiguió lo que había venido a buscar: reinar. Acantha lo destruyó todo, empezando por el rey, que enfermó pocos meses después. Al año de la boda, falleció.

»Mis hermanos y yo estábamos destrozados, no solo porque todo el reino estuviera en manos de una mujer a la que habíamos aprendido a odiar día a día, ya que su belleza se equiparaba a la maldad con la que trataba a todo el mundo, sino también por el fatídico final que había tenido nuestro padre, que siempre había sido un buen hombre, con independencia de que nuestra madre y él se hubieran querido más o menos.

»La mediana de mis hermanos se alistó en las tropas militares y el mayor se marchó tan pronto como pudo y se encerró en una biblioteca a seguir el camino del estudio y la erudición, como Briseida. Yo también podría haberme ido, de hecho, aquello hubiera contentado bastante a Acantha, pero pensé, ingenuo de mí, que sería capaz de acabar con ella. Que podría apartarla del trono. Ella fue el gran mal que asoló la era de paz que Muriel de los Engaños había construido para Áurea. No hubo ángel que me avisara, no en ese momento.

»Durante un tiempo no actúe, solo me dedicaba a vigilarla, ver qué hacía, a dónde iba, con quién hablaba. Era un espía en mi propio castillo, y mis hermanos, preocupados por mí, estaban cada día más convencidos de que acabaría perdiendo la cabeza. Pero entonces sucedió algo que me hizo recuperar la cordura, al menos, durante un periodo breve de tiempo.

»Viajé hasta una aldea cercana que estaba pasando muchas necesidades para llevar viandas y otros suministros y ver cómo podría ayudar. Ahí cometí el mayor error de mi vida. Me enamoré de una chica bellísima que solía visitar al viejo herrero con quien había hecho amistad. Le llevaba comida todos los días, era dulce y buena, y cuando quise darme cuenta ya no sentí la necesidad de seguir enfrentándome a Acantha.

»Decidí quedarme a vivir en la aldea, aprendí un oficio y me casé con aquella chica amable y bondadosa que se había puesto en mi camino en el momento más difícil de todos. Pero no toda la gente del lugar me apreciaba. Había una muchacha que siempre me observaba con suspicacia y le lanzaba miradas cargadas de odio a mi esposa Issbella. Hasta que un día no lo toleré más y me enfrenté a la muchacha.

—¿Acaso te hemos hecho algo para que nos trates así? —le pregunté, estaba casi rabioso, encelado. Quería cuidar de ella como fuera—. No entiendo a qué viene esta inquina que nos tienes.

»Aquella chica vivía en una casa a las afueras, con sus padres. No hablaba con nadie y la mayor parte de las veces procuraba esconderse de la gente, era como si se sintiera incómoda, o como si ocultara algo, porque nadie jamás había ido a visitarlos a su casa, hasta el día en que fui yo.

»Enfureció cuando me vio en su puerta. La cerró de golpe y salió al jardín.

—Aléjate —me dijo entre dientes, casi parecía una amenaza, así que di un paso atrás—. No deberías estar aquí. Tienes que irte antes de que suceda algo horrible.

»Después de ordenarme aquello, corrió hacia el interior de su casa y me dejó junto a la verja incluso más contrariado de lo que había llegado.

»El problema fue que me equivoqué con la interpretación que hice de su consejo, porque aquella muchacha retraída y extraña me estaba advirtiendo sobre lo que estaba a punto de suceder, me estaba advirtiendo que no había sido cuidadoso y que lo perdería todo. Ya te dije que no fue un ángel quien me salvó, fue ella.

»A los pocos días de aquella visita, ella comenzó a visitar más la aldea. La veía en la plaza, mirando nerviosa a todos lados y, sobre todo, observándome a mí. Yo seguía creyendo que intentaba asustarme, que su presencia era un recordatorio de lo que había visto en sus ojos cuando estuve en su casa.

»Cada vez que la sorprendía espiándome, salía corriendo y no regresaba hasta que caía la tarde. No sabía dónde pasaba todas aquellas horas muertas, pero, cuando la volvía a ver al final del día, siempre iba embarrada hasta las cejas, con el pelo despeinado y aparentaba estar tan cansada que no sé cómo podía mantener los ojos abiertos.

»En una de esas ocasiones, me acerqué a ella, se estaba lavando la cara en la fuente de la plaza y le temblaban las rodillas. Me senté sobre una roca que había cerca y le tendí un trozo de pan recién horneado. No lo cogió al principio, pero después pareció hacérsele la boca agua y acabó por aceptarlo.

—¿Adónde vas todos los días? —le pregunté mientras comía, de pie, a unos pocos metros de mí a pesar de que había sitio de sobra para los dos en la roca.

—Al bosque, a cazar.

—No parece que se te dé muy bien —apunté después de echarle una larga mirada a sus piernas magulladas, a los arañazos en brazos y cara, a las raspaduras de los codos.

—Hay bestias que se resisten más que otras.

—¿Y por qué cazas? He visto que en tu casa tenéis gallinas, una vaca, cerdos.

—Lo que yo cazo, príncipe, no se come —soltó con la boca llena mientras se afanaba en deglutir el último bocado que le quedaba.

—¿Qué quieres decir?

»Pero no contestó a mi pregunta.

»Se le había pegado el pelo a la cara e intentaba a manotazo limpio apartarse los mechones. En ese momento, me di cuenta de que, probablemente, era unos cuatro o cinco años más pequeña que yo. Eran sus ojos salvajes y oscuros los que hacían que aparentara más edad de la que tenía.

»Me levanté de la roca, fui hacia ella y, con la cinta que siempre llevaba colgada de la muñeca, le recogí el pelo. No se apartó, se quedó muy quieta, como si estuviera preparándose para un ataque posterior. Pocos segundos después, mi esposa estaba a nuestro lado. Nunca la había visto mirar a alguien con mayor desprecio. En las últimas semanas desde la boda, estaba diferente.

»La cazadora se dio media vuelta y se marchó sin decir palabra y mi esposa hizo lo mismo, solo que yo fui detrás intentando que se calmara. Pero ella me dijo que no quería que me volviera a acercar a la muchacha.

—Todo el mundo sabe que es peligrosa. ¿Por qué crees que no se acerca a nadie? No tiene amigos. Nunca se ha portado bien con la gente de la aldea, entiéndelo. Solo quiero protegerte.

»Y yo, que en un primer momento había pensado lo mismo, no volví a aproximarme a ella por mucho que la veía en la plaza, llevando mi cinta en el pelo. Hasta que un día, mientras estaba afilando unos cuchillos en la forja, una sombra me tapó la luz y la encontré delante de mí con los brazos cruzados sobre el pecho.

—Necesito un puñal de hoja fuerte y larga. ¿Puedes fabricarlo?

—Sí, supongo que sí.

—Bien.

»Me lanzó una bolsa llena de monedas y me dijo que lo quería para el día siguiente, que no podía esperar y que fuera cuidadoso con el material que usaba. No podía romperse por nada del mundo.

»Quizá porque estaba intrigado o porque sentí la necesidad de hacer algo por ella, me quedé trabajando el resto del día y de la noche para tenerlo listo. Antes del amanecer, estaba de vuelta. Vestía como un hombre. Recuerdo que me impresionó verla así.

—¿Adónde vas? —le pregunté.

—Si quisiera decírtelo, ya lo habría hecho.

»Cogió el puñal, lo inspeccionó con cuidado y, al final, asintió. Antes de que pudiera decir nada, estaba saliendo por la puerta, pero la curiosidad fue mayor que mi instinto y la seguí hasta el bosque. Tuve muchísimo cuidado de no ser descubierto, y eso que siempre había sido bastante torpe; el mayor de mis hermanos era más sigiloso que yo.

»Anduvimos durante horas, ella varios metros por delante de mí, yo con el corazón acelerado, pensado que en cualquier momento me delataría la respiración, una rama que se quebrara bajo mis pies o el más mínimo sonido que pudiera revelar mi presencia. No sabía cómo podía reaccionar si me encontraba ahí, a fin de cuentas, llevaba un puñal y era una joven extraña y, según lo que mi esposa me había dicho, peligrosa. Vamos a ver, estaba metiéndose en lo profundo del bosque con un puñal, ¿qué podía pensar?

»Entonces se detuvo en lo alto de un peñasco y miró hacia abajo. Dejó el macuto que llevaba en el suelo, se ajustó bien el cincho con el puñal a la cintura y miró al cielo durante una milésima de segundo antes de saltar. Cuando lo hizo, salí de mi escondite y fui corriendo hacia allí. Creo que grité. Sí, diría que me invadió una sensación de pánico, pero, al echar un vistazo, vi que había un lago y una cascada y que ella estaba nadando en dirección a esta. Era veloz y pronto se perdió detrás de la cortina de agua.

»Miré a todas partes con el corazón incontrolable. No era capaz de saltar, la altura era grande y no era un buen nadador, así que vi que podía bajar por la ladera, descender el peñasco a pie y sumergirme después. Me dio la impresión de que al otro lado de la cascada debía de encontrarse la entrada a alguna cueva.

»Llegué abajo y me zambullí. No sabía muy bien qué estaba haciendo ni qué diría cuando ella me descubriera husmeando como un perro, sin embargo, no me importó. Supongo que era la adrenalina la que me empujaba a no tener miedo en aquel momento.

»Nadé y me impulsé contra el agua con todas mis fuerzas. Y, cuando ya no me quedaba aliento para seguir ni aire en los pulmones, logré volver a la superficie y agarrarme a un pedrusco que me mantuvo a flote hasta que mi visión se acostumbró a la oscuridad de aquel lugar.

»Braceé hasta que llegué a una extensión más amplia y me impulsé para emerger del agua. No supe el camino que debía tomar hasta que escuché unas voces lejanas, casi entrecortadas, que se colaban por un estrecho pasadizo por el que mi cuerpo cupo a duras penas. Aquel minúsculo hueco, de unos diez metros, desembocaba en una cueva circular que ascendía en forma cilíndrica hacia el cielo. La luz entraba por un agujero que había arriba del todo y arrojaba un haz de luminosidad sobre el pedregoso lugar.

»No me moví un ápice cuando divisé a la chica, acuclillada en el suelo, junto a un cuerpo tendido de lado. Un cuerpo humano, de hombre, que parecía estar agonizando, teniendo en cuenta los gemidos que profería. Era como si un animal salvaje luchara por deshacerse de unas trampas invisibles que lo mantenían apresado. ¿Por qué? ¿Por qué tenía a un pobre hombre malherido y encerrado en aquel sitio? ¿Qué clase de persona era?

»No lo pude soportar, debía hacer algo y solo tenía un par de piedras a mis pies para defenderme. Las cogí y las guardé en los bolsillos mojados y, al fin, me asomé desde el escondite. Carraspeé para que supiera que estaba ahí.

»Se dio la vuelta tan rápido que me pareció que era imposible moverse a esa velocidad. Seguía acuclillada, pero ahora con las palmas de las manos en el suelo y los ojos clavados en mí como quien martillea tornillos en una pared.

—¿Qué haces aquí? —rugió.

—¿Y tú?

»Di varios pasos en su dirección, con la espalda cerca de la pared, y contemplé a aquel hombre que tenía la piel pálida, pero a la vez se le ensombrecía el rostro por el pánico.

—¡Lárgate de aquí! Vete —ordenó de nuevo, esa vez extendiendo un brazo hacia la entrada por la que había aparecido.

—¿Qué le has hecho? —Señalé al hombre con la barbilla y no hice el más mínimo intento de obedecer sus órdenes—. ¿Quién es? ¡¿Por qué lo tienes aquí?!

»Entonces, después de elevar la voz, ella se levantó echa una fiera, fue hacia mí y me empujó contra la pared. Me enseñaba los dientes, amenazante, y su antebrazo permanecía en mi cuello, cortándome la respiración.

—Dijiste que lo que tú cazabas no se puede comer.

—Preocúpate por aquella que vive bajo tu techo y desaparece de mi vista ahora mismo. ¡Fuera de aquí! —me gritó de nuevo con los ojos llenos de lágrimas.

»Después me empujó por el pasadizo hasta que llegamos al borde del suelo rocoso y, con un último empellón, me tiró al agua. Tuve que irme de inmediato. En mi mente tenía que hacer algo, avisar a la gente, tenía miedo de que aquel que habitaba en la cueva fuera un hombre de la aldea. Pero ¿qué había querido decir con aquella última insinuación? ¿Era permanecer callado la única opción que me quedaba?

»Cuando regresé a casa escribí dos misivas a mis hermanos. Una era una guerrera y el otro un sabio, algún consejo sabrían darme, podrían decirme qué hacer en una circunstancia como aquella. Los convoqué en el reino y, al cabo de unos días allí, nos encontramos tras meses sin vernos.

»Acantha nos recibió con todo lujo, pero había algo en sus ojos que me hizo sentir más vulnerable que la última vez que nos habíamos encontrado. Me preguntó por mi vida, por mi esposa, por mi visita al castillo, y yo contesté con palabras huecas a todo mientras mis hermanos me juraban que me acompañarían.

»Los tres volvimos a la cueva, pero ahí ya no había nadie, así que ellos se quedaron conmigo y con mi esposa durante varios días, mientras vigilábamos de cerca a la muchacha. Cuando después de varios intentos no dimos con su nuevo escondite, me planté una vez más en su casa.

—Te dije que te marcharas —vociferó en cuanto me abrió la puerta.

—Me fui, te encargaste de echarme.

—De la aldea, estúpido. ¿Por qué has vuelto?

—Porque mi vida está aquí y tenías a un hombre agonizando en aquella cueva.

—¿Dónde están tus hermanos? —preguntó entonces, al darse cuenta de que no estaban conmigo como el resto de las veces que nos había descubierto observándola.

—En casa.

»En cuanto lo dije, cogió un saco que se colgó del hombro y echó a correr. Yo detrás de ella, por supuesto, sin comprender nada.

—¿Qué está pasando? ¿Adónde vamos?

—El hombre de la cueva no agonizaba por mi culpa, es el Shanbrá, un ser que concede deseos si lo atrapas. Lucha por escapar. No le hice daño, lo solté después —me explicó entre jadeos, corría mucho más rápido que yo, parecía estar entrenada—. A eso me refería con que lo que cazaba no se puede comer.

—¿Y qué le pediste?

—Que me embrujara el puñal que me habías hecho.

—¿Para qué?

—Para acabar con la cambiaformas.

»Recuerdo que aquello me confundió muchísimo. Por supuesto que habíamos escuchado hablar del Shanbrá, formaba parte de nuestra cultura, pero ¿un cambiaformas? Solo eran cuentos para asustar a los niños.

»Ella pareció adivinar mi pensamiento, porque lo siguiente que dijo me heló la sangre:

—Y adivina cuál es su forma favorita. Las mujeres.

—¿Es una mujer? —pregunté con la voz entrecortada.

—Tenemos que encontrar a tus hermanos ahora mismo.

»Corrí como nunca antes había hecho. Estaba confiando en aquella mujer pese a que la historia sonaba de lo más extraña. Me invadió un miedo atroz y solo quería comprobar que todo aquello era mentira, una invención, una tomadura de pelo. Me equivocaba, la amenaza era real y mi vida estaba a punto de cambiar para siempre.

»Llegamos a la casa. La puerta de la entrada estaba abierta y había signos de pelea en el interior. Algunos muebles se habían caído, las cortinas estaban hechas jirones y un reguero de sangre mostraba el camino que llegaba hasta el pequeño salón. Frente a la chimenea, el mayor de mis hermanos permanecía tumbado bocarriba con los ojos abiertos y el pecho ensangrentado; en una esquina, apretándose el abdomen con el brazo fuertemente, estaba mi hermana mediana, que aún tenía pulso y respiraba agitada.

»Corrí a su lado y caí de rodillas sobre la sangre del suelo. Le sostuve la cabeza contra mi pecho y vi cómo se apagaban sus ojos mientras me decía que mi esposa había hecho aquello y que después se había marchado hacia el bosque a lomos de mi caballo. Yo solo quería ayudarla y la chica pareció comprenderlo, porque se marchó de inmediato en cuanto escuchó hacia dónde se dirigía la cambiaformas.

—Se convirtió en Acantha... —Tosió sangre—. Y después en un dragón, y a continuación en un pájaro y después en Acantha otra vez. Fue como si perdiera... el control. Es... es una...

—Cambiaformas —dije, colérico.

»Ella había tenido razón y yo la había ignorado. Me había advertido, me había puesto sobre aviso y yo no la había creído, y ahora mi hermano mayor estaba muerto y la otra a punto de hacerlo.

»La recosté en el suelo y le dije que iría a pedir ayuda. Salí como una flecha hacia la casa del médico más cercano. Hizo todo cuanto pudo por ella, en aquel entonces la medicina no había avanzado tanto como para salvarle la vida y a las pocas horas murió. Yo sentí que enloquecía, que había perdido a mi padre, a mis dos hermanos y a la joven cazadora por culpa de aquel ser, por culpa de Acantha. Tenía uno de aquellos dones de los que tanto se hablaba, igual que el Shanbrá.

»No pude encontrar ni a la cambiaformas ni a la cazadora. Las busqué durante días, pero no había rastro de ellas, y me temí lo peor: que la hubiera matado y ahora tuviera su aspecto. Después de semanas de búsqueda, me reclamaron en el reino. La reina había desaparecido y, como mis hermanos habían muerto, era el siguiente en la línea de sucesión. Me coronaron, pero yo no podía parar de pensar en aquella mujer que me lo había quitado todo, ni en la chica. Así que hice lo único que podía hacer: intentar atrapar al Shanbrá y engañarlo, no por nada llevaba la sangre de Muriel corriendo por mis venas.

»No sé cuánto tiempo tardé. Años, horas de no dormir, de volverme loco, de tener que mantener el reino a flote, pero también mi mente y mi corazón, llenos de rabia y de un dolor incalculable. Cuando ya había perdido la esperanza, logré dar con él y atraparlo.

—Quiero encontrarla —pedí.

—¿A cuál de las dos? —contestó él con malicia.

»Por aquel entonces, seguía conservando su aspecto humano, no se había degradado tanto como cuando tú y yo lo encontramos.

»Dudé. La venganza y el afecto, dos sentimientos opuestos.

—Una está viva, la otra muerta —dijo de pronto—. La bella y dulce Acantha envió a alguien para que le guardara un preciado objeto que yo mismo embrujé.

»El puñal. Si Acantha había conseguido el puñal, solo podía significar que la cazadora era la que estaba muerta. Y yo no paraba de pensar que era por mi culpa, por no haberme ido con ella y haberla dejado enfrentarse a aquello sola, por haber desconfiado.

—No se lo merecía, solo quería salvarnos.

—¿Cuál es tu deseo, joven príncipe? —insistió él.

»Yo no sabía qué pedir: ¿el puñal para que pudiera matar a Acantha si algún día, durante mi breve vida, daba con ella? ¿La forma de encontrarla pero sin tener el arma con la que pudiera matarla? ¿Encontrar el cuerpo sin vida de la chica para enterrarla como los dioses mandaban?

»Estaba confundido, mi corazón se dividía y todo era una duda. Solo tenía un deseo y, si no lo aprovechaba bien, todo aquel sacrificio no habría valido la pena.

—Quiero tiempo.

—¿Cuánto?

—Todo el que necesite para encontrarlas a las dos.

»Cuando lo pedí, no pensé en ningún momento que ese tiempo se convertiría en siglos, pero mi vida humana no bastó para recorrer todo el territorio que había ante mí. Me llamaron el Justo porque conseguí gobernar y hacer el bien y proteger a mi gente de los extraños que venían a la corte, y entonces, en los últimos minutos de mi vida, el deseo que le había pedido al Shanbrá comenzó a volverse real, porque, cuando morí, el mismo serafín que le había concedido a Acantha su don, me regaló el privilegio y la maldición de encontrarlas a ambas: a Acantha con cada una de sus diferentes formas y a la cazadora en cada una de sus múltiples vidas. Y nunca, ni como príncipe ni como Principado, fui capaz de evitar que Acantha la matara. Nunca llegué a tiempo.

32

—¿ERES EL HIJO DE MURIEL DE LOS ENGAÑOS? ¿El príncipe maldito de la leyenda? —Fue lo primero que preguntó Cassandra cuando encontró el valor para hacerlo después del relato de Harael, el protagonista de aquella historia que había contado tantas veces.

Harael carraspeó. Se levantó de la cornisa y se estiró mientras iba hacia la puerta.

—Es increíble que después de dos mil años recuerde aquella primera vida con tanta nitidez. Una parte de mí deseó que se fuera difuminando, que no me persiguieran siempre cada instante y cada mala decisión.

—Eres un príncipe —siguió hablando Cassandra, que estaba descolocada—. Y cazaste al Shanbrá.

—Sí y sí —contestó Harael con una sonrisa en los labios.

Cassandra se abrazó a sí misma y se mordió el labio.

—Fuiste humano —comentó también.

—Un pésimo humano.

La amazona fue hacia él. Por cada paso que daba, él retrocedía dos, como si el contacto ahora estuviera prohibido. Sospechó que se debía a que se sentía vulnerable. Había descubierto su naturaleza ante ella, su historia, su primera vida, la que debía de ser la más importante.

Al ver que se resistía a que se le acercara, se detuvo junto al mueble de la derecha y se apoyó en él.

—No fue culpa tuya. Cualquiera habría hecho lo mismo en tu lugar.

—No digas eso —rugió—. Claro que fue culpa mía. Si la hubiera seguido, si hubiera impedido que se fuera detrás de la cambiaformas, todo hubiera sido diferente.

—Acantha. —Cassandra se quedó en silencio—. Por eso tenía que hacerme pasar por ella ante el Shanbrá, para que obtuvieras el puñal. Dijiste que solo se le podía pedir un deseo y tú ya lo habías consumido. Ella te habría matado, Harael.

—¿Y qué? Yo ya lo había perdido todo. A mi padre, a mis hermanos...

—A la cazadora.

Harael le dio la espalda y Cassandra no supo si estaba llorando o solo se ocultaba en las sombras para no gritarle de nuevo que no sabía de qué estaba hablando, que jamás comprendería qué era aquello que estaba tan enterrado en su corazón medio humano, medio inmortal, que llevaba miles de años vagando en busca de la mujer que mató a su familia y la mujer que lo salvó de ella.

—Era buena y valiente. Pero yo lo entendí mal. Pensé que era lo contrario, que me estaba amenazando cuando solo me advertía. Todos aquellos días que regresaba a la plaza, manchada de tierra y magullada, iba en busca del Shanbrá para poner al pueblo a salvo de Acantha. Así que sí que es culpa mía, porque debí dejar que me lo explicara, que me hablara.

—¿Es a ella a quien buscamos en la Espesura?

El Principado se giró, colérico. Tenía los puños apretados, los hombros elevados y los ojos le ardían. Había sed de venganza en ellos y en todo su cuerpo.

—Buscamos a la cambiaformas. No se me escapará esta vez.

—¿Y qué te hace pensar que será diferente que las otras veces?

—Ahora tengo el puñal, sé lo que es y dónde está desde hace siglos. Ahora he tomado las decisiones correctas para llegar hasta ella antes de que lo haga la cazadora. Están destinadas a encontrarse en todas las vidas. Pero ahora tú estás conmigo y no importan las formas que haya tenido antes, porque te han regalado el don de susurrarles a los caballos.

—Es el caballo de la selva maldita —dijo Cassandra asintiendo. Todo estaba cobrando sentido en su cabeza—. Y quieres matarla.

Esa vez se le rompió la voz, no solo porque no le gustaba que dentro de Harael anidara tanto odio, sino también porque en su mente apareció el cuerpo inerte de un caballo. Iba a utilizarla para atrapar a Acantha y ella, por mucho que comprendiera de dónde nacía ese dolor tan grande, no sabía cómo evitar que corriera la sangre.

—Has dicho que mi madre observó un patrón.

—Sí. Llevaba cientos de años buscándolas, como el Shanbrá me prometió cuando pedí mi deseo, pero siempre que daba con su paradero era demasiado tarde. No llegaba a tiempo. Una y otra vez, durante sus cincuentaitrés vidas, la vi morir sin poder hacer nada para impedirlo, mientras la cambiaformas pasaba de un cuerpo a otro.

—¿Entonces?

—Entonces tengo que llegar hasta ella antes de que la reencarnación de la cazadora lo haga —explicó—. Ese es el patrón. Se me adelanta en todas sus vidas.

—¿Cómo es posible?

—Porque yo nunca sé quién es hasta que las dos se encuentran.

—¿Y qué lo hace diferente esta vez?

—Que ahora voy un paso por delante. Voy muchos pasos por delante. Solo tengo que llegar hasta Acantha y matarla.

—¿Y después?

—Y después ella tendrá la vida que mereció vivir hace tantos siglos y que perdió por mi culpa —dijo en voz baja. Le pesaba en las entrañas, se notaba—. Y yo podré descansar por fin.

—¿Descansar?

Harael sonrió con los ojos tan tristes que a ella se le instaló un nudo en la garganta y los músculos se le agarrotaron como si una mano rígida se incrustara en su carne.

—Mi tiempo tiene caducidad, Cassandra.

Entonces fue cuando lo comprendió. Al matar a Acantha, salvaría a la cazadora y él moriría, desaparecería y perdería la eternidad que arrastraba como una maldición. No le importaba que le vieran las alas porque fuera a fallecer, sino porque lo haría antes de tiempo.

—¿Te vas a suicidar?

Harael soltó una carcajada con la que intentaba destensar un poco el ambiente, que se había cargado entre los dos.

—Cassandra, yo morí hace ya muchísimo tiempo. Solo he estado vagando en busca de algo que quería arreglar. Sabía que esto pasaría tarde o temprano, y no te equivoques, yo no tenía intención de alargar tanto esta vida. Pensaba que todo acabaría mucho antes.

Ella procuró no mirarlo, pensó que, si lo hacía, le mostraría lo mucho que le dolía aquella decisión, que la vida era algo más preciado, que no podía ayudarlo a morir.

—La querías —dijo sin dudarlo—. ¿En las otras vidas también?

—No la conocí en ninguna de sus otras vidas. Ha nacido tantas veces... Ha sido doctora, agricultora, guerrera, poeta. Solo supe de ella cuando ya no estaba entre los mortales. Y sí, quizá la quise en esa primera vida, aunque no tuve tiempo de comprobar lo que mi corazón sentía.

—Mi madre no sería...

—No, claro que no. Ya te lo he dicho. Ella fue una buena amiga, una de tantas a las que he perdido. Imagínate lo que es sobrevivir a todas las personas que vas conociendo, queriendo.

Cassandra se entristeció todavía más al ponerse en su piel.

—Ahora deberíamos irnos.

Ella lo cogió de la manga del blusón y tiró de él antes de que hiciera girar el pomo de la puerta. De haber podido, en ese momento, lo habría encerrado en una cámara subterránea como las que había en el palacio de Finn. Lo habría protegido si supiera cómo, pero no había ninguna forma, y ella tenía demasiadas vidas colgando en sus manos.

—¿Qué?

—Eres el Principado de la princesa. —Jugó la última carta que le quedaba—. ¿No deberías asegurarte primero de que pudiera gobernar y de que los reinos no se vieran atrapados en una guerra que llevará años?

—¿Te importa si gana o si pierde?

—Me importan las consecuencias de esta enemistad entre los hermanos.

—¿Sabes siquiera a qué se debe? —preguntó Harael.

Ella no dejó de apretar la tela con más fuerza, tiró tanto que incluso se le descubrió el hombro izquierdo y la piel y los tatuajes quedaron expuestos. El conjuro que mantenía fuera del alcance de los ojos las alas del Principado, el secreto del hombre.

—Ambos hermanos tienen dones.

Cassandra lo sabía de Finn, sus ojos se lo decían, pero ¿la princesa también?

—¿Qué clase de dones?

—Por la sangre de la princesa corre el fuego.

«Como el hielo por la de Némesis», pensó Cassandra.

—¿Y el príncipe?

—El príncipe es un cambiaformas, como su madre, solo que él logró controlarlo a muy temprana edad. Lo tuvieron encerrado de los siete a los nueve años en unas mazmorras, donde aprendió a dominarlo. Era propenso a adoptar formas bestiales y arrasaba con todo.

Se le erizó la piel de todo el cuerpo. Un niño tan pequeño encerrado en unas mazmorras, haciendo frente al miedo y al dolor solo. Una bestia, como él le había dicho.

—Su hermana se aisló aquí porque tampoco tiene control sobre su don, como le pasó a su madre. Por eso vive tan poca gente en el castillo. La cuarta torre no está encantada, está cerrada porque cuando tiene episodios se esconde allí.

—Pero ¿por qué se odian tanto si han pasado por lo mismo?

—Porque Alair quiso encerrarla en unas cámaras que construyó para retener los dones. Investigó durante mucho tiempo y encontró la manera de crearlas.

—Pero tú dijiste que solo los serafines pueden contrarrestar los dones. Sus cenizas.

—Sí, de eso están hechos los muros de las celdas. No somos los únicos que han visitado al Shanbrá, Cass. Alair conoce muy bien el desierto, es como la palma de su mano. Solía sobrevolarlo cuando era más joven —explicó—. Cuando Eliadora supo lo que pretendía, escapó antes de que no pudiera salir de ahí en años. Adria la ayudó a llegar hasta aquí, era íntima amiga de Alair. Él la quiso mucho hasta que lo traicionó. O, al menos, él lo entendió como una traición.

—¿Y tú? ¿Qué crees tú?

—Creo que, por muchas comodidades que tenga una prisión, no deja de serlo. Eliadora le declaró la guerra no porque sea partidaria de ellas, ya has visto que es sosegada de carácter, aunque de alma feroz, lo hizo porque quiere liberar a su madre y su hermano no atiende a razones.

—¿Debería liberarla o es peligrosa?

—Cassandra, todos los dones son peligrosos si la persona que los posee tiene intenciones oscuras. Egan lo encerró durante dos años en las mazmorras de este castillo, lo dejó aquí mientras ellos vivían en Ciudad Centaurea. Y aguantó solo, con la comida que los centinelas le traían. Debería saber lo que es eso, pero, en cambio… No sé, Cassandra, creo que por mucho que quiera proteger a los demás, no puede hacerlo hiriendo a gente inocente. A su propia familia. Y créeme, te lo digo yo, que perdí a la mía.

—Si cambiara de idea, ¿crees que Eliadora trabajaría con él mano a mano?

—Me parece que es demasiado tarde para eso. La princesa

está preparando un golpe para entrar en el continente por el desierto. Es peligroso, porque ella conoce ese territorio mucho menos que su hermano, ya se lo advertí, pero no tomó en consideración mi consejo. Aun así, tienen una oportunidad de dar un golpe y reunirse con los consejeros, que es lo que pretendían desde hacía tiempo. Quiere demostrar que es mucho más válida que el príncipe.

—¿Un golpe? ¿Van a atacar el palacio?

—Eso fue lo que se habló anoche.

—Por eso tenían prisa en que domara tantos caballos... —murmuró Cassandra.

Debía ponerse en contacto con Finn antes de que salieran del castillo, pero ¿dónde podía encontrar a alguien que le llevara el mensaje? Y si lo advertía, ¿qué valor le daba a la opinión de Harael sobre todo aquello? Aunque no había obrado como cabría esperar, o como el resto deseaba, ¿merecía que fuera destituido de aquella manera? Ni siquiera había tenido una conversación con su hermana, y lo único que conseguiría ese ataque sería complicarlo todo hasta el extremo de que no hubiera vuelta atrás. Si al menos hubiera podido aconsejarle que hablara con su hermana antes de que ella pusiera a los consejeros de su parte...

—Voy a despedirme de Cadmo y de Eugene —le dijo a Harael, soltando por fin la manga de su blusón—. Y a cambiarme. Tú también deberías, parece que acabas de salir de la cama. No creo que con esa ropa seas capaz de encontrar a Acantha. Y no queremos eso, ¿verdad? —disimuló ella. Así podría apurar un poco más el tiempo.

Harael no tuvo ocasión de decir nada, porque ella salió corriendo del dormitorio, atravesó las torres, cuyos pasillos se había aprendido de memoria en los últimos días. Llegó a sus aposentos y, sin tener demasiado cuidado, abrió la puerta con furia.

Cadmo, como de costumbre, ni se inmutó. Dormía. Cassandra se preguntó si durante sus sueños no viajaba a otros lugares, si no veía a otros seres. Era probable, el Principado le había dicho que tenía diferentes contactos con la Muerte, y quizá el mundo de los sueños era uno. Algún día tendría que preguntárselo. Eugene, sin embargo, que siempre se asustaba con los ruidos fuertes, brincó en la cama.

—¿Qué demonios pasa?

Cassandra se colocó a su lado y le puso una mano en la boca. Le hizo una señal para que se callara y lo arrastró al baño mientras él se frotaba los ojos. Estaba tan adormilado que, cuando se despertó del todo y se vio reflejado en el espejo, pegó un segundo salto.

—Eugene, venga, espabila. —Le dio una bofetada floja en la mejilla—. Te necesito despierto, ¿entiendes? —Chasqueó los dedos delante de sus ojos.

—Vale, vale. Joder, qué mala leche de buena mañana. Y pensar que un día quise casarme contigo, tener hijos, envejecer a tu...

—¡¿Quieres centrarte de una maldita vez?! Por todos los caballos, Eugene, esto es importante. De ello depende que tengamos la oportunidad de salir con vida de esta.

—Mira que te gusta exagerar —contestó él con los brazos en jarras—. A ver, ¿qué coz te han propinado ahora? —contestó, malhumorado, aunque había cierta burla en su tono de voz.

Cassandra lo cogió por los antebrazos y lo zarandeó con fuerza.

—Escúchame bien, por una vez en tu vida hazme caso.

—Te hago caso, demonios. Como para no hacértelo, me estás clavando las uñas.

—¿Qué te dijo el príncipe cuando te ordenó que me acompañaras? Sé que fue él quien te buscó. Necesito que me lo cuentes todo. ¿Qué te pidió? —preguntó con los ojos abiertos como platos soperos.

Eugene se quedó pensativo un momento. Cassandra lo conocía demasiado bien como para no darse cuenta de que se estaba callando algo. Lo sospechaba desde que se habían encontrado en el puerto. Por muchas órdenes que Finn le hubiera dado, seguro que estas, además, iban acompañadas de algún tipo de insinuación e incluso una explicación que hiciera que Eugene estuviera alerta. Pero estaba segura de que no le habían encomendado ni que la cuidara ni que la vigilarla, él a duras penas la acompañaba durante el día, y de noche caía en un sueño profundo del que no salía hasta el día siguiente.

—Que me contestes. Le debes lealtad y blablablá, me da igual. Soy tu amiga, te he salvado el culo tantas veces que eso debería ser suficiente para que me respondieras.

—No tengo que hacer nada, Cassandra. A no ser que tú me digas que lo haga —explicó algo más serio de lo que era habitual en él—. Yo soy el que tiene que hacerle llegar lo que tú quieras.

—Eres mi vaso comunicante —susurró Cassandra. Ni siquiera había pensando en esa posibilidad—. ¿Y cómo lo harás?

—Eso no importa. ¿Acaso hay alguna información que quieras que le haga llegar al príncipe?

—Sí, Eugene. Es urgente. Tiene que recibirla cuanto antes. ¿Hay posibilidad de que la intercepten?

—No, créeme, no la hay.

—¿Por qué estás tan seguro? —preguntó Cassandra, mostrando sus sospechas—. ¿Cómo podemos saber que llegará a sus manos y no será otro quien lea la carta?

—Confía en mí, ¿quieres? —gritó Eugene, nervioso—. Si te digo que la va a recibir, es que la va a recibir. Sé lo que hago. Recibirá la carta. Tú escríbela y yo se la daré.

Eugene cerró los ojos en ese justo momento.

—¡Maldición!

—¿Eugene? ¿Cómo que se la darás?

—No quería decir literalmente, sino que se la entregaré. No a él, al hombre que lleva el correo. Tiene un barco. También está de parte del príncipe y es muy agradable. El otro día fui a verlo y me dio un trozo de pastel de menta con fresas y una bebida de nara…

Cassandra, cansada de escucharlo, le dio una colleja tan sonora que incluso le escoció a ella.

—Mientes fatal —lo riñó—. Si has dicho que se la vas a dar, solo puede ser porque… está aquí, ¿verdad? Está en Ciudad Caléndula. ¿Dónde? —exigió saber—. ¿Dónde está el príncipe,

Eugene?

—No está aquí.

—Eugene, ¿tú me has visto cara de estúpida? —Su amigo no dijo nada, y no porque en ese caso se aplicara que quien calla otorga, sino más bien porque parecía asustado por lo que pudiera decir sin querer, como había hecho minutos atrás—. ¿Dónde puede esconderse alguien que no es bienvenido por la mayoría, sobre todo por la princesa? Tiene que ser un sitio donde pasar desapercibido… —caviló en voz alta.

Cassandra se detuvo un segundo. ¿Y si había adoptado otra forma?

«¿Habrá matado a la persona a la que reemplaza como hacía Acantha con sus presas?».

No podía ser cierto, aunque la última vez que se habían visto, él había dicho que era un monstruo, una bestia, ¿y si había más sangre en sus manos que en las de su hermana?

Cassandra no paraba de pensar en si estaba haciendo lo correcto o si, por el contrario, se estaba equivocando de tal manera que no habría forma de retroceder en el tiempo.

«La cuarta torre no está encantada», recordó.

Salió del baño, sacó la ganzúa del primer cajón de la cómoda y Eugene, que ya se había despabilado del todo, fue detrás de ella. Intentó retenerla varias veces, le preguntó a dónde iba y qué estaba haciendo, pero no podía parar de pensar en los ruidos y la presencia extraña que había sentido en los pasadizos oscuros de la torre cuando semanas atrás había ido a robar aquella moneda.

—Para, Cassandra. Si alguien te ve… Yo he tenido mucho cuidado.

—Tú y «cuidado» en la misma frase, Eugene, es como decir que yo soy prudente. No te cuadra, ¿verdad que no? Pues eso —le dijo mientras bajaba las escaleras a grandes zancadas, sin sujetarse siquiera a la barandilla.

Por más que Eugene intentaba convencerla, la aferraba del brazo y estiraba con toda su fuerza, Cassandra se resistía cada vez y se afanaba más en llegar a la torre. Ya no sabía qué pensar de Finn, el hombre que había aparecido bajo el sol cegador de la Ciudad Nueva de Bashne para liberarla de las cadenas.

Llegó a la puerta. Tiró del pomo, pero estaba cerrada con llave. Había olvidado ese detalle, pero había aprendido a usar la ganzúa, así que no lo dudó cuando la sacó del bolsillo y empezó a mover la cerradura.

—Cassandra, que nos va a encontrar alguien aquí. No seas paranoica.

—No me llames paranoica cuando me mientes a la cara.

Escuchó un clic que le hizo saber que la cerradura había cedido y que la puerta se abriría esa vez. Así fue, en cuestión de segundos, estaba en el pasadizo, Eugene detrás de ella, a oscuras. Cerraron la puerta detrás de ellos y anduvieron a tientas hacia lo más profundo, donde Cassandra había escuchado los susurros la primera vez.

—¡Sé que estás ahí!

—No grites, ¿no ves lo peligroso que es esto? Además, ya te he dicho que no está aquí —siguió diciendo Eugene, quien apoyó una mano sobre su hombro—. Para, regresemos. Te marchas en un rato, Harael te buscará y le dirá a la princesa que estábamos aquí —se quejó porque, evidentemente, desconocía los tratos secretos que su amiga y el Principado tenían entre manos.

—Finn, sal —insistió ella—. Tengo algo que decirte. No te escondas.

—Cassandra, te digo que…

—¡Que salgas! —En el grito que soltó hubo de todo menos el susurro a la que la domadora estaba acostumbrada.

Antes de que pudieran seguir peleándose entre ellos, dos ojos dorados brillaron en la oscuridad, pero a una altura inferior a la que Cassandra recordaba. Se fueron acercando hasta quedar a pocos pasos de ellos. Escucharon un rugido que los hizo retroceder.

—Ve a buscar un candil ahora mismo —le ordenó a Eugene—. Te quiero de vuelta en dos minutos.

—Lo lamento, príncipe Alair, no sé cómo…

—Eugene, ahora.

Otro gruñido del príncipe transmutado, uno que no asustó lo más mínimo a la amazona.

Había llegado el momento de poner las cartas sobre la mesa y no tenía mucho tiempo para hacerlo, así que, incluso antes de que regresara Eugene con el candil, comenzó a hablar:

—Espero que te hayas divertido engañándome.

33

CUANDO EUGENE LE ENTREGÓ EL CANDIL, Cassandra le ordenó que se fuera, y la pantera roja pareció estar de acuerdo, porque, ante la orden de la Susurradora, gruñó al tiempo que mostraba los colmillos.

—¿Vas a quedarte así o piensas transformarte?

Unos segundos después, el enorme animal mutó en un hombre que ella hubiese reconocido incluso a varios metros de distancia y disfrazado. Eran sus ojos, inconfundibles, llenos de estrellas relucientes, del reflejo de la luna, de rayos de sol en el crepúsculo.

—¿Cuánto tiempo llevas aquí? —preguntó, impaciente, llena de furia, una que había sentido pocas veces en su vida y que, en ese momento, se volvía implacable.

El príncipe también parecía estar iracundo, así que entre ambos refulgía un fuego que cada vez se hacía más grande y que ninguno de los dos parecía capaz de apagar.

—Unos pocos días, he estado yendo y viniendo.

—¿Convertido en ballena, en águila? —preguntó con sorna, ahora que sabía que era un cambiaformas y que había estado escondido en el castillo durante todas aquellas semanas, ¿haciendo qué?

«¿Dejará de mentirme alguna vez?».

—No merezco que me hables así —dijo el príncipe—. Todo son confabulaciones de mis consejeros, mis amigos me traicionan, mi hermana está alzando un ejército contra mí, Manjola está más pendiente de castigar a nuestros detractores que de ayudarme a calmar al pueblo. No es fácil para mí.

—¿Y por eso te escondes en el interior de una torre?

Finn apretó los puños y mostró los colmillos como lo había hecho siendo una bestia.

—¿Crees que soy un cobarde que escapa de sus responsabilidades?

—Prefiero pensar eso a creer que estás aquí porque tramas algo en contra de tu hermana, la verdad. Eso me defraudaría mucho más que el hecho de que estuvieras asustado y te hubieras encarcelado a ti mismo donde ya estuviste una vez —soltó Cassandra.

Era consciente de que sus palabras estaban cargadas de reproches y de veneno, pero fue incapaz de tragárselas.

—¿Cómo sabes que…?

—Tengo un gran defecto: que hago muchísimas preguntas. Y, al final, obtengo respuestas, pero no de ti —añadió—. Tienes que dejar a un lado el orgullo. Lo único que vas a conseguir es que os matéis entre vosotros.

El príncipe se llevó las manos a la cabeza y Cassandra pensó que estaba enloqueciendo, por la forma en la que apretaba los ojos y mostraba los dientes. Sufría, estaba experimentando un dolor cuyo origen la brava desconocía.

—Habla con ella. Reuníos antes de que su ejército asedie el palacio de cristal, a tus consejeros y a ti —dijo para que volviera a recobrar la razón—. Las cosas se complican y, si no te das prisa, no habrá vuelta atrás.

—Para asediar el palacio tendría que entrar por tierra y…

—Eso es precisamente lo que pretende hacer —lo cortó Cassandra—. Depende de ti que, antes de que dé la orden, habléis e intentéis llegar a un acuerdo. Deja de perseguir a la princesa para encerrarla en las cámaras de tu palacio, no es un monstruo, solo tiene un don, como tú y como miles de nosotros.

Finn la cogió por los hombros y la empujó contra la pared. Estaba furioso. Ella nunca había visto una reacción así por su parte, siempre se mostraba sereno. Ahora la cólera se apoderaba de él, de las arrugas de su frente, de sus dedos, que se retorcían alrededor de los brazos de Cassandra.

—¿Cómo puedes pensar siquiera que le haría daño a mi hermana? Solo quiero protegerla. A ella y al resto. Tú no puedes entenderlo. —Le clavó las uñas y la empujó un poco más contra la piedra.

—Hay muchas cosas que entiendo muy bien, Finn, eres tú el que se equivoca. Dale a la princesa una muestra de buena voluntad antes de que sea demasiado tarde.

—No tienes ni idea de lo que le sucede a mi hermana —terció él.

La fuerza que ejercía sobre Cassandra era cada vez más grande y, aunque le dolían la espalda y los brazos, no se quejó en ningún momento, aguantó porque la furia aumentaba con cada bocanada de aire.

—Solo sé que fue valiente y se recluyó aquí, intentando así no herir a nadie. Quizá eso debería ser suficiente para que te plantearas si de verdad es una amenaza.

—No olvides que ella fue la que mandó atraparte.

—Si te soy honesta, no lo tengo tan claro. Y, aunque así fuera, los dos sois igual de culpables, porque me habéis pasado de una mano a otra como un juguete que creéis que podéis poseer. ¿Hicisteis lo mismo con Adria?

—¡No la menciones!

—Suéltame —dijo en un susurro, pero el príncipe no reaccionaba.

Cassandra clavó los ojos en él, su pecho se henchía con cada respiración y los puños se apretaron con tanta fuerza que notó cómo le temblaba todo el cuerpo. Finn bajó la mirada a sus manos y volvió a fijarse en la Susurradora.

—Te he dicho que me sueltes.

El príncipe apartó las manos de ella con lentitud, como si estuviera en trance, y dejó caer los brazos a sus costados. Después, sin apartar los ojos de Cassandra, cayó de rodillas frente a ella y agachó la cabeza. Tardó en darse cuenta de lo que acababa de suceder. En el cuerpo de Finn habitaban toda clase de seres y ella había podido usar su don. Algo dentro de él había reaccionado. Su voz había aplacado a la bestia, con la que debía luchar.

—Lo lamento —escuchó que decía—. No quería herirte. A veces aún pierdo el control.

La amazona se masajeó los hombros mientras le tendía la otra mano. Finn levantó la barbilla y se agarró a ella para ponerse en pie.

—Eres humano, no dejes que el monstruo que hay en ti gane —aseguró Cassandra, rememorando lo que había escuchado en boca de Eliadora hacía ya tantísimas noches, mientras se atrevía a robarle en su propia casa—. Sabes que siempre he sido sincera contigo, tanto cuando no sabía quién eras como después —le recordó, sin soltarle la mano—. Eres libre de creerme o no. Siempre te diré las cosas que otros no se atreven, te guste más o menos. Pero jamás vuelvas a tratarme así.

—Lo siento tanto. Hacía mucho que no me pasaba. Últimamente, me siento acorralado.

Apartó la mano de la suya y él se mostró tan avergonzado que Cassandra se sintió incómoda por la reacción colérica que el príncipe había tenido minutos atrás. Era consciente de que había tocado puntos débiles. Su infancia, su hermana, Adria, que aún no tenía del todo claro qué había significado para él.

A Cassandra se le instaló un nudo en el estómago y, aunque no quisiera reconocerlo, tenía algo que ver con los sentimientos que revoloteaban, casi imperceptibles, extraños de explicar, pero que ahí estaban, en ella, esperando a que les pusiera nombre. Sin embargo, no se atrevía a profundizar más, solo podía quedarse en la superficie si no quería que le hicieran daño.

—Intentad arreglar vuestras discordancias, podríais evitar una guerra de egos.

—¿Qué debería hacer? Mis consejeros no quieren que me

reúna con ella —le explicó. Volvía a ponerse nervioso, solo que esa vez comenzó a dar vueltas por el pasadizo, alejándose de la luz, regresando a ella—. No confían en mi hermana y están seguros de que no deberíamos pactar con ella ni con su gente.

—Despierta, Finn. Deja de hablar de tu gente y de su gente. Ya te dije una vez que, si llegaras a reinar, también deberías responder ante esas personas. No sois dueños de nadie, tenéis que representar la igualdad y la unión, y si no podéis hacerlo entre los dos, siendo hermanos, ¿qué podemos esperar los demás que hagáis por nosotros? — Hizo una pausa—. Ya te lo digo yo: absolutamente nada.

Finn parecía estar analizando cada palabra que había salido de la boca de Cassandra. Se frotaba la frente, se apoyaba en la pared, se erguía, se agachaba. Al final, se acuclilló y se quedó más de tres minutos en esa posición y en un silencio irrompible.

—Si hago esto, Cassandra, estaría desafiando a mi Consejo, podrían rebelarse contra mí.

—¿Como hicieron contra el rey Makheun III?

—Sí…

—Pero él hizo lo que era justo en todo momento. Solo tú puedes decidir si para ti es más importante la opinión que un puñado de personas tiene sobre ti o el bienestar de tu familia.

—Manjola tenía razón —susurró Finn—. Me dijo que consiguiera por todos los medios que formaras parte de mis consejeros, que eras válida para ello. Aunque ninguno de los otros aceptara tus sugerencias.

—A veces, Finn, basta con que una sola persona nos escuche para cambiar el rumbo de las cosas —explicó mientras recordaba la historia que Harael le había contado sobre su amistad con su madre—. Pero, en ocasiones, lo difícil es confiar en los demás.

Él asintió. Cassandra estaba segura de que había pensando en aquello en más de una ocasión, pero la suspicacia seguía viviendo demasiado cerca de su corazón. No sabía si alguna vez se le iría aquel temor a que cualquier persona que formara parte de su vida lo traicionara.

—Antes has dicho que le mostrara mis buenas intenciones, pero ¿cómo?

Cassandra se agachó para recoger el candil del suelo. Quizá aquella sería la última vez que lo viera. También había pensado eso mismo cuando se despidieron en palacio, pero esa vez estaban más cerca de la guerra y también de la Espesura, de la cual no estaba segura de que fuese a salir con vida.

—Libera a tu madre, Finn. No es ningún monstruo.

Fue en dirección a la puerta, pero la palma abierta del príncipe la retuvo cuando la colocó sobre el vientre de Cassandra, justo ahí donde había recibido aquella puñalada de hielo por él.

—Sé que ahora me odias, pero te pediré perdón toda la vida si así consigo que me des una segunda oportunidad.

—Ahora ya no tenemos tiempo para ninguna de esas cosas.

—Encontraré la manera de demostrarte que nunca he querido herirte, aunque lo haya hecho ya tantas veces que he perdido la cuenta —susurró él en su oído.

—Tengo que irme —se limitó a contestar. Las palabras pesaban toneladas en su paladar—. Me esperan.

No la soltó.

—¿Por qué entraste en la torre aquella noche?

—Sabía que no habían sido imaginaciones mías —dijo con media sonrisa en la boca—. Tuve la sensación de que había algo o alguien aquí. Sentí una presencia.

—No has contestado a mi pregunta.

—Entré para ayudar a un amigo. Y ahora —colocó la mano sobre la suya y la apartó— he de irme.

Finn la soltó esa vez sin necesidad de que ella se lo pidiera. Le abrió la puerta y Cassandra, antes de atravesarla hacia la luz del pasillo, lo miró un instante.

Extendió la mano hacia la mejilla del príncipe y apenas lo rozó, pero fue suficiente para que a él se le humedecieran los ojos, que resaltaban en contraste con su piel morena. Atrapó sus dedos durante una milésima de segundo. Ella lo abrazó fuerte. Le costaba respirar. Se apartó deprisa y se fue sin volver a mirar atrás.

—¿Dónde estabas? —preguntó Harael, con los brazos cruzados sobre el pecho y las mochilas a sus pies.

Se había cambiado, llevaba unos pantalones verdes y una camisa del mismo color, a rayas con diferentes tonalidades, una cazadora negra sobre el hombro y botas de montaña, casi iguales a las de ella. El puñal le colgaba en el cinto del pantalón. Dos de los caballos que Cassandra había amaestrado permanecían atados a un poste.

—Tenía algo que hacer.

—Ya. —Había sospecha en los ojos de Harael, pero calló. Como de costumbre, le facilitó guardar silencio—. Deberíamos irnos ya.

No se había despedido de Cadmo y pensaba que no podría hacerlo. Había invertido sus últimos minutos en el castillo para hablar con Finn a escondidas. Pero, cuando quiso decir que regresaba un momento a la segunda torre, vio aparecer por la puerta al niño y a la princesa.

—Veníamos a desearos un buen viaje —dijo Eliadora.

Cassandra hizo una reverencia tardía porque Harael se le había adelantado.

Cadmo la abrazó y ella tuvo la sensación de que le quería decir algo, así que se arrodilló y dejó que le rodeara el cuello con sus bracitos. Lo besó en ambas mejillas y le acarició el pelo mientras Eliadora le preguntaba al Principado por unos barcos atracados en el espigón.

—Elige bien.

—¿Qué?

—Sabes quién es él. Ahora ya lo sabes. Te dije que la leyenda que me contaste no era la de verdad —le dijo.

—¿Cómo sabes…?

—Hay cosas más poderosas que las armas.

—Te prefiero cuando me abrazas a cuando me hablas en clave.

La estrechó más fuerte, parecía haber entendido que necesitaba más el abrazo que las advertencias indescifrables.

—Vuelve.

—Lo haré. Te lo prometo. Y cuando lo haga, te llevaré a conocer mi isla.

—Sí —contestó el niño con una sonrisa pequeña dibujada en sus labios finos.

Los ojos le refulgieron al separarse.

—Cassandra, te esperamos de vuelta. Nos has sido muy útil aquí.

La princesa le tendió la mano para despedirse. Cuando lo hizo, la manga de su blusa resbaló hasta el codo y dejó a la vista un tatuaje que le cubría todo el antebrazo. Un dibujo que Cassandra ya había visto. La escribiente de Briseida se lo había mostrado.

Una mujer con cola de pez, el famoso Árbol del Trueno y un reptil que se enroscaba alrededor de su tronco y que mostraba las fauces, amenazador. Cassandra le estrechó la mano a la princesa sin apartar los ojos, pero cuando su piel entró en contacto con la de ella, levantó la mirada. Al fijarse en la expresión de Eliadora, vio pavor.

Le soltó la mano y Cassandra escondió las suyas en los bolsillos.

—Cadmo, dile a Eugene que se porte bien.

—Sería necesario tener otro cerebro para que eso sucediera, no creo que baste con decírselo —comentó el lector de muerte.

—Quizá tengas razón —murmuró ella después de haber descubierto que había ayudado al príncipe a permanecer oculto en el castillo.

Ahí de pie, frente a la princesa, se sentía culpable. No importaba de parte de quién estuviera en realidad, incluso cuando no apoyaba a ninguno de los dos porque ambos estaban haciendo las cosas mal. Había demasiadas mentiras y cosas sin resolver, empezando por Owen, el hermano de su madre, ahogado en anémonas y en el dolor del pasado, sin llegar a saber que su hermana sobrevivió, que llegó a Isla Brava, que se enamoró de un hombre y que fue feliz durante los años que le restaron de vida. Que la trajo al mundo, le regaló un nombre y la oportunidad de existir.

—¿Nos vamos?

Harael asintió y, a continuación, le pasó una de las mochilas, la que más abultaba.

—¿En qué momento has pensado que mi espalda es más resistente que la tuya? —preguntó cuando comprobó lo que pesaba—. ¿Qué has metido aquí dentro, piedras?

Se la colocó sobre los hombros, igual que hizo él con la suya, y desataron las bridas de los caballos.

—Hay termos, comida, ropa. Todo lo necesario para sobrevivir. Si hubiese tenido que esperar a que lo prepararas tú, nos habríamos muerto de hambre al segundo día.

—Sería un poco triste morir de hambre dentro de la Espesura cuando podemos perecer valientemente bajo las garras de una bestia que busca tu cabeza desde hace siglos.

Harael intentó no reírse, pero hubo un momento de debilidad.

La princesa y Cadmo se quedaron varios metros más allá, esperando a que partieran. A Cassandra no le gustaban las despedidas y menos aún pensar que en el caso de que todo saliera mal, no habría oportunidad de regresar, de volver a ver a todas las personas que se quedaban atrás.

Se subieron a las monturas y los caballos obedecieron en cuanto los apremiaron, Cassandra con más cuidado y delicadeza, no le hacía falta usar las espuelas. Nunca.

Antes de darse cuenta, estaban trotando por el camino y dejando atrás a Eliadora, a Cadmo y el castillo.

—¿Estás preparada?

—Lo esté o no, creo que ya no hay marcha atrás, ¿cierto?

—Supongo que no.

—¿Qué excusa le has puesto a la princesa?

—Lo único que hay dentro de la Espesura y que es de interés de príncipes y reyes son las riquezas que entierra y con las que no dieron durante aquella expedición.

—Buscamos oro y carbón, no a una cambiaformas.

—En efecto. No sé si me hubiera permitido irme de otro modo.

—¿Por qué esto es tan importante para ti?

—¿Es que no has escuchado nada de lo que te he contado antes?

—Sí, pero eso sucedió hace miles de años. ¿Por qué crees que en sus otras vidas no fue feliz? Quizá los destinos de las dos estén cruzados, ¿y si no importa el final?

—A mí me importa el final, Cassandra.

—¿El final o la venganza?

—No existe diferencia para mí.

34

—¿Y SI ME DEVORA UN *YRBANE*? —Cassandra se fijó en la claridad turquesa del agua y en las burbujas que ascendían hasta la superficie—. No. No me voy a meter ahí —aseguró pese a que estaba embarrada de los pies a la cabeza tras haber atravesado una ciénaga.

Harael ya se estaba desvistiendo junto a la orilla. Su aspecto no era mucho mejor que el de la Susurradora. Parecía que hubiera nadado en barro durante horas. Se había fijado en cómo se le había resecado alrededor de la nariz y los ojos, dándole un aspecto entre cómico y fiero.

—¿Qué es un *yrbane*?

—Debe de ser la única cosa que puedo enseñarte yo a ti.

—Me figuro que podrías enseñarme mucho más de lo que tú te crees. —Sonrió con esa malicia a la que Cassandra tanto se había acostumbrado en los últimos meses.

—Un *yrbane* es un monstruo con dos cabezas de pez y cuerpo de reptil. Habita en los lagos, y dice la leyenda que se come los pies de todo aquel que entra en su territorio —explicó pasando por alto su comentario anterior.

—A estas alturas, creo que los dos tenemos más que claro que las leyendas no son lo que parecen.

—Pero hay cierta verdad en ellas, ¿no?

Él rumió una respuesta que no llegó a decir en voz alta y, a continuación, se quitó la cazadora y la camisa que llevaba puestas. Quedó desnudo de cintura para arriba y ella pudo fijarse por fin, con mucho detenimiento, en sus tatuajes: eran símbolos irreconocibles que se retorcían unos alrededor de otros, formando espirales que parecían no acabar nunca. Los patrones y la repetición de algunos de esos símbolos le hicieron pensar que aquello debía de ser algún alfabeto que ella desconocía, como tantas otras cosas.

Estaba a punto de preguntarle por ellos, cuando Harael se desabrochó los pantalones y se los bajó sin previo aviso.

—¿Qué haces? —gritó Cassandra, dándose la vuelta tan rápido como pudo.

—Desnudarme. Pienso lavarme aunque me quede sin pies.

No era la primera vez que veía a un hombre desnudo, pero sí la primera en la que el hombre en cuestión la atraía. «No he pensado eso, no he pensado eso, no he pensado eso», se dijo. No podía admitir que entre Harael y ella había algo, por muy difícil de explicar que fuera.

—¿Y tienes que hacerlo delante de mí?

—Bueno, no me parece que te esté causando el más mínimo interés. Pareces más concentrada en la copa de ese árbol que en mí.

Cassandra enrojeció, pero también sintió cierta rabia. ¿Por qué siempre tenía que estar bromeando? Nunca sabía cuándo hablaba en serio y cuándo no.

—¿Y qué sabrás tú sobre lo que me interesa a mí y lo que no?

—Me parece que hay cierto príncipe enemistado con su hermana que te interesa bastante, ¿no?

La muchacha no pudo evitarlo y se giró. No podía acabar de decir lo que ella había entendido.

Se encontró a Harael desnudo de pies a cabeza, lleno de barro en algunas partes de su cuerpo, completamente visible en otras que ella miró de refilón. Su desnudez le provocó un nerviosismo al que no estaba acostumbrada. Él no se inmutó.

—No sé de qué me hablas.

Harael mostró una sonrisa taciturna. Cassandra hubiese jurado que un aire frío la golpeaba en la cara y hacía que incluso los árboles se estremecieran. A lo mejor era su imaginación, o quizá fuera el Principado quien había provocado aquella reacción en el viento, en el bosque.

—Cuando nos conocimos te dije que no me mintieras. También te he dicho que sé muchas más cosas de las que te puedas imaginar. Así que créeme cuando te digo que, si el príncipe está en mi castillo, por supuesto que lo sabría.

Él se dio la vuelta y Cassandra clavó los ojos en su espalda, de donde habían salido aquellas majestuosas alas. Se preguntó si le dolía cuando sobresalían de su carne y cuando tenía que ocultarlas de nuevo. Se le puso un nudo en la garganta, no solo por pensar que la vida de Finn pudiera estar en peligro en ese mismo momento, sino porque se había visto obligada…

«No, tomé la decisión de hacerlo, decidí mentir y ahora ya no hay vuelta atrás».

—Si la princesa o Adria descubrieran tu engaño, ni siquiera yo podría hacer nada para salvarte.

—¿Y por qué querrías salvarme?

—La pregunta es por qué no quieres salvarte tú misma.

No le dio tiempo a la réplica, porque Harael ya se había zambullido en el lago y había desaparecido bajo las aguas. Cassandra, con todas las emociones a flor de piel, pensó en perderse entre los árboles, pero su temor a que hubiera un ser habitando en aquel lago que pudiera lastimar al Principado hizo que se quedara a la sombra de un abedul.

No paraba de darle vueltas. ¿Lo sabía todo? Y si era así, ¿por qué le había guardado el secreto? Tenía la sensación, pese a las dudas, de que él merecía una disculpa, porque, a fin de cuentas, le había contado algunas de las cosas más importantes de su vida, mientras que ella se había resguardado en un sinfín de mentiras.

Salió del agua poco después. Sacó algo de ropa de su mochila y se la puso.

Harael estaba acuclillado junto a la orilla lavando las prendas que había llevado puestas. Ella abandonó el cobijo de las ramas del árbol y fue a sentarse a su lado. No la miró. Era evidente que estaba molesto, quizá no por lo que había ocultado, pero sí porque lo había negado.

—Yo solo quería volver a casa.

—¿A qué precio?

Cassandra se abrazó a sus propias piernas, tan sucia como estaba, sin importarle nada. Estaba agotada. Llevaban días a caballo, internándose en la Espesura con temor y con esa decisión inquebrantable que había en los ojos de Harael y que la hacían preguntarse cómo de grande debía de ser su odio si lo había mantenido despierto durante tantos siglos y lo había llevado una y otra vez hacia su destino.

—Si sabías que estaba mintiendo, ¿por qué no me dijiste nada antes?

—Porque estaba esperando.

—¿A qué?

—A ver en qué momento confiarías en mí. Pero tranquila, entiendo que no lo hagas. Quizá sea mejor así. Toda la gente que me ha tenido cerca —tomó aire y apretó la ropa entre las manos—, que me ha querido, siempre ha acabado herida.

Cassandra tuvo ganas de abrazarlo como él había hecho con ella días atrás, en su dormitorio, pero no logró encontrar el valor para hacerlo. Solo pudo quedarse donde estaba, aunque cada vez le costara más respirar y le escocieran los ojos.

Daba igual la cantidad de gente que se preocupara por ella, porque Cassandra seguía sintiéndose sola. No veía la hora de acabar con todo aquello y regresar a su isla, sin embargo, la guerra estaba cerca, las traiciones parecían no tener fin y ella, sin haberlo querido, se había convertido en un peón en aquel juego de príncipes.

—¿No deberías haberme delatado? Soy una traidora. Y tú sirves a la princesa.

—Yo sirvo a lo que me parece justo, y echarte a las pirañas no me lo parece —gruñó—. Y tú tampoco eres una traidora. Para traicionar hay que jurar lealtad antes.

—Tampoco se la he jurado al príncipe —decidió explicar, aunque él no se lo había preguntado. No quería que hubiera lugar a malentendidos. Ya no.

—Lo sé. —Harael colocó una mano sobre su hombro y le sonrió, a pesar de que era una sonrisa tierna, también había dolor en ella—. Pero a veces, Cassandra, nuestros sentimientos nos comprometen aunque no nos demos cuenta.

Se puso en pie y regresó sobre sus pasos. Tendió la ropa sobre la hierba.

—Acamparemos aquí esta noche, está cayendo el crepúsculo y creo que es mejor no arriesgarse. Voy a llevar los caballos a pastar. Aprovecha para asearte, te sentirás mejor.

Harael estaba a punto de marcharse cuando ella lo detuvo.

—¡Espera! Antes has dicho que no te parecía justo revelar mis engaños, entonces, ¿qué te parece justo? ¿Qué castigo...?

Él la interrumpió al levantar la mano.

—A mí me parece justa la vida, y creo que ni la princesa ni nadie tiene derecho a decidir quién muere. —Hizo una pausa—. Ah, y por lo general, los mortales soléis castigaros solos.

Después de decir aquello, y dejando a Cassandra abatida, fue a desatar a los caballos para llevárselos bosque adentro.

Lloró en silencio hasta que se sintió con fuerza para enfrentarse al agua. Se desnudó y fue introduciendo los pies con cuidado. Estaba cálida, pese a que eran pocos los rayos de sol que se colaban entre las ramificaciones de los árboles. Cuando el agua le llegó por las clavículas, unos pasos después, se detuvo y zambulló la cabeza para mojarse el pelo. Frotó el barro de su cuerpo con furia, hasta que se hizo daño con las uñas de tanto rascar las partes resecas. En el fondo, sabía que lo que estaba intentando borrar era la culpa, pero no había agua suficiente en el mundo para liberarla de esa pesadez.

Se colocó de espaldas con los brazos extendidos a sus costados, miró hacia las nubes anaranjadas y azuladas en las partes superiores y se preguntó cuántos ojos estarían echando un vistazo al caos de los humanos en aquel momento, cuántos serafines estaban repartiendo dones entre las vidas que llegarían al mundo en unos años, cuántas decisiones estaban tomando allá arriba, si es que donde habitaban los ángeles era en el cielo y no más cerca de ellos, lo suficiente como para hacerla sentir un poco menos sola. ¿Y si su madre le había enviado a Harael? Si habían sido tan buenos amigos, quizá, de un modo u otro, él sentía que debía cuidarla, aunque no estuviera de acuerdo con lo que había hecho.

Cassandra no supo cuánto tiempo permaneció ahí flotando, pero, de repente, estaba anocheciendo y el lago se había enfriado y perdido la claridad turquesa que hacía que pareciera inofensivo.

Se le erizó toda la piel del cuerpo mientras se dirigía hacia la orilla. Ni siquiera se había dado cuenta de que Harael había regresado, montado la tienda y encendido una pequeña hoguera en la que había colocado dos espetos de carne.

A Cassandra el agua le llegaba por la cintura, así que se tapó los pechos con las manos. El Principado, que un día fue también un hombre, un príncipe, levantó la vista en su dirección y se quedó mirándola. Le ardían las pupilas, la plata se enredaba con el fuego.

—¿Quieres que me vaya? —le preguntó él desde el tronco en el que se había sentado.

Cassandra también se lo preguntaba. Podía salir desnuda ante él, exponiendo cada una de sus cicatrices, las que solo ella había visto, o podía pedirle que se fuera aunque no era lo que quería. Pensó que el corazón se le saldría del pecho si seguía latiendo de aquella manera, puede que, después de todo, fuera él quien tomó la decisión que a ella la asustaba tanto.

Dejó de cubrirse los pechos y salió torpe y desnuda del agua. Quedó frente a la hoguera sin saber si agacharse a por la ropa o si echar a correr hacia la oscuridad de los árboles como si la persiguiera el mismísimo *yrbane*. Por suerte, Harael se acercó a ella con una manta en las manos. Abrió uno de sus brazos y ella recorrió los cuatro pasos que los separaban para permitir que la abrazara en silencio y la arropara con la felpa.

—Lo lamento, de verdad.

El abrazo de Harael se relajó y su mano derecha le acarició la espalda con un cariño inconmensurable. Ella le envolvió la cintura con los brazos. Temió que se apartara o que desapareciera. Tenía el mal presentimiento de que acabaría yéndose antes de que le diera tiempo a comprender por qué razón se sentía tan cerca de él.

—¿Y qué es eso que tanto lamentas?

—No haberte demostrado que sí que confío en ti.

Él no le preguntó por qué y Cassandra se lo agradeció, pues no hubiera sido capaz de decirle que era porque algo muy dentro de ella, quizá no su corazón humano, pero sí su alma inmortal, le susurraba, como ella hacía con sus caballos, que no había razón para huir de Harael, quien le estaba colocando el pelo detrás de la oreja con delicadeza.

Le acarició la mejilla con el dorso de la mano hasta que Cassandra despegó la frente de su pecho y lo miró, pero no lo soltó. No se arriesgó.

—Si vas a besarme, hazlo ya —le dijo él, con una sonrisa amplia en los labios.

Cassandra se sorprendió de que no hubiera debate en su interior, aunque sí muchas preguntas. Finn aparecía en todas ellas. Y, si no apagaba su nombre durante unos momentos, enloquecería; así que decidió ignorarlas. Sus manos abandonaron a regañadientes la cintura de Harael, cogió la manta por los extremos y la dejó caer.

—Esto es lo que soy.

Una a una, fue recorriendo las cicatrices que la cubrían de la cabeza a los pies y le contó entre susurros dónde nacía cada una: el latigazo de la mejilla por salvar aquel caballo en el puerto del Fenha; la del cuello por recibir otro golpe con diez años, al intentar escapar de unos mercenarios que querían llevársela a la Ciudad Nueva de Bashne; la de la clavícula izquierda por una flecha, mismo motivo, escenario distinto; la del pecho izquierdo, a la altura del corazón; la del vientre por el príncipe; la del muslo por la princesa; la de las rodillas, la de los gemelos, la de los pies. Toda la espalda.

—Eres el único que no me ha herido aún.

Harael había mirado cada una de las líneas blancas y rosas que Cassandra le mostraba sobre su piel canela y la expresión de su rostro había ido mutando en un sufrimiento que no parecía tener fin para el Principado. El último comentario de la muchacha no dulcificó su cara atemorizada, sino que la ensombreció un poco más.

—Quizá, para que no lo haga, deberías haberte alejado de mí hace tiempo.

Cassandra tragó saliva y, nerviosa, se estrujó los dedos.

—Es que no quiero alejarme.

Harael le envolvió la espalda con una de sus manos y con la otra le cubrió la cicatriz de la cara. Antes de sentir el contacto, ella notó su aliento sobre los labios, después la tibieza de su boca y su lengua, que le lamió el labio inferior. Lo mordió primero con suavidad y después con una necesidad que Cassandra nunca había sentido.

Los besos se volvieron tan intensos que no sabía cómo estar más cerca de él, se había pegado a su cuerpo y se había colocado de puntillas para poder besarlo con más rabia. Entonces Harael fue cediendo a un ritmo más lento que hizo temer a Cassandra que se arrepentía, que se echaría a un lado para decirle que él amaba a otra persona, una a la que había perseguido toda la eternidad. Pero todas sus dudas se disiparon al posarse los labios de él en cada una de las cicatrices de su cuerpo, siguiendo el orden que sus dedos habían descrito poco antes.

Mejilla, cuello, clavícula. Para cuando llegó a la del pecho, Cassandra temblaba. Se detuvo en esa más de la cuenta, y después hizo lo mismo con las de la espalda. Al terminar con las que tenía entre los omoplatos, se colocó frente a ella, se arrodilló y continuó dejando un reguero de besos surcándole la piel como una galaxia de estrellas que no se apagaba nunca.

—Eres la persona más fuerte que he conocido —le dijo.

No estaba muy acostumbrada a recibir cumplidos y, si a eso se sumaba el hecho de que estaba más nerviosa que nunca antes en toda su vida, acabó diciendo lo primero que le vino a la mente.

—Y tú eres el único que teniendo a una mujer desnuda ante él se queda con la ropa puesta.

Harael, arrodillado, le acarició los empeines y sonrió.

—Estoy a tus pies, para que hagas conmigo lo que desees.

Cassandra tragó saliva. Se mordió el labio e intentó hablar con claridad cuando dijo:

—Deseo contarte la verdad. Toda.

35

BAJO LA LUZ DE LA MAÑANA, el bosque daba menos miedo, aunque las sombras seguían resguardando bestias peligrosas y seres milenarios que esperaban a sus presas en silencio.

Silencio era lo que había entre Harael y Cassandra después de la noche anterior. Se habían quedado hablando hasta bien entrada la madrugada; después, habían dormido en la misma tienda. Él se había apoyado sobre su pecho y, antes de dormirse, y quizá sin darse cuenta, había dicho: «Ya no lo recordaba». Cassandra no supo si se refería al calor mortal o a alguna otra cosa.

Ahora, a lomos de sus caballos, iban sorteando los obstáculos en busca de la legendaria cambiaformas que, según Harael, se revestía con la piel de un caballo que solo el don de la Susurradora sabría encontrar.

Harael empezó de pronto a tararear una canción que Cassandra no había escuchado nunca.

—¿Ahora también cantas?

—Bueno, como tú eres pudorosa y no quieres hablarme porque anoche te vi desnuda y nos besamos como si fuese a acabarse el mundo, me entretengo. No me gusta el silencio.

Cassandra casi se cae de la montura al escuchar aquello.

—Tampoco nos besamos tanto —se atrevió a decir.

Harael soltó una carcajada potente que hizo que los pájaros de los árboles colindantes al camino desplegaran el vuelo.

—¿Hay alguna petición que me quieras hacer?

—¡Por todos los caballos! Estaba de pie, desnuda frente a ti, ¿no era petición suficiente?

La Susurradora frunció el ceño y miró hacia otro lado mientras su caballo esquivaba una gran roca de la ruta que habían tomado.

—Lo tendré en cuenta para la próxima vez que estés desnuda y te pongas a hablar del príncipe Alair, de la trama que han urdido sus consejeros contra la princesa, de tu amistad con Eugene, de las premoniciones de muerte de Cadmo, de que el príncipe estaba escondido en el castillo.

—Quería contarte la verdad —argumentó ella.

—Y yo que me la contaras. No entiendo entonces por qué estamos discutiendo.

—Hombre, porque después te fuiste a dormir.

—Tú te metiste en tu saco, a dos metros de mí. Yo fui el que se acercó.

—Y después cerraste los ojos y dulces sueños. Creía que no necesitabas dormir.

—Y yo creí, después del ímpetu con el que me besaste, que no pegaría ojo en toda la noche, pero ya ves. Aquí estamos, descansados y preparados para un nuevo día —dijo, sonriente.

—Pues tendría que haberte besado con menos ímpetu, entonces.

—No, así estuvo bien. Hacía muchísimo tiempo que nadie me besaba. Se me había olvidado cómo era y… ¿Me escuchas?

Cassandra había detenido a su caballo y observaba el final de una desviación del camino, que estaba cubierto de hierba. Se apeó del animal y fue hacia allí para echar un vistazo. Clavó una rodilla en el suelo y rozó aquella huella con la mano. Solo podía ser de caballo. Su instinto le decía que dieran media vuelta, pero su don la apremiaba a continuar por ahí, hacia los árboles desnudos de hojas. Parecían estar muertos, como si llevaran mucho tiempo sin florecer. Y el sol se ocultaba tras unas nubes grises y densas que anunciaban tormenta.

—¿Qué pasa? —preguntó Harael, que había llegado junto a ella.

—Son huellas de caballo.

La expresión del Principado cambió.

—¿Piensas que podrían ser de Acantha?

—No lo sé.

Harael quiso echar a andar por el camino, pero Cassandra lo cogió de la mano.

—¿Estás seguro de que quieres hacer esto?

—Esta vez voy a salvarla, Cassandra.

—Aunque te mueras.

Le soltó la mano y apartó los ojos de él.

Regresó junto a su caballo, se aupó y esperó a que él hiciera lo mismo. No se molestó siquiera en dejar que se explicara. Ya sabía la historia. Siendo príncipe se había casado con una cambiaformas que había matado a todas las personas que quería, incluida a la cazadora de bestias que lo salvó. Eso le pesaba a Harael como una piedra eterna que tenía que subir hasta lo alto de la montaña una y otra vez.

Dentro de ella, se debatía entre los deseos de Harael y lo suyos propios. En el momento en que matara a Acantha, él también perdería la vida. ¿Y qué pasaría con la guerra entre los reinos? ¿Y su misión de Principado? ¿Y ellos dos? ¿Acaso importaba más lo que había sucedido hacía miles de años que el presente?

Siguieron el rastro que habían encontrado. Solo hablaban cuando era necesario, para advertirse el uno a la otra de algún obstáculo en el camino, para descansar o para comer. El resto del tiempo el silencio era tan notable que a Cassandra comenzaba a pesarle mucho y, durante unas duras horas, comprendió por qué Harael había dicho que no le gustaba nada la calma absoluta.

—Tú hubieras hecho lo mismo que yo de haber estado en mi

lugar —dijo él cuando ya estaba atardeciendo y las briznas de la hierba se bañaban con un dorado crepuscular.

—¿Buscar durante toda la eternidad a una cambiaformas para matarla?

—No, intentar salvar a alguien a quien quisiste. De hecho, lo haces todos los días.

—Ayer me dijiste que nadie debería tener la libertad de arrebatarle la vida a otra persona, pero ahora…

—Ella no es una persona, Cassandra, y la única manera que tengo de proteger a… He de matarla. No puede ser de otra manera. Aunque la atrapara y la encerrara en algún lugar, Acantha no moriría y siempre encontraría la forma de escapar —explicó mientras detenía su caballo en un claro.

—¿Por qué nunca la llamas por su nombre?

Harael se bajó de un salto y quedó de espaldas a Cassandra.

—Ha tenido decenas de nombres a lo largo de sus vidas.

Ella también descendió de la montura.

—¿Con cuál salvó la tuya?

El Principado soltó un suspiro lleno de pesadumbre y después dijo su nombre como si hablara un idioma antiguo que la muchacha desconocía.

—Alala. Se llamaba Alala.

Harael se dio la vuelta y acarició el lomo de su caballo. Bajó la mochila de la grupa con el cuerpo tenso y los ojos húmedos. Cassandra le rozó la mano y él cedió al contacto.

—Me dijiste que nunca lograbas reconocerla, ¿por qué?

—Quizá porque ya no somos los mismos.

—¿Y ella? ¿Alguna vez ha sabido ella quién eras en realidad?

—Una vez hace más de doscientos años. Era el solsticio de verano y toda la ciudad estaba alumbrada por farolillos de papel y candiles de toda clase, para hacer la noche más larga. —Una pequeña sonrisa apareció en la boca de Harael, pero desapareció casi al instante—. Pasé entre la multitud, que celebraba el comienzo de la nueva estación en las calles. No prestaba atención a nada de lo que ocurría a mi alrededor, tenía que pensar en cómo averiguar la forma que habría tomado la cambiaformas en la nueva vida de Alala. Quizá por eso no me di cuenta de que alguien me había estado siguiendo. No caí en la cuenta hasta que escuché que gritaban mi verdadero nombre.

Harael agachó la cabeza y guardó silencio antes de continuar.

—Cuando me volví, entre la multitud vi a una niña de unos doce años correr hacia mí. Solo fui capaz de pronunciar su nombre cuando me percaté de quién era. Pero, antes de que pudiera alcanzarme, un hombre apareció detrás de ella y le clavó un puñal en el pecho. —Harael apretaba la mandíbula y los puños—. Era la primera vez en siglos que lograba verla y no pude impedirlo, de nuevo, llegué tarde. Y solo era una niña.

Cassandra veía borroso. Un par de lágrimas cayeron por sus mejillas.

—Vamos a hacer un descanso, aquí se pierden las huellas —comentó ella.

Necesitaba quedarse a solas un rato, dejar de pensar en Harael y en todo lo que había detrás de su historia. Era incapaz de comprender que alguien fuera capaz de hacer todo aquello por otra persona. Si querer a alguien era ponerlo todo en riesgo, entonces el Principado había conseguido cientos de años de lucha incesante.

Se adentró en la Espesura. Llevaba consigo las cantimploras vacías. Siguió el rastro húmedo de la tierra y la leguminosa trepadora que divisó poco después. Sabía que crecía cerca de los arroyos, lo había aprendido en sus expediciones a la selva que colindaba con Isla Brava.

Enseguida escuchó el murmullo del agua, suave y resbaladizo, un tintineo. *Plic, plic, plic.* Pero también una corriente, mezcla de aire y otros sonidos que Cassandra no podía comparar. Recorrió, aun así, el camino hacia el agua y, cuando al fin divisó aquel arroyo que salía de la piedra y formaba un pequeño riachuelo, otro ruido la distrajo: la vegetación que se movía.

Cassandra había vivido entre los árboles, había trepado por ellos y era capaz de reconocer cuándo era el aire el que se escondía en la oscuridad o algún otro tipo de ser. En ese momento, intuyó que era algo más. Se agazapó detrás del tronco milenario de un roble rodeado de heliconias y colocó la mano en el suelo, como si cada poro de su piel pudiera adivinar dónde se encontraba el movimiento, y aunque no supo localizarlo con precisión, descubrió casi de inmediato que se dirigía hacia ella.

Dejó las cantimploras en el suelo y las sustituyó por una piedra afilada. Si era algún tipo de bestia desconocida, no podría enfrentarla, y, en caso de que fuera Acantha, no sabía si sería capaz de usar su don.

Escuchó las hojas secas crujir bajo las pisadas ligeras, algo que respiraba al otro lado del roble, un siseo. Hubiera dado cualquiera cosa por llevar consigo el puñal que le había entregado el Shanbrá de mala gana, pero solo tenía el pico afilado de una piedra. Respiró hondo, salió de su escondrijo con la mano en alto y quiso saltar hacia delante sin mirar a qué estaba atacando exactamente. Entonces la sorpresa fue tal que resbaló en la hierba mojada y cayó de bruces ante aquellas dos niñas que no tendrían más de diez años, cogidas de la mano y con expresión de no comprender qué estaba haciendo Cassandra en el suelo con cara de angustia.

Las silenciosas criaturas se miraron entre ellas y sonrieron.

—¿Eres un dédalo? —preguntó la rubia.

Cassandra había escuchado hablar de aquel ser que lograba hacer que la gente se perdiera en infinitos laberintos. En Isla Brava, donde no había tantos lagos, era más común que el *yrbane*.

—No, soy Cassandra —dijo ella como si su nombre pudiera significar algo para las niñas.

La de los cabellos rojos puso cara de decepción.

—¿Quiénes sois? ¿Qué hacéis en la Espesura?

Otra vez se les arquearon las cejas.

—Vivimos aquí —contestó la rubia—. Yo soy Harmonía. —Sonrió e hizo una especie de reverencia con la mano en el pecho.

—Yo, Clarissa. —Idéntica reverencia, sin soltarse la otra mano en ningún momento.

Cassandra, torpe como ella sola, imitó a las muchachas y ellas rieron entre dientes.

—¿Cómo es posible que viváis aquí? En la Espesura no vive nadie.

Harmonía miró a Clarissa y esta se encogió de hombros.

—Claro que sí.

La Susurradora pensó que tendría que tratarse de espíritus de los árboles, no podían ser humanas, la Espesura, que colindaba con Ciudad Caléndula, había sido un territorio maldito y oscuro desde que tenían uso de razón. No recordaban que nadie se hubiera internado en ella y que hubiera salido con vida.

—Perdonad...

—Pareces cansada —dijo Clarissa. Se soltó de la otra niña y se acercó a Cassandra, que no se había levantado aún del suelo. Tendió una mano hacia ella y le acarició la mejilla—. Nosotras te ayudaremos a dormir, tranquila.

—¿Qué? No, yo no quiero do... —comenzó a rechistar la Susurradora, pero, cuando Clarissa le pasó la mano por la mejilla, notó que le pesaban los párpados y que era incapaz de mantenerse despierta.

Cuando quiso protestar de nuevo o gritar para que Harael la escuchara, era demasiado tarde. Sus ojos se cerraron y solo sintió el frescor de la hierba en la cara.

Cassandra no había abierto los ojos cuando empezó a escuchar voces lejanas, como si se encontraran a años luz de donde ella estaba, en un lugar cálido que olía a limones y a pasteles de fresas y moras de Isla Brava. También notaba una tela suave y escurridiza que la cubría. Sentía que su cuerpo flotaba, que no había dolor ni miedo. Solo existía.

—¿Teníais que dormirla?

—Ya sabes las normas. Decidimos ayudarte porque te lo debíamos, pero la chica no podía saber cómo llegar aquí.

—Si la conocierais, sabríais que nunca os pondría en peligro —protestó.

—Pero no la conocemos.

—Hay que ver lo desconfiado que eres, Corban.

Alguien chasqueó la lengua contra el paladar.

—A mi pueblo le ha ido bien siendo desconfiado. Así es como hemos sobrevivido todos estos años, Harael. Este es nuestro hogar, no podemos arriesgarnos.

—Como vos digáis, su excelencia —pareció burlarse Harael.

Cassandra escuchó una colleja y la queja del Principado.

Abrió los ojos, pestañeando varias veces para adaptarse a la luz. No tenía ni idea de dónde estaba y le costó recordar qué había sucedido.

—Padre, la muchacha se ha despertado —dijo una voz que Cassandra conocía. Miró hacia la derecha, la niña pelirroja, Clarissa, la estaba cogiendo de la mano—. Hola, chica dédalo.

—Hola —susurró, aunque no entendía por qué la niña seguía insistiendo en que era un dédalo cuando ya le había dicho que no.

Un hombre alto y delgado, de piel morena, se acercó hasta su lecho. Ella se incorporó. Al fondo de la habitación, de pie, estaba Harael, apoyado contra la pared y con los brazos cruzados sobre el pecho. Sonreía con esa petulancia que a veces sacaba de quicio a la Susurradora.

—¿Has tenido un sueño plácido? —preguntó el hombre—. Soy Corban, que los ángeles te guarden y los dioses te alumbren.

Estaba en una especie de habitación, tumbada en la cama y rodeada de paredes amarillas sin una sola ventana.

—¿Dónde estamos?

Corban le puso una mano sobre el hombro sin renunciar a esa sonrisa perenne.

—En la Espesura.

—Pero si aquí no... —Quiso decirle que no vivía nadie, pero calló porque Clarissa le apretó la mano como advertencia de que guardara silencio.

—¿Te acuerdas que te conté que hace unos siglos una expedición de más de cien hombres y mujeres entraron en la Espesura en busca de riquezas para el reino de Makheun III? —habló Harael por fin. Cassandra asintió—. Pues digamos que, aunque todos creyeron que murieron, no fue así.

—¿Qué?

—Nuestros bisabuelos se asentaron en la Espesura. Las cosas en el reino de Áurea no iban bien. Todo empeoraba. Pensaron que, fuera del alcance del Código, podrían llevar una vida mejor.

—Y la habéis llevado —añadió Harael.

—En parte, gracias a ti, Principado entrometido.

—Padre, no hables así —lo riñó Clarissa—. Te tengo dicho que guardes las formas.

—Perdona, hija. —Corban se sonrojó y le regaló a la niña una inclinación de cabeza como disculpa—. ¿Dónde está Harmonía?

—Cazando libélulas para la noche de la purificación.

—Esa niña nunca se está quieta. ¡Un día de estos se va a caer al pantano, tanto buscar seres de luz! Por todos los mortales.

—Perdone, señor, pero no entiendo nada de lo que está pasando —dijo Cassandra, turbada.

—Yo te lo contaré —se ofreció Clarissa—. ¿Verdad que puedo, padre? Siempre dices que soy una contadora de historias muy buena.

—Lo que digo es que eres una contadora de mentirijillas maravillosa. —La cogió de la nariz con el dedo índice y pulgar y ella se rio a carcajadas—. Pero te cedo el honor de que le cuentes a Cassandra quiénes somos y le muestres todo.

—Gracias, padre. Cassandra, ven conmigo. Vamos, corre. Hay mucho que ver.

Clarissa tiró de ella con tanta fuerza que pensó que la tiraría al suelo si ella no encontraba pronto el equilibrio. Se puso en pie, cogida de su mano, y antes de que la sacara de la habitación a rastras, la Susurradora le echó una mirada asesina a Harael y otra más amable a Corban. Desde luego, su aventura se complicaba por momentos.

36

—Bienvenida a la Encrucijada Dorada —le dijo Clarissa cuando estuvieron bajo un nítido cielo azul—. Flavio, Dorotea y Falana fundaron nuestra ciudad cuando se internaron en la Espesura hace ya doscientos años. Encontraron el oro y el carbón, pero también fueron unos visionarios. Supieron aprovechar cada oportunidad de escapar de lo que se avecinaba fuera de aquí —explicó Clarissa—. Así que convencieron al resto de expedicionarios para que se quedaran a vivir en una selva en la que tendrían que empezar desde cero, llevando solo lo puesto.

—¿Y aceptaron sin más? ¿Y sus familias?

Clarissa tiró de Cassandra escaleras abajo. La Susurradora se dio cuenta de que ambas iban descalzas. No le importó, sus pies agradecieron el cosquilleo de la hierba en las plantas, el frescor del rocío en ese amanecer lleno de contrastes y la brisa que le acariciaba la piel como un velo de seda, frío y delicado a la vez.

—Estaban en una tierra rica, llena de promesas y de salvación, no podían decir lo mismo de sus anteriores vidas. Flavio era un mercenario venido a menos, Dorotea una doctora que les salvó la vida más de una vez y Falana era la hermana pequeña de Dorotea, tenía visiones.

—¿Del futuro?

—Del pasado —explicó la niña.

Le soltó un segundo la mano para encaramarse a un banco de madera y alcanzar una manzana del árbol que tenía más cerca, colmado de fruta roja y verde. Se la lanzó a Cassandra, que la cogió al vuelo, y la incitó a que le diera un mordisco. El jugo de la fruta, dulzón y un poco ácido también, resbaló por la comisura de su boca.

—Me sabe a frambuesas —dijo ella—, no a manzana.

—¿No son así de donde tú vienes?

Cassandra se sorprendió al escuchar aquello, porque le dio la sensación de que los separaba muchos más kilómetros y días de los que en realidad había entre Ciudad Caléndula y la Encrucijada Dorada.

—Tienen esta forma, pero el sabor... Parece el de unas frutas rojas —le explicó mientras seguía mordisqueando la manzana con ansia. No sabría decir cuántas horas llevaba sin probar bocado, pero su estómago protestaba cada vez que tragaba, como si quisiera más.

Clarissa cogió otra manzana y se la ofreció con una sonrisa divertida. La Susurradora no se negó, aunque tuvo que sostenerla con la misma mano con la que comía, porque la niña volvió a enredar sus dedos con los de ella.

—¿Por qué se llama la Encrucijada Dorada?

—Por donde están situadas las casas. Ven, corre.

Echaron a correr por el camino de tierra y dejaron atrás el prado y la pequeña casa de piedra de la que habían salido y que, como Cassandra había sospechado, no tenía ni una sola ventana, o ella no era capaz de verlas.

La niña sorteaba los árboles y los obstáculos como si en cada giro supiera con exactitud dónde se encontraba el siguiente. Quizá tenía algo que ver con que se hubiera criado ahí y recorriera aquella zona a diario. Recordó que ella también se sentía capaz de ir a ciegas por el interior de la selva de su isla. No había tanta diferencia entre ellas.

—Oye, ¿qué es eso de las libélulas y la purificación?

Esperaba no resultar entrometida, y más después de haber escuchado a Corban decirle a Harael que no se fiaban de ella. A Clarissa pareció alegrarle que le preguntara por el tema.

—Es un ritual para la lluvia. Hacemos una ofrenda a las nubes y esperamos la tormenta —explicó, orgullosa de sí misma, Cassandra se lo vio en los ojos—. Guardamos un ánfora de agua de la primera lluvia después del ritual hasta el año siguiente, y en la noche del ritual la adornamos de flores y la metemos en un cubo acristalado lleno de luciérnagas, para que el agua encuentre el camino de nuevo. ¿No existe algo así en tu casa?

—No, en mi casa... llueve normal —dijo sin mucha delicadeza—. Quiero decir, no tenemos ningún ritual semejante para convocar a la lluvia. Si vuestro pueblo surgió del nuestro, ¿cómo es que vuestras tradiciones son tan distintas?

—Quizá porque a nuestros antepasados no les asustó renacer. Mira.

Clarissa la apremió para que se agachara. Primero se tumbó la niña y después ella la imitó. Quedaron tendidas una junto a la otra, la espalda contra la tierra.

—Cierra los ojos, rápido. ¿Lo oyes?

Lo cierto era que la Susurradora no escuchaba nada, solo el aire.

—Tienes que querer oírla.

—¿El qué?

—¿Qué va a ser, boba? La luz.

—Pero si la luz no se oye —se quejó.

Clarissa le puso un dedo sobre los labios y le chistó.

—Se quedó aquí, espera. Espera un momento.

Cassandra volvió a cerrar los ojos y suspiró. No sabía qué era lo que tenía que escuchar y si aquello de la luz era alguna metáfora de la Encrucijada que ella no sería capaz de descifrar por más que se esforzara, así que decidió relajarse y sentir en las palmas de las manos la humedad fría de la tierra que había bajo ella. Era agradable, suave y olía a agua fresca.

—No está mal, ¿eh?

—Nada mal —contestó, con una sonrisa en los labios.

—¿Qué hacéis?

Una voz las arrancó de esa paz momentánea. Cuando abrieron los ojos, la niña de los cabellos dorados, Harmonía, estaba ante ellas con una cesta de mimbre entre las manos y los ojos abiertos como platos.

—Quería que escuchara la luz.

—Y yo le he dicho que la luz no se puede escuchar.

—Se refiere al espíritu de Dorotea. Está empeñada en que vive aquí.

—¿La expedicionaria que fundó la Encrucijada? —preguntó Cassandra mientras se ponía en pie, se sacudía el polvo y las hojas que se le habían pegado a la ropa y recogía la manzana sobrante del suelo.

—Murió intentando salvar a su hermana de un caballo salvaje que la atacó.

—¿Cómo?

—Pues se colocó sobre sus patas traseras y...

Harmonía se interrumpió al darse cuenta de que eso no era lo que ella estaba preguntando. Su cabeza había ido directa a la parte del caballo.

—Tranquila, no lo mató. Aquí no matamos seres vivos. Escapó y desapareció en lo hondo de la Espesura —explicó la pequeña, que se había acercado a Cassandra y la había tomado de dos de sus dedos con ternura—. Sabemos cuál es tu don, no sufras.

Pero Cassandra solo podía pensar en que aquel caballo era Acantha y que Dorotea, la mujer que murió por su causa, no podía ser otra que una de las reencarnaciones de Alala, a la que Harael llevaba buscando desde el inicio de los tiempos.

Pensó que él debía de ser consciente de esa parte de la historia, por eso habían ido hasta allí, por eso seguían un rastro que había desaparecido hacía más de un siglo. ¿Acaso no había vuelto a reencarnarse? ¿Había sido esa la última vez que sus destinos se habían cruzado?

—Ahora vamos a enseñarte la Encrucijada. —Clarissa la volvió a coger de la mano, como si temiera que se perdiera si la dejaba ir sola—. Verás qué bonito.

Y tanto que lo era: incontables casitas de madera y piedra apiladas en un semicírculo que se extendía a lo lejos de un claro cubierto de árboles que no habían sido arrancados de sus hogares. Muchos de ellos crecían a través de los tejados de las casas. Cassandra se preguntó si, al entrar en alguna de ellas, se encontraría el grueso y rugoso tronco de un nogal junto a la cama de alguien.

Las niñas apresuraron el paso y Cassandra tuvo que imitarlas. Llegaron hasta el centro del semicírculo y la amazona vio cómo la tierra cambiaba a un brillo deslumbrante. Estaban justo encima de un yacimiento de oro, una deformación del suelo que ascendía en pico.

—La Encrucijada Dorada —susurró Clarissa.

Cassandra se acuclilló y acarició el metal brillante.

—Vamos, padre nos espera.

Tuvieron que dejar atrás lo que parecía el monumento del poblado, y fueron hacia una de las cientos de idénticas construcciones que había siguiendo el camino de grava de la derecha.

No tocaron a la puerta cuando subieron la escalinata. Se limpiaron los pies sobre una alfombra de enredadera entretejida y entraron.

Cassandra se preguntó cuándo habría llegado Corban, qué camino habría seguido para ganarlas en aquella carrera por la selva y si Harael también estaría con él. No tardó en comprobar que ahí estaban los dos, sentados alrededor de una pequeña mesa de madera, bebiendo vino de unas hondas copas. Entre los dos había una mujer de cabellos canos y ojos rasgados y diminutos.

—Padre, ¡he cazado un montón! Pero cuando pase el ritual las soltaremos.

—Harmonía, te tengo dicho que no vayas por ahí trepando por los acantilados como un mico —la riñó Corban. Su barba espesa protestó también cuando la niña le rodeó el cuello con los brazos y lo besó en la mejilla—. No seas tramposa.

Harmonía rio entre dientes y escapó con su cesta de mimbre y con Clarissa detrás de ella. Corban le hizo una señal a Cassandra para que abandonara el umbral de la puerta y ocupara uno de los taburetes que quedaban libres. Ella lo hizo sin protestar, aunque le hubiera gustado hablar a solas con Harael, ignoraba cuánto sabría aquella gente sobre su auténtica naturaleza.

—¿Te ha gustado lo que has visto?

—Me parece que bajo la luz todo parece mejor de lo que es.

Se acercó y tomó asiento bajo el escrutinio de los presentes.

—¿Por qué dices eso?

Cassandra vio cómo Corban le llenaba la copa de un líquido que había confundido con vino y que, en realidad, olía a fresas y a azúcar quemado. La colocó delante de ella. Dio un pequeño sorbo antes de contestar. Comprobó que no se había equivocado, era dulcísimo, muy frío y bastante más denso que el vino.

—¿Qué es lo que te ha disgustado de la Encrucijada? —le preguntó entonces. Su voz era densa, como si en la boca tuviera algodones que le impidieran articular bien las palabras—. Habla, joven.

—¿Nadie ha intentado nunca desvelar vuestro secreto?

El rostro de Corban se tensó, pero la anciana conservó la calma.

—Algunos han querido huir con el oro, volver al reino siendo unos hombres ricos —le explicó—. Pero al final comprendieron que no era una buena decisión.

—¿Hubo algo en concreto que les hiciera comprenderlo? —sugirió Cassandra, con los labios posados sobre la lijada madera de la copa.

No podía creer que no existiera ningún tipo de opresión ni ley en su sistema de gobierno que aplacara a aquellos que pusieran en peligro la integridad de la Encrucijada.

—Hay una guerra ahí fuera, jovencita, nadie quiere participar en ella. Nadie que sea inteligente. El oro no evita que tengas que ir por ahí desenvainando las espadas.

—¿No tenéis una prisión?

Corban rio a carcajadas, tan alto que incluso resonó en el licor de sangre, se agarró el vientre con las manos y se dobló sobre sí mismo.

—Pues claro que tenemos una prisión, somos amantes de la naturaleza, no estúpidos. Pero no son como las que tú conoces —habló la mujer—. Aquí creemos en el diálogo y en el perdón.

A Cassandra le costaba comprender que existiera algo así cuando de donde ella venía, a solo unos cientos de kilómetros, existían ciudades en las que vendían a la gente como esclavos por los dones que tenían. Un país en el que cualquiera se creía con el poder de arrebatar no solo el sustento de miles de familias o reclutar a los hijos para ir a la guerra, sino también de arrebatarle la vida.

—Clarissa me ha hablado de Dorotea —dijo sin pensárselo dos veces. Por lo menos, consiguió que Harael se volviera con el rostro contrariado—. ¿Por qué dicen que su espíritu sigue aquí?

—Queremos creer que está aquí. Es un símbolo de protección.

—Fue una de las fundadoras, ¿verdad? De la primera expedición —dijo solo para que los presentes le explicaran qué había de verdad en lo que Clarissa y Harmonía le habían contado—. ¿Qué hay de cierto en que murió por culpa de un caballo?

—Todo —contestó Corban con la voz grave—. Lo hizo para salvar a su hermana. Mi bisabuela.

—Lo lamento. —Desvió su mirada hacia Harael—. ¿Estamos aquí por eso?

—Sí —contestó—. Ella sigue estando aquí.

Cassandra miró a Corban y a la mujer que seguía impasible y que no había tocado su copa ni una sola vez. ¿Sabían ellos la verdad sobre Acantha? Todo indicaba que sí, que había secretos que no eran tales.

Sintió que ella era la última que parecía comprender lo que estaba sucediendo y eso la molestó muchísimo. Ellos deberían haber estado en Caléndula, intentando evitar una guerra que, sin duda, se produciría. Pero andaban en busca de una cambiaformas que había adquirido el aspecto de un caballo hacía ya dos siglos. Y, para colmo, la habían drogado con la intención de llevarla hasta ahí, sabiendo Harael todo lo que había detrás.

Cassandra arrastró la silla y se levantó. Se había enfadado.

—Disculpadme.

Se encaminó hacia la puerta incluso cuando escuchó que Harael la llamaba por su nombre. No cerró de un portazo porque él fue más rápido y agarró el pomo. Salió detrás de ella. A pesar de que era necesaria una conversación entre los dos, en ese momento, aún con el regusto dulzón del licor en el paladar y con los pies descalzos arrastrando el polvo del suelo, Cassandra se sintió más salvaje que nunca: hubiera deseado correr bosque adentro, y quedarse ahí para siempre. Harael la había tomado del brazo y se vio obligada a detenerse.

Al principio, pensó que era mejor que se quedara callada y le dejara decir lo que quisiera, luego se dio cuenta de que estaba cansada de escuchar, quería la verdad de una vez por todas, quería saber por qué tenía que poner su vida en peligro por algo que había sucedido hacía miles de años mientras su gente, a la que quería proteger, estaba en el Continente pasando el peor momento de sus vidas.

Se giró hacia él y tiró de su brazo de forma tan imprevista que él no se dio cuenta de lo rápido que se soltaba. Dio dos pasos atrás y amplió la distancia que había entre los dos. También sintió que se tensaba una cuerda invisible que los tenía atados por dentro.

—O me lo cuentas todo o te juro que me voy ahora mismo.

—De acuerdo. ¿Qué quieres saber? —contestó él con la voz un poco rota, como si hubiera comprendido que lo que le estaba diciendo Cassandra era verdad.

Ella tardó en serenarse, no formuló las preguntas de inmediato. Dio varias vueltas en círculos, con las manos en la cadera y el pelo pegándosele a la cara. Al final, cuando sintió que el roce de las piedrecitas afiladas le estaba lastimando las plantas de los pies, se quedó quieta, cruzó los brazos sobre el pecho y lo miró directamente a los ojos.

—¿Dorotea fue una de las encarnaciones de Alala? Me hablaste de que una de ellas fue doctora.

—Sí.

—¿Sí que lo es, sí que me hablaste...?

—Ambas.

—¿Por qué Corban ha dado a entender que están en deuda contigo?

—Porque después de que Acantha asesinara a Dorotea, quise hacer algo por su gente, les ofrecí protección y desvié durante años a cualquiera que se introdujera en la Espesura para mantener a salvo su pequeño paraíso.

—¿Cómo sabes que Acantha sigue teniendo la forma de un caballo? ¿Y si cambió de forma cuando Alala renació?

—Alala no volvió a renacer hasta hace pocos años y ella se quedó escondida en la Espesura. Corban y su gente la han tenido vigilada durante décadas, mientras yo buscaba la forma de salvar a su cazadora. Ambas se atraen de manera intuitiva, están destinadas a luchar.

—¿Y crees que yo seré capaz de dominarla antes de que escape?

—Eso deseo.

—Pero ella no es solo un caballo, Harael, en su ser hay más, hay cientos de identidades, no se puede dominar a todas. Si lo consigo, será durante una fracción de segundo.

—Suficiente para acabar con ella —contestó él, con los puños bien apretados. Tendría que estar haciendo mucha fuerza, porque las venas se le marcaban en las manos y en los antebrazos más de lo normal—. Solo necesito ese segundo, Cassandra.

Ella bajó la cabeza, tomó aire y lo soltó hasta que sintió que tenía los pulmones vacíos. Aunque una parte de ella quería huir y dejar atrás esa leyenda llena de engaños, una pequeña parte de sí misma la empujaba a quedarse, porque no podía permitir, bajo ningún pretexto, que Harael muriera. ¿Y si le arrebataba la vida a la cambiaformas antes de que lo hiciera él?

—De acuerdo —dijo sin comunicarle cuál era su plan—. Hagámoslo.

37

ESTUVIERON VARIOS DÍAS PLANEÁNDOLO. Querían atraer a Acantha hacia lo profundo de la Espesura, una parte en la que nadie de la Encrucijada estuviera en peligro. Tenían un mapa que había dibujado el cartógrafo de la expedición hacía ya muchas décadas, después de recorrerla entera. Aparecían lagos, ríos, minas de carbón, minas de oro, los pantanos, las cuevas, los prados. No había detalle que no estuviera en el mapa. La Encrucijada estaba marcada con una cruz roja, pero a Cassandra le pareció que no estaba bien situada, como si quisieran mantenerla oculta. No los culpaba y, en realidad, era lo que menos le importaba en aquel momento. Llevaba noches sin parar de pensar en Finn, si habría convencido a la princesa, si estarían haciendo algo para intentar evitar lo que estaba a punto de suceder.

Aquella noche estaban en el prado, frente a una hoguera que los niños de la Encrucijada rodeaban bailando y dando palmas, con sendas coronas de flores, eneldo y hierbabuena.

Habían espetado setas y champiñones, recolectados aquella misma mañana, y los habían bañado en una salsa verde que olía a perejil y a algo dulzón que Cassandra reconoció como tomate.

Se comió tres espetos, a grandes bocados, incluso cuando estaban ardiendo. Se dio cuenta de que Corban y su mujer, Larontea, la miraban con sonrisas bonachonas en las caras, casi como si estuvieran sorprendidos de que día tras día tuviera la misma ansia.

—Chica dédalo, ¿quieres bailar? —le preguntó Clarissa cuando acabó de tragarse el último bocado y rechazó un cuarto espeto que le ofrecieron.

—¿Por qué me llamas chica dédalo? —Ya le había hecho esa pregunta al despertarse en la Encrucijada, pero no le había contestado. Tampoco lo hizo esa noche.

Intentó incorporarla al coro, pero Cassandra se sentía agotada. Solo quería descansar, meterse en la cama y dejar que la luz de la luna, que entraba por las ventanas del techo, le acariciara la piel y también los sueños.

Se ausentó en cuanto dejaron de prestarle atención. Habían buscando en cada rincón del mapa: las huellas estaban ahí, eran inconfundibles. No habían visto rastro de otros caballos y los habitantes de la Encrucijada aseguraban que nunca en doscientos años se habían topado con otro caballo. Aquel no era lugar para ellos.

Al día siguiente, marcharían de nuevo, preparados para acorralar a la cambiaformas en el acantilado que llevaba al pantano. Cassandra deseaba que pudieran hacerlo, pero una parte de ella estaba asustada. Temía no ser capaz de defender con su don a las personas que la acompañaban. Harael había asegurado que solo necesitaba un par de segundos para que no escapara, sin embargo, ella necesitaba que el hilo entre las dos mentes se volviera fuerte para poder tirar de él; si no, se rompería.

Se quitó las botas y se masajeó los pies. Cerró los ojos un segundo.

—¿Es que no sabes llamar a la puerta?

—Quería ver si te encontrabas bien. Hoy hemos estado a punto de dar con ella y te he notado nerviosa —dijo Harael, que estaba junto a la chimenea, justo debajo de la luz lunar.

—Solo quiero cambiarme y dormir.

Comenzó a desabotonarse la blusa y los pantalones. No le molestó que Harael estuviera mirándola, ya había visto todo de ella, no había nada que ocultar. Aunque no habían vuelto a tener un momento tan íntimo, parecía que hubieran firmado una tregua solo para conseguir que todo acabara de la mejor manera posible.

—¿Te tumbas conmigo? —le preguntó.

Volvía a sentir esa soledad que dejaban los recuerdos en la piel, en el alma y en algún lugar más lejano.

Harael se acercó cuando ella se quitó los pantalones y se metió en la cama solo con la blusa puesta. Él se descalzó y se tumbó junto a ella, como le había pedido. La última vez que habían estado tan pegados les ardía la carne. Ahora había un silencio amargo entre los dos, pero la calidez era mayor. Cassandra no paraba de preguntarse qué pasaba por la mente de Harael, qué sentía, qué habría rememorado entre aquellas casas.

—No quiero que vayas mañana —le dijo.

—Eso es absurdo, Cassandra.

Ella se dio la vuelta, quedó de espaldas al hombre. No quería que le sucediera nada malo, porque, al margen de lo que pudiera estar sintiendo por él, había encontrado un amigo en Harael y había vuelto a confiar en que había bondad, por mucho que la vida y la muerte, la mortalidad y la inmortalidad, se interpusieran.

No quería porque Harael estaba empeñado en devolverle a Alala la vida que no había podido tener, pero ¿y la suya? ¿Quién se la devolvía?

—No llores, por favor —escuchó que le susurraba. Extendió un brazo sobre ella y bajó la mano en una caricia hasta su cintura—. Cassandra, escucha, sabías que este momento llegaría. Tú tienes cosas que hacer después. Debes buscar al príncipe y a Eliadora. Él te necesita y, aunque digas lo contrario, creo que algo en ti también quiere asegurarse de que está bien. No le habrás jurado lealtad a Alair, pero tu corazón sí lo ha hecho con Finn.

La abrazó con fuerza, hundió la nariz en el espacio que había entre su cuello y su hombro y aspiró hondo el aroma de su pelo.

Ella se movió un poco hacia atrás hasta que la curvatura de su espalda encajó a la perfección en el pecho de él. No paró de llorar. Le estaba diciendo que renunciara, que le permitiera cumplir con su misión.

—Quiero acabar con esta maldición. Estoy muy cansado, Cass.

No dejaría que muriera, aunque tuviera que ponerse ella en peligro. Había cambiado sus mochilas, que eran idénticas, porque dentro de la suya se encontraba el puñal conjurado. Harael no se había dado cuenta, de otro modo, le habría dicho algo al respecto. Ella se adelantaría, tenía intención de salir temprano, antes del amanecer. Había memorizado el mapa, y Clarissa le había mostrado tres atajos distintos para llegar al pantano. Iría y encontraría a Acantha antes que el Principado, salvaría su vida. Sabía que se opondría a que otra persona matara a la cambiaformas. Calló, le había prometido que nunca más le mentiría ni le ocultaría nada, pero lo estaba haciendo otra vez porque pensaba que así lo protegería.

Echó la cabeza hacia atrás, acarició con su mejilla la barbilla de él y buscó sus labios. No tardó en recibir respuesta. Él la colocó bajo el peso de su cuerpo y la besó con las mismas ganas de la primera vez. También había temor, por parte de los dos.

Él buscó su desnudez con las manos, le quitó el blusón por la cabeza. Le besó el cuello, las clavículas, le acarició los pechos con las yemas de los dedos, descendió por el vientre y llegó hasta el centro de sus piernas, donde los labios y la lengua dibujaron círculos y la hicieron estremecerse.

Entre besos y jadeos, Cassandra lo ayudó a desvestirse, a tirones, como si quisiera arrancarle la ropa. Quedó desnudo debajo de ella y ella acarició cada parte de su cuerpo como si nunca fuera a volver a sentirlo bajo las manos, en la huella que dibujaba sus labios sobre la piel y en la humedad de su lengua. Lo sintió pronto dentro de ella, tenían necesidad, aunque no prisa.

Se dejaron llevar por la pasión que irradiaban sus cuerpos y Cassandra juró haber visto el destello plateado de los ojos de Harael cuando quedó suspendido sobre ella y le acarició la mejilla con delicadeza. Él se sentó en la cama, apoyado en el cabezal, la colocó sobre su regazo y siguió enredando los dedos entre su melena.

—Cierra los ojos —le pidió.

No quería apartar la mirada de él, era como si estuviera viendo más allá.

—¿Por qué tendría que...?

Harael le pasó los dedos por los ojos y ella no pudo evitar cerrar los párpados. Después, con las manos apoyadas sobre su pecho, la frente a la altura de mentón y las manos sosteniéndola, notó la suavidad de la seda sobre su espalda, un cosquilleo con olor a brisa de mar, luz de primavera, lluvia de verano, selva de su isla.

—No abras los ojos.

Al ver su insistencia, Cassandra comprendió que el tacto de la seda, las briznas de hierba, los rayos de luna, todo cuanto se perdía en su piel, no era otra cosa que las alas de Harael, envolviéndola, protegiéndola, susurrándole un adiós de la única manera que sabía, sincero.

Ella notó las lágrimas sobre su frente. El Principado lloraba y ella no pudo evitar empaparse de ellas como lo había hecho del deseo que había crecido entre los dos, de esa conexión inexplicable.

Lloraron en silencio, y ella, durante los largos minutos que así estuvieron, sintió que estaba en casa, en un lugar que reconocía como su hogar. Le llegaban aromas dulzones y cítricos, el sol era crepuscular en aquel sitio, pese a que hacía ya horas que se había hecho de noche, y podía notar que su cuerpo era ligero y que el aire le daba de frente pese a que no se habían movido de la cama.

No supo en qué momento sucedió, pero, mecida por aquel viento que solo les pertenecía a ellos, cayó en un profundo sueño.

Se vistió fuera de la casa. Todavía no había amanecido y todo su cuerpo gritaba que aquel era el día definitivo. La cacería empezaría en una hora, y ese era el tiempo que ella tenía para mantener con vida a Harael y conseguir, al mismo tiempo, que se vengara de Acantha. Cassandra sospechaba que nunca le perdonaría haberle arrebatado el placer de quitarle la vida y hacerle pagar todos sus males. Y, aunque esa certeza le palpitaba fuerte, no le importó que él no comprendiera que le importaba más de lo que era capaz de reconocer en voz alta.

Cogió la mochila, se enfundó las botas y echó a andar, candil en mano, hacia la oscuridad, por el camino que Clarissa le había mostrado. Aquel lugar no se llamaba la Espesura en vano, los atajos eran casi imposibles de recorrer, estaban llenos de setos, matorrales y enredaderas que hicieron que Cassandra perdiera un tiempo precioso.

No paraba de tropezar cada pocos pasos, pero eso no la detuvo. Pese a que la luna y las estrellas no la estaban ayudando mucho por lo frondosas que eran las copas de los árboles, ella se había encargado, todas las noches desde hacía seis días, de salir a aprenderse aquel camino a tientas. Tenía el mapa grabado a fuego y los árboles parecían susurrarle la peligrosa ruta que había de seguir. Debía encontrar un caballo y su don, como hasta ese momento, la ayudaría a lograrlo.

Llegar al pantano no era tarea sencilla, no solo debía sortear cualquier obstáculo inanimado, sino también el peligro. Corban le había explicado en varias ocasiones que la Espesura era el hogar de muchos monstruos, aunque nunca se animaba a revelarle qué eran en realidad aquellas criaturas peligrosas. En la mente de la amazona tomaban forma de bestias con las fauces repletas de colmillos, garras afiladas y cuerpos escurridizos pero grandes. Cuando llegó hasta el pantano, al tiempo que el cielo clareaba, preparado para acoger los primeros rayos de sol, comprendió que el mayor temor tenía la forma de las criaturas que tanto había defendido. El monstruo era un caballo azabache que pastaba tranquilo en el prado que había junto al acantilado.

Cassandra se arrodilló detrás de un árbol y observó al animal, apaciguado, tranquilo. No había sentido su presencia, aunque la Susurradora sabía que eso no era del todo cierto, su naturaleza lo ligaba a ella y, del mismo modo que se veía atraída hacia los caballos, ellos también podían percibirla. La Susurradora extrajo el puñal de la mochila y se puso en pie. Lo guardó detrás, en su cinturón, y muy lenta, caminó hacia el prado. «Por todos los caballos del mundo, qué hermoso es», pensó.

Estaba maravillada por aquella criatura de pelaje brillante, crin sedosa, cuerpo musculado. Era, sin lugar a dudas, el caballo más bello que había visto jamás, y tenía que matarlo, porque debajo de la piel equina estaban las fauces salvajes que temía hallar en lo profundo de la Espesura.

Las orejas del caballo se movieron, percibieron su presencia y se detuvo. Dejó de masticar hierba. No giró su cabeza al principio, fue como si le permitiera acercarse un poco más.

«Mírame», susurró ella. Lo repitió con cada pisada y, al final, unos ojos pardos, casi felinos, la atravesaron por completo y la congelaron. El caballo se volteó hasta quedar frente a ella y Cassandra, a la que le costaba respirar, lo miró por encima de sus pestañas mientras chocaba con una barrera llena de espinas y tallos cortantes, que la cambiaformas debía de haber construido al cabo de esos miles de años. Eso no la disuadió. Al recordar el tacto de las alas de Harael, tragó saliva y decidió que ese no sería el día en el que Acantha le arrebataría la vida al príncipe maldito. Ella rompería esa maldición.

«¿Eres tú?», susurró de nuevo.

El lenguaje de los caballos no era nítido, no tenían un alfabeto ni palabras, sin embargo, Cassandra lo comprendía, para ella era como haber leído cualquier libro en su idioma. No fue diferente con Acantha, la sintió resistirse, quería esconderse en un agujero oscuro para dejar en blanco su cuerpo prestado. No lo consiguió, la Susurradora estaba arañando la barrera con tanta fuerza que tuvo unos segundos de ventaja para aproximarse un poco más.

«Sé lo que eres».

El caballo no podía huir. Parecía que estuvieran sujetándolo de las cinchas con una fuerza descomunal, pero ni tenía cinchas ni había manos que lo tuvieran atrapado, solo la voz de Cassandra obraba el milagro de que no hubiera salido corriendo. Eso sí, se retorcía, se levantaba sobre sus patas traseras, relinchaba igual que si la hubieran emprendido a latigazos contra él. Tal era su entereza y tal el poder de la Susurradora.

«Arrodíllate», intentó ordenarle.

Los carpos de las patas delanteras cedieron, aunque no dejó de mostrar la dentadura e hinchar los ollares. Se resistía con cada gota de sangre que circulaba por su cuerpo, tanto que el cuello y el vientre le sudaban del esfuerzo. Pronto, quedó ante la Susurradora, que echó mano al puñal y, con voz débil y quebrada, dijo:

—Que los dones me perdonen por esto.

Los ojos del caballo se abrieron mucho cuando Cassandra levantó el puñal y fue a clavárselo en el pecho. Sentía que se movía demasiado lento, estaba agotada, pero solo necesitaba un último esfuerzo para poner fin a siglos de sufrimiento. Solo tenía que acabar con su vida.

—¡Cassandra, no!

El puñal, en vez de aterrizar en el pecho del caballo, se clavó a la altura de las costillas. Ella lo extrajo. Estaba a punto de ignorar a Harael, que corría y gritaba en su dirección, seguido por Corban y su gente. La cambiaformas aprovechó el descuido y, herida pero no muerta, se apartó. Se tambaleaba.

—¡Quédate donde estás! —le gritó Cassandra a Harael.

Él no la obedeció, pero la amazona tampoco dio su brazo a torcer, saltó hacia delante con intención de subirse a la grupa del caballo. Al aterrizar sobre ella, en una fracción de segundo, el caballo ya no era tal, se había transformado en un águila oscura, que, con vuelo zigzagueante, descendió en picado por el acantilado y desapareció entre los árboles.

Cassandra apretó los dientes, se puso de pie, puñal en mano, y corrió hacia Harael sintiendo la frustración y la impotencia corriéndole por el cuerpo.

—¿Por qué has hecho eso? Podría haberla matado. ¡Me has distraído! —le volvió a gritar mientras lo empujaba una y otra vez ante el pasmo del resto de personas que ahí estaban.

Haarael la cogió por los hombros, olvidando la delicadeza de la noche anterior.

—¡Tú no tenías que hacer nada! Has puesto tu vida en peligro.

—¡No iba a poner la tuya! ¿No lo entiendes? —le echó en cara, como si hasta ese momento Harael no hubiera comprendido lo que significaba para ella.

—No es tu elección, Cassandra.

El Principado apretaba la mandíbula con tanta furia que Cassandra estuvo convencida de que se avecinaba la peor de las discusiones que habían tenido desde que se conocían.

—Te equivocas. Puedo escoger, y escojo que no te mueras por algo que sucedió hace miles de años.

—La maldije con mi deseo, ¿no lo entiendes? Pedí tener tiempo para encontrarlas y desde entonces los tres seguimos vagando por el mundo, ¿cómo se puede vivir con eso, Cassandra? —preguntó, hecho una furia. El resto de personas se habían quedado rezagadas, intentando darles la intimidad que no tenían.

—Muy bien —contestó, tan enfadada que se le habían puesto los nudillos y los dedos rojos alrededor de la empuñadura—. Tú tienes tus motivos y yo, los míos.

—Tus motivos no son importantes, Cassandra.

Eso le dolió más de lo que suponía que podía estar doliéndole a Acantha su herida en aquel momento. Se sintió insignificante, vio firmeza en sus ojos y no comprendió por qué debía seguir aferrada a algo que ya no podía controlar. Tantas mentiras para conseguir cambiar la historia. A lo mejor, después de todo, esta no podía reescribirse.

Tiró el puñal a sus pies, manchado de sangre.

Él pareció darse cuenta de la dureza de sus palabras, pero, al intentar impedirle que se fuera, ella se echó atrás.

—Ahora ya no me necesitas para nada. Busca una domadora de águilas, si la hay. Voy a regresar a Caléndula. Voy a ayudar a mi gente. Imagino que tú ya has decidido qué te importa más. Acantha.

No quiso darle a elegir entre abandonar la Encrucijada y la Espesura junto a ella y olvidarse de la cambiaformas, sabía de sobra cuál era su decisión, la emanaba en cada palabra que no pronunciaba.

Tenía que salir corriendo de ahí antes de inclinarse a sus pies y rogarle, por lo que más quisiera, que no se precipitara detrás de Acantha. Encontró valor para resistirse, no por orgullo, sino porque su respuesta la heriría demasiado.

Cassandra pasó por delante de Corban y del resto y desapareció por el mismo camino, espeso de vegetación, por el que había llegado al alba, sin intuir que el dolor que sentía en aquel momento sería nimio en comparación con lo que iba a suceder.

38

Le llevó tres días salir de la espesura con la ayuda de la esposa de Corban, que se había ofrecido a acompañarla. Ella se lo agradeció de corazón, porque no se veía capaz de pedírselo a Harael, ¿qué podía decirle?: «¿Llévame a casa y luego muérete en paz?». Cada vez que lo pensaba, sentía una quemazón en la garganta, pero también en las palmas de las manos. Se había despedido de él con un asentimiento de cabeza y él había abierto la boca para decirle alguna cosa que Cassandra no estaba preparada para escuchar. No había nada que pudiera verbalizar que hiciera que no se sintiera estúpida por haberse permitido sentir algo por él. ¿De dónde nacían esos sentimientos? ¿De la atracción? ¿De la forma en la que él la trataba? ¿De que Maya le había confiado su libertad? Los sentimientos le habían llegado rápidos hasta el corazón, eran un terremoto que parecía llevar dormido mucho tiempo, pero que también lograba que se agitara cuando pensaba en otra persona.

Larontea se despidió de ella con la reverencia que Cassandra había aprendido a ejecutar en los últimos días, y le dijo que, a partir de allí, no podría acompañarla, así que el resto del camino, de vuelta al castillo, tendría que hacerlo sola, y no sabía qué explicación daría cuando, a la noche siguiente, descendiera de su caballo frente a la muralla.

El Principado no la acompañaba, no había forma de que su separación no desvelara la verdad de su relación y de las decenas de secretos que callaba. Mientras las horas pasaban y procuraba no toparse con ningún asaltador de caminos, pensaba en las posibilidades que tendría de llevarse a Cadmo y a Eugene consigo sin dar más explicaciones, ir a Centaurea, recuperar a Némesis y después ponerlos a salvo en su isla como una vez lo había estado su madre. ¿Y Finn?

Cassandra sintió un peso en el pecho. No podía abandonar al príncipe en plena guerra. No podía abandonarlo, menos aún tras su último encuentro.

Pasó la noche entre una arboleda un poco apartada del camino. Corban, que iba muchas veces a Caléndula a por provisiones, la había puesto sobre aviso: ir sola era peligroso. Los ladrones olían la sangre nueva, así que debía extremar las precauciones. No encendió ningún fuego, no comió y respiró en silencio, intentando hacerlo solo cuando el aire se escuchaba.

Pese a haber pasado por muchas cosas en los últimos meses, Cassandra se dio cuenta en aquel momento de que, desde que se había despertado en el Fenha, deshidratada tras el naufragio y sin saber cómo había llegado hasta ahí, no había vuelto a estar sola, y eso, de alguna manera, por mucho que pensara que debía proteger al resto, hacía que no sintiera temor; pero esa noche la invadió una sensación de vértigo, un miedo tan sonoro como el viento entre los árboles.

Antes de que el sol alumbrara las escarpadas montañas, ella ya estaba en pie, a lomos del caballo, contando las horas para abandonar aquel paraje desértico de gente. Le resultaba difícil comprender cómo se sentía tan viva y a salvo en la frondosa y salvaje selva de su isla y allí, sin embargo, se mostraba tan insegura.

Cuando ya se estaba acostumbrando a los ruidos de aves y al

crujir de ramas, una sombra a su derecha llamó su atención y, al segundo, otra más grande a su izquierda. El caballo se puso nervioso, tanto que pensó que la tiraría al suelo. Al fijarse en las siluetas que habían aparecido de la nada, se dio cuenta de que eran dos mujeres y un hombre, altos y fornidos; las mujeres con sendos machetes y él con un sable.

—Mirad, mirad lo que tenemos aquí, una sangre dulce.

Cassandra no había escuchado aquel término en su vida, pero no le costó entender que se referían a ella. Lo que le pareció más llamativo fue cómo se relamieron los labios.

—No llevo dinero —les dijo.

—¿Y quién te ha dicho a ti, niña, que lo que queremos es dinero? —le contestó el mismo hombre.

Las mujeres habían rodeado a su caballo y una tiró de ella hasta que cayó sobre el polvoriento suelo y sintió la quemazón de las heridas en las rodillas y en las palmas de las manos. Apretó la mandíbula e intentó incorporarse, quizá podría escapar, era rápida, podía correr más que la mayoría de las personas, a lo mejor...

La mujer que la había agarrado le colocó el machete a la altura del cuello.

—Estate quietecita.

Cassandra conocía muy bien a los traficantes, a los mercenarios y a los bandidos que comerciaban con dones, que secuestraban a niños como Cadmo y Némesis, que eran capaces de cualquier cosa con tal de recibir algunas monedas a cambio de ellos. Por eso mismo, porque habían intentado cazarla desde que el don había despertado y se había corrido la voz, supo que aquellos no lo eran. Eran otra cosa y, si no querían su don ni dinero, ¿qué podría ofrecerles para salvar su vida una vez más?

—Huele bien —comentó la segunda mujer—. Y tiene más carne que la última que encontramos. Qué sabrosa.

Cassandra tragó saliva. ¿Carne? No podía ser verdad. Había escuchado hablar de los caníbales, la gente contaba historias cuando desembarcaban en la isla, aunque ella nunca había creído que hubiera quien pudiera comerse a una persona, ni siquiera los asaltadores de tumbas, que también iban buscando los órganos de los difuntos. Sin embargo, en ese momento, ante ese hombre de larga barba blanca y las mujeres de ropa colorida, con tatuajes que les cubrían las frentes, pensó que no habría otro motivo para quererla.

—La llevaremos ante Ghoris, seguro que se da un buen festín.

—Y comparte las sobras. —La que sostenía el filo del machete contra su carne mostró los incisivos y una sonrisa horrorosa, llena de dientes podridos—. Yo quiero roerle las tibias.

El hombre le acarició la cicatriz de la cara.

—Yo, el tejido cicatricial, está tan bueno.

Cassandra sintió cómo una arcada ascendía por su garganta y la bilis le llegaba hasta la boca. Tenía que escapar de ahí como fuera. Solo imaginar que la harían picadillo y se la comerían hacía que quisiera gritar hasta perder la conciencia.

—¿La matamos ahora?

—Sí.

—Basta —vociferó Cassandra, que había cogido a la mujer del puñal por la muñeca.

Pero eran tres contra una, y ella, por mucho que su cuerpo quisiera pelear con uñas y dientes, no encontraba la forma de que se le multiplicaran las manos y las piernas.

—Por favor —rogó cuando la empujaron y su cara impactó contra el suelo.

Los tres estaban ya preparados para comenzar el ataque.

Cuando Cassandra vio la sombra de uno de los machetes levantado, cerró los ojos. Pensó en la amarga despedida con Harael, con su padre, con Finn, con todos sus amigos. No hacía más que dejar personas atrás y ahora moriría sin tener una segunda oportunidad y se la comerían sin enterrarla siquiera.

Seguía apretando los ojos cuando escuchó el primer grito, agudo, desde las entrañas. Abrió los ojos, encogida, y vio a una de las mujeres tendida a su lado, con los ojos abiertos y el pecho rasgado. Cassandra pudo verle el tórax, las costillas y los pulmones antes de escuchar el segundo y tercer grito.

Se volvió temerosa de que, después de todo, aquello fuera peor que ser devorada por caníbales. Cuando se giró, vio que la barba del hombre estaba teñida de rojo y la cara, desfigurada. Sobre el cuerpo, a cuatro patas, con las garras en el cuello y la boca abierta, se encontraba la leona de Centaurea. La reina Eliana.

Los ojos verdes se volvieron hacia Cassandra, refulgentes. Ella temblaba, igual que lo había hecho en aquel sueño, que ahora parecía tan lejano. La leona agachó la cabeza, e igual que había hecho su hijo, comenzó a transformarse poco a poco en la mujer que la había abrazado a orillas del mar, la misma a la que había llamado «madre».

Se acercó a ella, se acuclilló y le tomó el rostro entre las manos.

—Tranquila, pequeña.

Cassandra pensó que debía de estar muerta y que aquello también era un sueño. ¿Qué hacía ahí la madre de los príncipes? ¿Y cómo había recuperado su forma humana?

—Ven, ayúdame —escuchó que le decía a alguien que estaba a sus espaldas. Cassandra no lograba enfocarla porque tenía los ojos empañados y no se recuperaba del susto.

Alguien se arrodilló a su derecha y le colocó la mano sobre la frente. La Susurradora sintió una sensación de frío agradable que deshizo el estado febril en el que se estaba refugiando. La otra mano le secó las lágrimas de la cara y, cuando al fin pudo mirarla, se encontró a Némesis, piel nívea inconfundible, ojos azules, traslúcidos como el hielo, esa larga melena rubia que ovalaba todavía más su rostro. Y, de nuevo, Cassandra sintió ganas de llorar.

La muchacha la acunó entre los brazos y la amazona ya no supo por qué sentía tantísimo dolor, miedo y vergüenza. No entendía qué había perdido y a qué se debía el vacío inabarcable que se le había formado entre las costillas y el estómago. No podía llenarlo con nada, ni con buenos recuerdos, ni con las personas que amaba.

—Shh.

La reina la levantó en brazos. Némesis no le soltó la mano.

—Vamos a arreglarlo, fierecilla —murmuró la reina Eliana con una sonrisa salvaje—. Descansa un poco.

Cassandra dejó su vida y todo su peso en los brazos de la reina y volvió a sumirse en un estado de embriaguez, no supo si también era fruto de un embrujo o de su propio miedo.

Tuvo que guardar para más tarde las decenas de preguntas que le pululaban por la mente.

La sopa caliente la reconfortó un poco. Miró al hombre con los hombros encogidos, mientras él no dejaba de escudriñar cada rasgo de su cara. Estaba tan pendiente de ella que logró sonrojarla. Cassandra también quería memorizar las líneas de su cara, pero su timidez le hizo bajar la vista. La alfombra blanca del salón se tiñó del rojo de las anémonas del jardín, mientras Némesis le ofrecía un cuenco de guiso de calamares con ajo y unos fideos finos y largos.

Estaba en casa del hermano de su madre, Owen. Hasta ahí la habían llevado la reina y la chica de hielo. Ambas seguían con ella, aunque Eliana había salido durante un par de horas para poner en orden algunos asuntos. Las cosas no iban bien y, aunque todavía no habían querido ponerle nombre, Cassandra sospechaba que todo aquello tenía que ver con sus hijos y la enemistad que había surgido entre los dos como una maldición.

—Eres idéntica a Maya —comentó el hombre.

Cassandra se encogió de hombros, pero una parte de ella se sintió adulada.

—¿Cómo te encuentras? —le preguntó la reina.

Cada vez que esta hablaba, su tío le lanzaba una mirada furibunda. Habían querido al mismo hombre, y para ninguno de los dos debía de ser sencillo estar frente al otro, pero la reina había insistido en que era el lugar más seguro. El castillo estaba rodeado de guardias que informarían a su hija, la princesa.

—Después de que hayan intentado comerse hasta mis tuétanos, mejor —bromeó ella.

En vez de una sonrisa, se les dibujó una mueca de asco en las bocas.

—Sé que no tengo derecho a… Antes de pedirte este favor, quiero que sepas que mi hija ha puesto un precio a tu cabeza. Y juro que jamás lo habría esperado de ella. Quizá sea el don, no lo sé. —Se llevó las manos a la frente. Era una mujer bella, desde luego, pero lo que más emanaba de su cuerpo era poder y fortaleza—. Mi hijo luchó contra su don cuando solo era un niño, su padre lo encerró como a un monstruo durante años. No entraba la luz del sol en aquellas mazmorras.

El tío de Cassandra pareció avergonzarse de aquello.

—No pude hacer nada por él, yo misma estaba luchando con mis propios demonios por aquel entonces. Después, cuando el rey murió..., tuve que esforzarme en hacerme cargo del trono mientras mis hijos cumplían la mayoría de edad. No te voy a mentir, no he conseguido dominarlo, pero no voy a dejar que Eliadora y Finn se maten entre ellos.

—¿Qué puedo hacer?

—Eliadora se ha embarcado rumbo a Centaurea. Lleva quince buques cargados de explosivos. —Cassandra pensó que aquella amenaza se la había inventado hacía ya mucho tiempo para salvarse, y ahora se volvía real —. Y otros cuatro barcos encabezan a los suyos. El ejército va a entrar en la ciudad por el desierto. Es solo una maniobra de distracción.

—Porque tiene intención de atacar el puerto, está más cerca del palacio de cristal.

—Exacto.

—¿No se reunieron Finn y Eliadora?

—Lo hicieron, yo fui la moneda de cambio para firmar una tregua y llegar a un acuerdo, pero mi hija, después de que Finn me liberara, aunque yo estaba a salvo, decidió seguir con el ataque.

—Disculpe, majestad, pero ¿ha dicho que no estaba segura de salir?

—Recluida es imposible herir a nadie, y ya has visto que puedo hacerlo con mucha facilidad.

A Cassandra se le torció el gesto al recordar aquellos cuerpos deshechos como papel en el agua. Era cierto que la reina no dominaba del todo su naturaleza, al igual que Némesis, que no había hablado demasiado desde que se habían encontrado y seguía en ese silencio helado que la caracterizaba; pero había algo que había cambiado, un destello cálido en las pupilas.

—Mi hijo también sacó a tu amiga, dijo que tenía que llevarla contigo si pasaba algo, y consideré que, después de que Eliadora te declarara la guerra abierta por traición, era un buen momento para que os reencontrarais.

Cassandra cogió a Némesis de la mano y la chica la miró con ternura.

—Cadmo me dijo que todo saldría bien cuando me visitó —susurró antes de apoyar la cabeza sobre el hombro de la Susurradora.

—¿Qué puedo hacer, majestad? Me ha salvado la vida, no puedo hacer menos.

El tío de Cassandra dio un salto en su asiento y se puso de pie.

—De eso nada. No voy a permitir que libres una guerra que no te pertenece. Es tu familia la que tiene el problema, Eliana, deja a mi sobrina en paz —exigió.

—¿Crees que esto es fácil para mí, Owen?

—Pues es bastante sencillo, en realidad. Acepta que Cassandra vuelva a su casa.

—Si ella así lo decide, es libre de marcharse ahora mismo, pero, Cassandra —la mujer se volvió hacia ella—, vi cómo mirabas a mi hijo, sé que ha hecho muchas cosas mal, pero no merece que su hermana vuele por los aires toda Ciudad Centaurea.

La amazona pensó durante más de un minuto en las palabras de la reina. Había muchas cosas que debían hablar y otras tantas que perdonar, pero, más allá de su relación, las vidas de cientos, miles de personas, estaban en peligro, y si había algo que ella pudiera cambiar, por pequeño que fuera, lo haría.

—¿En qué puedo ayudar?

La reina tomó aire y lo soltó poco a poco, como si no estuviera preparada para decir aquello en voz alta.

—Entrégate.

Némesis le apretó la mano hasta que sintió diminutas astillas de hielo clavándosele en la carne.

—¡No! —gritó su tío—. ¿Quieres usarla como peón de distracción?

—Quiero salvar a mi gente y ganar tiempo para hacer que Eliadora entre en razón. Cuando llegué hace seis días me acogió con los brazos abiertos y en ella solo había bondad y perdón y agradecimiento y ganas de hablar con su hermano. Después de que él viniera al castillo, su actitud cambió y necesito saber qué sucedió, qué le hizo tanto daño como para actuar de ese modo.

—¿Y no se te ocurre otra manera que no sea entregar la cabeza de la hija de mi hermana?

—Si se me ocurriera lo haría, pero tenemos que evacuar la ciudad y eso la distraerá de dar la orden, querrá saber qué le pidió su hermano que hiciera, conocer a todos los traidores.

Mientras ellos hablaban, Cassandra no paraba de pensar en que, una vez más, estaba muy dentro del peligro. Una vez más, alguien le salvaba la vida solo por necesidad.

—Eugene y Cadmo están con ella —susurró Némesis con voz queda.

—¿Qué?

—Los retuvo —confirmó la reina.

Cassandra se llevó las manos a la cabeza. Dio un par de vueltas por la habitación. No salía de un lío y se metía en otro, ¿es que nunca llegaba el momento de descansar? Solo quería tumbarse a oscuras en una habitación silenciosa y que la dejaran dormir durante siglos, no quería nada más. No quería...

—Iré.

—De eso nada, como si tengo que esposarte. Tu madre nunca me perdonaría que te enviara derechita a la muerte, ¿estás tonta? —Su tío dio un golpe con el bastón en el que se apoyaba.

—Iré —repitió Cassandra, esa vez con más convicción—. Y si nos llevan tantos días de ventaja, tendríamos que irnos ya —le dijo a la reina.

—No entrarán en el puerto hasta que el ejército haya llegado a palacio. Quiere encerrar a los consejeros y a su hermano. Mientras tanto, mantendrá la flota alejada de la ciudad.

—Pero, si encierra a la gente en el palacio y quiere detonar los explosivos en el puerto..., morirán todos.

Eliana asintió con los ojos húmedos.

—Vámonos. Ahora.

No hubo nada que su tío pudiera decir para detenerla antes de que Cassandra saliera por la puerta.

—Sí que eres igual que tu madre.

—Para mí eso es un cumplido.

—Para mí también, sobrina, pero no dejaré que vayas sola.

—Ni yo —añadió Némesis.

—No puedes, Némesis. Debes quedarte aquí, no podré cuidar de ti y…

La chica de hielo hizo llover pedazos de escarcha que se clavaron en los ladrillos de la casa de Owen.

—Me cuidaré sola. Voy contigo.

Cassandra asintió. Se preguntó dónde estaría Harael en aquel momento en que tanto lo necesitaban. Debería estar ahí, velando por la seguridad de todas aquellas personas y no buscando a una cambiaformas de dos mil años. Nunca daría con ella, pero aún estaba a tiempo de evitar una tragedia.

«Vuelve, por favor. Te necesito. Te necesitamos», rogó.

39

LA HABÍA SEGUIDO DURANTE CASI TODO EL CAMINO hasta salir de la Espesura. No soportaba aquella despedida ni podía renunciar a la idea de no volverse a ver una vez más. Por suerte, Eliana había aparecido para ponerla a salvo. Harael intuyó que había sido Alair el que la había enviado hasta ahí. El mismo que estaba a punto de librar el comienzo de una guerra contra su hermana. Ese no era el mundo que él quería dejarle a Cassandra, tenía que olvidarse de Acantha hasta que solucionara aquello y asegurarse de que nadie corría peligro.

Localizar a Eliadora y averiguar sus planes no había sido difícil, no por nada era hija de Egan, el que siempre había peleado sus batallas en el mar. No resultaba extraño que la princesa hubiera optado por una flota para tender su emboscada. Llegaría a tiempo de que lo estropeara todo, aunque lo que no comprendía era cuánto rencor podía abarcar el corazón de la muchacha; al fin y al cabo, Alair había liberado a su madre y le había dado una muestra de su buena fe. Harael siempre había pensado que, cuando por fin el príncipe le abriera el corazón a su hermana, ella entraría en razón. ¿A qué venía esa inquina tan desmedida?

Se encontró con Sehalia en medio de la encrucijada entre el mundo de los mortales y el de los dioses. Tenía que ponerla sobre aviso, si es que todavía no eran conscientes de que Eliadora pensaba combatir, a pesar de que a esas alturas sus motivos ya no tenían ningún fundamento: Alair se había rendido.

—Pon a la gente a salvo, como sea.

—Los Creadores están muy enfadados.

Harael sonrió, abatido.

—Quieren que todo esto acabe de una vez —le hizo saber Sehalia.

Harael no tuvo que esforzarse mucho para entender que le estaba dando un mensaje: o dejaba de lado su batalla personal o le ponía fin.

—Que no se preocupen, todo está a punto de terminar. Nadie puede engañar al tiempo para siempre. Ni sortear el destino y la muerte.

—Podrías, si renunciaras a lo que un día fuiste y aceptaras vivir esta vida que ahora tienes.

—No todos somos tan fuertes como tú, Sehalia. Algunos vivimos arrastrando el dolor, no podemos sobreponernos a él.

Ella colocó las manos alrededor de su cara y lo miró a los ojos.

—Te deseo suerte, Harael. Gracias por avisarme.

—Hasta que nos volvamos a ver —susurró él—. Dales recuerdos a mis hermanos y a mis padres. —Sehalia asintió—. Ahora tengo que ver a alguien. Y cambiar el rumbo de las cosas. Creo que necesitaré tu bendición.

Ella colocó los dedos sobre su frente y lo besó en ambas mejillas.

—Que los Creadores, nuestros padres, te guarden, Layland el Justo.

Harael depositó un beso sobre la palma de su mano derecha.

—Nunca les he caído demasiado bien —le recordó con sorna.

—¿Sabes que creo que, en el fondo, te aprecian más de lo que crees? Quizá no eres el hijo que ellos hubieran deseado, pero no dejas de ser su preferido. —Sehalia sonrió tanto que se le achicaron los ojos. Era una sonrisa sincera. Hacía mucho que Harael no la veía así—. A ninguno nos hubiera permitido hacer ni la mitad de cosas que te ha permitido a ti.

—Pero quieren que todo acabe.

—Solo entonces serás feliz de verdad.

—Ya he sido feliz de verdad, Sehalia. Después de muchos siglos, lo he sido. Díselo a ellos, quizá se alegren, o tal vez se retuerzan en sus tronos celestiales.

—Puede que hagan ambas cosas, no se les da muy bien eso de estar quietos.

—He puesto todo su tablero del revés. Y no les gusta que toquen sus cosas —le recordó Harael—. Me voy —dijo de pronto, no podía ni quería alargar por más tiempo aquel momento.

—Te veo pronto —se despidió Sehalia, pese a que los dos sabían que eso no ocurriría.

Todo llegaba a su fin, aunque antes tenía que encontrarse con alguien.

40

EL BARCO EN EL QUE HABÍAN VIAJADO ERA PEQUEÑO, sin ningún tipo de comodidades y con unos finos colchones en el suelo que no los abrigaba de la humedad que desprendía el suelo de madera ni de la corriente que se colaba por debajo de la puerta del camarote, que compartían los cuatro. Sin embargo, era un barco veloz y la reina Eliana había asegurado que serían capaces de alcanzar a la princesa. Para Cassandra, la diferencia entre aquel navío y los otros en los que había estado era el tamaño y el ruido que hacía. Tenía unas hélices laterales que se movían con diligencia, obedeciendo a algún mecanismo eléctrico que nada tenía que ver con el viento y que a la isleña le parecía imposible de comprender.

Comieron caldos de marisco que uno de los marineros les sirvió en cuencos goteantes. Némesis soportaba el mal de mar tumbada bocarriba en cubierta, con los ojos cerrados y paños fríos en la frente. Mientras ella dormitaba y se aquejaba de la angustia que padecía y del calor insoportable que le impregnaba la piel de sudor, Cassandra, su tío Owen y la reina Eliana mantenían acaloradas discusiones en la proa del barco, que siempre concluían con el poeta dando golpes.

—¡Te digo que no voy a dejar que ejecuten a mi sobrina!

—¡Y yo te he dicho lo mismo, viejo cascarrabias! ¿O crees que permitiría que una niña inocente fuese decapitada? Pero sé que podrá distraer a mi hija durante unos minutos, y eso nos dará ventaja —respondía la reina, y siempre lograba impresionar a Cassandra cuando perdía los modales.

—Si yo soy un viejo, tú también.

—Puede, pero la diferencia entre tú y yo es que yo puedo comerme —enseñó los colmillos y una sonrisa poco amable— a quienes me llaman vieja.

Al llegar a ese punto, a Cassandra le tocaba intervenir para poner distancia entre ambos, porque la reina dejaba entrever el fulgor de sus ojos de leona y su tío alzaba el bastón como si fuera a descargarlo sobre su cabeza si seguía provocándolo.

—Creo que ese tema ya está hablado. Lo primero es avisar al príncipe —comentó—. Y después tengo que sacar a Eugene y Cadmo del buque de Eliadora, como sea.

—Pero, Cassandra, ¿tú te das cuenta del peligro que eso entraña?

Ella se encogió de hombros: la habían vendido como esclava e intentado cazar desde que era una niña. Había urdido una serie de mentiras para mantenerse con vida, se había enfrentado en vano a una cambiaformas que tenía miles de años y había sobrevivido a los dientes putrefactos de los caníbales. No sabía cuánto mérito tenía en todas aquellas proezas, pero seguía viva. Puede que aún le quedara un hálito de buena fortuna.

—Quizá puedas componer algo sobre mí. Algo así como *Crónica de una tragedia.*

—Muy graciosa.

—En realidad, ha sido gracioso —dijo la reina ahogando una risita.

Les sirvió más bebida de azahares con miel.

—No lo ha sido.

—Dejémoslo en empate, ¿vale?

Y así solía terminar la discusión, firmando una tregua que a lo sumo duraba un par de horas. Después retomaban en algún punto el debate sobre si Cassandra tenía que arriesgar el pescuezo para salvar varios miles de vidas. Siempre era su tío el que abría el baúl de discrepancias y la reina Eliana y Cassandra, llegado el momento en el que Owen preguntaba si era preciso, contestaban:

—¡Sí! —Y alargaban las íes durante unos diez segundos.

El hombre daba entonces un golpe en el suelo con su bastón y se iba soltando sapos por la boca, se sentaba junto a Némesis y le ponía la cabeza como un bombo.

A la tercera mañana de viaje, un vencejo aterrizó en cubierta con un pedazo de papel enroscado en su pequeña pata. Cassandra no se dio cuenta al principio de que el animal la miraba desde la barandilla con cara de pocos amigos, pero, cuando decidió irse y vio que revoloteaba a su alrededor, observó el rollito blanco atado con cordel.

Nunca le habían enviado carta alguna a través de un vencejo ni de ningún otro pájaro. Sabía que había un susurrador en el sur que los adiestraba para las comunicaciones, pero en su isla no era nada frecuente verlos sobrevolar las casas y los montes. El correo lo transportaban en barco y los cuatro carteros de la isla se encargaban de distribuirlo. Cassandra cogió la nota intentando no lastimar al vencejo. Vio que incluso después de desatarla seguía ahí.

—Dale algo de comer como recompensa —le dijo su tío.

Ella asintió. Uno de los marineros le dio un poco de sebo de pesca, que llevaba gusanos y otros bichos que la amazona tuvo que sostener en la palma de su mano, junto al pequeño cuenco con agua, hasta que el pájaro quedó satisfecho. Después echó a volar y ella pudo desplegar el papel.

«Iré a por Cadmo y Eugene. Mantente al margen, por favor. Si de verdad te importo, no te pongas en peligro. Nunca podría perdonármelo».

Cassandra supo que aquella letra era de Harael aunque nunca antes la había visto. Eran sus palabras, su orden, su advertencia, pero ella ya había tomado una decisión, y su presencia en el buque de la princesa favorecería que salieran airados de aquello. De lo contario, en cuanto supiera que el príncipe y compañía se encontraban aislados en el palacio, detonaría los explosivos.

—¿En qué piensas? —le preguntó Némesis aquella noche, cuando se tumbaron en sus respectivos colchones.

Al despuntar el alba, llegarían hasta donde la princesa había bajado anclas y Cassandra no paraba de pensar en cómo lo haría para despistar a sus hombres, ir hasta el barco de Eliadora y que así la reina ganara tiempo para arribarse a la costa y salvaguardar la vida de la ciudad y de los habitantes del palacio.

—En que quizá la cosa está un poco más complicada de lo que me gusta admitir.

Se alegró de que ni la reina ni su tío hubiesen vuelto aún al camarote y pudiera mostrar sus dudas sin temor. Por no hablar de que había leído y releído la nota de Harael la friolera de cuarenta veces. A veces se enfadaba, otras agradecía que fuese a obrar como debía y dejara de lado a Acantha.

—Yo iré contigo al barco.

—De eso nada. Te marcharás al puerto y, cuando estés ahí, quiero que huyas lo más lejos posible del mar. Que te pongas a salvo.

—No, iré contigo. Lo he decidido.

—Y yo he decidido que no hay nada más que discutir al respeto.

—Pues no acepto tu decisión.

—Ni yo la tuya.

Así continuaron unos largos minutos hasta que Cassandra se dio cuenta de que no había manera de hacerla cambiar de parecer, y si Némesis había decidido ir con ella, lo haría. Era mejor que lo aceptara e intentara protegerla teniéndola cerca, de lo contrario, no podía saber si haría alguna locura que lo dificultara todo incluso más.

—Cassandra.

—¿Qué?

—Lo siento mucho.

—No pasa nada, si en el fondo sabía que no podía obligarte a que me hicieras caso.

Némesis negó con la cabeza. Cassandra se volvió hacia ella y vio el destello de sus ojos de hielo alumbrados por la luz de estrellas, que se filtraba por el ojo de buey.

—No me refiero a eso. Lamento haberte herido en el palacio.

Cassandra le apartó el pelo de la cara y le hizo un hueco a su lado en el colchón.

—No dolió tanto —le dijo con una sonrisa.

Némesis se acercó a ella y apoyó la cabeza sobre su brazo. Cassandra pensó en que seguía sin saber muchas cosas sobre la chica, salvo que parecía sentirse sola, como si siempre esperara a que sucediera algo que la devolviera a la realidad.

—¿Echas de menos tu casa?

—No mucho —susurró Némesis—. Solo el frío.

—¿Y tu familia? —se atrevió a preguntar.

—Mi familia me vendió. —Su voz dejó un agujero en el pecho de Cassandra—. Necesitaban el dinero. Mi hermano mayor estaba enfermo.

La Susurradora estaba segura de que su padre hubiera encontrado otra forma de hacerlo, de conseguir dinero, antes que venderla como esclava, pero no dijo nada, Némesis no parecía guardar ningún tipo de rencor dentro de ella. Tenía la capacidad de perdonar a los demás, pese a que algo le decía que no se le daba tan bien perdonarse a sí misma.

Cambiaron de conversación, había demasiado dolor en el pasado. Aunque el futuro también tenía máculas de lágrimas y pesar.

—¡A dormir todo el mundo ya! —gritó un malhumorado Owen cuando entró por la puerta y las sorprendió hablando de cómo podrían llegar hasta el barco.

La reina cerró detrás de él y cada uno se acomodó donde pudo. Cassandra observó a Eliana y vio en ella a una perfecta soberana, a alguien a quien no le importaba ocupar el mismo camarote que ellos, y eso que había otro al final de pasillo. Compartía su espacio, su comida y, sobre todo, a Cassandra le parecía que, al margen de la lucha interna que tenía con su don y con la fiera que la poseía, había bondad. Era, quizá, la primera vez que sentía gratitud por alguien poderoso, tal vez porque intentaba usar su poder para cambiar algo, por minúsculo que fuera.

—A ver si su majestad no quiere roncar esta noche —comentó Owen. Se cubrió con una manta raída y se agarró a su bastón.

—¿Insinúas que ronco? —preguntó mientras se trenzaba el pelo.

—No lo insinúo, lo afirmo.

Cassandra puso los ojos en blanco y Némesis rio contra su hombro, en silencio. A la muchacha parecía hacerle bastante gracia la relación tirante entre Eliana y Owen. Cassandra supuso que se debía a que no conocía cuál era el nexo de unión entre los dos: el amor de un hombre, un rey que había hecho muchas cosas mal.

—¿Debería temer que me fueses a asfixiar con la almohada, mi arisco poeta?

—Los ángeles me libren de tocarte un pelo, mi señora. No quisiera contagiarme de tu necedad. Prefiero seguir siendo un arisco poeta, si me lo permites.

—Un día de estos las pirañas van a morderte tus partes nobles y a ver si entonces eres tan elocuente.

—No queda mucho por morder ahí abajo, majestad, pero si su excelencia quiere comprobarlo…

—¡Por todas las bridas del mundo! —gritó Cassandra mientras se incorporaba sobre los codos.

Eliana rio al ver lo escandalizada que estaba. Su tío la imitó al poco rato entre gruñidos guturales que seguían expresando su hosquedad para con la reina. Eran un caso.

—Durmamos pues —concluyó el hombre.

—Si te callaras de una vez por todas, ya estaríamos en la quinta pesadilla —terció la mujer mientras se daba la vuelta en su cama improvisada.

La chica se preguntó si sería cómoda para ella, después reparó en que había sido una leona durante muchos años y había dormido en el suelo de aquella cámara atrapadones.

—Tienes suerte de que mi hermana te apreciara tanto, que si no...

—¿Cómo? —preguntó Cassandra.

—Esa es una historia larga, pequeña, una que tendremos que guardar para otra noche.

—No irás a contarle a la niña las juergas que os pegabais las dos antes de que ella ingresara en la Biblioteca, ¿verdad? Creo que no querrá saber nada de vuestros baños nocturnos y vuestras borracheras en Agua de Manantial. —Su tío se incorporó un poco y miró a Cassandra bajo la tenue luz de la luna—. Créeme, lo que bebían llevaba de todo menos agua.

—Te advierto, viejo loco, que, si no callas, te precipitarás por la borda esta noche.

—*Ti adviirti viiji liqui*... —comenzó a imitarla Owen.

La reina soltó un rugido de leona que hizo temblar el aire. Todos se quedaron en silencio, incluido el tío de Cassandra, que se cubrió con la manta hasta las orejas, se enrolló como una oruga y siguió mascullando palabas incomprensibles.

La Susurradora no supo ni qué decir después de aquello. Su madre había sido amiga de las personas más extrañas que se había echado a la cara, aunque, bien mirado, los suyos tampoco es que fueran los amigos más normales del mundo: un Principado, un lector de muerte, una chica de hielo, un príncipe cambiaformas y Eugene que... Bueno, era Eugene.

Sonrió antes de cerrar los ojos.

Al amanecer, divisaron con los catalejos los barcos y la tripulación de la princesa desde detrás del peñasco donde se ocultaba su pequeña embarcación. Cassandra reparó en aquel momento en la maestría de la reina al usar aquel navío y no otro: parecía un barco pesquero, nada amenazador, que podría pasar desapercibido sin dificultad. De hecho, cualquiera podría haber pensado que se habían acercado hasta el islote para recoger caracolas y otros moluscos. No repararían en ellos.

—Repasemos el plan una vez más —exigió la reina.

Cassandra asintió antes de decirlo en voz alta:

—Némesis y yo embarcamos en el bote, vamos remando hasta el buque de la princesa. Me entrego y Némesis saca a Cadmo y a Eugene del barco y los pone a salvo. Intento distraer a la princesa contándole el plan inicial de los consejeros de su hermano. Mientras tanto, vosotros —señaló a su tío y a la reina— vais por la otra parte hasta la costa y ponéis a salvo a la gente.

—Y lo más importante de todo, Cassandra: en cuanto veas que la cosa se complica, escapa. No te quedes a comprobar cómo acaba —le dijo su tío.

Ella asintió, pero no tenía claro cómo iba a escapar si estaba rodeada de agua. Solo sabía flotar, quizá si se quedaba muy quieta en el mar, este le salvaría la vida.

—¡Majestad! —gritó el más joven de los marineros, que se aproximaba corriendo después de haber dejado caer la escala de gato para que Cassandra y Némesis pudieran bajar al bote—. ¡Sale humo del buque de la princesa!

El capitán asomó la cabeza por la escotilla, se ajustó su gorro azul y le dijo a la reina que debían partir cuanto antes.

—Si de verdad hay pólvora en las cisternas y los aljibes, cuando el fuego se extienda, el buque volará por los aires y quizá provoque la explosión de los otros que lo rodean.

—Me temo que tenemos que despedirnos por ahora, Cassandra.

La reina colocó las manos alrededor de su rostro y la atrajo hacia sí en un abrazo. También acarició los cabellos de Némesis con cariño. Se ajustó las botas y apretó el cinturón de sus pantalones.

Cassandra pensó en que la reina le recordaba a una peligrosa pirata que había estado en la isla hacía mucho tiempo y que había traído mercancía de contrabando más barata, porque la gente ya no podía comprar medicamentos ni alimentos básicos con la subida descomunal de los impuestos.

«Eliana sería una brava pirata», pensó.

—Dirigíos a la almadia —los apresuró el marinero.

—¿No deberían estar armadas? —preguntó Owen.

—No si queremos hacerle ver a Eliadora que van en son de paz —explicó la reina—. Tenemos que encaminarnos hacia la boca del puerto.

Cassandra ya estaba pasando una pierna sobre la barandilla para colocar los pies en los escalones de la escala de gato. No había tiempo que perder si querían salvar sus vidas y las del resto.

Cuando pisó la balsa, esperó a que Némesis la alcanzara también, ya mareada. Cassandra debería remar si quería que la chica mantuviera sus energías. Era, en realidad, la única arma que poseía, pero estaba decidida a no usarla de escudo en ningún momento. El plan era que se quedara escondida para salvar a Cadmo y Eugene.

Mientras tomaba los remos y la almadia comenzaba a desplazarse, Cassandra se encomendó a los astros y a los ángeles, incluso pensó en el Shanbrá, aunque sabía que, más que ayudarla, la hubiera matado de haber podido. Rezó a los serafines que le habían otorgado el don, a los dioses que permanecían en las sombras y confiaban el destino de sus hijos mortales a sus otras criaturas.

Lo único que pidió fue que todo acabara. Pero quizá no acabaría nunca.

41

CASSANDRA VIO EL BARCO arder desde la pequeña balsa con la que remaba en dirección a él. Sus brazos se quedaron paralizados y el estómago se le retorció de tal forma que pensó que vomitaría ahí mismo. Sin embargo, cogió los remos y puso todo su empeño en seguir adelante. Podía ascender por la popa, sorprender a los hombres de la princesa antes de que detonaran toda la pólvora. Tenía poco tiempo.

Llegó poco después, movida por el deseo de salvar a sus amigos. Ascendió por la cuerda que algún marine debía de haber lanzado con un salvavidas. Resbaló varias veces, pero no se rindió. En un último esfuerzo, alcanzó la baranda. Cayó con torpeza sobre la cubierta y después se levantó y le tendió la mano a Némesis para atraerla hacia sí y ponerla a salvo.

—¿Y ahora qué?

—Ahora vamos a rodear la cabina, están al otro lado. Tú te quedas escondida hasta que haya distraído a la princesa y a sus hombres y puedas ayudar a Cadmo y Eugene.

Cassandra se lamentó de no tener ningún arma a mano, y Némesis, como si lo intuyera, le mostró cómo florecía el hielo en sus palmas para tranquilizarla. La amazona sonrió, satisfecha. La misma escarcha que una vez la había herido ahora estaba a punto de salvarles la vida a todos.

—No te separes de mí —le dijo Némesis mientras se colocaba delante de ella.

A la Susurradora le pareció sorprendente que la chica callada y asustadiza que se había llevado de la Ciudad Nueva de Bashne ahora hubiera hallado aquella determinación y coraje. Se sintió orgullosa de la joven y también notó cierto alivio al saber que no estaba sola, aunque por dentro tenía aquella sensación de vacío que le susurraba que algo horrible estaba a punto de suceder. Ya había advertido al príncipe para que desalojara el puerto y todas las casas colindantes. Intentaría salvar al máximo número de inocentes posible; pero, si el fuego llegaba hasta Centaurea, todo volaría por los aires, incluidos ellos.

Habían rodeado la cabina. En la proa, Eliadora estaba junto a Adria, Eugene arrodillado a la derecha y Cadmo a la izquierda. Frente a la princesa, su Principado le sostenía la mirada y apretaba la herida que tenía en el abdomen con la mano.

—¿Layland? —susurró Némesis con la mirada fija en Harael.

—¿Qué?

Cassandra se fijó en los ojos desorbitados de la chica y en lo blanca que se le había puesto la piel de repente.

—Es alguien a quien conocí hace mucho tiempo.

Tenía un nudo en la garganta que no pudo hacer desaparecer, aunque tragaba en seco para que se le fuera esa sensación de llanto inminente. Cassandra miró hacia Harael, después volvió los ojos a Némesis y una vez más a él.

Cogió a Némesis por los hombros y la apartó a un lado.

—Vete de aquí. Ahora.

—¿Qué? ¡No! No puedo dejarte. Teníamos un plan. No.

—No lo entiendes. Si te quedas, Némesis, algo malo va a suceder. Por favor.

—Te matarán —dijo ella tomándola de las muñecas—. Si me voy…

Cassandra le acarició las mejillas. Tantas vidas ocultas en un alma, tantas muertes no merecidas, tanto sufrimiento. No se estaba sacrificando, solo quería ayudar, y la única manera que tenía de hacerlo era hacer que se fuera.

—Confía en mí. Esta vez elegiremos otro destino. Vete. Corre.

Némesis dio un paso atrás y después Cassandra la apremió para que se fuera, pero ella regresó para abrazarla fuerte. Fue extraño, porque, por primera vez, Cassandra no sintió frío cuando la tocó, no como aquella vez que la sacó desnuda de la ducha del hostal, en medio del desierto.

—Volveré —le prometió Cassandra, pero, cuando Némesis saltó por la borda, supo que su promesa no se cumpliría.

Escondida, no podía hacer nada, así que pensó que había llegado la hora de enfrentarse a su final, por muy amargo que fuera. Salió de su escondite y sus pasos, firmes y fuertes sobre la madera, advirtieron a Adria y a la princesa de su llegada.

El rostro de Eliadora se convirtió en una máscara feroz.

—Al fin apareces —le dijo mientras Cassandra se quedaba justo donde estaba. De haberse movido, no habría habido oportunidad para que sus amigos se salvaran—. Ya creía que ibas a dejar que el pequeño Cadmo y tu amigo de la infancia, el joven Eugene, murieran.

Cassandra los observó de reojo. Vio el temor en los ojos dorados del niño y la rabia en cómo se le tensaron los hombros a Eugene. No se había atrevido aún a contemplar a Harael, el príncipe maldito.

—Ya ves que estoy aquí. Y, como tú misma has dicho, no creo que sea necesario que ellos se queden —terció. Parecía segura, pero por dentro estaba histérica—. Déjalos marchar.

—¡No, Cassandra! —gritó Cadmo.

La Susurradora lo miró con el ceño fruncido.

—¿Sus vidas a cambio de la tuya?

—Sí.

Cassandra acabó por encontrarse con los ojos oscuros de Harael. Le pedía que se fuera, conocía demasiado bien su mirada, su expresión, su silencio. No hicieron falta palabras. Le pedía que intentara huir y, al mismo tiempo, se despedía porque comprendía que era poco probable que ninguno de los dos saliera con vida de ese barco.

—Me parece, Cassandra, que tu vida no vale tanto. Has demostrado ser astuta, pero ya ves que la astucia ha firmado tu sentencia de muerte.

—¡Ellos no hicieron nada!

—¿Estás queriendo decirme que tu amigo, que servía en el ejército de mi hermano, y el niño, que fue rescatado por él de la Ciudad de los Esclavos, no tenían ni idea de nada? —se burló la princesa—. Tal vez no sabían lo que el príncipe te había pedido que hicieras, pero mintieron sobre quiénes eran y a quién conocían.

Cassandra intentó hacerle señales con los ojos a Eugene. Quería que comprendiera que debían saltar del barco y llevarse a Cadmo con él.

—Y este estúpido Principado estaba al tanto.

A la amazona le hervía la sangre. Adria se mostraba fría, más que de costumbre, pero había algo diferente en sus ojos, un atisbo de… ¿duda?

Eliadora le clavó al Principado la punta afilada de su espada en el hombro. Él se retorció de dolor, pero no gritó. Sus tatuajes se cubrieron de sangre y sus ojos se humedecieron, aunque algo le dijo a Cassandra que no era el dolor físico por lo que estaba a punto de llorar. Fue en ese momento cuando se fijó en que llevaba el puñal embrujado, que Alala le había entregado al Shanbrá milenios atrás, colgando del cinturón. Si pudiera cogerlo, por lo menos, tendrían la oportunidad de defenderse.

Cassandra echó a andar hacia delante. Mostró las palmas de sus manos cuando la princesa la apuntó con la espada. Le sorprendió que Adria, quien siempre estaba un paso por delante de Eliadora, esa vez se quedara al margen, observando lo que estaba sucediendo.

—Debe de ser duro que todo el mundo crea que eres un monstruo, ¿no? —dijo para distraerla mientras se acercaba a Harael—.

Que la gente prefiera a tu hermano.

—Cállate.

—Seamos honestos, no es que hayas hecho nada por este pueblo, salvo buscar maneras de perjudicar al príncipe. Incluso de acabar con su vida. ¿Qué pasa con las personas que esperan que hagas algo por ellas?

—¿Qué sabrá alguien como tú sobre gobernar?

—Quizá no sepa lo que es gobernar, pero soy parte de la gente a la que gobiernas. Estás a punto de incendiar una ciudad entera.

Ya estaba casi al lado de Harael cuando pronunció esas últimas palabras.

—Arrodíllate —le ordenó la princesa, y Cassandra no se resistió, porque eso era precisamente lo que había querido hacer desde el primer momento, así podría conseguir el puñal.

Hincó rodillas junto a Harael y él la miró con tristeza.

—¿Qué estás haciendo? —le dijo entre dientes.

—Confía. —Fue lo único que ella le contestó, aunque no sabía muy bien en qué debía confiar o cómo haría para ponerse en pie de nuevo y sortear el filo de la espada de Eliadora, que era mucho más largo y afilado que el del puñal.

—Los dos amantes juntos, a punto de morir —caviló la princesa en voz alta—. Mi hermano no va a aparecer para salvarte, traidora. Puede que él también se haya dado cuenta de que no vales nada.

No le dolieron aquellas palabras, Finn debía poner a salvo a su gente, ese era su deber, y ella tenía que arrastrarse con disimulo hasta poder extraer el puñal del cinturón.

Adria no le quitaba los ojos de encima. Temió que hubiera intuido su propósito y estuviera a punto de revelárselo a Eliadora. Eso, sin duda, precipitaría los acontecimientos y les haría perder toda esperanza de salir con vida de aquel barco, cuyas columnas de humo ascendían negras hacia el cielo.

El filo de la espada de la princesa se colocó en el cuello de Cassandra antes de que pudiera seguir pensando en cómo salir de ahí. Lo sintió frío y notó que la piel cedía y que un líquido caliente y viscoso descendía por su piel y se perdía en la túnica.

—¡Déjala! —rugió Harael.

—Hay que ver, un Principado enamorado de una mortal, no pensaba que fueras a caer tan bajo después de todo. Supongo que hay cosas inevitables, ¿verdad?

Apretó un poco más la espada y Cassandra, que ya sentía un dolor agudo, extendió la mano, la cogió de la muñeca y tiró hacia ella.

—Si me vas a matar, hazlo ya.

Cuando pronunció esas palabras se dio cuenta de algo que había pasado por alto: la piel de la princesa no quemaba. Tenía una temperatura normal, no como aquella vez que la había rozado cuando se despidieron en la entrada del castillo. Tampoco vio temor en sus ojos, ni arrepentimiento, ni humanidad.

Acantha había huido de la Espesura cuando la tenían atrapada, pero ¿y si no había ido tan lejos? ¿Y si, después de todo, su objetivo era otro desde el primer momento? Los cambiaformas podían tomar el aspecto de cualquier ser, también los humanos, pero no podían adquirir su don, porque ya tenían uno propio.

Cassandra miró a Adria y pareció comprender que lo que en realidad decían sus ojos era que aquella no era la princesa, y, si no lo era, ¿dónde estaba la auténtica? ¿La había matado?

Entonces recordó algo, recordó la cuarta torre y Finn arrodillado ante ella. Él también era un cambiaformas y había logrado someter su don, pero Acantha tenía miles de años, era fuerte y parecía dispuesta no solo a matar a Harael, sino también a todo aquel que se interpusiera en su camino. Había hecho bien en apartar a Némesis de ahí, en ponerla a salvo.

Miró a la réplica de la princesa como ya hizo cuando tenía forma de caballo. Se preguntó si ahora el dominio podría ser menos intenso teniendo una mente humana a la que manipular. Se concentró hasta que encontró una barrera que le impedía el paso. Era densa, de niebla y nubes, de metal y corteza de árboles. Intentar traspasarla fue como luchar atada de piernas y manos. Entonces la expresión de la princesa cambió.

—¿Qué estás haciendo? —le gruñó.

El don de la Susurradora no retrocedió. Aprovechó aquel instante de confusión por parte de la cambiaformas para extraer el puñal del cinturón de Harael, colocar la mano sobre su pecho y empujarlo hacia atrás con toda su fuerza.

Harael trastabilló y quedó varios metros por detrás de Cassandra. Ella apartó la espada con un golpe de puñal, cogiendo por sorpresa a Acantha. Harael no la había reconocido, de eso estaba segura, de otro modo, ya la hubiera atacado; pero a la princesa no la agrediría, porque nunca arrebataría una vida que considerara inocente.

—¡Cassandra! —gritó Harael.

—Llévate a Cadmo y a Eugene. ¡Corre, no nos queda mucho tiempo! —le rogó mientras señalaba el fuego.

Para cuando él fue hacia los chicos, Acantha acorraló a la muchacha contra la barandilla de la proa. Cassandra sujetaba el puñal con ambas manos para detener la espada, sin embargo, la cambiaformas era mucho más fuerte que ella.

Cassandra quedó inclinada sobre la barandilla, miró hacia abajo, las olas embravecidas. Iba a morir, lo supo antes de que el puñal saliera volando de sus manos y aterrizara en cubierta a varios metros de ella.

Comprobó con un vistazo que Cadmo y Eugene ya no estaban ahí, y que ahora Harael intentaba llevarse a Adria hasta el bote salvavidas. No se había dado cuenta de que Cassandra estaba indefensa, y ella prefirió que fuera así. Tenía que alejarlo de Acantha, tenía que...

—Y ahora te daré lo que has estado buscando todo este tiempo, la muerte.

La cambiaformas alzó la espada hacia ella, con el objetivo de atravesarle el corazón. Nunca antes había estado preparada para morir como lo estuvo en aquel momento. Su último pensamiento fue para su padre, para la isla que no volvería a pisar, ni a sentir en la sangre y en la piel cuando la brisa húmeda de la costa de Isla Brava la envolviera.

Su pensamiento más amable fue para Finn.

Su despedida más amarga para Harael.

Cerró los ojos con fuerza, pero no sintió nada. Escuchó un leve jadeo que le hizo volver a mirar. Acantha mantenía la espada suspendida en el aire, tenía los ojos muy abiertos y un hilillo de sangre le salía de la boca. La Susurradora se inclinó hacia un lado y vio una gran estaca de hielo que la atravesaba justo en el centro de los omoplatos. Némesis la sostenía. Acantha se dio la vuelta para ver quién la había atacado por la espalda.

Harael regresó en aquel mismo momento a la proa. Corrió en su dirección. Su expresión mostraba la confusión que sentía. Miró a Cassandra y después, cuando al fin consiguió comprender quién era en realidad la princesa, su atención fue directa al puñal, que estaba en el suelo, a medio camino entre los dos.

La Susurradora se dio cuenta de que estaba yendo a por él, con la mandíbula apretada y rugiendo. No podía dejar que muriera y desapareciera para siempre. Hubiera detenido el tiempo si hubiese podido, como él había hecho una vez.

Se apartó de la cambiaformas y de Némesis, que luchaban hielo contra espada, corrió y saltó sobre el puñal.

—Suéltalo —le ordenó.

Cassandra retrocedió con él en las manos. Se apartó de Harael antes de que pudiera apresarla. El barco se inclinaba hacia delante, lo que hacía que Acantha y Némesis perdieran el equilibrio. Tambaleándose de un lado a otro, logró llegar hasta ellas, estiró del brazo de Némesis con rabia y la empujó unos metros más allá, justo en la dirección en la que iba Harael. Él la atrapó entre sus brazos y Cassandra siguió corriendo hacia Acantha. La noqueó mientras se precipitaban hacia abajo.

—¡Cassandra, no! —gritó Némesis—. ¡No!

—¡Me lo prometiste! —vociferó Harael.

La amazona y Acantha chocaron contra la barandilla. La cambiaformas intentó sostenerse, pero la Susurradora se colocó frente a ella y levantó el puñal. Estaba a punto de atravesarle la carne cuando la piel de aquel cuerpo prestado comenzó a volverse resbaladiza, verdosa y escamada.

La cara de la falsa princesa se transmutó en una cabeza alargada de lagarto y el resto del cuerpo fue cambiando gradualmente, hasta que dos alas blancas surgieron en su espalda. Cassandra tardó en percatarse, pero aquel monstruo que ahora la sostenía por el cuello no era otra cosa que el mismo que había en el tatuaje de la princesa. La cambiaformas podía adoptar la imagen que quisiera y, en ese momento, era algo espantoso.

Antes de que pudiera darse cuenta, la arrastró hacia el cielo, batiendo las alas de paloma con furia. A Cassandra le costaba respirar y el viento impactaba con tanta fuerza en su cara que apenas podía abrir los ojos para comprobar lo que estaba sucediendo. Sus manos y sus piernas se esforzaban en zafarse de aquel monstruo, pero no lograba que el puñal lo atravesara.

Bajó la vista, una última despedida, quizá pudiera ver a sus amigos antes de que todo se quedara a oscuras, un adiós silencioso, un último grito de amor, una advertencia para que Harael pusiera a Némesis a salvo. Entonces fue cuando advirtió el reflejo azulado en las plumas del ángel y su cuerpo impulsándose hacia el cielo bajo la atenta mirada de todos aquellos que estaban a bordo de los buques.

—¡No!

Llamas pequeñas comenzaron a devorar las alas del Principado. Cassandra vio la expresión de dolor en su rostro y ella misma se retorció entre las garras de la cambiaformas y aguardó su propio final. Nada había salido como ella esperaba. Si Harael seguía exponiéndose de aquella manera, moriría, no tendría forma de regresar a su hogar, y merecía hacerlo después de haber vagado por el mundo durante tantos siglos.

Llegó hasta ella. La mitad de sus alas eran lengüetazos de fuego cuando atrapó el cuello de la cambiaformas y apretó con fuerza. La amazona sintió que se liberaba de las zarpas poco a poco y que recuperaba el aliento.

—Vete. Vete de aquí —le dijo a Harael.

—Suéltate, Cassandra —le ordenó él al ver que se había agarrado con las piernas alrededor del torso del lagarto, que seguía apartándole las manos—. Déjate caer —le pidió con los ojos húmedos.

Por un momento, sintió que el tiempo se detenía y que ahí solo existían ellos. Quizá nunca pudieran volver a estar en el mismo lugar al mismo tiempo, quizá, después de todos sus esfuerzos por mantenerlo con vida y darle una segunda oportunidad, acabarían desapareciendo para siempre.

No podía permitirlo. A lo mejor estaba a tiempo de robarle algo a la Muerte. Merecían un último abrazo, merecían decirse algo más después de cómo se habían despedido la última vez.

Cassandra pasó el brazo entre las patas del animal y le apretó el cuello, igual que estaba haciendo Harael. Se impulsó hacia atrás como si quisiera subirse a lomos de un caballo, solo que esa vez la fuerza de sus piernas las concentró en el estómago de Harael y lo empujó a varios metros. Se consumía y estaba débil.

—¡Vete! —le suplicó.

Llevó el filo del puñal hasta uno de los ojos de la cambiaformas, que rugió de dolor. Aprovechó ese momento de debilidad para acabar lo que nunca debería haber comenzado. Se lo clavó en el corazón y sus alas dejaron de batir.

Se precipitaron hacia el mar.

Lo último que vio antes de atravesar el agua fue un pájaro de fuego que descendía hacia ella.

42

ALGUIEN LE PRESIONABA EL PECHO con tanta fuerza que sentía un dolor lejano pero vivo, tanto como el aliento cálido que notaba en la boca. Después, un líquido frío le ascendió por la garganta. Tenía que sacarlo de su cuerpo. Tosió y expulsó el agua, y, muy poco a poco, comenzó a abrir los ojos y a recuperar la conciencia.

Los cabellos rubios de Némesis, húmedos, caían hacia delante. La muchacha tenía las manos apoyadas sobre ella, como si estuviera preparada para intentar presionarla de nuevo con el fin de que recuperara el aliento.

—¡Gracias a todos los ángeles! —dijo, abatida, mientras dejaba caer la cabeza sobre su pecho y comenzaba a temblar.

Estaba tumbada sobre la arena húmeda de la playa, podía sentirla en las yemas de los dedos. Veía borroso, no era capaz de distinguir con claridad lo que tenía delante. Solo el cielo azul y luminoso le parecía lo bastante despejado.

—¿Qué ha pasado? —consiguió decir Cassandra entre la tos violenta que le había dado.

Némesis no contestó, se limitó a gritarle y a zarandearla como a un espantapájaros.

—¿Por qué has hecho eso?

La Susurradora tardó en comprender qué había sucedido. Estaba en el barco. Sus amigos también. Acantha había tomado la forma de la princesa y acababa de encontrarse con Némesis. Harael quería matarla, pero ella se le había adelantado y…

—¿Dónde están Cadmo y Eugene?

—A salvo, tranquila. La princesa también está bien, la han encontrado en el castillo, inconsciente.

—¿Cómo es que estoy viva?

Se incorporó un poco sobre los codos y parpadeó varias veces para recuperar la visión. Un fuerte dolor de cabeza la atravesó. Era una punzada afilada que se le había instalado en las sienes. Pensó que nunca desaparecería. Nada tan fuerte podría hacerlo.

—Porque eres una jodida cría con un montón de suerte —escuchó que decía una voz ronca detrás de ella—. Por eso y porque no iba a cometer el mismo error de nuevo.

Cassandra se dio la vuelta y vio a Harael apoyado contra una roca, sus ropas mojadas, su piel vacía de tatuajes, las dos alas extendidas sobre el suelo. Apenas quedaban unas pocas plumas blancas suspendidas en ellas. Las plumas restantes ardieron ante sus ojos y las alas se convirtieron en dos grandes monstruosidades de hueso y piel quemada.

Al ángel le costaba respirar, jadeaba y se retorcía, pero, pese a todo ese dolor que lo atravesaba, encontró fuerzas para levantar una de sus manos y acariciarle la mejilla a Cassandra. Ella lloraba y apretaba los dientes.

—Por favor, no. ¿Por qué has tenido que hacerlo?

—Porque llevo miles de años esperando este momento, tenía que encontrarte antes que ella y…

—¿Qué? No. Es Némesis. Ella es a la que buscabas. ¡Díselo! —le gritó Cassandra.

La chica agachó la cabeza con pesar.

—Te reconoció, dijo tu nombre. Layland —le explicó a Harael mientras sostenía su rostro con ambas manos y las lágrimas caían como ríos desbordados por sus mejillas.

—Me conoce porque nos encontramos hace años, cuando aún era una niña.

Némesis asintió con el mentón y Cassandra volvió a ver en ella algo de temor.

—Necesitaba un amigo, ¿verdad?

Némesis tendió la mano hacia él. Sus dedos se encontraron y sonrieron, recordando esa triste historia que quizá Cassandra nunca conocería.

—Siempre te ha gustado ser amigo de las causas perdidas —escuchó a sus espaldas.

Cassandra se dio la vuelta y miró hacia la derecha. Por la arena venía Cadmo arrastrando los pies, con los ojos muy brillantes. El niño corrió hacia la chica y la abrazó con fuerza. Cassandra sintió que perdía la noción del tiempo, pero se giró hacia Harael mientras le acariciaba la cabeza a Cadmo. A continuación, el lector de muerte se apartó y se colocó junto a Némesis, quien lo cogió de la mano.

—¿Qué quieres decir con eso de amigo de las causas perdidas?

—Supongo que se refiere a que siempre he querido proteger hasta lo que no se puede —explicó. A duras penas le quedaba fuerza para hacerlo. Cassandra se colocó detrás de él y dejó que su espalda y sus magulladas alas descansaran sobre su pecho—. Pero conseguí hacerlo. —Los ojos se le cerraban y Cassandra apretó mucho los puños.

¿Y él? ¿Quién cuidaría de Harael después de todo?

Cadmo habló por el Principado.

—Los serafines desprecian los dones oscuros, pero Harael creyó que éramos más que simples juguetes defectuosos. Nos buscó, de una manera u otra. A Némesis, a la reina Eliana, a los príncipes, a mí. Llevaba dos siglos sin aceptar ser Principado, pero lo hizo por ellos —contó. Némesis corroboró lo que decía con un siseo—. Y nosotros, sin pretenderlo, acabamos más cerca de él de lo que esperábamos. Y, en consecuencia, también de ti.

—¿De mí? ¿Por eso dijiste que me buscabas, Cadmo?

—Alguien del otro lado me lo susurró —comentó el niño con

una sonrisa—. Y ellos, aunque te parezca extraño, tienen más poder de convicción que tú cuando les hablas a tus caballos. Además, alguien pidió ese deseo: localizar a la reencarnación de Alala.

—¿Quién?

Harael se aclaró la garganta con un carraspeo.

—Tu madre.

Cassandra no pudo reprimir las lágrimas. No podía permitirse llorar mientras Harael perdía la vida entre sus brazos. Se moría. Ninguna de las personas que quería de verdad, y a las que había conocido, habían fallecido, y ahora él se iba.

—¿Por qué?

—Pensó que así me ayudaría. Pedir un deseo al Shanbrá es una espada de doble filo. Al final, él cumplió. Siempre lo hace, aunque se divierte con algunas de sus perversiones. Te encontré —contó el Principado, que volvía a toser sangre—. Al final, el destino nos ha traído hasta aquí para que todo esto acabe.

Cassandra negaba con la cabeza. Harael no podía estar insinuando aquello en serio.

—¡No! Yo no puedo ser ella, tu cazadora. Dijiste que te reconoció, que aquella vez gritó tu nombre, ¿por qué yo no recuerdo nada? Además, cada vez que la reconocías moría antes de que pudierais hablar siquiera, pero tú y yo…

Harael levantó unos dedos manchados de sangre y le limpió las lágrimas.

—Esta vez ya no te buscaba solo. Quizá no logres recordarme ahora, pero no me importa, porque en esta ocasión hemos tenido mucho tiempo.

—No es verdad, no lo hemos tenido.

Lloró sobre su frente y lo llenó de lágrimas saladas. Lo apretó contra su pecho.

—No importa que haya sido mucho o poco, porque, Cassandra, yo…

Harael intentó tomar aire, pero era como si no lograra atraparlo.

—No te muevas.

—Mira que te gusta dar órdenes —murmuró.

—¿Por qué me llevaste contigo a buscarla? —preguntó Cassandra entre hipidos.

—Porque, si estabas conmigo, no había forma de que ella llegara a ti antes que yo, pero una vez más me equivoqué, y tú elegiste de nuevo salvarme la vida. Aunque ya no importa, porque esta vez todo es diferente. Ojalá hubiera sabido antes que eras tú, antes de que nos viéramos a bordo del buque por primera vez. Ahí estabas, con Cadmo, que te había encontrado y traído hasta mí, casi sin querer, por instinto. Tú, que a la vez eras a la que buscaba para atrapar a Acantha. Al final, todo es un círculo infinito en el que estamos destinados a encontrarnos.

—No puedes morirte, eres un Principado, tiene que haber alguna forma de que conserves tu vida —suplicó ella—. Haré lo que sea, iré a donde haga falta con tal de que te quedes.

Al decir aquellas palabras, una oleada de paz y tormento, todo al mismo tiempo, llenó el vacío que sentía desde hacía mucho.

—Cassandra, he pasado toda mi larga existencia intentando devolverte la vida que no pudiste vivir, ahora quiero que la aproveches, que seas feliz, que ames —confesó Harael con su último aliento—, y quiero que sepas que te quiero. No se trata de lo que pude sentir por Alala hace miles de años. Te quiero a ti. A ti tal y como eres ahora. Y esto que sientes dejará de doler tanto.

Una pequeña sonrisa asomó en sus labios.

—Cuenta la leyenda de verdad, ¿vale?

—¿En la que me salvas la vida porque eres un idiota?

—En la que el príncipe deja de estar maldito.

Los párpados le pesaban, pero seguía prendido de la sonrisa de Cassandra.

—Lo haré. Te lo prometo.

—Y Cassandra… —Le colocó una mano detrás del cuello y la atrajo hasta que los labios quedaron cerca de su oreja. Le susurró—: Nunca pensé que esta sería nuestra última vez.

—¿Qué? —preguntó ella, confundida.

—Esta es la penúltima. Que sea la penúltima.

—¿La penúltima qué?

—La penúltima vez que nos encontramos y la última que nos separamos.

Un par de lágrimas corrieron por sus mejillas y Cassandra se obligó a retener las suyas para que la despedida de Harael no fuera tan amarga. Merecía marcharse tranquilo. Después de dos mil años, Layland el Justo debía encontrar un poco de paz.

Todos custodiaron su cuerpo hasta que Finn apareció media hora después y se arrodilló junto a ellos. El príncipe le tendió la mano a Cassandra y ella se la tomó. Fue cuando, por fin, se permitió llorar de verdad, en silencio, escondiendo la cara en su hombro.

—Finn, ¿estás bien? —le preguntó Cassandra.

El príncipe la rodeó con un brazo y respiró entre su pelo mojado.

Le había prometido guardarle esa pregunta. Sabía la respuesta, pero, por lo menos, él estaba vivo.

—Pregúntamelo un poco más adelante. Tu padre está aquí —contestó él—. Lo mandé llamar hace unos días. Pensé que era una muestra clara de mis intenciones.

Ella supo que se refería a lo que le había dicho en la cuarta torre. Tenía la sensación de que eso había sucedido hacía demasiado tiempo, pero, contra todo pronóstico, necesitaba volver a ver su padre, llorar la muerte de Harael con su familia.

—Llévame con él, Finn —le pidió al príncipe—. Pero no te vayas.

—Te prometo que no lo haré, a no ser que tú me lo pidas.

3

ISLAS, OLAS DE PLATA Y DESTINO DE LUZ DE LUNA

43

—DEJA DE SEGUIRME DE UNA VEZ —espetó desde lo alto de un árbol.

Abajo, en el camino, había un caballo de pelaje rojizo que la contemplaba.

—¿No tienes nada mejor que hacer?

El caballo había estado persiguiéndola por la selva durante días. Al principio, no reparó en él, eran muchos los caballos que habían ido a ella cuando se instaló en aquella gruta en la que se cobijó de pequeña, era como si le prestaran respetos por su luto. Pero aquel animal era distinto, y la amazona no se equivocaba. Cada parte de su cuerpo, desde el corvejón hasta el lomo, la crin y los ollares mutaron en un hombre que ella conocía de sobra.

—Vuelve a casa, Cassandra. —Fue lo primero que salió de su boca humana.

—Te prefería cuando eras un caballo callado.

—Y yo te prefería cuando te tenía cerca —arguyó él—. Y hace mucho que no lo estamos. Te fuiste de Centaurea casi sin despedirte y después desapareciste.

—Pensé que era lo mejor para todos.

—No, era lo mejor para ti, y lo respeto. Pero ¿no crees que ya va siendo hora de volver? Tu padre, tu tío, tus amigos, todos queremos que regreses. Necesitamos que lo hagas.

Cassandra descendió del árbol. Se había acostumbrado durante las últimas semanas, en las que no había visitado su pueblo ni una sola vez, a vivir encaramada a ellos. En tierra firme se sentía menos libre, demasiado lejos del cielo como para intuir la presencia de aquel al que tanto había querido.

Intentó marcharse, pero Finn la detuvo.

—He traído refuerzos —explicó y echó una ojeada por encima de su hombro. De entre los matorrales salieron Némesis y Cadmo con sendas sonrisas inocentes en los labios—. Lo siento, sabía que no me harías caso.

Cassandra se quedó mirando a sus amigos. Cadmo había pegado un estirón importante y ahora Némesis llevaba una alta coleta como la de ella, aunque seguía tan blanca como la nieve.

—¿Qué hacéis aquí?

—Me dijiste que volverías —comentó Cadmo, pero Cassandra no recordó haber hecho aquella promesa—. El día en que te marchaste a la Espesura. Me dijiste que volverías.

—Y volví.

—No —Cadmo negó con la cabeza—, no lo hiciste. Esto no es lo que él quería para ti, Cass. Harael luchó por que tuvieras la libertad de vivir, de soñar, de ser feliz.

—Él ya no está aquí —dijo Cassandra entre dientes—. Quizá yo sea feliz así.

—Eso no es verdad, por mucho que la selva sea tu hogar, sabes que tu corazón merece más que la soledad y el castigo que te has impuesto —refutó el príncipe.

La Susurradora contempló sus ojos de estrellas y recordó la primera vez que los había visto, cuando descubrió que era Alair, príncipe de Centaurea, cuando la luna los alumbró al tiempo que sus labios se rozaban. Había pasado mucho tiempo desde entonces, pero seguía sintiéndose cerca de Finn, incluso cuando su alma quería alejarla porque le guardaba luto a Harael, el único en el que había confiado, el único ante el que se había mostrado libre.

—No te vamos a dejar sola, porque tú no lo hiciste con nosotros —dijo Némesis—. Así que, si no regresas, nos quedaremos aquí y aprenderemos a comer bayas y a pescar. Nos convertiremos en monos y treparemos a los árboles.

—Y aprenderemos también a no ducharnos, porque apestas —añadió Cadmo colocándose los dedos en pinza sobre la nariz.

Ese comentario le arrancó una breve sonrisa a Cassandra, hacía tanto que no sonreía que los músculos de su cara no reaccionaron al primer intento.

—¿Eugene te ha mandado que me digas eso?

—Pues sí, y es la primera vez que estoy de acuerdo con él.

—No os podéis quedar —sentenció.

—Entonces, vámonos a casa —le pidió Finn—. Tu padre se muere por volver a abrazarte, la reina sigue esperando que te presentes en el castillo para agradecerte tu valentía, Owen ha amenazado ya a todo el mundo con su bastón y Eliadora quiere que la ayudes a acabar con la Ciudad Nueva de Bashne. Y disculparse por lo que hizo la cambiaformas.

Cassandra había estado tanto tiempo fuera que no había pensado en que el mundo ahí fuera seguía, que había mil cosas que arreglar y muchas personas que tenían que perdonarse.

—¿La princesa está bien?

—Némesis la ha ayudado a mantener bajo control su don, ¿verdad?

La chica asintió, orgullosa.

—¿Y la reina?

—Está luchando por formar un Consejo único, y en él estaremos tanto Eliadora como yo, trabajando mano a mano. No ha sido fácil acercarnos, pero… hemos firmado una tregua.

Cassandra se alegró de escuchar aquello, aunque una pequeña parte de ella le gritaba que, si eso hubiera ocurrido antes, tal vez Acantha nunca hubiera poseído el cuerpo de Eliadora y Harael no habría muerto. Pero no podía culparlos, en el fondo, ni siquiera ella era responsable, porque los había condenado el destino hacía miles de años.

—La reina quiere que formes parte del Consejo, Cassandra.

—¿Qué?

—Confía en ti y no ha hecho más que alabar tu astucia y tu inteligencia.

—Yo a duras penas sé leer y escribir, Finn, ¿qué haría yo en el Consejo?

—Ayudar a cambiar las cosas —dijo él mientras colocaba la mano sobre su hombro—. Por favor.

Los ojos de Cassandra se empañaron. No sabía si estaba preparada para salir de su burbuja, volver a la vida, recuperar la normalidad. Estaba tan confundida como cuando había lanzado las flores sobre el cuerpo de Harael y lo había dejado ir entre lágrimas.

Finn se acercó a ella y la abrazó con ternura.

—Hazlo por él, es lo que quiso toda la vida, un mundo mejor.

La amazona pensó en ese príncipe maldito cuya historia había contado mal desde que era niña, pensó en su sufrimiento y en sus pérdidas, en los dos mil años que había vagado por el mundo para salvarla. Pensó en que se había enamorado de él sin saber quién era en realidad y en que su instinto la llevó de nuevo a querer morir por él.

—Está bien. Pero no lo haré por él ni por ti. Lo haré por mí.

—Has aprendido a negociar después de todo.

—Y tú, a perdonar.

—Y estoy más dispuesto que nunca a confiar en los demás.

—Y yo, a devolverte mi confianza —contestó Cassandra antes de acariciarle la mejilla como ya había hecho una vez, en la cuarta torre del castillo de los engaños—. Y también mi lealtad.

Los ojos de Finn se humedecieron y se convirtieron en todas las estrellas del universo.

—Tenemos muchas cosas que contarnos —dijo Cassandra. Él asintió. Después la Susurradora contempló a sus amigos—. Estoy convencida de que vosotros también.

Vámonos. Volvamos al valle, quiero enseñaros mi isla. Os lo prometí.

Némesis le sonrió antes de presidir la comitiva.

Cadmo la cogió de la mano mientras recorrían el camino hacia la salida de la selva. La miró a los ojos y ella le preguntó por qué sonreía de aquella manera.

—El Shanbrá es un ser de lo más peculiar.

—¿Qué?

—Puede ser de lo más elocuente cuando quiere.

—Cadmo, ¿qué has hecho?

—Cumplir su deseo de no estar solo y pedirle algo a cambio.

—¿De qué hablas? —preguntó Cassandra, nerviosa.

—Némesis y yo teníamos que agradecerte que nos sacaras de la Ciudad Nueva de Bashne, todavía te debíamos la vida. Además, hay deseos que pueden cambiarlo todo. Quizá, al fin y al cabo, no todos los caminos de los dioses sean inescrutables.

El niño tomó la mano de Cassandra y le dio un beso en la palma, sobre la línea de la vida que Kalai le había dibujado tiempo atrás.

La Susurradora sintió un escalofrío.

—Cadmo, ¿qué habéis pedido Némesis y tú?

—Tiempo —murmuró él—. Hasta que os encontréis de nuevo.

44

LA PRIMERA VEZ QUE OCUPÓ una de las sillas del Consejo recordó la negociación con sus miembros. De aquellos solo quedaban Manjola y Caelia, y no era menester decir que no era amiga de ninguna de las dos. Si bien podría entenderse con la primera, pese a las amenazas encubiertas de su último encuentro, Caelia la tenía entre ceja y ceja, a fin de cuentas, el príncipe había roto su compromiso y Cassandra era, a ojos de la chica, la culpable de ello.

La reina Eliana presidía la mesa, a su derecha Finn, a su izquierda Eliadora. Seguía trabajando en mantener a raya su don, pero se esforzaba tanto que era difícil no premiarla con una sonrisa por todo lo que estaba consiguiendo. Era valiente, pese a que en multitud de ocasiones ella dijera lo contrario.

Sehalia había ocupado la silla junto a Finn. Cassandra la miraba y no paraba de pensar en Harael, aunque ya habían transcurrido varios meses desde su funeral. Quiso preguntarle muchas veces si ella sabía dónde había ido a parar su alma, sin embargo, nunca llegó a formular aquella duda en voz alta.

Otros dos hombres y mujeres formaban parte del Consejo. Cassandra no los conocía, aún no había tenido oportunidad. Solo quedaba una silla vacía a su derecha, que ella contempló sin mucho interés. No lo hizo hasta escuchar los golpes en el suelo. Se dio la vuelta con el ceño fruncido y se encontró con Owen y su bastón, quien iba hacia la mesa con cara de pocos amigos.

La reina lo fulminó con la mirada.

—Llegas tarde.

Su tío dijo algo entre dientes. Estaba convencida de que, de no haber estado presentes los otros consejeros, hubiese contrarrestado con algún comentario de los suyos.

—Tío Owen, ¿qué haces aquí? —le preguntó al retirar la silla y acomodarse.

—No pensarías que te iba a dejar sola en medio de esta jauría de principitos, ¿verdad?

Cassandra le tendió la mano por debajo de la mesa y le estrechó un par de dedos.

—Además, tu padre me hizo jurar que, bajo ningún concepto, debía separarme de ti —aclaró en voz baja. Era una confidencia que el resto no podía escuchar—. Dice que el príncipe te mira… con interés.

Cassandra se ruborizó. Finn y ella no se habían vuelto a acercar de aquella manera. Habían pasado muchas noches en vela, hablando de los planes que él tenía para Áurea. De vez en cuando, ella notaba que regresaba el chico del barco, ese con el que podía hablar de cualquier cosa. Entonces bajaba la guardia y se descubría a sí misma mirándolo y preguntándose qué sentía por él. Pero la respuesta era demasiado grande para explicarla con palabras.

En esos meses, había pensado mucho en lo extraños que eran los sentimientos. A veces se llegaba a cuestionar si lo que había sentido por Harael le pertenecía a ella o a la parte de Alala que vivía en su memoria y que no recordaba. Después se daba cuenta de que era absurdo. Que lo que había sentido le pertenecía solo a ella, a fin de cuentas, estaban predestinados a encontrarse, no a quererse.

¿Y Finn? Finn había sido antes que Harael, pero también al mismo tiempo. Había estado en su cabeza y en su corazón, en ocasiones, haciéndole sentir bien, otras cabreándola tanto que no sabía si alguna vez podrían hallar un término medio.

Ahogó un suspiro.

—Nos hemos reunido para poner sobre la mesa tres cuestiones que son vitales ahora mismo —empezó a hablar la reina—. Los impuestos es la primera de ellas. Son elevadísimos en las islas, donde el trabajo escasea y aumenta el riesgo de pobreza entre las familias.

Cassandra asintió. Ella había sido la que había propuesto que se tomaran medidas de inmediato, ya que, de lo contrario, los isleños se harían escuchar más de lo que ya lo estaban haciendo.

—La segunda cuestión atañe a la Ciudad Nueva de Bashne. Se han pasado por alto en los últimos años atrocidades dignas de ser castigadas con la muerte. No podemos permitir que esto continúe —aseguró. Eliadora sonreía, complacida—. Propongamos una reforma de la Ley de los Derechos Humanos. No ha habido cabida para las personas con dones hasta la fecha, ya va siendo hora de que asumamos que no todos somos iguales y que merecemos un reconocimiento en la legislación. Por el momento, vamos a desmantelar todos los suburbios de la ciudad que se dedican al comercio con personas, a detenerlos y a tener vigilados a esos malnacidos.

Hubo un murmullo de aprobación entre el Consejo, que iba anotando con premura en sus cuadernos de piel. Cassandra también lo hacía.

—Por último, creo que hablo en nombre de más de una persona que está sentada alrededor de esta mesa cuando digo que el conocimiento nos hace fuertes. No debería ser una amenaza para nadie que gobierne si ese alguien lo hace con honor. Necesitamos que nuestra gente se instruya, que consigan trabajos mejores y que conozcan la historia.

Cassandra había levantado la vista del papel. Aunque era la reina quien hablaba, ella no podía apartar los ojos de Finn, que, aún con las noches en vela compartidas, no había nombrado nada de aquello.

—Sehalia se encargará de que la gran Biblioteca de Briseida vuelva a estar abierta y que sus guardianas sean las encargadas de proponer una mejora en la enseñanza de nuestro país. —Tomó aire. Cassandra tenía los ojos llorosos—. Las he mandado llamar a Centaurea para que se encarguen de ello. Creo que están deseosas de hablar con vosotros y presentaros sus propuestas. Cassandra, espero que puedas encargarte de tomar buena nota de todo lo que te digan.

—Tu madre estaría muy orgullosa —comentó Sehalia. Era lo primero que le decía directamente.

—¿Y qué pasa con las Islas de los Exiliados? —indagó ella, con un nudo en el pecho.

—Pues que tendremos que cambiarle el nombre y poner algunos barcos a disposición de aquellos que quieran abandonarlas. Nada nos promete que no propongan un levantamiento contra nosotros, sin embargo, obraremos como debemos y les dejaremos la libertad de luchar por sus derechos y por la memoria de sus familiares como consideren justo, siempre y cuando no hieran a nadie.

A Cassandra le resbaló una lágrima por la mejilla, que se limpió enseguida para que nadie la viera, pero era demasiado tarde, porque otra había caído sobre el papel de su cuaderno, emborronando la tinta.

—Tardaremos en arreglar lo que lleva años estropeado. Pero juntos somos más fuertes y estamos decididos a seguir siéndolo, pese a todos los problemas familiares que hayamos podido tener. Así es como se lo queremos transmitir al pueblo, por eso nos encargaremos de viajar a aquellas ciudades que lo requieran, empezando por la Ciudad Nueva de Bashne y terminando con el Archipiélago de Lunas.

El discurso de la reina Eliana continuó durante largo rato.

—A esta le gusta hablar más que rugir.

—Calla, tío Owen —le dijo su sobrina con una sonrisa en los labios.

Tras la reunión, salió de la sala en último lugar. Finn la esperaba en la puerta.

—Tenemos mucho trabajo por delante —comentó él.

—Estoy deseosa de que empiecen a faltarme horas de sueño. Sacrificaría todas las del mundo con tal de que lo que acabamos de debatir ahí dentro pueda ser real algún día.

Salieron a los jardines. Caminaban muy juntos. Sus manos casi podían rozarse.

Cassandra sonrió. No lo miró, prefirió decirlo mirando al frente.

—Creo que ya estoy preparada.

—¿Para qué?

—Para que me contestes a esa pregunta que dejamos a medias meses atrás.

Finn se detuvo de golpe. Ella había seguido andando, así que la tomó de la mano y la hizo retroceder hasta que se encontraron uno frente al otro.

—Ahora estoy bien.

Ella le pasó los brazos alrededor del cuello y lo abrazó con fuerza.

—No sabes cuánto me alegro.

El aroma cítrico, tan propio de Finn, la embriagó.

—Cassandra, me gustaría saber si estás preparada también para esta nueva vida —comentó él al separarse—. Estás lejos de tu isla y supongo que no es fácil.

—Mi padre vendrá a verme. Me lo ha prometido. Eugene, Cadmo y Némesis están aquí. Mi tío está aquí. —Tragó saliva—. Tú estás aquí. No me siento sola ni asustada. Contigo nunca me he sentido ninguna de las dos cosas.

—¿Y cabreada? —preguntó él.

—No te haces una idea de cuánto.

Se rieron, porque habían pasado muchas cosas entre los dos en muy poco tiempo.

—¿Nos escapamos en el barco? —propuso él.

—Príncipe, no tiene ni una idea buena.

—Será la última oportunidad que tengamos de que nadie nos preste atención. Tú decides.

Cassandra miró hacia otro lado un segundo. Sonreía.

—Vale, venga —dijo arrastrando las vocales—. Perdámonos un rato. También estoy preparada para estar a solas contigo mar adentro.

—¿Estás flirteando conmigo, Susurradora? —Finn enarcó las cejas y dibujó una pequeña sonrisa en sus labios.

—Espero que no sea un delito.

—Debería serlo —murmuró él—, porque me he puesto nervioso.

Cassandra echó a andar sin hacerle caso. Todavía tenían mil historias que contarse, sin presión, sin reprocharse nada. Quizá ese era un buen momento para empezar.

—¿Te he contado alguna vez qué pasó cuando apareció mi don? —le preguntó después de que él llegara corriendo a su lado.

—No.

—Pues todo comenzó una mañana que me levanté con fiebre…

EPÍLOGO

Muchísimos años después…

TREPA POR EL TEJADO COMO UNA LAGARTIJA, con ambas manos apoyadas en los azulejos y con los pies buscando un punto de apoyo para no resbalarse. Lleva entre las manos un farolillo de papel que aún no ha encendido, porque esperaba hacerlo cuando estuvieran juntos.

Solo desea que este año no llueva y tengan que salir corriendo como la última vez. Esta noche se inicia el comienzo del verano y se festeja el centenario de la unión de Alair del Pueblo y Eliadora de los Esclavos.

Ella tiene su libro preparado, un ejemplar que compró hace poco, con una de esas luciérnagas magnéticas que les permitirá leer toda la noche.

—¿No has encontrado un tejado más alto? —escucha a sus espaldas.

Athan llega jadeando y con la cara descompuesta.

—Desde aquí se ven mejor los fuegos artificiales —contesta Dysis con los hombros encogidos—. Eres un escalador nefasto, tienes que mejorar tu rendimiento físico.

—Tengo cosas más importantes que hacer.

Gatea hasta ella e intenta no mirar al suelo, le dan miedo las alturas, y el único motivo por el que todos los años se encarama a las torres y a los tejados es porque Dysis lo obliga. Por eso y porque podría estar horas con ella, pese a lo mucho que se pican a veces.

En su decimosexto cumpleaños le regaló un molinillo de viento para que pudiera llevarlo al solsticio de verano. Athan lo saca de la mochila y lo coloca entre los dos. Las aspas tardan poco en comenzar a girar, pese a que no hay mucha brisa esta noche. Dysis le sonríe.

—¿Farolillo? —repasa en voz alta.

Athan lo muestra al tiempo que coge un fósforo para prenderlo.

—¿Libros?

Cada uno muestra el suyo. El de Athan es sobre Astrología, el de Dysis sobre la genealogía de los últimos reyes y reinas de Áurea, tierra de dones, de Principados y de cambios.

—¿Comida?

Athan saca varias fiambreras de cristal y le muestra el contenido a su amiga. Se les hace la boca agua, tanto que Dysis no aguanta la tentación de arrancarle de las manos una de ellas y sacar un trozo de pan de judías verdes, el que más le gusta. Le pega varios bocados y mastica con fervor y con la boca abierta, lo que le arranca a Athan una carcajada.

—¿De *qu ta íes* tú? —intenta vocalizar ella en vano después de soltarle una colleja.

—Voy a pensar que no te dan de comer en tu casa.

Dysis lo ignora y sigue arrasando con el pan y con unas galletas de avena. Está nerviosa. Esta madrugada, más que nunca, hay algo que la inquieta. Mientras se decide a decirlo en voz alta, prefiere encontrar un motivo para disimular su histeria, y la comida ayuda.

—Quiero ir al Mar de Cenizas —confiesa Athan de pronto—. Dicen que de noche se vuelve plata bajo la luz de la luna.

—¿Ahí fue donde ardieron las alas del Principado de Eliadora, el príncipe Layland el Justo? —pregunta Dysis antes de darle otro mordisco a la galleta crujiente.

—Sí. Dicen que los que se bañan en sus aguas pueden recordar cosas de vidas anteriores.

—¿Crees que eso es posible?

—Me gustaría comprobarlo —contesta el muchacho, con los brazos rodeándose las rodillas. El pelo negro le cae sobre la frente y los ojos le brillan bajo la luz de las estrellas y del farolillo—. ¿Tú qué crees que fuiste en otra vida?

Dysis se tumba y se queda en silencio, con las manos detrás de la cabeza.

—¿Una manta vieja?

Athan se recuesta a su lado.

—Un objeto inanimado no.

—¿Y tú? ¿Qué fuiste tú?

El chico permanece en silencio y Dysis ve en la expresión de su rostro un atisbo de incertidumbre que no sabe de dónde nace, a qué se debe. Siente la necesidad de borrar esas inseguridades que a veces asaltan a Athan, con el que ha compartido toda su vida, con el que quiere compartir todas las aventuras posibles, visitar el Mar de Cenizas, pasar todos y cada uno de los solsticios de verano que les quede, recorrer los tejados de toda la ciudad. No, de todo el planeta.

—¿Quién sabe? —acaba susurrando él.

—¿Y qué más da quiénes fuimos si ahora somos estos?

Athan gira la cara hacia ella, aunque no parecía estar preparado para que ambos quedaran tan cerca el uno de la otra, a dos centímetros de distancia de que las puntas de sus narices se rocen, a dos centímetros de distancia siempre, como si hubiera algo lejano y profundo que aún los separara y a la vez los condujera inexorablemente a estar juntos.

—Puede que tengas razón —le concede—. Tal vez el error sea querer volver atrás.

—Esta es la única vida que tenemos, Athan. Todas las demás fueron de otros, y a lo mejor las desaprovechamos, las perdimos, no las valoramos lo suficiente. Me da igual si fui una mujer valiente que falleció salvando a un hombre de un incendio, la tripulante de un buque que naufragó o un monje trotamundos. Sí, no me mires así, quizá una vez fui un hombre, quizá tú fuiste una mujer.

—Te pega ser un monje trotamundos —comenta Athan.

—Y tú podrías ser mi carromato.

Se miran un segundo que dura una eternidad. Dysis entreabre los labios para decir algo, pero, justo en ese momento, estallan los primeros fuegos artificiales y los dos se incorporan un poco sobre los codos para no perderse detalle de los cientos de colores que explotan, se dilatan, se mezclan y se pierden en el cielo. Caen en cascada hasta rozar, a lo lejos, las casas, las fuentes, a todas las personas que han salido a la calle y se encuentran bajo la copa de un árbol, en una encrucijada peatonal. Esta noche no se transita por las calles, no hay ruido, solo sonrisas que se petrifican en los labios de todos aquellos que celebran un nuevo comienzo de año.

—¿Crees que veremos muchos solsticios? —pregunta Dysis.

—Es mejor vivir este como si fuera el último, ¿no?

—Si este fuera tu último día en el mundo, ¿qué harías?

—Justo lo que estoy haciendo ahora mismo: estar aquí. ¿A qué viene esa pregunta?

—No sé, en los solsticios siento una melancolía que me invade y no soy capaz de comprender a qué se debe —explica Dysis—. Es como si tuviera que despedirme, aunque no sé de qué. ¿Suena muy raro?

—Un poco —dice él.

—Athan.

La mira esperando que diga de una vez lo que parece querer gritar desde hace unos minutos, pero niega con la cabeza y se queda en silencio, con la barbilla apoyada en la palma de su mano, mirando al suelo, justo hacia donde Athan no se atreve.

—Cuando te pones triste tengo la sensación de que no hay nada que pueda hacer para que recuperes la sonrisa. Te prefiero cabreada, por lo menos, sé qué esperar.

—No estoy triste. Esta es mi noche favorita del año, ya lo sabes. —Dysis sonríe y se acerca un poco más al margen del tejado. Athan hace un movimiento con la mano para cogerla de la muñeca e impedir que se aleje más—. Simboliza el cambio y la libertad. Tenemos mucha suerte. El rey Alair y la reina Eliadora son los responsables de esto.

—Y pensar que han pasado ya doscientos años desde que reinaron mano a mano. El mejor Consejo que haya habido.

—Cassandra, la Susurradora, ayudó a que fuera posible.

—Ella y Alair se quisieron mucho.

—¿Sabías que en sus diarios personales lo llamaba Finn? —preguntó Dysis, que había leído casi todos los libros que hablaban de los reyes y reinas de Áurea, desde Muriel de los Engaños hasta Akira de las Dunas—. Decía que eso siempre la ayudó a distinguir al príncipe del hombre que ella quería, y eso le permitió separar su vida personal de su deber.

—Quizá algún día no quede nadie que recuerde sus nombres ni sus títulos, pero, mientras sigamos celebrando este día, seguiremos agradeciéndoles este nuevo mundo.

Athan le pasa un brazo alrededor de los hombros y se acerca a ella hasta que sus costillas y muslos se tocan. Dysis lo observa confundida por esa muestra de afecto a la que en general no son muy propensos, tal vez porque siempre se empujan más de lo que se abrazan.

—¿Qué te pasa? —le pregunta Dysis al ver que él permanece en esa posición y apoya la mejilla sobre su cabeza.

—Nada, solo estaba pensando en que tenemos mucha suerte.

—¿Por qué?

—Porque somos libres y porque estamos juntos.

—Sí, bueno, no tengo más remedio que soportarte —dice ella.

—Me soportas porque me quieres.

Dysis levanta la mirada y encuentra sus ojos muy pendientes de ella. Es la primera vez que hablan de querer, ni siquiera en broma han pronunciado la palabra. Que se quieren es un hecho, han crecido juntos, pero hace ya tiempo que lo que ella siente se ha alejado del amor fraternal.

—¿Y si te quiero qué? —le pregunta, desafiante y seria.

Athan le acaricia la espalda con sus dedos largos hasta que llega al cuello. Le coloca un mechón rebelde detrás de la oreja y le besa la mejilla con delicadeza, separando los labios y dejando un cálido aliento sobre su piel ruborizada.

—Y, si me quieres, ¿por qué lo dices en un susurro?

—¿Quieres que lo grite?

—Ya lo hacen tus ojos desde hace meses.

Dysis le da un empujón, pero sin fuerza, porque no quiere alejarlo de su lado.

—No veo que los tuyos griten nada —dice ella, que ya no sabe qué puede estar pasando por la mente de Athan.

—Mira mejor —le ordena él mientras agacha la cabeza y la observa por encima de sus pestañas—. ¿Qué ves?

—Que estás un poco bizco.

—¿Y no ves también que eres idiota?

—¿Y tú que eres imbécil?

—Sí, lo veo —contesta Athan—, igual que tú deberías ver que también te quiero.

—¿Cuánto?

—Lo suficiente como para no haberte empujado desde el tejado por pesada.

—Eso es bastante amor. —Dysis sonríe.

Él se inclina y la besa en los labios esta vez, como lleva soñando desde hace un par de años, cuando empezó a ver a su amiga como otra cosa, cuando supo que se estaba enamorando de ella poco a poco.

—Se te da muy bien, ¿has estado practicando por ahí? —pregunta Dysis.

—¿Tú eres tonta?

—Soy una futura cronista de reyes, un respeto.

—Por cierto, hablando de reyes, anoche tuve un sueño de lo más extraño, estábamos los dos a caballo dentro de la espesura de una selva y…

Dysis lo calla con otro beso.

—¿Es que no has entendido que te he hecho un cumplido? Te he dicho que besas bien, así que bésame y cállate ya.

—Mira que te gusta dar órdenes —se queja Athan.

—No sirven de nada teniendo en cuenta lo poco que te gusta cumplirlas.

—¿Sabes qué? Tienes razón. Mejor nos callamos —concede Athan antes de besarla de nuevo.

Tienen todo el tiempo por delante para hablar de sueños y de vidas pasadas, solo que ellos aún no lo saben. Aunque tampoco les importa en absoluto.

El tiempo, por primera vez, ha dejado de importar.

AGRADECIMIENTOS

Llevé esta historia en mi cabeza durante un par de años hasta que empecé a escribirla (marzo, 2020). Sí, señores, en pleno confinamiento. No podéis haceros una idea del bien que me hizo entrar en Áurea con Cassandra y compañía. Fue una época difícil para todos, seguimos viviéndola, pero me alegra haberles dado vida y haberles permitido volar y que ellos hicieran lo mismo conmigo.

Tengo que darle las gracias a Marta, mi editora, porque fue la que me empujó desde el acantilado. Caída libre. No sé si hubiera escrito esta novela sin su entusiasmo y su apoyo. A veces basta una persona para devolverte la ilusión y recordarte que lo estás haciendo bien. Marta, tú fuiste esa persona. Gracias por cuidarlos tanto.

Quiero agradecerle a Elsa, que nunca deja de leerme y aconsejarme, que, de nuevo, haya estado ahí, ayudándome a que esta historia diera lo mejor de sí.

A África, por el *blurb*, pero sobre todo porque cree en mí.

Y a todos mis amigos, que se siguen alegrando cada vez que escribo algo nuevo, aunque ya hayan perdido la cuenta: Puri, Virginia, Sara, Santi. Gracias, chicos, prometo dedicaros próximos libros. No odiéis a Javi. O sí.

A Valeria, que me inició en la narrativa fantástica durante nuestra adolescencia, porque yo era más de leer contemporánea, prefería llorar con *La ladrona de libros.*

Por último, aunque no menos importante, a ti lector, lectora. Haces que imaginar sea un regalo. Espero que tú también inventes otras cientos de aventuras vividas en Áurea y que encuentres un final dulce para cada uno de los personajes cuyas vidas empiezan en el último capítulo.